Irène Némirovsky

DER FALL KURILOW

DAVID GOLDER

Irène Némirovsky

DER FALL KURILOW
und
DAVID GOLDER

Zwei Romane

Aus dem Französischen
von Dora Winkler

Eichborn Verlag
Frankfurt am Main
1995

DER
FALL KURILOW

Für Michel

Auf der menschenleeren Terrasse eines Cafés von Nizza hatten sich, angezogen durch die Glut eines roten Kohleöfchens, zwei Männer niedergelassen.

Es war ein für diesen Teil der Welt recht frostiger Herbstabend. »Ein Pariser Himmel . . .« sagte eine Frau im Vorübergehen und zeigte auf die vom Wind gejagten gelben Wolken. Gleich darauf fing es an zu regnen, und die leere Straße, in der noch keine Lichter brannten, wurde noch dunkler; stellenweise tropfte das Wasser durch die vollgesogene Markise, die über dem Café ausgespannt war.

Die beiden Männer, Léon M. und der andere, der nach ihm hereingetreten war und ihn seither verstohlen ansah — offenbar suchte er sich zu erinnern, woher er ihn kannte —, beugten sich beide mit der gleichen Bewegung zu dem brennenden Öfchen hinunter.

Aus dem Inneren des Cafés drang ein Gewirr von Stimmen und Rufen heraus; das Klicken der Billardkugeln, das Scheppern der Tabletts auf den Holztischen, das Klappern der Schachfiguren auf den Brettern überdeckte zeitweilig das dünne, blecherne Schmettern eines kleinen Orchesters.

Léon M. hob den Kopf und zog den grauen Wollschal, den er um den Hals trug, enger; der ihm gegenübersitzende Mann sagte halblaut: »Marcel Legrand?«

In diesem Augenblick gingen an der Straße, in den Schaufenstern und auf den Terrassen der Cafés die elektrischen Lampen an. Von der plötzlichen Helligkeit überrascht, wandte Léon M. kurz die Augen ab.

Der Mann wiederholte: »Marcel Legrand?«

Vermutlich durch einen zu starken Stromstoß trübten sich plötzlich die Glühbirnen; eine Sekunde lang flackerte das Licht wie eine Kerzenflamme im Freien; dann schien es sich wieder zu beleben, grell beleuchtete es Léon M.s Gesicht, seine hängenden Schultern, seine knochigen Hände mit den zarten Gelenken.

»Hatten Sie nicht mit dem Fall Kurilow zu tun, damals, 1903?«

»1903?« wiederholte M. langsam.

Er neigte den Kopf zur Seite und pfiff leise, mit dem matten und ironischen Ausdruck eines fröstelnden alten Vogels, vor sich hin.

Der Mann, der ihm gegenübersaß, war etwa fünfundsechzig Jahre alt und hatte ein graues, müdes Gesicht; infolge eines nervösen Ticks zuckte er mit der Oberlippe, ruckweise hob sich der dicke, einst gelbe, jetzt weißgewordene Schnurrbart und enthüllte einen blassen, zu einer unruhigen, bitteren Grimasse verzogenen Mund.

Seine lebhaften Augen mit dem durchdringenden, mißtrauischen Blick leuchteten jäh auf und wandten sich fast sofort wieder ab.

M. sagte schließlich mit einem Schulterzucken: »Nichts zu machen. Ich erkenne Sie nicht wieder. Ich habe mittlerweile ein schlechtes Gedächtnis . . .«

»Erinnern Sie sich nicht an den Polizisten, der damals mit der Bewachung Kurilows beauftragt war? Derjenige, der Sie eines Nachts im Kaukasus beschattet hat?«

»Ohne Erfolg. Ich erinnere mich jetzt«, sagte M.

Er rieb sich sanft die von der Hitze eingeschlafenen Hände. Er war ein Mann um die Fünfzig, der älter und krank wirkte. Er hatte einen schmalen Brustkorb, ein düsteres, ironisches Gesicht, einen eigenartigen, schönen Mund, schlechte Zähne, über der Stirn eine ergrauende Strähne. Seine tief in den Höhlen liegenden Augen leuchteten in düsterem Feuer.

Er murmelte: »Zigarette?«

»Wohnen Sie in Nizza, Monsieur Legrand?«

»Ja.«

»Von den Geschäften zurückgezogen, wenn ich mir den Ausdruck erlauben darf?«

»Sie dürfen . . .«

M. atmete, ohne zu inhalieren, den Rauch der angezündeten Zigarette ein, sah zu, wie sie sich zwischen seinen Fingern verzehrte, warf sie auf den Boden und zertrat sie gründlich mit dem Absatz.

»Es ist lange her«, sagte er schließlich mit einem unmerklichen Lächeln, »sehr lange, seit sich das alles zugetragen hat . . .«

»Ja . . . Ich war es, der mit der Untersuchung Ihres Falls beauftragt war, nach Ihrer Verhaftung, nach dem Attentat . . .«

»Ach ja?« murmelte M. gleichgültig.

»Ich habe nie Ihren wirklichen Namen in Erfahrung bringen können. Kein einziger unserer Spitzel kannte Sie, weder in Rußland noch im Ausland. Tun Sie mir den Gefallen, jetzt, wo es keine Bedeutung mehr hat! Sagen Sie mir, Sie waren doch einer der Leiter der terroristischen Organisation in der Schweiz vor 1905?«

»Ich habe nie zur Führungsspitze gehört, ich hatte nur eine untergeordnete Position.«

»Ach was?«

M. senkte mit einem kleinen müden Lächeln den Kopf.

»So ist es, mein lieber Herr . . .«

»Sagen Sie, und nachher . . .? 1917 und danach . . .? Ich irre mich nicht, da haben Sie doch . . .?«

Er schien nach einem Ausdruck zu suchen, der seinem Gedanken entsprach; schließlich lächelte er, seine scharfen langen Zähne entblößend, die zwischen den blassen Lippen leuchteten.

»Da haben Sie doch ganz schön mitgemischt«, sagte er und machte eine Gebärde, als rührte er mit beiden Händen in einem Kessel. »Ich will sagen . . . da waren Sie doch ganz oben?«

»Ja . . . oben . . .«

»Die Tscheka?«

»Mein lieber Herr, ich habe alles mögliche gemacht. In jenen schwierigen Zeiten damals hat jeder mit angepackt.«

Er trommelte rhythmisch mit seinen feinen gekrümmten Fingern auf die Marmorplatte des Tischs.

»Wollen Sie mir nicht Ihren Namen sagen?« fragte der Mann lachend. »Ich schwöre Ihnen, auch ich bin jetzt ein friedlicher Rentner. Ich frage einfach nur aus Neugier, Berufskrankheit sozusagen.«

M. klappte behutsam, mit der fröstelnden Gebärde, die ihm eigen war, den Kragen seines Überziehers hoch und zog mit beiden Händen an den Enden seines Schals.

»Ich glaube Ihnen nicht«, sagte er mit einem knappen, durch seinen Husten heiser klingenden Lachen. »Die Katze läßt das Mausen nicht ... Und übrigens würde Ihnen mein Name jetzt auch nichts mehr sagen ... Er ist überall längst vergessen.«

»Sind Sie verheiratet?«

»Nein, ich pflege noch die alten, gesunden revolutionären Traditionen«, sagte M. Wieder lächelte er, ein kleines, mechanisches Lächeln, das sich tief in seine schlaffen Mundwinkel eingrub. Er nahm einen Bissen Brioche zwischen zwei Finger, aß ihn langsam, sagte mit einem Heben der Brauen: »Und Sie selbst? Wie ist Ihr Name, lieber Herr?«

»Oh, ich ... das ist kein Geheimis ... Baranow ... Iwan Iwanitsch ... Ich war der Person

Seiner Exzellenz zugeordnet ... Kurilow, zehn Jahre lang.«

»Ach, tatsächlich?«

Zum ersten Mal verschwand das kleine müde Lächeln M.s; er hörte auf, wie bis dahin, die grell beleuchteten Wachsschaufensterpuppen, die allein die leere, regennasse Straße bevölkerten, zu betrachten. Er hüstelte leicht, richtete seine großen, tiefliegenden Augen auf Baranow: »Und seine Familie? Wissen Sie, was aus ihr geworden ist?«

»Seine Frau ist während der Revolution erschossen worden. Die Kinder dürften noch am Leben sein. Der arme Kurilow ... Erinnern Sie sich noch? Er wurde der Pottwal genannt.«

»Schrecklich und gefräßig«, sagte M.

Er zerbröselte die Reste seiner Brioche zwischen den Fingern, machte eine Bewegung, als wollte er sich erheben, doch der Regen strömte unaufhaltsam, spritzte in gleißenden Funken vom Pflaster in die Höhe. Er setzte sich schwerfällig wieder hin.

»Sie haben ihn nicht verfehlt«, sagte Baranow. »Wie viele Steine haben Sie denn im ganzen vom Spielbrett geholt?«

»Damals? Oder seither?«

»Im ganzen«, wiederholte Baranow.

M. zuckte mit den Schultern: »Meine Güte, Sie erinnern mich an ein Jüngelchen, das eines Tages, in Rußland, zu mir gekommen ist, um mich im Auftrag einer amerikanischen Zeitung, die an solchen statistischen Feinheiten interessiert ist, zu fragen, wie viele Menschen ich hatte töten lassen, seit ich an der Macht war. ›Ist es möglich‹, hat mich dieser Einfaltspinsel gefragt, als ich zögerte, ›ist es möglich, daß Ihnen das entfallen ist?‹ Es war ein kleiner rosiger Jude namens Blumenthal, von der *Chicago Tribune.*«

Er winkte den Pikkolo heran, der gerade über die Terrasse lief: »Ruf mir diesen Fiaker da her.«

Der Wagen fuhr an das Café heran.

M. stand auf, reichte Baranow die Hand.

»Komisch, sich so wiederzusehen . . .«

»Äußerst komisch . . .«

M. lachte plötzlich auf, sagte auf Russisch: »Und . . . wie viele sind eigentlich gestorben . . .? ›Mit unserer Nachhilfe‹ . . .? Dank unserer Bemühungen?«

»Pah!« sagte Baranow achselzuckend. »Das war Dienstausübung, für mich wenigstens. Mir ist das egal.«

»Das ist wohl richtig«, meinte M. mit gleichgültiger, müder Stimme. Er spannte sorgfältig seinen großen schwarzen Schirm auf, zündete sich an der Flamme des Kohleöfchens eine Zigarette an. Der lebhafte Schein beleuchtete jäh sein niedergebeugtes Gesicht mit den hohlen, fahlen Wangen und den großen, dunklen, sorgenvollen Augen. Wie er es immer tat, rauchte er seine Zigarette nicht, er begnügte sich damit, einen Augenblick lang mit halbgeschlossenen Augen den Duft des Rauchs einzuatmen, dann warf er sie weg. Er legte einen Finger an den Hut und ging.

Léon M. starb im März 1932 in dem Haus in Nizza, wo er seine letzten Jahre verbracht hatte.

Unter seinen Büchern wurde eine kleine Mappe aus schwarzem Leder gefunden; sie enthielt ein paar Dutzend zusammengeheftete Schreibmaschinenseiten. Auf der ersten stand mit Bleistift geschrieben:

FALL KURILOW

I

Nizza, 1931

1903 beauftragte mich das Komitee mit der *Liquidierung* des Falls Kurilow. Das war der Ausdruck, den man damals verwendete ... Dieses Ereignis ist nur auf episodische Weise mit meinem übrigen Leben verbunden gewesen, aber nun, da ich im Begriff bin, meine Autobiographie zu schreiben, drängt es sich meiner Erinnerung auf, es bildet den Anfang meines Revolutionärslebens, obwohl ich später das Lager gewechselt habe.

Zwischen jenem Datum und der Machtergreifung liegen vierzehn Jahre, die Hälfte war ich im Gefängnis, die Hälfte in der Verbannung. Dann ist die Oktoberrevolution gekommen (*Sturm-und Drang-Periode* ...) und wieder das Exil.

Ich habe fünfzig Jahre gelebt, und sie sind schnell verflogen, in dieser Hinsicht kann ich mich über das Schicksal nicht beklagen ... Aber das Ende kommt mir lang vor ... das Ende zieht sich hin.

Ich bin 1881 geboren, am 12. März, in einem gottverlassenen kleinen Dorf in Sibirien am Ufer der Lena, von einem Vater und einer Mutter, die beide politische Deportierte waren; ihre damals recht bekannten Namen sind heute vergessen: Victoria Saltykow und der Terrorist M., Maxim Dawidowitsch M.

Meinen Vater habe ich kaum gekannt: Zuchthaus, Verbannung tragen nicht gerade zu einem trauten Familienleben bei. Er war ein hochgewachsener Mann mit schmalen, leuchtenden Augen, die von dunklen Lidern überschattet waren, mit großen knochigen Händen und zarten Gelenken ... Er sprach wenig, wenn er lachte, klang es hart und traurig. Als man ihn zum letztenmal verhaftete, war ich noch ein Kind. Er umarmte mich, sah mich mit etwas wie ironischer Verwunderung an, verzog matt ein wenig die Lippen, was als ein Lächeln gelten konnte, ging aus dem Zimmer, kam noch einmal zurück, um seine vergessenen Zigaretten zu holen, und verschwand auf immer aus meinem Leben. Er ist im Gefängnis gestorben, in dem Alter, das ich vor kurzem erreicht habe, in einer Zelle der Peter-Pauls-Festung, die während der Herbstüberschwemmungen der Newa unter Wasser stand.

Nach seiner Verhaftung zog ich mit meiner Mutter nach Genf. An sie, die im Frühjahr 1891 gestorben ist, erinnere ich mich besser. Eine feingliedrige, schwächliche Gestalt, helles, glatt anliegendes Haar, ein Kneifer ... Der Typus der Intellektuellen der achtziger Jahre ... Ich erinnere mich noch an sie auf dem Rückweg aus Sibirien, nach ihrer Befreiung. Ich war sechs Jahre alt. Mein Bruder war gerade geboren.

Sie hielt ihn in den Armen, aber mit einer erstaunlichen Ungeschicktheit von ihrer Brust weggedreht, als präsentierte sie ihn den Steinen auf dem Weg; schaudernd lauschte sie seinem hungrigen Schreien. Ich sehe wieder, wie ihr, wenn sie ihm die Windeln wechselte, die Hände zitterten und sich in den Tüchern und Sicherheitsnadeln verfingen. Sie hatte schöne, schwache, lange Hände. Mit sechzehn Jahren hatte sie mit einem Pistolenschuß aus nächster Nähe den Hauptmann der Gendarmerie von Wjatka getötet, der vor ihren Augen eine alte Frau, eine politische Gefangene, gequält hatte; er hatte sie gezwungen, krank unter der Sonne Rußlands, die im Hochsommer wie ein tödlicher Keulenschlag ist, zu marschieren.

Sie sagte mir das selbst, aber noch bevor ich in dem Alter war, um sie verstehen zu können, als hätte sie es eilig gehabt.

Ich erinnere mich an die eigenartigen Empfindungen, mit denen ich diesem Bericht lauschte. Ich erinnere mich an ihre Stimme, die klingend und scharf war, ganz anders als die geduldige, matte Stimme, die ich kannte: »Ich erwartete, hingerichtet zu werden. Ich betrachtete meinen

Tod als einen erhabenen Protest gegen eine Welt der Tränen und des Blutes.«

Sie hielt einen Augenblick inne, sagte leiser: »Du verstehst doch, Lonja?«

Ihr Gesicht und ihre Gebärden blieben unbewegt und ruhig; nur ihre Wangen hatten sich leicht gerötet. Sie wartete meine Antwort nicht ab. Mein Bruder schrie. Sie erhob sich seufzend, nahm ihn auf den Arm, sah ihn einen Augenblick lang an, als sei er ein schweres Paket in ihren Händen, dann überließ sie uns wieder uns selbst, fing wieder an, ihre Briefe zu chiffrieren.

In Genf leitete sie eines der Terroristenkomitees, dasselbe, das mich nach ihrem Tod versorgen und aufziehen ließ.

Wir lebten von Zuwendungen der Partei und von Englisch- und Italienischstunden, die sie gab; die Winterkleider wurden ins Pfandhaus getragen, wenn der Frühling kam; die Sommerkleider im Herbst . . . Nun, das übliche Bild.

Sie war sehr groß und mager, mit dreißig verblüht wie eine alte Frau, die gekrümmten Schultern drückten ihre zarte Brust zusammen. Sie hatte Lungentuberkulose, die rechte Lunge war völlig zerstört; aber sie sagte: »Was soll ich mich behandeln lassen, während arme Arbeiterinnen in den Fabriken Blut spucken?« (So drückten sich die Revolutionärinnen ihrer Generation eben aus . . .)

Sie gab uns nicht einmal woandershin: wurden die Kinder der Arbeiterinnen etwa nicht von ihren kranken Müttern angesteckt?

Dennoch erinnere ich mich, daß sie uns niemals küßte. Zudem waren wir mürrische und frostige Kinder, ich zumindest ... Hin und wieder nur, wenn sie sehr erschöpft war, streckte sie die Hand aus und fuhr uns einmal durch die Haare, langsam und seufzend.

Ihr langes, blasses Gesicht, ihre gelben Zähne, ihre müden Augen, die hinter dem Kneifer zwinkerten, und ihre feinen, ungeschickten Hände, die die Haushaltsgegenstände fallen ließen, die weder nähen noch kochen konnten, aber immerzu schrieben, Briefe chiffrierten, Pässe fälschten ... Ich dachte, ich hätte ihre Züge vergessen (so viele Jahre sind seit damals vergangen), doch nun tauchen sie wieder in meiner Erinnerung auf.

Zwei oder drei Nächte jeden Monat fuhr sie mit Packen Broschüren und Sprengstoff über den Genfer See von der Schweiz nach Frankreich hinüber. Sie nahm mich mit, vielleicht um mich an das Leben voller Gefahren zu gewöhnen, das später in einer Art »dynastischer revolutionärer Tradition« das meine werden sollte, oder um wegen meines zarten Alters den Zöllnern Vertrauen einzuflößen, vielleicht auch weil sie mich, da meine beiden Brüder tot waren, nicht allein im Hotel lassen wollte; so wie die bürgerlichen Mütter ihr Kind ins Kino mitnehmen. Ich schlief auf dem Deck ein. Gewöhnlich war es Winter, der See öde und leer, von dichten Nebelschwaden bedeckt, die Nächte waren kalt. In Frankreich ließ mich meine Mutter ein paar Stunden lang bei Bauersleuten, den Baud, die in einem Haus am Seeufer wohnten. Sie hatten sechs oder sieben Kinder; ich erinnere mich an eine Schar kleiner rotbäckiger Bauern, alle prächtig gesund und dumm. Ich trank heißen Kaffee. Ich aß ofenwarmes Brot und Kastanien. Das Haus der Baud mit seinem Herdfeuer, dem duftenden Kaffee, dem Kindergeschrei war in meinen Augen das Paradies auf Erden. Sie hatten eine Terrasse, eine Art riesigen Holzbalkon, der zum See hinunterging und im Winter mit Schnee und knakkendem Glatteis bedeckt war . . .

Ich hatte zwei jüngere Brüder gehabt, die gestorben waren, sie hatten eine Zeitlang wie ich einsam in einem Hotelzimmer gelebt. Sie starben, der eine mit zwei Jahren, der andere mit drei.

Ich erinnere mich besonders gut an die Nacht, als der zweite starb. Er war ein hübsches Kind, blond und kräftig.

Meine Mutter stand am Fußende seines Bettes, es war ein altes Bett aus schwarzem Holz. Sie hielt eine brennende Kerze in der Hand und blickte auf das sterbende Kind. Ich saß neben ihr auf dem Boden und sah ihr übermüdetes Gesicht, das die Flamme von unten her beleuchtete. Das Kind wurde von ein paar kleinen Zukkungen geschüttelt, drehte mit erstauntem, erschöpftem Ausdruck den Kopf herum und starb. Meine Mutter rührte sich nicht; nur die Hand, die das Licht schützte, zitterte sichtbar. Schließlich bemerkte sie mich, wollte etwas sagen (sicher: »Lonja, der Tod ist ein natürliches Phänomen ...«), aber ihre Lippen verzogen sich schwermütig, und sie blieb stumm. Sie legte das tote Kind auf seinem Kopfkissen zurecht, nahm mich bei der Hand und führte mich zu einer Nachbarin. Ich erinnere mich: die Stille, die Nacht und ihr bleiches Gesicht, ihre weiße Unterjacke und ihre langen, blonden, aufgelösten Haare — all das war wie ein wirrer Traum. Wenig später starb sie selbst.

Ich war zehn Jahre alt. Ich hatte von ihr den Keim der Lungentuberkulose geerbt. Das Komitee gab mich in Pension zu Doktor Schwann. Er war naturalisierter Schweizer russischer Herkunft und einer der Leiter der Partei. Er besaß in Monts in der Nähe von Sierre ein Sanatorium mit zwanzig Betten, und dort lebte ich.

Monts ist ein finsteres Dorf zwischen Montana und Sierre, von schwarzen Fichten und dunklen Bergen erdrückt, oder vielleicht kam es mir nur so vor ...

Ganze Jahre habe ich an einen Liegestuhl gefesselt verbracht, auf einem Balkon, wo ich von der Welt nur die Wipfel der Fichten sah und auf der anderen Seite des Sees einen ähnlichen Glaskäfig wie den unseren, der die Strahlen der untergehenden Sonne zurückwarf.

Später konnte ich ausgehen, auf dem einzigen begehbaren Weg ins Dorf hinunter, vorüber an den in Schals gehüllten lungenkranken Damen, und dann wie sie, keuchend und bei jedem Schritt stehenbleibend, wieder hinaufsteigen, wie sie die Fichten an der Straße zählen und voll Haß auf die

Gebirgskette blicken, die ringsherum den Horizont abschloß. Auch jetzt, nach so vielen Jahren, sehe ich sie noch, wie ich noch den Geruch des Sanatoriums rieche — Desinfektionsmittel und frischgeputztes Linoleum —, wie ich, im Traum, noch das Sausen des Föhns, des trockenen Herbstwinds, im Wald höre.

Ich lernte bei Doktor Schwann Sprachen und die Anfangsgründe der Medizin, für die ich eine besondere Neigung zeigte. Sobald es mir besserging, beauftragte man mich mit verschiedenen Arbeiten für die Revolutionskomitees der Schweiz und Frankreichs.

Allein schon durch meine Geburt gehörte ich der Partei an . . .

II

Ich habe im Hinblick auf eine eventuelle Autobiographie mit der Niederschrift dieser Notizen begonnen. Die Zeit zieht sich hin. Man braucht an seinem Lebensende irgendeine Beschäftigung. Aber schon geht es nicht weiter. »Es ist schwierig, die Entwicklung eines Revolutionärs ehrlich und gleichzeitig erbaulich zu beschreiben«, wie der gute Herz sagte, das habe ich nicht vergessen . . . Und meine Legende, »die Legende Léon M.«, gehört zu der Ikonographie der Oktoberrevolution, die man besser nicht antasten sollte. Ich bin das Kind von Verbannten und ausschließlich mit revolutionären Reden, Lektüren, Beispielen genährt worden, aber es fehlte mir an Feuer und Kraft.

Mit Neid hörte ich meine Genossen, wenn sie in Genf wohnten, von ihrer Jugend sprechen. Ich erinnere mich an einen jungen Mann von dreißig Jahren, der vierzehn terroristische Attentate für sich verbuchen konnte, davon vier gelungene, vier ungeheuer kaltblütig auf offener Straße begangene Morde. Er war blaß, rothaarig, mit weißen, feinen und feuchtkalten Händchen. Er erzählte mir in einer Dezembernacht, als wir nach der Komiteesitzung durch die stillen, vereisten Straßen Genfs gingen, wie er mit sechzehn Jahren von zu Hause ausgerissen und achtzehn Tage in Moskau herumgeirrt war. Er sagte lächelnd: »Ihnen fehlt eben, daß Ihre Mutter nicht wegen Ihnen vor Kummer gestorben ist ... und daß Sie mit fünfzehn nicht, wie ich, illegale Broschüren gelesen haben, nachts, im Mai am Flußufer liegend, im Schein der Straßenlaternen ...«

Er sprach mit einer seltsamen, rauhen Stimme, in kurzen, keuchenden, hastigen Sätzen, und hielt manchmal inne, um seufzend zu sagen: »Die guten alten Zeiten ...«

Goldene Worte.

Auch ich habe nämlich später die Verbannung und die Gefängnisse kennengelernt, die Kasematten der Peter-Pauls-Festung, die kleinen, in der Sommerhitze stinkenden Zellen, in denen wir

Gefangenen zu fünfundzwanzig und dreißig lebten, die riesigen, düsteren, eisigen Säle der Provinzkerker und jene Bastion der zum Tode Verurteilten, wo es, wenn man das Ohr an bestimmte Stellen in der Mauer legte, möglich war, den Widerhall der revolutionären Gesänge aus der Frauenabteilung zu hören.

Doch ich konnte diese romantische Seite der Revolution schon nicht mehr gebührend würdigen.

Eine Autobiographie . . .? Eitelkeit . . . Lieber will ich versuchen, mich an bestimmte Dinge zu erinnern, nur für mich allein, wie früher in den Staatsgefängnissen, wenn wir in diese Hefte schrieben, die man uns genehmigte, aber nach und nach, wie sie sich mit Berichten und Erinnerungen füllten, wieder wegnahm und vernichtete.

Außerdem, hätte ich überhaupt die Zeit, eine Autobiographie zu vollenden? So viele Ereignisse, so viele Jahre liegen hinter mir . . . Ich spüre an einer Mattigkeit, an einer Gleichgültigkeit, die nicht mißzuverstehen sind, daß der Tod sich nähert: die Polemiken, die Veränderungen in der Partei, alles, was mich leidenschaftlich bewegte, ermüdet mich jetzt nur. Und auch mein Körper ist müde. Immer öfter habe ich Lust, mich zur Wand zu kehren, die Augen zu schließen und in einen tiefen Schlaf zu sinken, den sanftesten, den letzten.

III

So gehörte ich also der Partei an, durch meine Geburt, durch meine ersten Lebensjahre, durch die Überzeugung, daß eine gesellschaftliche Revolution unumgänglich sei, notwendig, so richtig und gerecht, wie es menschliche Belange überhaupt sein können. Die Liebe zur Macht trieb mich gleichermaßen wie die Sehnsucht nach einer gewissen menschlichen Wärme, die mir fehlte und die ich nur dort gefunden habe.

Ich liebe die Masse, die Menschen. Hier, in der Nähe von Nizza, lebe ich in Louriés Haus. Es ist ein weißer Steinwürfel in einem Garten, wo kein Baum wächst, der höher als ein Besen wäre, zwischen zwei Straßen, der Fahrstraße nach Monaco und der zum Meer hinunter; man atmet hier einen Staub und einen Benzindunst ein, die meinen alten Lungen den Rest geben. Ich lebe allein; eine alte Frau putzt am Vormittag die vier kleinen leeren Räume, aus denen das Haus besteht, macht mir etwas zu essen und geht wieder. Aber der Lärm des Lebens ringsherum ist immer da, und das liebe ich, das gefällt mir, diese Leute, diese Autos, diese Trambahnen, die vorüberfahren, die Streitereien, die Rufe, das Lachen der Menschen ... Flüchtige Schatten, unbekannte Gesichter, Worte ... Unterhalb des kahlen Gärtchens, das mit sechs biegsamen, zarten Büschen bepflanzt ist, die einmal Pfirsichbäume oder Mandelbäume werden sollen, was weiß ich!, ist ein kleines italienisches Lokal mit einem mechanischen Klavier und Bänken unter einer Laube. Arbeiter — Italiener, Franzosen — kommen zum Trinken hierher.

Nachts, wenn sie die kurvige Küstenstraße hinaufzusteigen beginnen, trete ich aus dem Haus hinaus und setze mich auf das niedrige Mäuerchen, das den Garten von dem Lokal trennt, ich höre ihnen zu, ich beobachte sie.

Ich sehe den kleinen, von Lampions erhellten Platz, das weiße Licht, das auf ihren Gesichtern spielt. Sie brechen erst spät wieder auf. Der Rest der Nacht vergeht so schneller. Das ist ein Glück, denn ich huste und schlafe erst gegen Morgen ein. Und einfach dort draußen bleiben und die Blumen und das Meer ansehen? Ich hasse die Natur. Ich bin nur in den Städten glücklich gewesen, den schmutzigen, häßlichen Städten mit den Häusern voller Menschen und den heißen Straßen im Sommer, wo einem müde Leiber, unbekannte Gesichter begegnen. Wenn die Einsamkeit und die Stille beginnen, wenn die letzten Autos auf der Straße am Meer von Monte Carlo zurückkommen, beginnen die paar Stunden, die ich überbrücken muß. Seit ich kränker bin, überfluten mich die Erinnerungen. Früher habe ich gearbeitet. Aber jetzt ist meine Arbeit beendet.

So fing ich also mit achtzehn Jahren mein Revolutionärsleben an; ich wurde mit einigen Aufträgen in den Süden Frankreichs beordert; danach lebte ich eine Zeitlang in Paris. 1903 schickte das Komitee mich nach Rußland. Ich sollte den Minister für das Schulwesen exekutieren. Nach dieser Episode trennte ich mich von der terroristischen Fraktion der Partei und schloß mich T. an. Nach dem Fall Kurilow wurde ich zum Tode verurteilt, aber einige Tage vor der geplanten Hinrichtung wurde der Thronfolger Alexis geboren, und ich kam in den Genuß der aus diesem Anlaß gewährten Amnestie. Meine Strafe wurde in lebenslängliche Zwangsarbeit umgewandelt. Ich erinnere mich nicht, etwas anderes als tiefe Gleichgültigkeit empfunden zu haben, als ich von meiner Begnadigung erfuhr. Außerdem war ich krank, ich spuckte Gläser voll Blut, und ich war sicher, auf dem Transport nach Sibirien zu sterben. Aber man darf auf den Tod auch nicht mehr zählen als auf das Leben.

Ich blieb am Leben, ich wurde in Sibirien, bei der Zwangsarbeit, gesund. Als ich floh, hatte die Revolution von 1905 begonnen.

An 1905 und die ersten Monate der Revolution, als ich am Abend so müde war, daß ich umfiel und einschlief, so wie man stirbt, bewahre ich mir eine glückliche Erinnerung.

Ich begleitete R. und L. in die Fabriken, in die Arbeiterversammlungen. Ich habe immer eine schneidende, unangenehme Stimme gehabt, und meine schwachen Lungen hinderten mich daran, lange zu sprechen. Sie dagegen hielten stundenlange Ansprachen an die Arbeiter. Ich stieg von dem Podest hinunter und mischte mich unter die Leute, erklärte, was ihnen unverständlich vorkam, beriet sie, half ihnen. In der Hitze und dem Rauch des Saals empfand ich angesichts ihrer bleichen Gesichter, ihrer funkelnden Augen, der Rufe, die aus ihren geöffneten Mündern drangen, ihrer Wut, ja sogar ihrer Dummheit ein Gefühl der Euphorie, wie es sonst der Wein hervorruft. Und die Gefahr gefiel mir. Ich liebte diese plötzliche Stille, den angehaltenen Atem, die Panik in den Mienen, wenn auf der Straße unter den Fenstern der *dwornik* im Sold der Polizei vorüberging.

In dunkler Nacht, in diesen nassen, im Herbst schon eisigen Nächten Petersburgs, gingen dann die Arbeiter einzeln weg. Wie Schatten verschmolzen sie mit dem Nebel, und wir verschwanden nach ihnen und wanderten, um die Polizei zu täuschen, bis zum Tagesanbruch durch die Straßen, bis wir die schmutzigen kleinen *traktirs* aufsuchten, die uns Unterschlupf gewährten.

Ich verließ Rußland und kam erst kurz vor der Oktoberrevolution wieder zurück.

In meinen früheren polemischen und historischen Arbeiten habe ich diese und die folgende Periode beschrieben.

Von 1917 an wurde ich Léon M., der Bolschewik. In den Zeitungen der ganzen Welt muß ich mit der Mütze auf dem Kopf und dem Messer zwischen den Zähnen abgebildet worden sein. Ich wurde mit einem Posten bei der Tscheka betraut, auf dem ich ein Jahr lang blieb. Doch es ist ein starker und persönlicher Haß notwendig, um diese schreckliche Aufgabe einwandfrei zu erfüllen. Ich . . .

Das Merkwürdige ist, daß ich, der ich nicht nur unschuldige Leben verschont habe, sondern auch einige schuldige (denn zeitweilig überwältigte mich eine gewisse Gleichgültigkeit, die den Gefangenen zugute kam), verhältnismäßig mehr gehaßt wurde als bestimmte meiner Kameraden. Als Nostrenko zum Beispiel, der hysterische Matrose, der eigenhändig die zum Tode Verurteilten hinrichtete, ein außerordentlicher Schmierenkomödiant mit gepudertem, geschminktem Gesicht, dessen weite Bluse immer offenstand und seine frauenhaft weiße, glatte Brust zeigte. Ich sehe ihn noch vor mir, eine Mischung aus schlechtem Schauspieler, Säufer und Päderast. Oder als Ladislaus, der bucklige Pole, mit seiner scharlachroten, hängenden Unterlippe, die von einem Hieb aufgeschlitzt worden war.

Ich glaube, es war eine Art Trost für die Verurteilten, zu sehen, daß sie es mit Wahnsinnigen oder Ungeheuern zu tun hatten, während ich ein gewöhnlicher Mensch war, ein trauriger, hustender kleiner Mann mit einem Kneifer auf einem Stumpfnäschen und feingliedrigen Händen.

Als die Politik der Führungsspitze sich änderte, wurde ich ins Exil geschickt. Seither lebe ich in der Nähe von Nizza von den kleinen Einkünften aus meinen Büchern und Artikeln in den Zeitungen und Zeitschriften der Partei.

Ich bin in Nizza gestrandet, weil ich hier mit dem Paß eines gewissen Jacques Lourié lebe, der, wegen revolutionärer Konspiration verurteilt, in den Kasematten von Peter-und-Paul an Typhus gestorben ist. Er war ein Jude aus Lettland, der die französische Staatsbürgerschaft erworben hatte. Er war ohne Familienanhang, stand ganz allein und besaß eine kleine Villa, die mir sozusagen rechtmäßig zufiel. Ich fand einiges Vergnügen daran, die Begegnung mit Nachbarn und Freunden zu riskieren. Aber alle hatten Jacques Lourié vergessen. Hier lebe ich, und hier werde ich wahrscheinlich bald sterben.

Das Haus ist klein und unkomfortabel, und da es Lourié an Geld fehlte, sind die Umfassungsmauern des Gartens nicht hoch genug, um es den Blicken zu entziehen.

Links ist eine Art Einfriedung, ein Grundstück, das zum Verkauf steht, wo Ziegen zwischen herumliegenden Ziegeln und Bruchsteinen das duftende, harte Gras abweiden. Rechts ein anderer kleiner Steinwürfel ganz ähnlich dem meinen, aber rosa verputzt, der jedes Jahr an verschiedene Paare vermietet wird. Die Straße von Nizza nach Monte Carlo führt hinter dem Haus vorbei; unten der Viadukt. Das Meer ist weit weg. Das Haus ist kühl und hell.

So lebe ich, und mitunter weiß ich nicht mehr, ob diese Ruhe mir gefällt oder mich umbringt. Manchmal wünsche ich mir, ich würde noch arbeiten. Um fünf Uhr, zur Stunde, wenn in Rußland mein Tag begann, fahre ich aus dem Schlaf auf, oder es erfaßt mich, wenn ich noch nicht schlafe, tiefe Beklemmung. Ich greife nach dem oder jenem, Büchern, Heften. Ich schreibe, wie jetzt. Es ist schönes Wetter, die

Sonne geht auf, die Rosen strömen einen köstlichen Duft aus. Und ich gäbe alles, mein ganzes Leben, für jenen Saal, in dem wir zu fünfzehn und zwanzig schliefen, 1917, als wir die Macht ergriffen. Es war eine neblige Schneenacht. Man hörte den Wind, die Detonationen, das dumpfe Rumpeln der Newa, deren Wasser wie jeden Herbst stieg. Das Telephon klingelte unablässig.

Manchmal denke ich: »Wenn ich jünger und kräftiger wäre, würde ich nach Rußland zurückkehren und wieder anfangen, und ich würde glücklich und unbeschwert in einer dieser Kasematten, die ich so gut kenne, sterben.«

Die Macht, die Illusion, über menschliche Schicksale zu bestimmen, macht süchtig wie das Rauchen, wie der Wein. Wenn man dann darauf verzichten muß, empfindet man einen erstaunlichen Schmerz, ein quälendes Unbehagen. Manchmal aber fühle ich, wie ich schon gesagt habe, nur noch Gleichgültigkeit und etwas wie Erleichterung darüber, hier zu bleiben und auf den Tod zu warten, der wie eine stetig anwachsende Flut nach mir leckt. Ich leide nicht. Nur am Abend, wenn das Fieber steigt, habe ich dieses peinigende Kribbeln im ganzen Körper, und das eintönige Rauschen meines Blutes dröhnt mir in den Ohren und zermürbt mich. Gegen Morgen geht das vorbei. Ich zünde die Lampe an und bleibe bei geöffnetem Fenster an meinem Tisch sitzen, und wenn endlich die Sonne aufgegangen ist, schlafe ich ein.

IV

Das Exekutivkomitee der Schweiz trat einmal jährlich zusammen, um aus der Liste der Würdenträger des Zarenreichs, seiner wegen ihrer Grausamkeit und Ungerechtigkeit berüchtigten höchsten Beamten, diejenigen auszuwählen, die in diesem Jahr sterben sollten. Meine Mutter hatte dieser Organisation, die sich zu meiner Zeit aus zwei Dutzend Mitgliedern zusammensetzte, angehört.

1903 war in Rußland der Minister für das Schulwesen der allgemein verabscheute Walerian Alexandrowitsch Kurilow. Er war ein Reaktionär aus der Schule Pobjedonostews und stand im Ruf, außerordentlich intelligent zu sein und auf brutale, eiskalte Art Macht auszuüben. Ein Protegé Zar Alexanders III. und des Fürsten Nelrod, gehörte er nicht zum Hochadel und gab sich, wie das oft vorkommt, »päpstlicher als der Papst«, überbot noch den Haß auf die Revolution und die Verachtung des Volkes, die die herrschende Klasse des Landes auszeichneten.

Er war groß und dick, langsam im Sprechen und in seinen Bewegungen; die Studenten hatten ihm den Spitznamen »der Pottwal« gegeben (»schrecklich und gefräßig«), denn er war grausam, ehrgeizig und gierig nach Auszeichnungen. Er war äußerst gefürchtet.

Die Führer der Partei wünschten, daß er öffentlich exekutiert werden sollte, auf so spektakuläre Weise wie nur möglich, damit es einen tiefen Eindruck auf das Volk machte. Daher war die Planung dieser Exekution noch schwieriger als gewöhnlich. Es genügte nicht, sich auf den Zufall zu verlassen, um die Bombe zu werfen oder den Revolverschuß abzufeuern, wie man es im allgemeinen mehr oder weniger zu tun pflegte, sondern es mußten der richtige Zeitpunkt und Ort gewählt werden. Es war Doktor Schwann, der mir als erster von diesem Mann sprach. Schwann muß, als ich ihn kennenlernte, ungefähr sechzig gewesen sein; er war klein, dünn, schmächtig, leichtfüßig wie eine Tänzerin; seine buschigen, krausen, ganz weißen, mondweißen, milchweißen Haare flogen ihm um die Stirn. Er hatte ein kleines, spitzes Gesicht, einen schmalen, grausamen, fest zusammengekniffenen Mund, eine feine, verächtlich gebogene Nase, die an einen Schnabel erinnerte. Er war wahnsinnig. Sozusagen offiziell wurde er das erst nach meiner Abreise, er starb in einem Irrenhaus in Lausanne. Doch bereits zu der Zeit, von der ich spreche, flößte er mir einen instinktiven Schrecken und Abscheu ein. Er besaß ein gewisses Genie: er hatte als einer der ersten den Pneumothorax bei der Heilung von Lungenkranken eingesetzt. Er liebte es gleichermaßen, zu vernichten und zu heilen.

Ich sehe ihn noch vor mir auf meinem Balkon; ich, ein Junge von zwölf Jahren, liege in meinen Pelzsack eingemummt da, der Mond bescheint die Fichten, den dicken, blauen Schnee, den kleinen, zugefrorenen See, der im Schatten glitzert, und

Doktor Schwann trägt einen ausgefallenen Schlafrock mit rosa und zartblauen Ranken und erklärt mir, während das Mondlicht aus seinen weißen Haaren einen Heiligenschein webt, die Doktrin des Terrorismus: »Lonja, du siehst da so einen fetten, dicken Kerl, voll bis zum Platzen vom Blut und Schweiß des Volkes ... Du lachst. Du denkst: ›Wart nur, Alter, warte ...‹ Er kennt dich nicht. Du bist da, im Schatten. Du machst eine Bewegung ... siehst du, so ... du hebst die Hand ... Eine Bombe, weißt du, ist nicht groß; man kann sie in einem Schal verbergen, in einem Blumenstrauß ... Pft ...! Los saust sie! Weg ist er, der alte Kerl, nur noch ein paar Spritzer Fleisch und Knochen ...«

Er sprach mit flüsternder Stimme, von Lachkrämpfen unterbrochen.

»Und seine Seele fliegt auch davon ... *animula vagula, blandula* ...« (Er hatte die Manie, lateinische Zitate einzuflechten, wie der arme Kurilow ...)

Er verschlang auf merkwürdige Weise seine Finger ineinander, als flöchte er einen Zopf; seine kleine, gebogene Nase, sein zusammengekniffener Mund hoben sich mit schneidender Deutlichkeit von dem bläulichen, versilberten Hintergrund der Fichten, des Schnees und des Monds ab.

Er war einer der Leiter der Partei, sie ließ ihm manchmal beträchtliche Summen zukommen, ich habe nie begreifen können, warum. Einige meinen, er sei auch ein Lockspitzel gewesen, aber ich glaube das nicht.

Er war es, der mich zu der Sitzung des Exekutivkomitees von 1903 brachte. Es war eine kalte, prächtige Winternacht. Wir fuhren mit der kleinen Zahnradbahn nach Lausanne, die kreischend die langen, abschüssigen, hartgefrorenen und wie Salz knirschenden Eisfelder hinabfuhr. Wir waren allein in dem Wagen, er in einen Schäferumhang eingehüllt, mit bloßem Haupt wie gewöhnlich, trotz der Kälte.

Dort sprach er mir mit seiner flüsternden Stimme wieder vom Pottwal.

Zweimal schon hatte das Komitee Männer geschickt, um den Minister zu töten, aber beide waren verhaftet und gehängt worden. Das Komitee hatte erkannt, daß es nahezu unmöglich war, das Attentat durch Russen ausführen zu lassen; die Polizei kannte alle Verdächtigen; so gut getarnt sie auch waren, sie konnten ihre wahre Identität nicht lange verbergen; ihre Verhaftung kompromittierte die anderen Parteimitglieder und stürzte sie ins Verderben.

Überdies wurden seit einiger Zeit die terroristischen Attentate geheimgehalten; sie wurden kaum noch in der ausländischen Presse erwähnt. Dieses hier sollte, wie ich schon sagte, Aufsehen erregen, vor den Augen des Volkes und, soweit möglich, der Botschafter der ausländischen Regierungen ausgeführt werden, an einem öffentlichen Ort, im Lauf einer Zeremonie oder eines Festes, was die Schwierigkeit verzehnfachte. Ich, ich war unbekannt, sowohl bei der Polizei wie bei den Revolutionären Rußlands. Ich sprach Russisch, aber mit einem starken Akzent, was kein Schaden war; es wäre dazu ein leichtes, mich mit einem Schweizer Paß ins Land zu schleusen.

Ich hörte ihm zu, und es fällt mir inzwischen schwer, nach so vielen Jahren, mich genau an das zu erinnern, was ich dabei empfand. Das Komitee stand im Ruf der Gerechtigkeit; es verurteilte nur diejenigen zum Tode, die sich eines Verbrechens schuldig gemacht hatten. Und die Überzeugung, daß ich mindestens genauso wie der Minister selbst den Tod riskierte, war die Rechtfertigung des Mordes und absolvierte mich. Schließlich war ich zweiundzwanzig Jahre alt. Ich glich noch nicht dem Menschen, der ich geworden bin. Ich hatte vom Leben noch nichts kennengelernt außer einem Sanatorium und einem kleinen, dunklen Zimmer in Montrouge. Ich hatte es eilig, ich dürstete nach dem Leben, und ich liebte bereits dieses Gefühl, das Schicksal eines menschlichen Geschöpfs wie einen lebenden Vogel in meinen Händen zu halten . . .

Ich antwortete nicht. Ich klopfte an die Glasscheibe, an der dicker Schnee klebte. Ich sah nach draußen. Bald näherten wir uns der Ebene; die Fichtenwälder lichteten sich; man sah in der Dunkelheit im Schein der ersten Holzfällerfeuer ihre eisverkrusteten Zweige glänzen.

Schließlich kamen wir in Lausanne an, wo sich in dieser Nacht das Komitee versammelte.

Ich kannte alle Mitglieder des Komitees, aber ich sah sie zum erstenmal zusammen. Ludin und seine Frau waren da, Rubakow, Brodsky, Dora Eisen, Leonidow, Herz . . .

Die meisten von ihnen sind inzwischen eines gewaltsamen Todes gestorben.

Einige dagegen haben sich rechtzeitig abgesetzt. Herz lebt noch hier in Frankreich. Als ich nach Nizza kam, begegnete ich ihm einmal auf der Promenade des Anglais, am Arm seiner Frau, mit einem kleinen weißen Pudel an der Leine; er wirkte alt und krank, aber seelenruhig, wie ein guter französischer Kleinbürger. Er ging ganz nahe an mir vorbei, ohne mich wiederzuerkennen. Auf seinen Befehl sind einstmals der Generalgouverneur Rimsky und der Minister Bobrinow getötet worden.

1907 sollte er den Zug des Zaren in die Luft sprengen, ließ aber irrtümlicherweise die Bombe unter den Zug Petersburg-Jalta werfen, während der Zar und seine Familie in entgegengesetzter Richtung fuhren. Ein Versehen, das zwei Dutzend Menschen das Leben kostete (diejenigen, die auf seinen Befehl die Bombe geworfen und nicht mehr die Zeit gehabt hatten, sich in Sicherheit zu bringen, zähle ich nicht: das sind die Risiken des Berufs).

Die Versammlung des Komitees von 1903 fand im Zimmer Ludins statt; sie dauerte kaum eine Stunde. Um die Nachbarn zu täuschen, waren Weinflaschen auf einen hell beleuchteten Tisch gegenüber dem Fenster gestellt worden. Von Zeit zu Zeit stand eine der beiden Frauen auf und spielte auf einem alten Klavier in einer Ecke ein paar Walzermelodien. Man händigte mir einen Paß aus, ausgestellt auf den Namen Marcel Legrand, geboren in Genf, Doktor der Medizin, Diplome, die meinen Beruf beglaubigten, Geld. Dann gingen alle nach Hause und ich ins Hotel.

V

Ich erinnere mich mit außergewöhnlicher Deutlichkeit an das Zimmer, in dem ich diese Nacht verbrachte. Auf dem alten, abgenutzten Teppich war eine Art schnurfarbener Pfad eingetreten, auf dem ich mechanisch bis zum Morgen hin- und herging. In einem kleinen, trüben Spiegel über dem Waschbecken sah ich die Möbel aus schwarzem Holz, die grüne Tapete und mein bleiches, angespanntes Gesicht. Ich öffnete das Fenster, weiß ich noch. Ich zwang mich, eine kleine graue Kirche zu betrachten, die streifenförmig mit Schnee bestäubt war. In bestimmten Abständen leuchteten in der menschenleeren Straße traurige Lichter. Ich empfand namenlose Erschöpfung und Traurigkeit. Mein ganzes Leben lang war das so: wenn ich eine Aktion ausführen sollte, von der das Schicksal meiner Partei abhing — ich spreche nicht von meinem eigenen Leben, das mich nie besonders interessiert hat —, wurde ich von einer tödlichen Gleichgültigkeit überwältigt. Die reine und kalte Luft belebte mich schließlich wieder. Und nach und nach erfaßte mich erneut die auf der Herreise im Zug empfundene dumpfe Erregung bei dem Gedanken, daß ich dieses Totenreich verlassen würde, daß ich genesen war, daß mich das Leben eines Revolutionärs mit seinen Spannungen und Kämpfen erwartete und noch so vieles andere mehr ... Ich blieb einige Tage in diesem Hotel.

Schließlich, eines Morgens, am 25. Januar 1903, erhielt ich den Befehl und reiste ab. Ich mußte mich nach Kiew begeben und mich dort als erstes mit einer Frau namens Fanny Zart bekannt machen, die mir nach Petersburg folgen und mir helfen würde. Als ich Lausanne verließ, hatte ich ein merkwürdiges Erlebnis, das mich verwunderte und, obwohl es unbedeutend war und später in meinem Leben nie mehr eine Rolle spielen sollte, immer in meinem Gedächtnis geblieben ist. Noch heute sehe ich die Szene in meinen Träumen wieder.

Ich hatte an dem Tag zu einer letzten Unterredung mit Doktor Schwann nach Monts fahren müssen und war auf der Rückreise nach Lausanne. Ich saß in einer kleinen, keuchenden Lokalbahn, die an jedem Bahnhof hielt und um Mitternacht in Lausanne ankommen sollte. Wir fuhren gegen zehn Uhr abends in Vevey ein. Der Bahnhof erschien leer, und man hörte in einer tiefen Stille das dünne Bimmeln der Glocke.

Plötzlich sah ich auf dem Bahnsteig mir gegenüber einen Mann, der dem einfahrenden Zug entgegenlief. Wir fuhren langsam; er schien sich unter die Räder stürzen zu wollen. Eine

Frau neben mir stieß einen schrillen Schrei aus. Jäh sah ich ihn sich umwenden, eine Art Kreis beschreiben, wie manche Vögel, die im Gleitflug zu Boden schweben, sah, wie er hinfiel, wieder aufstand, weiterlief und wieder hinstürzte — zwei, drei Mal. Schließlich blieb er am Boden liegen, sein Körper wurde von schwachen Zukkungen geschüttelt.

Der Zug hatte angehalten; schnell sprangen ein paar Reisende aus dem Wagen, hoben den Mann auf. Ich sah, daß sie sich über ihn beugten, ihm Fragen stellten und er, ohne zu antworten, die Hand mit einer schwachen, verwunderten Geste der Verneinung bewegte; dann fing er an, krampfhaft zu schluchzen.

Sie setzten ihn auf eine Bank, sahen ihn eine Weile an, dann ließen sie ihn sitzen: der Zug fuhr ab. Ich nahm das Bild dieses Mannes mit mir, wie er allein in dem verlassenen Bahnhof saß, in der kalten Januarnacht, ein dicker Mann in Trauerkleidung, mit einem dicken schwarzen Schnurrbart, schwarzem Filzhut, breiten Händen, die er in verzweifelter Ergebenheit über den Knien gekreuzt hatte.

Oft habe ich mich später gefragt, warum mir das einen so starken Eindruck gemacht hat, aber es war wirklich so, daß mich das Gesicht dieses dicken Mannes noch jahrelang verfolgte und sich in meinen Träumen mit den Zügen des Pottwals vermischte — nach dem Mord. Sie glichen sich ein wenig.

In Kiew traf ich unter der angegebenen Adresse die Medizinstudentin Fanny Zart an. Sie war ein junges Mädchen von zwanzig Jahren, eine robuste Gestalt mit schwarzen Haaren, die wie ein Bakkenbart in ihre Wangen hineinwuchsen, mit einer langen, geraden Nase, einem kräftigen Mund, dessen hängende Unterlippe ihrem Gesicht einen obstinaten und verächtlichen Ausdruck verlieh, und Augen, wie ich sie nur bei den Frauen der Partei gesehen habe (denen der zweiten Generation, nichts mehr von dem kurzsichtigen, müden Blick meiner Mutter), von einer unmenschlichen Härte und Starrheit.

Sie war die Tochter eines Uhrmachers aus Odessa und die Schwester eines reichen Petersburger Bankiers, der ihr das Studium bezahlte und den Umgang mit ihr mied. So nahm der Haß auf die besitzenden Klassen für sie die konkrete Gestalt eines kleinen jüdischen Bankiers mit rundem Bäuchlein an. Sie war seit drei Jahren bei der Partei.

In Kiew wohnte sie in einem großen Zimmer im letzten Stockwerk eines Eckhauses; von ihrem Fenster aus sah man von zwei Seiten den Markt und den Platz und hinter diesem eine lange Straße, die durch eine bezaubernde vergoldete Kirche abgeschlossen wurde. Später, als wir Kiew nahmen, erinnerte ich mich an dieses Haus; ich ließ dort die Maschinengewehre in Stellung bringen; die Männer Machnos, die aus der Kirche herauskamen und sich raubend und mordend über den Platz verteilten, fielen wie vom Blitz getroffen.

Sie gab mir den Paß eines ihrer Brüder: es war ausgemacht worden, daß der Name Marcel Legrand erst in Petersburg auftauchen sollte, damit die Spuren meiner Anreise möglichst verdeckt blieben.

Noch am selben Abend zog ich bei ihr ein. Ich war fast den ganzen Tag über allein. Sie besuchte die Vorlesungen an der Universität und kam erst nachts zurück, machte uns etwas zu essen, dann sprachen wir, oder vielmehr: sie sprach, unermüdlich ging sie mit mir die Namen der auf der Liste stehenden zum Tode Verurteilten durch.

Auf dem vereisten Platz fiel dichter Schnee: man sah, immer paarweise, die Männer der Polizei zurückkehren. Kiew war damals ein trübseliges, ruhiges Provinzstädtchen. Nirgendwo habe ich mehr so schöne, düster strahlende Sonnenuntergänge gesehen.

Der Himmel im Westen wurde plötzlich blutrot und überzog sich mit purpurnem Dunst. Bis zum Einfall der Nacht flatterten die unzähligen Krähen mit ohrenbetäubendem Krächzen und Flügelschlagen durch die Luft.

Von unseren Fenstern aus sah man erleuchtete Häuser, stille Schatten hinter den Fensterscheiben, das zitternde Licht der auf den Fußboden gestellten Petroleumlampen in den Läden, die eine rauchige Helle verbreiteten.

Ich sah nur Fanny; nach den erhaltenen Instruktionen durfte ich kein anderes Parteimitglied kennenlernen. Vielleicht begannen die Parteileiter von Genf damals in bezug auf den Verrat von A. Verdacht zu schöpfen.

Schließlich verließ ich zusammen mit Fanny Kiew. Wir kamen am Tag vor Ostern in Petersburg an.

VI

Ich zog in eine Pension, die sie mir empfohlen hatte; die Besitzerin war eine Madame Schröder, eine Frau deutscher Abstammung, die ursprünglich ein Bordell geführt und dann ein Hotel garni daraus gemacht hatte. Sie stand sowohl in den Diensten der Revolutionäre als auch in denen der Polizei. Aufgrund einer stillschweigenden gegenseitigen Duldung waren solche Orte die sichersten.

Eine Menge Prostituierte verkehrten dort; unwissentlich lieferten sie uns kostenlose Informationen. Am Abend, bevor sie auf den Newsky-Prospekt oder in die Schenken zurückmußten, versammelten sie sich bei der Schröder; der Tee, eine Karaffe Wodka kamen auf den Tisch, und sie nannten uns, ohne überhaupt etwas zu merken, Namen und Adressen, besser, als es Berufsrevolutionäre gemacht hätten. Es waren liebe, sanfte, zutiefst unglückliche Geschöpfe. Sie waren erzreaktionär, wie es die Prostituierten allgemein sind, und hatten keine Ahnung von der Rolle, die man sie in beiden Lagern spielen ließ. Jedenfalls die meisten, denn einige unter ihnen verrieten auch bewußt sowohl die einen wie die andern, aus Gewinnsucht, Eifersucht oder Klatschlust.

Der nächste Tag war Ostern. Wir hatten beschlossen, uns noch in der Nacht unserer Ankunft in die Sankt-Isaaks-Kathedrale zu begeben, wo Kurilow nach Fannys Informationen der Messe beiwohnen sollte. So würde ich den Minister, den ich nur von seinen Porträts kannte, in Augenschein nehmen können.

Die Osternacht fiel in jenem Jahr mit der Gedächtnisfeier eines Heiligen zusammen, dessen Namens ich mich nicht entsinne: das war der Grund, warum Kurilow die Messe nicht wie gewöhnlich in der Kapelle des Ministeriums hören sollte.

Fanny würde ihn mir zeigen und dann verschwinden. Sie wurde von der Polizei verdächtigt: ihr Name war in eine Affäre hineingezogen worden, bei der es um eine illegale Druckerei ging. Deswegen hatte die Partei es abgelehnt, ihr die Ausführung des Attentats anzuvertrauen. Diese Frau war von einer außerordentlichen Intelligenz und Fixigkeit, durch eine Art nervöses Fieber, eine ständige Spannung getragen, wie ich sie in diesem Ausmaß nur bei Frauen erlebt habe, eine Spannung, die sie Wunder an Ausdauer und Energie vollbringen ließ. Und plötzlich konnten sie dann verzagen, endeten mit Selbstmord oder liefen zum Feind über, verrieten uns. Aber viele starben auch tapfer.

Noch an diesem Abend war es Fanny gelungen, sich Geld zu besorgen und Bauernkleidung für sich zu beschaffen.

Wir nahmen zwei große Kerzen und die *kulitschs* mit, die man in der Kirche segnen ließ, und brachen auf, wobei wir den längsten Weg wählten, denn Fanny wollte mir den Palast des Ministeriums zeigen, wo Kurilow wohnte.

Ich sah mir Sankt Petersburg an, das mir von bewundernswerter Schönheit erschien. Ostern war in jenem Jahr äußerst spät, die Nächte waren schon hell.

Man sah deutlich die roten Palais, die Uferdämme, die dunklen Granithäuser. Ich blieb vor dem Ministerium stehen, betrachtete lange die Säulen, die Gußeisenbalkons; die Steine hatten die dunkelrote Farbe der Staatsgebäude, die Farbe geronnenen Blutes. Hohe Eisengitter umgaben einen noch kahlen Garten; durch die entlaubten Zweige hindurch sah ich einen mit Sand bedeckten Hof und eine breite Treppe aus weißem Marmor.

Wir gingen in die Richtung der Isaaks-Kathedrale zurück. Die Straßen waren voll kleiner Leute, die wie wir Kerzen in der Hand hatten und in weiße Servietten eingewickelte Kuchen trugen. An Tischen, die unter freiem Himmel aufgebockt waren, wurden auch welche verkauft. Wagen fuhren langsam vorbei. Wir kamen auf den Platz, wo die Menge wartete. Ich sah die Mitglieder des diplomatischen Korps hineingehen, die Minister, hohe Würdenträger, Frauen, dann traten wir, unter das Volk gemischt, ein und bekreuzigten uns wie alle.

Fanny drang bis zu einer entlegenen Ecke der Kirche vor, von wo wir die ersten Reihen sehen konnten. Der Geruch und der Qualm des Weihrauchs waren so stark, daß mir die Schläfen pochten und ich nur wie durch eine Wolke der Menge in Balltoiletten, funkelnden Uniformen mit Ordensbändern und -sternen gewahr wurde. Die vom Licht der Kerzen beleuchteten Gesichter erschienen gelb wie Totengesichter, tiefe Schatten lagen um die Münder. Die strahlendrot gewandeten Geistlichen stimmten ihre Gesänge an und schwenkten ihre Weihrauchgefäße über uns. Fanny sagte: »Der dritte in der Reihe links, zwischen zwei Frauen. Die eine mit einem Paradiesvogel auf dem Kopf; die andere jung, in weißem Kleid.«

Ich blickte hin und sah durch den aufsteigenden Weihrauch hindurch einen hochgewachsenen, dicken Mann mit fast weißen Haaren und Augenbrauen, fahlrotem, viereckig gestutztem Bart und unerbittlichem, hochmütigem und strengem Ausdruck. Ich beobachtete ihn lange. Er war reglos wie ein Stein. Allein seine Hand hob sich langsam und schlug das Kreuzzeichen, doch der enorme Hals, das breite, mächtige Gesicht bewegten sich nicht; die Wimpern zitterten nicht; seine großen blassen Augen blickten starr geradeaus auf den Altar.

Fanny, die mit einer Hand ihr rotes Kopftuch fest unter dem Kinn zusammenhielt, starrte ihn mit glänzenden Augen an. Eine Hundertschaft Polizisten, die einen in Uniform, die andern in Zivil, aber an ihrer steifen Haltung, ihrem dünkelhaften, brutalen Ausdruck erkennbar, bildeten einen Kordon, der diesen glitzernden Haufen von Würdenträgern und Ministern vom Volk abtrennte.

Die Hitze wurde so stark, daß ich das dumpfe, unregelmäßige Schlagen meines Herzens hörte. Wir hatten uns wie das Volk um uns herum niedergekniet, und die Gesänge schienen von den herrlichen Gewölben auf unsere Köpfe herabzustürzen und uns zu zermalmen.

Ich sah Kurilow nicht mehr; ich fühlte mich wie im Traum, wie im Fieber; mechanisch berührte ich wie die Bauern mit der Stirn den Boden; von den Marmorfliesen stieg stoßweise ein kalter Hauch, ein feuchter, eisiger Dunst auf.

Schließlich war der Gottesdienst zu Ende. Wir gingen hinaus; die Polizisten trieben das Volk auseinander; ich sah Kurilow in seinen Wagen steigen, ein Lakai mit schwarzem, kokardengeschmücktem Hut stützte ihn dabei.

Die Geistlichen zogen dreimal um die Kirche herum; in der hellen Frühlingsnacht sah man die langen Bänder an den Ikonen leise wogen. Dreimal trugen die Priester das funkelnde Kreuz vorüber, dann verloren sich ihre Gesänge in der Ferne.

Wir lösten uns aus der Menge und gingen den Newsky-Prospekt entlang bis zu meinem Haus. Wie die andern hielten wir unsere angezündeten

Kerzen in der Hand; der Duft des Wachses verbreitete sich in der Luft; sie brannten mit hoher, durchsichtiger, gerader Flamme, denn die Nacht war äußerst milde geworden, kein Windhauch rührte sich. »Zeichen des Friedens, Zeichen des Glücks«, sagten die Frauen hinter uns und schützten das strahlende Licht mit der Hand. Der Himmel über unseren Köpfen wurde allmählich dunkler, aber der Horizont blieb hell und rosig und färbte das Wasser der Kanäle mit zarten Schattierungen und huschenden Lichtern.

Wieder kamen wir vor dem offenen Gittertor des Ministeriums vorüber. Wagen fuhren in die Gärten hinein. Man sah deutlich Frauen in Ballkleidern an den Fenstern, und man hörte gedämpfte Klänge einer Musik. Das ganze Gebäude war hell erleuchtet.

Ich weiß nicht, warum, aber da draußen nach dem langen Herumwandern auf der Straße, müde und krank (denn von dem Weihrauchgeruch und der Hitze in der Kirche war mir übel geworden, und ich fieberte), empfand ich zum erstenmal in meinem Leben, als ich mir das unerschütterliche, eisige Gesicht des Ministers ins Gedächtnis zurückrief, so etwas wie Haß. Ich fühlte, wie mir das Herz vor Bitterkeit schwoll.

Fanny schien auf unerklärliche Weise meine Empfindungen wahrzunehmen. Sie sah mich an und fragte trocken: »Nun?«

Ich zuckte die Achseln, ohne etwas zu sagen.

Zum erstenmal sprach da dieses verschlossene, stolze Mädchen von sich selbst zu mir, sie erzählte mir ihr Leben. Wir hatten uns auf eine der in den Granit der Ufermauern gehauenen Bänke gesetzt. Der Wind, der noch rein war und nach Eis roch, blies von der Newa her; er löschte unsere Kerzen aus.

Seither habe ich viele unserer Frauen die gleiche Geschichte berichten hören; alle diese Existenzen glichen sich in ihrem verletzten Stolz, ihrem Durst nach Freiheit und Rache. Aber es war etwas Affektiertes und Exzessives in ihrer Stimme und ihren Reden, das mich peinlich berührte und mich erkalten ließ. Sie war sichtlich bewegt; ihre Augen suchten die meinen, sie war sicher guten Willens, wollte mich aufrütteln, mir Mitleid, Bewunderung, Schrecken einflößen. Ich hörte sie kaum: diese ganze Nacht glich einem Alptraum, und ihre Worte vermischten sich mit den Trugbildern eines Fieberwahns.

VII

Ich verbrachte einen Monat damit, das Palais zu überwachen und, vergeblich, die Mittel zu suchen, dort einzudringen. Nach und nach erfaßte mich eine leidenschaftliche Erregung; Tag und Nacht strich ich um das Gebäude, fragte ich die kleinen Leute aus, die Lieferanten, die niedrigen Angestellten des Ministeriums, die schwatzhaften Krämer in den benachbarten Straßen. Nach kurzer Zeit kannte ich die äußere Seite von Kurilows

Leben, seine Gewohnheiten, die Zeiten und die Tage, an denen er sich zum Zaren begab, die Namen seiner Freunde, die Volksmeinung über ihn. Unmenschlich, ehrgeizig, waren die Worte, die unaufhörlich wiederholt wurden. Ich erfuhr, daß er seine erste Frau verloren hatte; sie stammte aus einer einflußreichen Familie, die unter der Protektion der Zarinmutter stand; diese letztere hatte den Aufstieg Kurilows gefördert; seit der Thronbesteigung Nikolaus' war der Gönner des Ministers der Fürst Alexander Alexandrowitsch Nelrod.

Aus seiner ersten Ehe hatte Kurilow einen Sohn und eine Tochter, die bei ihm lebten; der Knabe noch ein Kind, das Mädchen im heiratsfähigen Alter. Vor einem Jahr hatte er schließlich seine Geliebte geheiratet, eine französische Kokotte, Margot, Marguerite Darcy, eine ehemalige Operettensängerin. Die Liaison ging bis auf Kurilows Jugendzeit zurück.

Eines Tages sah ich diese Frau und die Tochter des Ministers aus dem Haus kommen; ich erkannte die beiden Frauen wieder, die in der Kathedrale zu beiden Seiten Kurilows gesessen hatten; das Mädchen war klein und wirkte äußerst jung, fast kindlich, ein braunhaariges, blasses, zartes, sehr hübsches Wesen mit großen blauen Augen; die Frau ... Die Frau war ein außergewöhnliches Geschöpf: ein alter, abgetakelter Paradiesvogel, der seine glänzenden Federn verlor, aber noch im Talmischein falscher Theaterjuwelen glitzerte. Sie war überaus stark geschminkt; grausam ließ die Mittagssonne die roten Flecken auf ihren Wangen, die feinen, tiefen Fältchen in ihrer Haut hervortreten; das Gesicht war wohl mit den Jahren teigig geworden, aber an der Reinheit einzelner Züge war noch zu erkennen, daß sie einmal schön gewesen sein mußte.

Sie ging dicht an mir vorüber, streifte mich, raffte die Spitzenflut ihrer Röcke zusammen, blickte mich an. Ich sah ihre Augen ganz nahe vor mir und war überrascht von ihrer Schönheit. Schwarz, funkelnd, von dunklen, zarten Lidern eingefaßt, hatten sie einen todmüden, tiefen Ausdruck, der mich bewegte. Sie erinnerte mich an eine alte Prostituierte, die ich bei der Schröder getroffen hatte, eine Ruine, aber der gleiche tiefe, müde Blick.

Sie murmelte mit starkem französischem Akzent ein paar Entschuldigungsworte (ihre Stimme war affektiert und unangenehm) und ging vorbei; ich folgte ihr eine Weile; sie hatte einen lächerlichen, hüpfenden Gang, wie ihn alte Schauspielerinnen haben, die fürchten, beim Gehen mit ihren durch das Alter schwerfällig gewordenen Füßen die Bretter der Bühne zum Knacken zu bringen.

»Diese Frau«, sagte mir Fanny später, »hat vor aller Augen vierzehn Jahre lang mit ihm gelebt. Sie veranstalten in ihrem Haus auf den Inseln schändliche Orgien.«

Ich vermied es, zur Stelle zu sein, wenn der Minister selbst herauskam, denn ich fürchtete, die Aufmerksamkeit der Spitzel zu erregen, die, vor allem zu den Zeiten, wenn er sich zum Zaren begab, aus allen Ecken der Stadt zu dem Palais zu strömen schienen, als bezweckten sie, dem ganzen Viertel sein Erscheinen anzuzeigen. Später erfuhr ich, daß die halb in Ungnade gefallenen Minister mit dieser provozierenden Ungeschicktheit bewacht wurden; aber damals erstaunte mich das.

Ein einziges Mal sah ich Kurilow, und das geschah fast zufällig. Ich war ganz ohne mein Zutun wieder in dieses Viertel und in die Nähe dieses Hauses geraten. Ich ging gerade vor seinem Tor vorbei, als ich an dem besonderen Straßenbild merkte, daß er herauskommen würde; der Türsteher und die städtischen Schutzleute standen mit wachsamen, strengen Gesichtern noch strammer als sonst. Da und dort an den Straßenecken erschienen Polizisten in Zivil. (Ich hatte sie erkennen gelernt: sie allein unter den Einwohnern Petersburgs trugen sommers wie winters schwarze Melonen und große, zusammengerollte Regenschirme in der Hand.)

Das Tor ging auf, und Kurilow schritt, von einem Sekretär gefolgt, zu seinem Wagen. Er ging schnell und runzelte mit übellauniger, finsterer Miene die Brauen. Ich drückte mich an die Mauer und sah ihn mir an. Und, so seltsam das auch scheinen mag, er richtete seine Augen auf mich, wie es seine Frau getan hatte, aber er schien durch mich hindurchzublicken, ohne mich zu sehen. Wie ein Blitz durchzuckte mich der Gedanke, daß ich die lebende Gestalt war, die der Tod auf dieser Erde für ihn angenommen hatte, und auch — er war so dick, so unerschütterlich und so feierlich — daß es mir Spaß machen würde, diese ganze imposante, mit Orden behängte Masse und dieses unerbittliche Gesicht in »Spritzern von Fleisch und Knochen« wegfliegen zu sehen. In diesem Augenblick haßte ich ihn, wie ich früher Doktor Schwann gehaßt hatte, mit einer fast körperlichen Empfindung. Ich wandte mich ab, und er ging vorüber, setzte seinen Weg fort. Ich suchte eine kleine Schenke auf, wo man mir etwas zu essen servierte, und blieb dort bis tief in die Nacht hinein.

Am Tag danach erfuhr ich von Fanny, daß auf Strafantrag des Ministers hin sechzig Studenten unter der Beschuldigung revolutionärer Umtriebe verhaftet worden waren. Einer der Geschichtsprofessoren hatte sich geweigert, auf ihre Fragen nach der Pariser Kommune zu antworten. Die jungen Leute hatten sich dagegen aufgelehnt, wie sie eben konnten, das heißt auf kindliche, dumme Weise, indem sie die Pulte zerschlugen und während des Gottesdienstes in der Kapelle lauthals Revolutionslieder sangen (die *Internationale* und die *Marseillaise* durcheinander). Die Truppen hatten die Vorlesungssäle räumen lassen.

Ich aß bei der Schröder zu Abend; sie erzählte mir von Madame Kurilow, die sie mit zwanzig Jahren gekannt hatte, »als sie in den Schenken der Inseln *Giroflé-Girofla* sang. Später ist sie die

Mätresse des Fürsten Nelrod geworden, bevor sie Seiner Exzellenz begegnet ist.«

»Weiß Kurilow, daß der Fürst die Gunst der Dame vor ihm genossen hat?« fragte ich.

Aber Madame Schröder sagte mir, daß dieser Umstand sie aus geheimnisvollen Gründen noch enger miteinander verbunden habe. Sie sprach noch, als Fanny hereinkam.

In der Stadt hieß es, die Soldaten hätten das Feuer eröffnet und eine Anzahl junger Leute sei getötet und verwundet worden. Nie habe ich auf einem menschlichen Antlitz einen Ausdruck größeren Hasses gesehen als damals auf Fannys Gesicht; ihre grünen Augen funkelten. Ich war selbst erschüttert.

Als wir hinausgingen, war die Stadt völlig still und wie zu Boden gedrückt. Dieses außergewöhnliche Schweigen habe ich später noch öfters wahrgenommen: das sicherste Vorzeichen der Revolutionen. Es gab in dieser Nacht teilweise kleine Revolten in den Fabriken und Textilbetrieben, die sofort mit äußerster Gewalt erstickt wurden.

Wir durchquerten fast die ganze Stadt, ohne etwas anderes zu hören als die eisernen Läden, die hastig vor den Auslagen der Geschäfte niedergelassen wurden. Nur ganz wenige Läden blieben offen, einzig von einer auf den Fußboden gestellten Laterne schwach erleuchtet.

Der große, rechteckige Hof der Universität war durch Gittertore geschlossen, aber als wir dort ankamen, ging gerade eine kleine Gruppe Männer mit Tragbahren hinein.

Wir schlüpften hinter ihnen durch, dann schlossen sich die Tore wieder. Die Universitätsgebäude waren in tiefste Dunkelheit getaucht. Plötzlich leuchtete in einem der Räume ein Licht auf, und wir sahen es durch die großen Fensterfronten der Hörsäle durchscheinen; es leuchtete schwach in der hellen Nacht. Ich weiß nicht, warum, aber es machte einen unbeschreiblich unheimlichen Eindruck.

Wir hatten uns hinter die hohen Säulen gedrückt und blieben da reglos und fasziniert stehen, trotz der Gefahr, der wir uns unweigerlich aussetzten, denn die Polizeibeamten gingen unablässig durch das ganze Gebäude.

Auch die Häuser auf der anderen Straßenseite waren verriegelt und dunkel. Als wir von einer Art plötzlichem Hin und Her profitieren und uns davonstehlen wollten, fuhr in vollem Galopp ein Wagen vor, und wir erkannten Kurilow.

Einer der Leute, die Wache standen, löste sich von der Gruppe und öffnete den Wagenschlag, doch Kurilow machte ihm ein Zeichen, daß er nicht aussteigen würde. Sie wechselten ein paar Worte; aber obwohl ich ganz in der Nähe stand, konnte ich nichts verstehen. Im Licht der Nacht, die hell und klar war wie eine westliche Morgendämmerung, sah ich die hohe, unbewegliche Gestalt des Ministers und sein Gesicht, gezeichnet von unmenschlicher Kälte und Härte.

In diesem Augenblick hörte man Schritte im Innern des Hofes, und die Bahrenträger kamen heraus. Es waren acht, glaube ich. Als sie an dem

Wagen vorübergingen, hielten sie an und schlugen das Laken zurück.

Ein Mann, der neben Kurilow stand und den ich heute noch vor mir sehe, ein kleiner blasser Mann mit einem dicken gelben Schnurrbart und einem nervösen Tick, der ihn mit der Oberlippe zucken ließ, trug die Namen der Opfer in eine Liste ein; die Träger reichten ihm Heftchen, Papiere, zweifellos die Ausweise, die in den Kleidern der Toten gefunden worden waren.

Ich sah für die Dauer einer Sekunde junge Gesichter mit geschlossenen Augen, mit jenem unvergeßlichen Ausdruck der Unnahbarkeit und tiefen Verachtung, den die Toten ein paar Stunden nach ihrem Ende haben, wenn die Spuren des Schmerzes und des Schreckens aus ihren Zügen geschwunden sind.

Man trug sie fort und warf sie mit einem dumpfen Laut, einem Hauruck, wie es Lastträger beim Heben von Kisten ausstoßen, in einen schwarzen, geschlossenen Lastwagen, der am Straßenrand wartete.

Der Minister gab ein Zeichen, die Polizisten traten auseinander, der Wagen fuhr augenblicklich los. Ich hatte gerade noch Zeit, zu sehen, wie der Minister sich zurücklehnte und sich den Hut über die Augen zog. Ein Eindruck tiefen Entsetzens ist mir von dieser Szene geblieben.

VIII

Ich hatte mir ausgedacht, mich bei dem Minister als französischer Bedienter, Hauslehrer oder Arzt einzuführen. Dieser letzte Schlich wurde dann angewendet. Eines unserer Mitglieder bei der Schweizer Gesandschaft empfahl mich seinem Vorgesetzten und dieser mich in aller Unschuld Kurilow, der jedes Jahr, wenn er für den Sommer in sein Haus auf den Inseln und danach in den Kaukasus aufbrach, einen jungen Arzt, vorzugsweise Ausländer, mitnahm.

Ich stellte mich in der Gesandtschaft vor und erreichte natürlich mit meinem Paß und meinen gefälschten Empfehlungsschreiben schneller mein Ziel, als ein echter Marcel Legrand das gekonnt hätte. Ich erhielt von dem Schweizer Minister einen Brief, in dem er sich in politischer Hinsicht für mich verbürgte; noch am gleichen Tag ging ich zum Palais.

Ich wurde von einem Sekretär empfangen, der meine Papiere prüfte und sie einbehielt; dann bat er mich, am nächsten Tag wiederzukommen, was ich tat.

Ich ging also am nächsten Tag hin, ich wartete.

Kurilow kam mit hartem, schwerem Schritt durch den Saal, nahm meine Hand. Ich war erstaunt, wie verschieden seine Züge, so aus der Nähe gesehen, von denen waren, die ich in Erinnerung hatte. Er wirkte älter, und sein in der Öffentlichkeit marmorhaft unbewegtes Gesicht erschien weicher, mürber, sanfter, in weißliches Fett gebettet; er hatte tiefe Ringe um die Augen.

Mir war an dem Tag, als wir uns vor seinem Haus begegnet waren, die Art aufgefallen, wie er mir in die Augen geblickt hatte, ohne daß er mich zu sehen schien, als suchte er einen Gegenstand hinter einer Wand aus Glas. Er war ganz Stirn und Ohren ... In den paar Augenblicken, die unsere Unterhaltung dauerte, fühlte ich seine müden blauen Augen unverwandt auf mich gerichtet. Man erzählte mir später, diese auffällige Art, das Gesicht seines Gesprächspartners im Blick zu behalten, ohne Lider oder Wimpern zu bewegen, sei der Tick Alexanders III. gewesen. Zweifellos ahmte der Minister ihn nach. Und doch schien er vor allem von einer fixen Idee besessen, und man empfand nicht so sehr Furcht angesichts seines starren und zerstreuten Blicks als vielmehr Verlegenheit und Hilflosigkeit.

Er stellte mir einige Fragen, erkundigte sich, ob ich schon am nächsten Montag in seinem Haus auf den Inseln einziehen könne.

»Ich werde dort den Juni verbringen«, sagte er, »und den Herbst im Kaukasus ...«

Ich bejahte. Er winkte, und der Sekretär begleitete mich zur Tür. Ich ging weg.

Am folgenden Montag ließ ich mich zu den Inseln fahren. Das Haus der Kurilows war am äußersten Ende gelegen, an einem Ort, der »die Pfeilspitze« hieß und von wo der ganze Finnische Meerbusen zu sehen war; in ihm spiegelte sich die untergehende Sonne, die die ganze Mainacht hindurch einen silbrigen Schein verbreitete. Magere Birken und Zwergtannen wuchsen auf einem morastigen Boden, aus dem schwarzes, modriges Wasser quoll. Nirgendwo sonst habe ich so viele Mücken gesehen. Am Abend stieg ein weißlicher Dunst um die Häuser herum auf, und dicke Mückenwolken aus den Sümpfen erhoben sich in die Luft.

Die Häuser der Inseln waren sehr schön. Manchmal erinnert mich eine Villa in Nizza an die der Kurilows, denn sie war im gleichen pompösen italienischen Rokokostil gebaut, aus safrangelbem Stein über einem wassergrün gestrichenen Unterbau, und mit großen, eiförmigen Balkonen geziert.

Im Bürgerkrieg wurde das alles zerstört. Ich kam einmal dorthin zurück, erinnere ich mich, während der Kämpfe gegen Judenitsch im Oktober 1919, als ich Armeekommissar war. Unsere Roten Garden kampierten am Rand der Bucht. Ich fand keine Spur von dem Haus mehr, es war von den Granaten völlig eingeebnet worden; es schien im Boden versunken zu sein; von allen Seiten war Wasser hervorgequollen, es bildete einen richtigen tiefen, ruhigen See, über dem das schrille Gesumm der Mücken schwebte ... Ich atmete unter merkwürdigen Empfindungen den Geruch des Wassers ein ...

Ich lebte eine Zeitlang allein in diesem Haus, mit Kurilows zehnjährigem Sohn Iwan und seinem Hauslehrer, einem Schweizer namens Froelich. Der Minister war noch durch den Zaren aufgehalten. Dann kamen Madame Kurilow und die Tochter des Ministers an, Ina (Irina Waleria-nowna), und schließlich der Minister selbst.

IX

Walerian Alexandrowitsch traf spät an einem Abend ein. Ich war zu Bett gegangen. Das Geräusch der Wagenräder auf dem Pflaster des Hofs weckte mich auf.

Ich ging ans Fenster. Die Lakaien hielten noch den Wagenschlag auf; Kurilow stieg aus, gestützt von einem Sekretär; er schien nur mit Mühe gehen zu können; mit langsamem, schwerem Schritt, der dumpf auf dem Boden dröhnte, durchquerte er den Hof. Auf der Freitreppe blieb er stehen, wies auf seine Koffer, gab Befehle, die ich nicht hören konnte. Ich sah ihn mir an. Zu der Zeit damals wurde ich nicht müde, ihn mir anzusehen ... Ich denke, der Angler, der lange am Flußufer gewartet hat und endlich die Leine in seiner Hand nachgeben und zittern fühlt und seinen Lachs oder seinen Stör herauszieht, muß mit dem gleichen Gefühl das glänzende Bündel betrachten, das vor seinen Augen funkelt und zuckt.

Kurilow war schon längst ins Haus gegangen, aber ich stand immer noch da, in die fieberhafte

Vorstellung des Augenblicks versunken, wenn ich ihn tot zu meinem Füßen sähe.

Ich war nicht wieder zu Bett gegangen in dieser Nacht, ich las, als ein Bedienter bei mir eintrat: »Kommen Sie sofort herunter: Seine Exzellenz fühlt sich schlecht.«

Ich ging zum Minister. Als ich mich seinem Zimmer näherte, hörte ich eine Stimme, die ich nur mit Mühe als diejenige Kurilows wiedererkannte, ein anhaltendes Schreien, von Klagerufen und Ächzen unterbrochen: »Mein Gott! Mein Gott! Mein Gott . . .!«

Der Bediente trieb mich an: »Beeilen Sie sich, Seiner Exzellenz geht es sehr schlecht . . .«

Ich trat ein. In dem Raum herrschte ein namenloses Durcheinander. Ich sah Kurilow auf seinem Bett ausgestreckt liegen, völlig entkleidet, eine angezündete Kerze beleuchtete seinen dicken gelben Körper. Er warf sich unablässig von einer Seite auf die andere, zweifellos, um eine weniger schmerzhafte Lage zu finden, doch bei jeder Bewegung entfuhr ihm ein Schrei. Als er mich sah, wollte er sprechen, und jäh stürzte ihm eine schwarze Flut von Erbrochenem aus dem Mund. Ich betrachtete prüfend seine gelben Backenknochen, die tiefen Schatten in seinen inneren Augenwinkeln. Er wies mit der Hand auf die Lebergegend, stöhnend folgte er mir mit dem Blick seiner großen, weitaufgerissenen Augen; ich versuchte, ihn abzutasten, aber ich kam nicht durch die Fettschicht unter der Bauchwand; indessen fiel mir die anormale Magerkeit seines

Brustkorbs und der Beine auf, die im Gegensatz zu diesem enormen Bauch stand.

Seine Frau, die hinter ihm kniete, hielt ihm mit beiden Händen den zurückgeworfenen Kopf.

»Die Leber?« fragte ich.

Sie zeigte mir eine Spritze mit Morphium, die auf dem Tisch bereitlag.

»Professor Langenberg behandelt gewöhnlich Seine Exzellenz, aber er war nicht da«, murmelte sie.

Ich spritzte das Morphium und machte ihm heiße Umschläge über der Lebergegend. Kurilow fiel in einen von Stöhnen unterbrochenen Halbschlaf.

Ich erneuerte die Umschläge fast eine Stunde lang. Er hatte zu stöhnen aufgehört und seufzte nur manchmal tief auf. Er hatte einen völlig haarlosen Körper, von weißlichem Fett bedeckt, das aussah wie Talg. Auf seiner Brust bemerkte ich eine kleine goldene Ikone, die er an einer Seidenschnur um den Hals trug. Das ganze Zimmer, ein sehr großer, düsterer, unregelmäßig geschnittener Raum mit einer Tapete aus dunkelgrünem, fast schwarzem Rips war von oben bis unten mit Madonnen- und Heiligenbildern bedeckt, wie eine Kapelle. Eine riesige Ikone in einem Goldrahmen nahm eine ganze Zimmerecke ein; sie zeigte das Bild einer schwarzen Madonna mit einer aus Edelsteinen gefertigten Kopfbedeckung und einer ungefälligen Leidensmiene; die Wandbekleidung war hie und da durch die zitternden Flämmchen der Leuchten vor den Ikonen erhellt; über dem Bett zählte ich drei, die stufenförmig übereinander zwischen den Falten eines wallenden Behangs angeordnet waren.

Die Frau hatte sich inzwischen nicht von der Stelle gerührt; sie hielt immer noch behutsam, wie man ein schlafendes Kind wiegt, die schwere, harte gelbe Stirn in den Händen.

Ich sagte ihr, sie könne ihn jetzt loslassen, er sei nicht bei Bewußtsein. Sie antwortete nicht, schien nicht zu hören, schlang die Arme noch enger um das hintenübergeneigte Gesicht. Er atmete mühsam mit offenem Mund, geblähten Nasenflügeln, seine großen hellen Augen leuchteten unter den gesenkten Lidern hervor.

Sie flüsterte: »Walja . . . mein Liebster, Walja, mein Herz . . .«

Ich betrachtete sie aufmerksam. Sie wirkte erschöpft; ihr Gesicht war jetzt, so ganz ohne Schminke, das einer uralten Frau . . . Aber sie mußte schön gewesen sein . . . Sie hatte in einer außerordentlichen Mischung Lächerliches und Rührendes an sich. Ihr Haar war zu goldenen Pudellöckchen frisiert, ihr Mund von feinen, tiefen Runzeln gezeichnet wie ein rissig gewordenes Ölbild; sie hatte so tiefe Schatten um die Augen, daß sie an der Nasenwurzel einen dunklen Ring bildeten: vielleicht verlieh das ihrem Blick diesen tiefen, müden Ausdruck.

»Ist ihm nicht kalt?« murmelte sie. »Wenn er solche Schmerzen hat, kann er nicht einmal das Gewicht eines Lakens auf seinem Leib ertragen.«

Ich holte eine Decke und hüllte den nackten Körper, der vor Kälte und Fieber zu zittern begann, ein. Ich ging zart vor, aber ich konnte es nicht vermeiden, einen Moment lang die Lebergegend zu streifen. Er stieß eine Art tierischen Klagelaut aus, der mich, ich weiß nicht, warum, rührte.

»Schon gut!« sagte ich. »Es ist vorbei ...«

Ich legte die Hand auf seine Stirn, wischte ihm den Schweiß ab. Meine Hände waren kühl, und seine Stirn brannte. Ich spürte, daß ihm das eine Wohltat war. Wieder strich ich ihm langsam über das Gesicht; ich betrachtete ihn.

Madame Kurilow sagte leise: »Geht es dir besser, Walja, Liebster?«

Ich wiederholte: »Lassen Sie ihn schlafen. Er schläft ...«

Sie hob seinen Kopf etwas an, bettete ihn vorsichtig auf das Kissen. Ich nahm ein Fläschchen Essig, das in Reichweite war, befeuchtete damit meine Hände, legte sie ihm wieder auf die Stirn. Er lag vor mir da, auf dem Rücken ausgestreckt; sein fahles Gesicht hatte trotz der Schmerzen seinen harten, kalten Ausdruck nicht verloren.

Der Bediente, der im Zimmer geblieben war und in einer Ecke im Stehen fast einnickte, fragte leise: »Soll ich noch einmal versuchen, Professor Langenberg zu holen?«

»Ja, ja«, sagte Madame Kurilow lebhaft, »schnell ... Gehen Sie schnell ...«

Ich entfernte mich vom Bett, setzte mich auf den Sims des offenen Fensters, wo ich freier atmen und rauchen konnte. Es war schon Morgen, und die ersten Wagen fingen an vorbeizurollen.

Ein wenig später richtete Kurilow sich auf, machte mir ein Zeichen, mich zu nähern.

»Man ist Professor Langenberg holen gegangen«, sagte ich.

»Ich danke Ihnen. Sie haben mich gut versorgt. Sie scheinen geschickt zu sein.«

Er sprach Französisch, mit milder gewordener, verschleierter Stimme; er mußte entsetzlich gelitten haben; sein Gesicht war grau, und tiefe Schatten lagerten unter seinen Augen. Seine Frau beugte sich über ihn, strich ihm sanft über die Wange und blieb, während sie ihn mit leidenschaftlicher Aufmerksamkeit ansah, an seinem Bett stehen.

Er forderte mich auf, ihn zu untersuchen: ich tat es behutsam und sagte auf seine Fragen hin, er scheine mir überarbeitet zu sein. Ich war über den schlechten Zustand, in dem fast alle seine Organe waren, erstaunt. Er schien aus Eisen gemacht zu sein und wirkte durch sein Aussehen, seine Dicke, seine hohe Gestalt wie ein Koloß. Indessen waren seine Lungen verschleimt, sein Herzschlag unregelmäßig und nervös; kein Muskel unter diesem Fleischberg.

Ich tastete vorsichtig noch einmal die Lebergegend ab; ich glaubte, unter meinen Fingern eine anormale Vergrößerung zu spüren, doch er stieß mich weg, wurde noch bleicher: »Bitte nicht . . .«

Er wies mit der Hand auf die rechte Seite seines Leibs.

»Hier, hier. Das sticht wie mit einem Dolch...«

Offenbar verschlimmerte die Bewegung, die er gemacht hatte, den Schmerz. Er stöhnte, biß aber heftig die Zähne zusammen: gewohnt, mit bestimmten Gebärden, bestimmten Blicken zu herrschen, wendete er sie unbewußt gegen die Krankheit und den Tod an.

Nach einer Weile schien er sich beruhigt zu haben, fing wieder an zu sprechen. Er sagte mit schwacher Stimme, er habe ein schweres Leben und fühle sich erschöpft. Er seufzte ein paarmal und gestikulierte mit seiner großen Hand, die leicht zitterte.

»Sie wissen das nicht, Sie kennen dieses Land nicht, aber wir machen harte Zeiten durch. Jegliche Autorität ist geschwächt, die Diener des Zaren haben eine schwere Last zu tragen.«

Nach und nach wurde die Sprache, die er gebrauchte, affektiert und geschwollen; seine wohlgesetzten Worte bildeten einen seltsamen Kontrast zu dem Ausdruck seines alten, matten Gesichts und den Tränen des Schmerzes, die ihm noch in den Augen standen.

Er unterbrach sich, sagte sanft zu seiner Frau: »Gehen Sie schlafen, Marguerite.«

Sie küßte ihn lange auf die Stirn und entfernte sich.

Ich folgte ihr und sah ihr, als ich sie überholte, neugierig ins Gesicht.

»Das sind doch ... Leberkrisen?« fragte sie mit einem Ausdruck von Zweifel und Angst, der ihre müden Züge verzerrte.

»Zweifellos ...«

Sie zögerte, sagte leise: »Sie werden ja sehen, dieser Langenberg ... Diese Ärzte, diese Russen, erwecken bei mir kein Vertrauen ... Wenn er nicht Minister wäre, wäre das etwas anderes, bestimmt! Aber sie verstecken sich einer hinter dem andern, um nicht die Verantwortung tragen zu müssen; sie haben Angst, sie drücken sich einfach!«

In ihrem lebhaften, kehligen Pariserisch verschluckte sie die Worte halb. Sie schüttelte ihre seltsamen goldenen Haare, fixierte mich mit ihren großen, müden Augen: »Sie sind Franzose, Monsieur?«

»Nein, Schweizer.«

»Ach!« rief sie, »das ist schade ...«

Sie schien einen Augenblick lang schweigend in Gedanken versunken; schließlich fragte sie: »Aber ... Sie kennen doch Paris?«

»Ja.«

»Ich bin Pariserin«, teilte sie mir mit einem stolzen Blick mit.

Und unwillkürlich ließ ein Lächeln ihre Augen und Zähne aufblitzen: »Pariserin!«

Wir waren unten an der Treppe angekommen. Ich trat zur Seite, um sie vorbeizulassen; sie raffte die Flut ihrer Röcke, streckte den Fuß aus — es war immer noch ein hübscher Fuß, schlank und gewölbt, in einem vergoldeten Pantöffelchen mit hohem Absatz —, wollte hinaufsteigen. In diesem Augenblick ließ ein Dienstmädchen, das die Galerie entlangging, ein Tablett mit Porzellan auf den Boden fallen.

Ich vernahm deutlich den Lärm des zerbrechenden Geschirrs und den nervösen, schrillen Aufschrei des Mädchens. Madame Kurilow wurde totenblaß und steif, schien sich nicht mehr von der Stelle rühren zu können. Ich versuchte, sie zu beruhigen, aber sie hörte mich nicht; bleich und starr stand sie da; nur ihre Lippen zitterten und verzogen sich zu einer grotesken Grimasse, die mich peinlich berührte.

Ich öffnete die Tür zum Salon, zeigte ihr die kniende Dienerin, die die Scherben auf dem Parkett zusammenlas. Erst dann bekam sie wieder ein wenig Farbe in die Wangen.

Sie seufzte tief auf und ging wortlos nach oben. Als sie sich auf dem Treppenabsatz von mir verabschiedete, murmelte sie, sich zu einem Lächeln zwingend: »Ich lebe unter der ständigen Drohung eines Attentats ... Mein Mann wird vom Volk verehrt ... aber ...«

Sie sprach nicht zu Ende, senkte den Kopf und verließ mich unvermittelt. Später, bei jeder Verspätung des Ministers, sah ich sie am Fenster stehen und hinausspähen, zweifellos in der Erwartung, an der Wegbiegung einen leblosen Körper auf einer Bahre auftauchen zu sehen; bei jedem ungewohnten Geräusch von Schritten oder Stimmen im Haus sah ich an ihr dieses Auffahren, dieses Erbleichen, diesen elenden Ausdruck eines gehetzten Tieres, das den Todesstoß erwartet, ohne zu wissen, woher er kommen wird.

Nach der Exekution des Ministers, das ist mir noch genau in Erinnerung, wurde ich in dem Raum neben dem Zimmer, wo man die Leiche hingebracht hatte, bewacht. Sie kam herein: sie wirkte fast ruhig, trockenen Auges, erlöst.

X

Am nächsten Morgen ließ mich Kurilow während der Visite Langenbergs rufen. Langenberg war eine große, stattliche Gestalt von deutschem Typus, blond, mit einem stachligen, viereckigen Bart, durchdringendem, ironischem und kaltem Blick hinter seinen Brillengläsern. Seine eiskalten, feuchten Hände verursachten Kurilow, wenn sie seinen Körper berührten, nervöse Schauder, die ich, am Fußende des Bettes sitzend, wahrnahm.

Langenberg schien ein gewisses Vergnügen daran zu finden; er betastete und wendete diesen dicken, ächzenden Körper mit einem stillen, spöttischen Grinsen, das mich aufbrachte.

»Gut, gut . . .«

»Muß ich das Bett hüten?«

»Ein paar Tage . . . nicht lange . . . Sie haben doch wohl nicht soviel zu tun, zur Zeit?«

»Meine Arbeit gehört zu denen, die keine Unterbrechung dulden«, sagte Kurilow mit gerunzelten Brauen.

Beim Aufbruch nahm Langenberg mich beiseite und fragte: »Haben Sie beim Abtasten nicht eine Verdickung gefühlt?«

Ich sagte, sie scheine mir sogar ganz deutlich spürbar. Er nickte mehrmals mit dem Kinn.

»Ja, ja . . .«

»Das ist Krebs«, erklärte ich ihm.

»Das«, meinte er achselzuckend, »weiß ich nicht . . . Es ist der Beginn eines Tumors, jedenfalls . . . Wenn es sich nicht um Kurilow handeln würde, sondern um irgendeinen beliebigen Menschen . . . einen Kerl . . . könnte ich ihn operieren, das würde sein Leben um x Jahre verlängern . . . Aber Kurilow! Eine solche Verantwortung auf sich zu nehmen . . .!«

Wir gingen auf der hellen kleinen Galerie vor Kurilows Schlafzimmer auf und ab.

»Weiß er es?«

»Aber nein«, versetzte er, »wozu auch? Er hat ich weiß nicht wie viele Ärzte konsultiert, die alle denselben Verdacht haben und sich weigern, ihn zu operieren. Kurilow!« wiederholte er, »Sie verstehen das nicht, Sie kennen dieses Land nicht, junger Mann!«

Er gab Anweisung, welche Diät der Kranke befolgen und wie er behandelt werden sollte, und fuhr weg.

Die Krise dauerte fast zwei Wochen, während deren ich in einem kleinen Raum neben dem Schlafzimmer des Ministers in Reichweite seiner Stimme blieb. Durch diesen ganzen Teil des Hauses liefen beständig, mit Akten und Briefen beladen, die Sekretäre und Angestellten des Ministers. Ich sah sie warten, bis sie an die Reihe kamen, zittern, an der geschlossenen Tür horchen; ich hörte, wie sie einander leise fragten: »Was für eine Laune hat er heute?«

Einer von ihnen, ein niedriger Angestellter, den seine Aufgaben mehrmals am Tag zum Minister riefen, bekreuzigte sich heimlich, wenn er das Zimmer betrat. Er war alt, weiß ich noch, eine würdevolle, gepflegte Erscheinung mit bleichem, vor Angst angespanntem Gesicht ... Kurilow sprach indessen fast immer in gleichmäßigem und höflichem Ton, doch fast ohne die Lippen zu bewegen, kalt und knapp. Seine Ausbrüche von Ungeduld waren selten, aber dann wurde seine Stimme, wie ich im Nebenzimmer hörte, unkenntlich; in rauhem, keuchendem Ton brüllte er Verwünschungen, hielt plötzlich inne, seufzte, sagte mit einer matten Handbewegung: »Verschwinde ...! Der Teufel soll dich holen ...!«

Eines Tages stieß Madame Kurilow in meiner Gegenwart auf der Schwelle seines Zimmers mit einer Besucherin zusammen, die ich schon einige Male gesehen hatte, ohne ihren Namen zu erfahren, und die mit den Zeichen tiefster Ehrerbietung behandelt wurde. Sie hatte eines jener blassen, nicht schönen Gesichter, die durch eine bestimmte Markanz und Klarheit der Züge die Aufmerksamkeit anziehen und fesseln; ihre tiefen Augen hatten etwas tragisch Starres. Sie hielt sich gerade wie eine Eisenstange, und ihr graumeliertes Haar, das über der Stirn in Wellen aufgetürmt war, ihre langen Zähne, ihr Fischbeinkragen, ihr spitzenbesetztes Kleid aus grauem Tuch mit drei Schulterkragen bildeten eine seltsame, auffallende Silhouette.

Als Madame Kurilow sie erblickte, schien sie äußerst bestürzt zu sein; sie zögerte einen Augenblick und machte dann einen linkischen Knicks. Die Frau betrachtete sie, ließ den Blick langsam von den goldenen Haaren über die bemalten Lider zu dem geschminkten Mund wandern. Dann seufzte sie leicht auf, hob die Brauen, ihr blasser Mund deutete ein kleines, ironisches Lächeln an.

»Geht es Seiner Exzellenz besser?« murmelte sie schließlich mit schwacher Stimme.

Madame Kurilow antwortete: »Es geht meinem Mann besser, Hoheit . . .«

Es entstand ein kurzes Schweigen, und die Besucherin trat ein. Madame Kurilow blieb einen Augenblick unentschlossen mitten im Zimmer stehen, dann ging sie langsamen Schrittes hinaus. Als sie an mir vorüberkam, lächelte sie traurig, zuckte die Achseln und sagte leise: »Wie komisch sich doch diese Frauen anziehen, nicht wahr?«

Aus der Nähe sah ich, daß ihr Tränen in den Augen standen und ihr Gesicht äußerste Mattigkeit verriet. Ein anderes Mal traf ich im Schlafzimmer des Ministers einen alten Mann in weißer Sommeruniform an. Ich erfuhr danach, daß das der Fürst Nelrod gewesen war. Für ihn hatte der

Minister eine andere Stimme, sie wurde tief und von samtig weicher Sanftmut.

Als ich hereinkam, sah ich ihn halb aufgerichtet im Bett sitzen; die Anstrengung, die ihn das kostete, ließ seine Züge erbleichen, aber er lächelte und neigte zeremoniös und mit einer Art ehrerbietiger Zärtlichkeit den Kopf. Dann sah er mich, und seine Miene veränderte sich; er ließ majestätisch den Kopf auf das Kissen zurücksinken und sagte gepreßt mit matter Stimme: »Später, Monsieur Legrand, später . . .«

Ich zeigte ihm die präparierte Spritze.

Der Besucher machte eine Handbewegung. »Ich verabschiede mich jetzt, lieber Freund.«

Er betrachtete mich neugierig durch den Kneifer, den er vor die Augen hielt und dann wieder sinken ließ.

»Ja, Langenberg hat mir erzählt, daß Sie einen neuen Arzt haben.«

»Und einen sehr tüchtigen«, sagte Kurilow gnädig.

Doch gleich danach fixierte er mich mit seinen großen, müden, verächtlichen Augen: »Gehen Sie, Monsieur Legrand, ich rufe Sie dann.«

Ich war allmählich mit allen Seiten Kurilows vertraut, wie sie seine Untergebenen, die ihm Gleichgestellten, diejenigen, die er brauchte oder respektierte, zu sehen bekamen. Und alle seine Ticks, sein Mienenspiel, sein Lächeln, seine Worte waren in gewisser Hinsicht typisch und wie es zu erwarten war; aber jeden Abend, wenn ich hereinkam und ihn mit seiner Frau allein vorfand, mußte ich denken, daß die menschliche Natur wirklich bizarr ist.

Nachts schlief ich im selben Zimmer wie er, ich legte mich auf eine Chaiselongue neben seinem Alkoven. Ich ging spät zu Bett. Das Haus war gewöhnlich voller Geräusche, Stimmen, Schritte, alles gedämpft, durch ängstliche Rücksichtnahme abgeschwächt, aber doch vernehmlich wie das Summen eines Bienenstocks. Am Abend wurde alles still. Es war kalt, wie oft in Petersburg gegen Frühlingsende, wenn das Eis aus dem Norden die Newa hinabtreibt. Ich erinnere mich, ich trat in das Zimmer; nur das Krachen und Knistern der Scheite im Ofen war zu hören. In einer Ecke war eine rosa Lampe angezündet. Neben dem Bett saß Madame Kurilow in einem kleinen, niedrigen Sessel und hielt die Hand ihres Mannes zwischen ihren Händen. Wenn sie mich bemerkte, rief sie mit ihrer spitzen Vogelstimme aus: »Schon? Schon elf Uhr? Es ist Zeit zum Schlafen, Lieber.«

Ich ließ mich mit einem Buch am Fenster nieder. Und nach ein paar Augenblicken vergaßen sie mich, nahmen mit leiser Stimme ihr Gespräch wieder auf.

Nach und nach hob ich die Augen und betrachtete im Schatten diese veränderten Gesichter. Er hatte die Stirn in die Hand gestützt, ein schwaches Lächeln spielte um seine Mundwinkel (um diesen steinernen Mund, der so wenig zum Lächeln geschaffen schien), und er hörte ihr zu, ohne genug zu bekommen. Ja, ich selbst hörte ihr manchmal gerne zu. Nicht daß sie intelligent gewesen wäre, durchaus nicht, aber sie hatte eine zusammenhanglose, phantastische, ein bißchen verrückte Art zu sprechen, die erholsam war wie das eintönige Geräusch eines Bächleins, eines Vogelgesangs. Indessen wußte sie auch zu schweigen, sie konnte unbeweglich dasitzen und auf den kleinsten Wunsch von ihm warten wie eine alte, lauernde Katze. In diesem rosigen Licht sah man von ihr, halb im Schatten verborgen, nur die Haare, deren Gold nicht mehr hervorleuchtete, und ihre wunderbaren Augen. Und manchmal verrieten ein kleiner Ausruf, ein Achselzucken, ein ironischer, unnachahmlicher Ton die Frau, die alles vom Leben gesehen hat, was man überhaupt sehen kann. Oft entrang sich ihr ein unwillkürlicher Seufzer, ein leiser Aufschrei: »Ach! Mein Gott, was habe ich nicht alles gesehen ...!«, und zärtlich streichelte sie Kurilows Hand. »Mein Liebling, mein armer Liebling ...!«

Denn sie hatten mich vergessen, sie duzten sich; sie nannte ihn: »Mein Herz ... Mein Liebster ... Mein Liebling ...« Diese an Kurilow, an den »schrecklichen, gefräßigen Pottwal«, gerichteten Worte rührten mich.

Eines Tages hörte ich sie sagen: »Ach! Glaubst du, ich sehe es nicht? Ich hätte nie auf dich hören dürfen ... Wozu heiraten? Wir waren glücklich.«

Sie verstummte plötzlich: zweifellos war ihr meine Anwesenheit wieder eingefallen. Doch ich saß völlig reglos da. Sie seufzte, sprach leise weiter: »Walja, weißt du noch? Weißt du noch, früher ...?«

»Ja«, sagte er nur.

Sie murmelte zögernd mit ängstlicher, hoffnungsvoller Miene: »Wenn sie ihr Ziel erreichen würden ... wer weiß ...? Wenn du nicht mehr Minister wärst, könnten wir aus diesem Land fort, wir könnten nach Frankreich und dort leben, du und ich ...«

Bei diesen Worten veränderte sich Kurilows Gesicht, seine Miene verkrampfte sich. Eine unmenschliche Härte erschien auf seinen Zügen, in seinem Blick.

»Ach!« sagte er mit seiner dröhnenden, feierlichen Stimme, unwillkürlich laut werdend, »glauben Sie, mir liegt etwas an der Macht? Sie ist eine schwere Last. Aber solange der Herrscher mich braucht, werde ich meine Pflicht erfüllen, bis zum Ende.«

Sie senkte traurig den Kopf. Er fing an unruhig zu werden, sich auf dem Bett hin- und herzuwerfen.

»Ich verlasse Sie jetzt«, murmelte sie.

Er zögerte, öffnete die Augen, sah sie an, dann bat er leise: »Sing mir irgendein Lied, bevor du gehst ...«

Sie sang französische Romanzen, alte Operettenarien, streckte dabei ein Bein vor, bog die Taille zurück, warf mit siegesgewissem Ausdruck den Kopf hin und her, zweifellos wie damals, in den kleinen Schenken der Inseln. Doch ihre Stimme war schön. Ich wandte mich ab, um sie nicht sehen zu müssen, um nur diese wohlklingenden, zärtlichen Töne zu hören. Sie anzusehen war schrecklich; sie flößte mir Mitleid ein, und zugleich fand ich sie lächerlich. Aber was empfand er dabei? Ich fragte mich, ob sie wirklich so schön gewesen war ... Es gab kein einziges Porträt von ihr im Haus.

Er betrachtete sie reglos, in unbestimmte, leidenschaftliche Träumereien versunken.

»Ach! Damals konnte man noch singen!«

Er ergriff ihre Hände, weiß ich noch, gab vor, sie ihr wie einer Freundin, einem Kind, einer alten Ehefrau mit liebevoller Gleichgültigkeit zu tätscheln. Aber er schloß die Augen, und nach und nach kamen ihm offenbar die Erinnerungen an früher wieder; ich sah, wie sein Griff fester wurde, wie ihm das Blut aus den verkrampften Fingern wich. Sie lächelte, ein bitteres, melancholisches kleines Lächeln.

»Vorbei, die schönen Zeiten, mein Lieber ...«

Er seufzte mit sorgenvoller, ängstlicher Miene: »Das Leben ist kurz.«

»Es ist eigentlich sogar ziemlich lang. Nur die Jugend, die vergeht schnell ...«

Er sagte ganz leise etwas zu ihr, was ich nicht verstand. Sie zuckte die Achseln: »Wirklich?«

Diese Worte und diese Geste mußten wohl früher für die beiden eine besondere Bedeutung gehabt haben, denn sie fing an zu lachen, aber traurig, als wollte sie damit sagen: »Erinnern Sie sich noch? Damals war ich jung ...«

Doch er wiederholte, ihre Stimme nachahmend: »Wirklich? Wie sagst du? Wirklich? Mein süßes Vögelchen . . .«

Wenn er lachte, zitterte sein Kinn, und seine Augen wurden hell und sanft.

Schließlich kamen Kurilows Kinder zu ihm: Ina und der Knabe, Iwan, der wie Kurilow selbst dick und schwächlich war, mit weißen Backen, langen Ohren, schnell außer Atem.

Zu ihm sprach Kurilow mit tiefer Zärtlichkeit. Er nahm ihn in den Arm, streichelte ihn, betrachtete ihn lange, seufzte: »Ach! da ist er ja, mein Sohn, mein Nachfolger . . .«

Er betastete sanft seine Haare, seine Arme.

»Sehen Sie, Monsieur Legrand, er ist anämisch«, fuhr er fort.

Und ich erinnere mich noch der Geste, mit der er die blasse Unterlippe und die Lider des Jungen nach unten zog.

Die Tochter schwieg meistens mit kaltem, verschlossenem Gesicht. Sie war jedoch Kurilow ähnlich; sie hatte seine Bewegungen und den Ton seiner Stimme; beständig spielte sie mit einer goldenen Kette, die sie um den Hals trug. Kurilow zeigte sich ihr gegenüber von fast feindseliger Kälte. Er sprach nur gezwungenermaßen mit ihr, blickte sie mit einer Mischung aus Verlegenheit und Zorn an.

Die Kinder küßten ihm die Hand. Er machte das Kreuzzeichen über ihrer gesenkten Stirn wie über dem geschminkten Gesicht seiner alten Mätresse.

Dann gingen sie alle drei hinaus.

XI

Kurilow und seine Frau hatten die Gewohnheit, von Schlafzimmer zu Schlafzimmer miteinander zu korrespondieren; bis tief in die Nacht hinein trugen die Dienstboten von einem Ende des Hauses zum andern Bücher und Früchte, die von mit Bleistift geschriebenen Briefchen begleitet waren.

Ich las sie ihm manchmal auf seine Bitte hin vor, denn er war stolz auf seine Frau; er liebte es, mich in den Genuß ihrer Schrift und ihres Stils kommen zu lassen. Sie hatte in der Tat eine unzusammenhängende, spöttische, melancholische Schreibweise, die an die Art, wie sie sprach, gemahnte und nicht ohne Reiz war. Oft erinnerte sie ihn an Fragen hinsichtlich seiner Behandlung, Medikamente, Diät, die er mir stellen sollte, all das untermischt mit: »Gute Nacht, mein liebster, einziger Freund! Deine alte, dir in Treue ergebene Marguerite.«

Oder: »Ich warte mit großer Ungeduld auf den Tag: ein neuer Tag ist immer etwas Kostbares in unserem Alter, und dieser hier gibt mir das sichere Versprechen, Sie zu sehen.«

Einmal las ich: »Empfangen Sie, bitte, mir zuliebe, mein Herz, eine alte Frau, die Witwe Aarontschik, die aus der tiefsten Provinz kommt, um Gerechtigkeit von Ihnen zu erflehen. Früher einmal, lange bevor ich das Glück hatte, Sie zu kennen, ist diese Frau in Lodz meine Wirtin gewesen und hat mich treu gepflegt, damals, zu den Zeiten von . . .«

Hier folgte eine ganze Reihe Anfangsbuchstaben, die ich Kurilow aufzählte, ohne ihre Bedeutung zu verstehen. Er runzelte die Brauen, und sein Gesicht nahm diesen abweisenden und traurigen Ausdruck an, den ich allmählich so gut kannte.

Er stieß einen tiefen Seufzer aus: »Legen Sie das ab.«

Es war in derselben Nacht, daß er mich nach einem Augenblick des Nachdenkens fragte: »Finden Sie nicht, daß die Französinnen eine angeborene Anmut und Eleganz des Stils haben?«

Er wartete meine Antwort nicht ab und fuhr fort: »Ach! Wenn Sie Marguerite Eduardowna in *La Périchole* hätten sehen können, als ich sie kennenlernte!«

»Ist das lange her?« fragte ich.

Er wirkte immer verwirrt und überrascht, wenn man ihm eine Frage stellte, als handelte es sich um eine Ungehörigkeit, derentwegen man anstelle dessen, der sie begangen hat, errötet. Ich weiß noch ... Eines Tages, während der Revolution, verhörte ich einen der Großfürsten. Welchen ...? Ich habe seinen Namen vergessen ... Ein alter Mann. Er war fast ein Jahr lang im Kerker von Kresty in Gefangenschaft gewesen und halb verhungert, als man ihn mir vorführte. Aber er blieb kalt und ruhig, behandelte seine Wärter mit ausgesuchter, ironischer Höflichkeit und schien seine Leiden mit außergewöhnlichem Stoizismus zu ertragen. Bis zu dem Augenblick, als ich, nachdem ich sechsunddreißig Stunden nicht geschlafen hatte, in den Raum hereinkam, wo er stand, und mich vor ihn hinsetzte, ohne mich zu entschuldigen. Dieser Mann, dessen eine Gesichtshälfte durch den Faustschlag eines Wärters zerschmettert war, errötete, aber nicht vor Zorn, sondern wegen der Peinlichkeit, als hätte ich mich vor ihm ausgezogen ... Der arme Kurilow hatte mit den Ticks Alexanders III. auch gewisse autokratische Manieren angenommen.

Ich wartete, während er mich eine Weile mit verwirrter, stolzer Miene aus seinen großen hellen Augen anstarrte.

»Es ist vierzehn Jahre her«, sagte er schließlich. Sanfter setzte er nach kurzem Nachdenken hinzu: »Auch ich war jung, damals ... Es ist seither viel Wasser den Fluß hinuntergeflossen ...«

Wie ich schon gesagt habe, schlief ich nachts in seinem Zimmer. Er war geduldig und beklagte sich nie. Oft schlief er nicht, und ich hörte, wie er sich leise bewegte und vor Anstrengung ächzte, wenn er irgendeinen Gegenstand auf dem Nachttisch erreichen wollte.

Ich erinnerte mich der Nächte in der Schweiz, der schlaflosen Nächte, wenn man dem Summen seines Blutes, dem hastigen Pochen seiner Schläfen lauscht, wenn man den Geruch des Todes an sich riecht ... wie matt man dann ist ... und wie begehrenswert das Leben einem vorkommt und wie lang die Nacht.

»Schlafen Sie nicht?« fragte ich einmal.

Ich hörte schon seit fast einer Stunde, wie er den Kopf auf seinem Kissen hin- und herbewegte, offenbar ohne eine kühle Stelle auf dem Laken zu finden. Auch das kannte ich gut ... Er schien unaussprechlich froh zu sein, meine Stimme zu hören. Ich schob den Wandschirm beiseite, der die Chaiselongue, auf der ich lag, von seinem Alkoven trennte. Er stöhnte leise.

»Gott, ich habe solche Schmerzen«, sagte er mit zitternder, keuchender Stimme. »Das sticht wie mit einem Dolch ...«

»Diese Empfindung«, sagte ich, »ist normal bei diesen Krisen. Das geht vorbei ...«

Er nickte mit sichtlicher Anstrengung ein paarmal mit dem Kopf.

»Sie sind tapfer«, sagte ich zu ihm.

Mir war schon aufgefallen, daß dieser Mann ein kindliches und krankhaftes Bedürfnis nach Lob hatte. Er errötete leicht, legte sich auf seinem Kopfkissen zurecht und wies auf den Stuhl neben seinem Bett.

»Ich bin ein tief gläubiger Mensch, Monsieur Legrand; ich weiß, die Jugend heute neigt zum Rationalismus. Aber diese Tapferkeit, die Sie mir zuschreiben und die selbst meine Feinde mir unbestritten zubilligen, die kommt von meinem Glauben an Gott. Kein einziges Haar fällt vom Kopf ohne seine Einwilligung.«

Er schwieg, und wir sahen den herumfliegenden Mücken zu, die durch die Lampe angezogen wurden. Noch heute, wenn ich im Sommer die Mücken fliegen und ihre langen, gierigen Rüssel bewegen sehe, versetzt mich das in Gedanken wieder in diese Nächte auf den Inseln, und ich höre wieder das metallische, musikalische Schwirren der feinen Flügel über dem Wasser.

Ich schloß das Fenster, sah, daß er vor Fieber glühte und offenbar nicht an Schlaf denken konnte. Ich schlug vor, ihm etwas vorzulesen. Er nahm dankend an. Ich nahm ein Buch vom Nachttisch. Nach einigen Seiten unterbrach er mich.

»Monsieur Legrand, sind Sie wirklich nicht müde?«

Ich sagte, ich schliefe in diesen hellen Nächten nicht gut.

»Würden Sie mir vielleicht helfen wollen?« fragte er darauf. »Ich habe viel liegengebliebene Arbeit. Das quält mich. Langenberg werden Sie davon nichts sagen«, setzte er mit einem angestrengten Lächeln hinzu.

Ich brachte ihm den Packen Briefe, den er mir bezeichnete; ich reichte sie ihm nach und nach, und er machte an den Rand Anmerkungen mit Stiften verschiedener Farben, die er mit der größten Sorgfalt wählte. Beim Hinreichen überflog ich sie heimlich: es waren meist Briefe von Unbekannten mit Vorschlägen in bezug auf die Unterdrückung revolutionärer Ideen in den Gymnasien und Universitäten und eine unwahrscheinliche Menge Denunziationen, von Professoren, die Schüler anschwärzten, von Schülern, die andere bezichtigten. Studenten, Gymnasiasten, Direktoren, Schulmeister, man hatte den Eindruck, daß alle Einwohner Rußlands ihr Leben damit verbrachten, sich gegenseitig zu bespitzeln und zu denunzieren.

Darauf kamen die Berichte. Zu einem davon, der schwere Unruhen in der Universität einer Provinzstadt (Charkow, glaube ich) meldete, wollte mir der Minister den Text einer Anordnung diktieren, die er zu erlassen beabsichtigte.

Er hatte sich in seinen Kissen aufgerichtet, und beim Diktieren wurde sein Gesicht kalt und streng. Majestätisch sprach er jedes Wort einzeln aus und bewegte dazu rhythmisch die Hand. Er ordnete die Einstellung des Lehrbetriebs an. Darauf überlegte er eine Weile, dann spielte ihm ein finsteres Lächeln um die Mundwinkel und die gesenkten Lider.

»Monsieur Legrand, schreiben Sie: Die durch nichtige politische Diskussionen verlorene Zeit wird in den nächsten Ferien aufgeholt: diese werden um so viel verkürzt, wie die Unruhen gedauert haben werden. Falls diese sich jedoch bis zum Herbst hinziehen sollten, werden alle bisherigen Prüfungsergebnisse annulliert; die Studenten werden, gleich, welche Noten sie erzielt haben, ihr Studienjahr von Anfang an wiederholen müssen.«

Nachdem er das von sich gegeben hatte, sah er mich mit einem gewissen Stolz an.

»Das wird sie zu Vernunft bringen«, sagte er mit spöttischer und zugleich drohender Miene. »Noch eines, bitte, Monsieur Legrand.«

Das hier war ein Rundschreiben an die Schulmeister:

». . . Während des Unterrichts in russischer Literatur und Geschichte sollen sie jede Gelegenheit benützen und alles daran setzen, in den zarten Seelen ihrer jungen Schüler die glühende Liebe zu S.M. dem Zaren und dem Zarenhaus zu erwecken und eine unverbrüchliche Bindung an die geheiligten Institutionen und Traditionen der Monarchie zu schaffen. Überdies sind die Herren Lehrer angehalten, in Wort und Tat ihren Schülern ein Beispiel christlicher Demut und wahrer orthodoxer Nächstenliebe zu geben. Es dürfte sich erübrigen, darauf hinzuweisen, daß auch in Zukunft alle umstürzlerischen Reden, Lektüren und Handlungen im allgemeinen, von denen sie unter den ihnen anvertrauten Schülern Kenntnis gewinnen, mit der allergrößten Strenge bestraft werden müssen.«

Darauf kamen die Bitten um Audienz.

Ich sah einen mit Sarah Aarontschik unterzeichneten Brief, in dem Seine Exzellenz angefleht wurde, einen gewissen Mazurtschik verhaften zu lassen, der schuldig sei, ihren sechzehnjährigen Sohn »verführt« zu haben, indem er ihm Karl Marx zu lesen gab. Walerian Alexandrowitsch, der wie verwandelt wirkte, seit er mit diesen Briefen beschäftigt war, hob die Hand. Seine Augen glitzerten hinter den Brillengläsern; seine große, glatte Stirn glänzte seltsam im Schein der Lampe.

»Warten Sie ... Reichen Sie mir das Briefchen meiner Frau.«

Er las es aufmerksam wieder, legte es in einen bunten Aktendeckel, in dem verschiedene Schriftstücke abgeheftet waren. Dann legte er fächerförmig ein Dutzend Bittschriften und Audienzgesuche auf der Bettdecke aus, schob sie hin und her.

»Das ist das Pensum für morgen und übermorgen«, sagte er voll Stolz.

Ich reichte ihm weiter die Briefe zu, die mir in die Hände kamen. Schließlich unterbrach er mich, erklärte sich für müde, lag seufzend und mit geschlossenen Augen da. Auf seinem Gesicht erschien ein matter und gleichzeitig harter Ausdruck, den ich wohl wiedererkannte. In der Nacht, als man im Hof der Universität die Leichen vor ihn hintrug, hatte er das gleiche nervöse Zucken um den Mund, die gleiche Starrheit auf seinen Zügen gehabt. Unvermittelt sagte ich: »Ist es wahr, daß letzten Monat sechs Studenten von den Truppen erschossen worden sind? Was hatten sie getan?«

Er runzelte die Brauen, fragte schnell in schroffem, mißtrauischem Ton: »Wer hat Ihnen davon erzählt?«

Ich antwortete ihm so unbestimmt wie möglich. Er wandte mir den Kopf zu und sprach plötzlich ganz lebhaft: »Diese armen Kinder ... denken Sie nur ... und aus guten Familien ... Sie haben mit Steinwürfen ihren Geschichtsprofessor aus dem Hörsaal gejagt ...! Ein Nichts ...« stöhnte er ironisch. »All das war die Schuld von Aufwieglern, von Berufsrevolutionären, eine Teufelsbrut, die noch alles, was gut und edel in Rußland ist, zerstören wird. Ich mußte streng vorgehen, die allgemeine Empörung, die öffentliche Meinung zwangen mich dazu . . . Ich ließ zur Verhaftung der Rädelsführer schreiten, ordnete die Einstellung des Unterrichts an und ließ die Truppen kommen, um die Universität räumen zu lassen. Sechs dieser unglücklichen Schwarmgeister verbarrikadierten sich in leeren Vorlesungsräumen. Ein Schuß wurde abgefeuert. Von wem? Ich weiß es sowenig wie Sie. Aber ein Soldat war getroffen worden. Trotz meines ausdrücklichen Befehls eröffnete der Oberst das Feuer. Sechs unglückliche Kinder sind getötet worden. Man hat keine einzige Waffe bei ihnen gefunden. Was wollen Sie? Wen soll man verantwortlich machen? Der Oberst war in einer verzweifelten Lage, die Soldaten haben gehorcht. Diese Kinder waren unbesonnen, anmaßend, ich mußte durchgreifen. Es kam zu einem unerklärlichen Durcheinander. Später wurde behauptet: ›Der Schuß ist von einem Agent provocateur abgefeuert worden.‹ Das gehört zum Ressort meines Kollegen vom Innenministerium; er leugnet und schiebt die Verantwortung wieder mir zu. Doch die wahren Schuldigen sind diese Unglücksvögel, diese Revolutionäre«, sagte er, jede Silbe betonend. »Überall, wo sie auftauchen, bringen sie Unordnung und Tod.«

Er schwieg. Ich bemerkte, daß er stammelte wie in einem Fieberanfall. Ich hütete mich, ihn zu unterbrechen. Er sprach wieder weiter: »Man hat den Tod des Sünders nicht gewollt. Doch das Unglück geschieht. Aber wenn man die Sendung hat, die Menschen zu führen, kann man sich durch so etwas nicht aufhalten lassen. *Dura lex, sed lex.* Diese Dinge sind zu allen Zeiten geschehen und werden immer wieder geschehen«, endete er mit Nachdruck.

Ich sah, wie sich sein Gesicht beim Sprechen veränderte, bleich wurde, einen listigen, gequälten Ausdruck annahm. Ich schwieg. Er sagte: »Sehen Sie, Monsieur Legrand, das ganze Land ist durch ein äußerst kompliziertes System gegen die Revolution geschützt, eine Art Chinesische Mauer aus Beschränkungen, Vorurteilen, Aberglauben, Konventionen, wie immer Sie das nennen wollen; trotzdem ist es eine äußerst starke Mauer, denn die Offensive des Feindes ist gewaltiger, als Sie sich das vorstellen können. Und beim geringsten Nachgeben, sobald sich auch nur eine Bresche öffnet, wird unter dem Ansturm des Feindes alles zusammenbrechen. Das sind die höchsteigenen Worte von Fürst Alexander Alexandrowitsch Nelrod, meines Freundes, und sie sind für mich Evangelium. Der, ja, der ist ein Staatsmann, Monsieur Legrand, und ein Gentleman.«

Er sprach dieses Wort mit komischer und rührender Feierlichkeit und mit dem affektierten, leicht zischenden Akzent des reinsten Englisch aus.

Der Tag brach an. Ich löschte die Lampe. Er hatte sich beim Sprechen heftig erregt und glühte vor Fieber; man spürte noch aus einer Entfernung von zwei Schritten die Hitze, die sein Körper ausströmte. Ich erneuerte die heißen Umschläge und gab ihm zu trinken. Er atmete angestrengt, und man sah, daß sich die geschwollene Lebergegend wie ein aufgeblasener Ballon abzeichnete.

Er fragte mit sanfterer, geschwächter und zitternder Stimme: »Warum nur fühle ich auf der rechten Seite diesen Schmerz, als würde mir ein Krebs mit seinen Scheren ins Fleisch zwicken?«

Ich antwortete nicht. Er schien mich auch gar nicht mehr wahrzunehmen. Plötzlich sagte er: »Mein Gott! Ich fürchte den Tod nicht. Es ist eine große Glückseligkeit, als Christ und mit reinem Gewissen zu sterben, als Diener meiner Religion und des Zaren.«

Jäh wechselte sein feierlicher, hochtrabender Ton wieder und wurde besorgt, voller Eifer und guten Willens: »Ich habe keinen Pfennig von dem, was mir der Staat anvertraut hat, angerührt. Ich werde mit leeren Händen gehen, so wie ich an die Macht gekommen bin.«

Er schien mich wiederzuerkennen, seufzte schwach: »Danke, Monsieur Legrand, ich bin abgeschweift ... Wollen Sie mir bitte zu trinken geben?«

Ich reichte ihm das Glas hin, und er trank den kalten Tee mit dem hechelnden Stöhnen eines Hundes, der seinen Durst stillt. Dann zog ich mich zurück und legte mich wieder hin. Die Wärme im Zimmer und der Fiebergeruch betäubten mich. Schließlich schlief ich ein, und es war mir, als sänke ich von einem Alptraum in den andern.

XII

Kurilow genas; zumindest ließ Langenberg ihn wieder zur Berichterstattung zum Zaren, und von diesem Tag an sah ich meinen Pottwal nicht mehr. Ich lief ihm manchmal in den unteren Salons neben der Kanzlei über den Weg. Er neigte im Vorübergehen den Kopf, sagte laut in seinem scherzenden und hochtrabenden Ton: »Gewöhnen Sie sich allmählich an das Klima dieses Palmyra des Nordens, Monsieur Legrand?«

Und ohne meine Antwort abzuwarten, nickte er ein paarmal mit seiner hohen, nackten Stirn, murmelte: »Ja, ja, das ist gut ...« Und schon war er mit einem wohlwollenden, zerstreuten Wink seiner Hand vorübergegangen.

Wenn ich ihn nach seiner Gesundheit fragte, antwortete er lächelnd: »*Nil desperandum* ...«, wobei er unwillkürlich die Stimme hob, zweifellos, um die Bittsteller, die sich um uns scharten, zur Bewunderung hinzureißen. »Ich habe nie zur Hypochondrie geneigt, Gott sei Dank! Die Arbeit, das ist der wahre Jungbrunnen!«

In dieser Zeit schloß ich mich Froelich an, mit der Absicht, von ihm Einzelheiten in bezug auf die erste Frau des Ministers zu erfahren. Das war natürlich völlig unnötig, aber es interessierte mich ... Froelich hatte sie gut gekannt; er hatte Kurilows Neffen, Hippolyt Nikolajewitsch, in seiner Obhut gehabt, der gegenwärtig unter dem Pottwal einen wichtigen Posten im Ministerium bekleidete. (Man nannte ihn »den kleinen Kurilow« oder »Kurilow den Dieb«, um ihn von seinem Onkel zu unterscheiden.)

Froelich war fünfzehn Jahre lang sein Hauslehrer gewesen, bis zum Tod der ersten Madame Kurilow. Auf meine Fragen antwortete er etwas zögernd: »Kennen Sie den Ruf Ihrer Majestät der Zarin Alexandra? Mystische Frömmigkeit, die an Wahnsinn grenzt ... So ist auch die erste Frau Seiner Exzellenz gewesen. Gegen Ende ihres Lebens war sie völlig verrückt«, flüsterte er und tippte sich mit dem Finger an die Stirn. »Das häusliche Leben Seiner Exzellenz ist nicht leicht gewesen ...«

»Und jetzt?« fragte ich.

Froelich pfiff vor Vergnügen leise durch die Zähne; er hatte dünne, verkniffene Lippen, unruhige Augen; er rieb sich die Hände und sagte hastig unter furchtsamen Seitenblicken: »La belle Margot ... wird das Ende der Karriere Seiner Exzellenz sein. Daß er noch nicht zu Fall gebracht worden ist, liegt einzig an der Protektion und Freundschaft des Fürsten Nelrod. Und ist es in der Tat nicht skandalös, daß der Minister für das Schulwesen, dessen Daseinszweck es ist, die russische Jugend vor der Schlechtigkeit zu bewahren, ihr durch diese Verbindung ein Beispiel liederlichen Lebens gibt?« Er drehte eine Weile seinen Kneifer in den Händen, dann sagte er in bedauerndem Ton: »Sie soll sehr schön gewesen sein, heißt es ...«

An einem der folgenden Tage kam Fürst Nelrod zum Mittagessen auf die Inseln. Ich erkannte den alten Mann mit den schlauen, müden Augen wieder, dem ich einmal im Schlafzimmer des Ministers an dessen Krankenbett begegnet war. Fürst Nelrod war 1888 gerade noch einem terroristischen Attentat entkommen. Sein siebzehnjähriger Aggressor, ein gewisser Gregor Semenow, war durch die Soldaten des Fürsten ohne Schwierigkeit überwältigt worden. Und dieser hatte ihn auf recht barbarische, aber schnelle Art hingerichtet: er hatte ihm von seinen Männern mit Fußtritten den Schädel einschlagen lassen.

Man erzählte auch von ihm, daß er während eines der polnischen Aufstände auf einem mit Leichen bedeckten Platz etwas Erde hatte ausstreuen und dann seine Schwadronen sechs Stunden lang darauf hatte exerzieren lassen, so daß alles so zerstampft und eingeebnet wurde, daß von den gefallenen jungen Männern nur noch Staub übrigblieb.

Die anderen Gäste waren Langenberg, Baron Dahl, sein Sohn Anatol und der Außenminister (einer der drei Minister, die man nach einem beliebten Witzwort »Banausenminister« nannte). Unwahrscheinlich alt, wie ein Zirkel zusammengeklappt, weißhaarig, leicht wie ein dürres Blatt, mit beständig zitterndem Kopf, mit Veilchenwasser parfümiert, brauchte er eine Viertelstunde, um am Arm Kurilows die Terrasse zu überqueren; er hatte in seinen halberloschenen Augen den träumerischen und leidvollen Blick eines ausgedienten Pferdes, das in seinem Stall an Altersschwäche eingeht. Seine Beiträge zur

Konversation waren, in reinstem klassischem Französisch, derart mit Umschreibungen, Euphemismen, Anspielungen auf Ereignisse aus einem anderen Zeitalter durchsetzt, daß sie nicht nur mir, sondern auch seinen Kollegen unverständlich blieben. Es war jedoch offensichtlich, daß sie ihm mit Vergnügen zuhörten, als spräche er eine antike, poetische und unbekannte Sprache.

Ich betrachtete Dahl mit Neugier: ich wußte von Froelich, daß er der geschworene Feind Kurilows und sein eventueller Nachfolger im Amt war. Er war dick, mittelgroß, hatte einen breiten, kurzen Hals, einen nach deutscher Mode rasierten Schädel, Brauen, Wimpern und Schnurrbart von einem farblosen Blond, das mit der gelblichen Blässe des Gesichts konform war, eisige, hervorquellende Augen, wie manche Fische sie haben, stark geblähte Nasenflügel, die tief die Luft einsogen, einen unverschämten und gleichzeitig besorgten Ausdruck, wie man ihn bei bestimmten internationalen Hochstaplern findet. Froelich hatte mir zu verstehen gegeben, daß Dahl in seiner Jugend ein notorischer Päderast gewesen sei (Froelich sprach von »verdächtigen Neigungen«), doch gegenwärtig schien er sich die Hörner abgestoßen zu haben und nur noch vom Wunsch nach einer glänzenden Karriere besessen zu sein.

Marguerite Eduardowna nahm den Ehrenplatz ein. Geschminkt, gepudert, in ihr langes Korsett eingezwängt, saß sie, mit ihren Perlen um den Hals, in ihrer Spitzenbluse schweigend da und sah, anscheinend ohne dem Gespräch der Männer zu folgen, traurig vor sich hin.

Fast sofort kam das Gespräch auf den Zaren und die kaiserliche Familie. Die verwendeten Formeln: »Seine Majestät hat geruht, mir das große Glück ihrer Gegenwart zu gewähren ... Als ich die tiefe Freude hatte, unseren geliebten Herrscher zu sehen ...« wurden mit einem spöttischen, verächtlichen Ton ausgesprochen, der den Worten einen gewollten komischen Charakter verlieh. Vor allem Nelrod war darin ein Meister ... Er blickte auf das Porträt des Zaren, das in seinem Goldrahmen an der Wand ihm gegenüber hing, und ein Lächeln trat auf seine Lippen, ließ seine matten, schlauen Augen vor Intelligenz leuchten.

»Sie kennen doch die Güte, die Seelengröße, die engelhafte Unschuld unseres geliebten Herrschers?«

Er ließ sich einen kleinen ironischen Seufzer entschlüpfen und schwieg. Die andern senkten die Köpfe, und das gleiche amüsierte Funkeln trat in ihre Augen. »Sie wissen ja, daß Zar Nikolaus von schwachem Verstand ist«, war die wirkliche Bedeutung seiner Worte; alle verstanden ihn, und jeder glaubte, der einzige zu sein, der ihn verstand. Kurilow versuchte sich offenbar darin, diesen sarkastischen, nonchalanten Ton nachzuahmen. Doch es gelang ihm nicht, ein kaum verhüllter Haß ließ seine Stimme beben, sobald er den Namen des Zaren aussprach. Dann hielt Dahl einen Augenblick im Essen und Trinken inne, legte den Kopf nach hinten, betrachtete Kurilow lange aus halbgeschlossenen Augen mit ironischer, unverwandter Aufmerksamkeit, als sähe er ihn auf einem Drahtseil balancieren.

Hin und wieder blickte einer von ihnen verstohlen zum Tischende hinunter, wo Kurilows Tochter und der junge Dahl saßen, Baron Anatol, ein großer junger Kerl von zwanzig Jahren, fahlblaß, mit offenstehendem Mund, pausbäckig und weißbewimpert, das perfekte Bild eines Spanferkels. Er hörte nie zu und sprach unablässig mit schriller, eintöniger Stimme, die manchmal wie eine Kreissäge in das Geräusch der Unterhaltung hineindrang.

»Der Ball bei der Prinzessin Barbe war insgesamt doch besser gelungen, *a grander affair*, als der bei der Prinzessin Anastasia . . .«

Dahl und Kurilow runzelten beide die Brauen und sahen betont diskret weg.

Es entspann sich eine lange Diskussion über die Zensur. Es war schon spät, fast vier Uhr, aber sie dachten nicht daran, vom Tisch aufzustehen. Es war ein herrlicher klarer Tag; der Wind wiegte die Rosenstöcke im Park; hinter den Baumwipfeln war in der Ferne Petersburg wie eine dunkle, golden angestrahlte Wolke zu erkennen.

Die Zensur der Privatkorrespondenz war ein Brauch, den der alte Minister des Äußeren guthieß, »da er sich ja bewährt hat«. Doch der Fürst hielt ihn für schädlich; er sagte: »Ein Staatsmann darf sich nicht zu Gefühlen persönlichen Grolls hinreißen lassen, und der Brauch, die Korrespondenz seiner Gegner zu lesen, kann solche Gefühle nur schüren. Wenn ich lese, daß unser lieber Iwan Petrowitsch mich als blutdürstigen Tiger bezeichnet, kann ich noch so sehr durch die fünfzig Jahre gewappnet sein, die ich zur Strafe für meine Sünden am Zarenhof des heiligen Rußlands verbracht habe, es ärgert mich trotzdem. Ich bin auch nur ein Mensch ... Wozu zuviel wissen? Es ist immer besser, immer klüger, die Augen zu schließen.«

»Eine ausgezeichnete Devise für gewisse Ehemänner«, bemerkte der alte Minister.

Nachdem er gesprochen hatte, lachte er: er klappte mehrmals sein falsches Gebiß auf und zu und richtete mit dem träumerischen, traurigen Ausdruck eines alten Pferdes, das beim Grasfressen melancholisch ins Nichts starrt, den Blick auf Marguerite Eduardowna. Kurilow nahm wortlos, ohne mit der Wimper zu zucken, den Hieb hin, aber seine Mundwinkel senkten sich unmerklich, und sein Gesicht erbleichte, versteinerte.

Das Gespräch war nun auf die Ernennung eines neuen Generalgouverneurs in P. gekommen, und Kurilow antwortete Dahl mit völlig unveränderter Stimme. Erst eine ganze Weile später, als Nelrod irgendeine Anekdote über diesen Beamten erzählte, bei der es um Veruntreuungen und Diebstähle ging, und niemand mehr meinen Kurilow ansah, seufzte dieser leise und vorsichtig auf und senkte wie unter einer schweren Last den Kopf.

Der Fürst hob das vor ihm stehende Glas Wein an die Lippen, sog seinen Duft ein, ohne zu trinken, als wäre es ein Blumenstrauß, stellte es wieder hin und sagte mit seinem typischen Achselzucken: »Wen hat Seine Majestät Zar Nikolaus nicht schon alles zum Generalgouverneur ernannt! *O tempora! O mores!* Genauso ist es mit den Georgskreuzen, die heutzutage wie Kotillonorden verteilt werden! Zu den Zeiten Seiner Majestät des Zaren Alexander III. . . .«

Er brach ab, seufzte, murmelte nach einer gedankenschweren Pause: »Ein trauriger, ein schwerer Tag für Rußland, als dieser Herrscher gestorben ist!«

»In der Tat«, stimmte ihm Kurilow lebhaft zu: »*Juvenile consilium, latens odium, privatum odium, haec tria omnia regna perdiderunt.* Keiner verehrt und, ich wage zu sagen, liebt doch Seine Majestät den Zaren Nikolaus mehr als ich, aber es ist leider wahr, daß eine gewisse Sanftheit, eine gewisse Erhabenheit des Charakters schlecht zur Ausübung der absoluten Macht taugen.«

»Es ist ja sehr schön, wenn man edel und sanftmütig ist«, sagte der Fürst unter leichtem Kräuseln der Lippen und mit einem unnachahmlichen Ton wohlwollender Verachtung, »so wie Seine Majestät, die kürzlich Kaiser Wilhelm einen für Deutschland äußerst günstigen Handelsvertrag gewährt hat, der aber für Rußland unendlich weniger vorteilhaft ist . . . Aber Seine Majestät, unser geliebter Zar Nikolaus, hat Kaiser Wilhelm eben nichts abschlagen können, da er doch zu der

Zeit sein Gast war, wie er mir die Ehre erwiesen hat, es mir selbst zu erklären.«

»*Tamen, semper talis*«, murmelte Kurilow.

»Die Herrscher«, sprach langsam der alte Minister des Äußeren, »sind, das habe ich in meinem langen Leben beobachtet, eben zu sehr bereit, den edlen Neigungen ihres großmütigen Herzens zu folgen. Es ist Aufgabe ihrer Minister, diese edlen Anwandlungen mit den praktischen Realitäten und ökonomischen Notwendigkeiten in Einklang zu bringen.«

Er lächelte und kam mir plötzlich unendlich weniger dumm und weniger harmlos vor, als ich von ihm geglaubt hatte; in seinen halberloschenen Augen blitzte es auf. In diesem Augenblick fiel sein Blick auf mich: ich wurde durch einen Sonnenstrahl beleuchtet; das war wohl der Grund, warum mein aus dem Schatten hervortretendes Gesicht die Aufmerksamkeit des fast Erblindeten erregte; er nickte mir zu: »Monsieur instruiert sich«, sagte er auf diese wohlwollende, launige und zugleich verächtliche Art, die mein Kurilow vergeblich nachzuahmen suchte.

Auf einen Blick ihres Mannes hin war Marguerite Eduardowna vom Tisch aufgestanden; ich wollte ihr folgen, doch Kurilow rief mich zurück: »Bleiben Sie. Der Fürst wollte Sie nach einem Beruhigungsmittel für sein Asthma fragen.«

Ich setzte mich wieder, und binnen kurzem hatten sie mich vergessen. Ich selbst hörte auf, ihnen zuzuhören. Ich war müde. Sie rauchten und redeten lauter. Ich hörte das grobe Lachen

Dahls, die Stimmen des Pottwals und des Fürsten. Ich weiß noch, ich dachte an Fanny, an die Parteileute in Genf ... Ich blickte in den Sonnenschein im Park und geriet unwillkürlich ins Zählen ... Juli, August, September ... »Die Zeremonien, die öffentlichen Feierlichkeiten sollen wahrscheinlich erst im Herbst beginnen ...« Ich empfand eine unklare Traurigkeit. Da drang Nelrods Stimme an mein Ohr (der russisch-japanische Krieg stand unmittelbar bevor): »Niemand will den Krieg. Weder der Herrscher noch die Minister. Übrigens will nie jemand den Krieg noch sonst ein Verbrechen, aber das verhindert nie etwas. Denn an der Macht sind schwache menschliche Wesen und nicht blutdürstige Ungeheuer, wie das Volk sich das vorstellt. *Lord*, wieviel besser das doch wäre!«

Er faßte den alten Minister des Äußeren beim Arm: »Dabei kommt mir die Galle hoch! Diese Kinder, diese Unfähigen ... Und trotzdem ...! All das wird so schnell vorbei sein! Und wir ebenfalls ... Und dann?«

Er zuckte mit einer müden Bewegung die Schultern, zitierte mit halbgeschlossenen Augen:

»*Gib zu, daß du dein Leben ganz nach deinen Wünschen gelebt hast. — Und dann?*

Gib zu, daß du das Buch des Lebens ganz zu Ende gelesen hast. — Und dann?

Mein Gott! Mein Gott! Was machen wir in diesem Zwinger, wir, die wir keine gierigen Bestien sind? Unser Leben ist ein vergeblicher

Wettlauf um die Gunst, die Freundschaft des Herrschers.«

»Sie sind noch jung«, sagte der alte Minister bitter. »Warten Sie, bis Sie einmal wie ich an das äußerste Ende Ihrer Tage kommen und sehen müssen, wie bei den Monarchen Kälte und Feindseligkeit das wohlwollende Vertrauen ablöst, mit dem Sie beehrt worden waren ...! Wissen Sie, daß ich seit der letzten Weihnacht nicht mehr zu den Mahlzeiten des Herrschers im engsten Kreise zugelassen worden bin? Ich weiß«, rief er plötzlich mit außerordentlicher Heftigkeit, dem verzweifelten Ton eines betrogenen Liebenden, über den ich fast lächeln mußte, »ich weiß wohl, daß die Vergangenheit nicht wiederkehrt! Ich kann das bißchen Zeit, das mir noch zu leben bleibt, nicht diesen undankbaren Herren opfern. Das bringt mich um, ich sage Ihnen die Wahrheit, das bringt mich langsam um!«

Er hielt inne, und ich glaubte, eine Träne in seinen Augen glänzen zu sehen. Ich wandte mich zu ihm hin und blickte ihn näher an. In der Tat standen in diesen Pupillen mit dem abwesenden, glasigen Blick eines ganz alten Tieres Tränen. Ich empfand ein mit Ironie vermischtes Mitleid.

Währenddessen hatte Kurilow aus einem abgeschlossenen Schränkchen obszöne japanische Holzschnitte hervorgeholt, und sie beugten sich alle mit nervösem Lachen und erregt zitternden Händen mit ihm darüber.

Lange sprachen sie danach von Frauen, und ich beobachtete Kurilow. Wieder war er ein anderer Mann, mit funkelnden Augen, verdunkelter Stimme, bebenden Fingern . . .

»Es gibt jetzt«, sagte der Fürst, »eine neue Sängerin, Villa Rodé, ein junges Mädchen von fünfzehn Jahren, noch häßlich und mager, aber die schönsten Haare der Welt, und die Stimme . . . Goldstücke auf einem Kristallteller klingen nicht heller und reiner . . .«

»Villa Rodé«, wiederholte Dahl.

Er machte eine wohlstudierte Pause, sah unter seinen halbgesenkten Lidern Kurilow an: »Es gibt keine Sängerinnen mehr, seit Marguerite Eduardowna uns verlassen hat.«

Kurilow runzelte die Brauen, und es war plötzlich mit seiner guten Laune vorbei; sein Gesicht erblaßte, wurde wieder düster und besorgt.

»Nun, meine Herren, lassen Sie uns hinausgehen, spazieren wir ein bißchen im Garten«, sagte er.

XIII

Auf der Terrasse hörte ich Langenberg ein mit Dahl begonnenes Gespräch fortsetzen. »Man müßte eine Geheimgesellschaft schaffen, deren Aufgabe es wäre, diese verdammten Sozialisten, Revolutionäre, Kommunisten, Freidenker und alle Juden, selbstverständlich, auszurotten . . . Man könnte ehemalige Banditen, nach gemeinem Recht Verbrecher, anstellen und ihnen Straferlaß versprechen. Diese Leute, diese revolutionäre

Kanaille, die verdienen nicht mehr Mitleid als tollwütige Hunde . . .«

Kurilow und der Fürst waren stehengeblieben und hörten ihm lächelnd zu.

»Teufel! Mein Lieber, was für eine radikale Lösung«, bemerkte der Fürst. »Davon sind wir noch weit entfernt, leider!«

Sie gingen in den Garten hinunter. Dahl, Langenberg und der alte Minister des Äußeren brachen bald auf. Kurilow und der Fürst blieben allein zurück.

Ich hörte Kurilow sagen: »Wie soll man da, wie sollen Sie und ich da nicht in den Liberalismus verfallen, den man uns am Hof vorwirft! Es schüttelt einen ja, wenn man solche Dummheiten hört!«

Der alte Fürst, der um Erlaubnis gebeten hatte, sich den Kopf zu bedecken, denn es war sehr heiß für diese Jahreszeit, blieb stehen. Er stand mitten auf der von weißen Rosensträuchern gesäumten Allee. Ich ging hinter ihnen, aber sie bemerkten mich nicht. Er setzte sich sorgfältig eine englische Mütze mit einem großen, mit grüner Seide gefütterten Schirm auf, zog ihn über die Augen hinab und sagte mit müder, tiefer Stimme auf Französisch: »Die Hunde bellen, die Karawane zieht weiter.«

Er stieß heftig seinen Stock auf den Boden.

»Ich werde es nie bereuen, menschlich gewesen zu sein«, erklärte er. »Vor allem in meinem Alter, Walerian Alexandrowitsch, ist das ein großer Trost, Sie werden sehen.«

Er hatte lange, blasse Hände, die ich noch vor mir sehe. Ich stellte mir mit aller Kraft vor, wie er an jenem Morgen in Polen die Schwadron auf den kleinen, mit Blut und Leichen bedeckten Platz geworfen hatte.

Damals hörte ich ihm mit ironischer Ungläubigkeit zu. Später — als ich selbst ihre Stelle eingenommen hatte — begriff ich, daß kein Gran Heuchelei in den Worten dieser Männer gewesen war. Sie hatten nur, wie wir alle, ein kurzes Gedächtnis.

Sie sprachen nun von den revolutionären Attentaten. Sie hatten sich auf eine Bank an einer Stelle, die »der Musenstern« hieß, gesetzt. Immer noch sehe ich diese zu bizarren Formen beschnittenen Taxusbüsche, rieche noch den Buchs. Ich war hinter die Hecke geschlüpft. Ich hätte sie mit ausgestreckter Hand berühren können. Mit leidenschaftlicher Neugier belauschte ich ihr Gespräch.

»Ich werde oft vor geplanten Attentaten gewarnt«, sagte der Fürst. »Leute schreiben mir oder lassen mir ausrichten: ›Gehen Sie nicht dahin oder dorthin.‹ Ich höre nie darauf. Aber ich muß gestehen, wenn ich mich dann abends zu Hause schlafen lege und weiß, daß ich am nächsten Tag dorthin muß, habe ich Angst. Doch sobald ich in meinen Wagen steige, ist das vorbei.«

»Ich«, sagte Kurilow, »ich spreche jeden Morgen, wenn ich aufwache, meine Gebete. Ich betrachte den beginnenden Tag, als wäre er der letzte meines Lebens. Wenn ich dann abends nach Hause komme, danke ich Gott für den Tag Aufschub, den er mir gewährt hat.«

Er brach ab. Er hatte wieder in dem Ton feierlicher Banalität gesprochen, den ich inzwischen so gut kannte, aber seine Stimme zitterte.

Der Fürst bemerkte auf seine unnachahmliche Art: »Ach ja, Sie glauben ja an Gott . . .« Dann lachte er matt auf und murmelte: »Ich, ich gebe mein Bestes, aber ich schwöre Ihnen, ich weiß nicht, warum. Ich genieße dabei eine gewisse persönliche Befriedigung, und gewiß nicht die der Pflichterfüllung, Walerian Alexandrowitsch, sondern das bittere Vergnügen, wieder einmal festzustellen, in welchem Maße dumm die Menschen doch sind . . . Was die Nachwelt und dieses ganze Gewäsch angeht, darum schere ich mich nicht. Was war das für ein Gezeter damals wegen dieser Geschichte mit dem Anarchisten Semenow! Dabei habe ich ihm ein paar Monate Qual und Angst und den Schrecken der Hinrichtung erspart und gleichzeitig einen dieser Prozesse vermieden, die ja nur dazu dienen, im Volk die Ideen zu verbreiten, die wir bekämpfen wollen. Das gleiche in Polen . . . Die Toten, über die ich meine Leute hinwegreiten ließ, haben nichts mehr gespürt, das werden Sie mir zugeben, und durch den heilsamen Schrecken, den das verbreitet hat, habe ich den Aufstand im Keim erstickt und dadurch Menschenleben gerettet. Je älter ich werde, desto mehr Wert messe ich dem Menschenleben bei . . . und immer weniger dem, was man übereingekommen ist, die ›Ideen‹ zu nennen«, setzte er in nachdenklichem Ton hinzu. »In einem Wort, ich habe logisch gehandelt. Das ist es, was einem die Leute nicht verzeihen können.«

»Ich habe Vertrauen in das Urteil der Nachwelt«, murmelte Kurilow. »Rußland wird meine Feinde vergessen, aber mich wird es nicht vergessen. Das alles ist hart, das alles ist schwer«, wiederholte er seufzend. »Es heißt, man muß Blut vergießen können, und das ist wahr . . .«

Er brach ab, sagte dann leise: »Für eine gerechte Sache . . .«

»Ich glaube auch nicht mehr groß an die gerechten Sachen«, seufzte der Fürst. »Aber ich bin ja auch viel älter als Sie; Sie haben noch Illusionen . . .«

»Es ist schwer, es ist hart, zu leben«, wiederholte der Minister traurig.

Er schwieg einen Augenblick, dann flüsterte er plötzlich: »Ich habe so viele Feinde . . .«

Ich beugte mich weiter vor. Das war mein erster wirklich gefährlicher Schritt im Haus des Ministers. Aber ich empfand brennende Neugier.

Der Fürst hüstelte, wandte Kurilow den Kopf zu. Ich sah die beiden ein paar Meter vor mir durch die Lücken im Buchs. Ich hielt den Atem an.

Kurilow fing an zu klagen, erklärte sich für überarbeitet, krank, von Feinden und Intrigen umgeben.

»Warum habe ich nicht auf Sie gehört? Warum habe ich geheiratet?« sagte er ein paarmal bitter. »Ein Staatsmann muß unverwundbar sein. *Die* wissen es«, behauptete er mit Nachdruck, »*die* wissen, wo meine empfindliche Stelle ist, und bei jedem Schritt nach vorn, den ich tue, schlagen sie *da* zu. Mein Leben ist zur Hölle geworden. Wenn Sie wüßten, was für Gemeinheiten, was für grobe Lügen täglich über meine Frau verbreitet werden!«

»Ich weiß, mein armer Freund, ich weiß«, sagte der Fürst sanft.

»Zum zwanzigsten Geburtstag von Ina«, fuhr Kurilow fort, »gedenke ich, wie es bei uns Tradition ist, einen Ball zu geben. Sie wissen, daß Ihre Majestäten seit dem Tod meiner Frau nicht mehr zu uns gekommen sind. Können Sie sich vorstellen«, fragte er mit bebender Stimme, »daß Ihre Majestäten mir haben sagen lassen, damit sie an diesem Ball teilnehmen könnten, wäre es wünschenswert, daß Marguerite Eduardowna nicht anwesend wäre! Und ich mußte lächeln, schweigend diese Beleidigung schlucken. Es ist unerhört, daß ein Mann in einer Stellung wie der meinen, vor dem Tausende von Menschen zittern, gezwungen sein soll, sich vor diesem Geschmeiß, vor dieser vergoldeten Kanaille, die den Hof bevölkert, zu verneigen«, fuhr er in seinem hochtrabenden Ton fort. »Ach! Ich habe genug von der Macht! Aber ich erfülle meine Pflicht, ich bleibe und erfülle meine Pflicht«, wiederholte er ein paarmal energisch.

»Sicher, wenn Marguerite Eduardowna Rußland für eine Weile verlassen wollte ...« hob der Fürst an.

Kurilow unterbrach ihn: »Nein! Lieber mache ich allem ein Ende und gehe auch. Sie ist meine vor Gott angetraute Frau. Sie trägt meinen Namen. Warum ziehen sie überhaupt die Vergangenheit hinein? Kennen sie sie überhaupt? Wenn sie ›Kokotte‹ sagen, meinen sie, es wäre alles gesagt. Ich spreche jetzt nicht von der Liebe, ich spreche nicht von den ersten Jahren; aber die Treue und Hingabe, mit der sie mich umsorgt, der Trost, die Hilfe, die sie vierzehn Jahre lang für mich gewesen ist, das kann nur ich allein beurteilen. Mein Leben ...! Mein unglückliches Leben ...! Meine arme Frau, Sie wissen, daß ich sie bis an ihr Ende gepflegt habe; niemand, selbst Sie nicht, kann wissen, wie ich ...«

Er wollte sagen: »gelitten habe«, aber das Wort ging ihm nicht über die stolzen Lippen. Er richtete sich steif auf, machte eine matte Handbewegung: »Sie ist tot. Gott sei ihrer armen Seele gnädig! Aber ich, hatte ich nicht das Recht, mein Leben neu zu ordnen, wie ich es für richtig hielt? Ich sehe jetzt, daß das Privatleben eines Staatsmanns der Öffentlichkeit gehört, genauso wie seine Arbeit. Kaum möchte man einen kleinen Winkel seines Lebens für sich behalten, dringen die Feinde genau dort ein.«

»Margot«, sagte der Fürst wie abwesend, »diese Frau hat immer noch, selbst jetzt, da sie alt und verblüht ist, einen seltsamen Reiz ... Es ist wohl der unauslöschliche Reiz der Wesen, die man einmal sehr geliebt hat ...«

»Ich«, erklärte Kurilow so überzeugend ehrlich, daß ich staunte, »ich habe sie damals geliebt; Sie wissen, wie viele Torheiten ich wegen ihr begangen habe. Aber das ist nichts im Vergleich zu dem Gefühl, das ich jetzt für sie empfinde. Ich bin allein im Leben, Alexander Alexandrowitsch, wir sind alle allein. Je höher wir gestellt sind, desto vollständiger ist unsere Einsamkeit. In ihr hat Gott mir eine Freundin geschenkt. Ich habe viele Fehler, der Mensch ist aus Irrtümern und Schwächen gemacht, aber ich bin loyal. Ich verlasse meine Freunde nicht.«

»Seien Sie auf der Hut vor Dahl«, warnte ihn der Fürst. »Er will Ihr Amt, und meiner Meinung nach warten sie nur, daß Sie einen Fehler machen, um es ihm zu geben. Schließlich ist Dahl Ihr alter Kollege im Ministerium. Wer sollte uns denn ein Bein stellen, wenn nicht unsere Kollegen? Warum wollen Sie nicht Ihre Tochter mit seinem Sohn, diesem Dummkopf, verheiraten? Eine reiche Mitgift würde ihn beruhigen. Er sucht in der Macht nur das Geld.«

»Ina hat die größte Abneigung gegen diese Verbindung«, wandte Kurilow mit zögernder Stimme ein. »Im übrigen würde das nichts ändern, fürchte ich. Dahl ist einer dieser unersättlichen Hunde, die sich nicht nur das Fleisch schnappen, sondern den ganzen Knochen.«

»Haben Sie schon von seinem letzten Meisterstreich erfahren?« fragte der Fürst. »Sie wissen doch, seit einiger Zeit haben sie am Hof eine Marotte: Rußland den Russen. Um zum Beispiel einen Zuschlag für den Schienenbau zu bekommen, muß man einen Namen haben, der mit ›ow‹ endet. Nun hat der Baron irgendwo einen elenden, ruinierten kleinen Fürsten ausgegraben, der einen alten Namen trägt. In seinem Namen erhält er Konzessionen für den Berg- und den Schienenbau, die er unter Berechnung einer ehrlichen Provision an Juden oder Deutsche weiterverschachert. Zweitausend Rubel für den Fürsten, und Hokuspokus verschwindibus! Amüsant, finden Sie nicht auch?«

»Ich staune manchmal«, meinte Kurilow, »über die außerordentliche Habgier dieser Leute. Ein gewöhnlicher Mensch hat das Recht, habgierig zu sein, denn er weiß, daß er sonst Hungers sterben würde. Aber diese Leute, die alles haben: Geld, Protektionen, Ländereien, die haben nie genug! Ich verstehe das nicht.«

»Jeder hat seine Schwächen, die menschliche Natur ist unverständlich. Man kann von einem Menschen nicht einmal mit Sicherheit sagen, ob er gut oder schlecht, dumm oder intelligent ist. Es gibt keinen guten Menschen, der in seinem Leben nicht eine grausame Tat begangen hätte, keinen schlechten, der nicht einmal zur Güte bewegt worden wäre, keinen intelligenten, der nie Dummheiten gemacht hätte, keinen Dummkopf, der nicht einmal schlau gehandelt hätte! Übrigens macht das die Abwechslung, das Unvorhersehbare im Leben aus. Das amüsiert mich immer noch ...«

Sie waren beim Sprechen aufgestanden und entfernten sich vom »Musenstern«. Ich wartete eine Weile und ging dann auch.

XIV

Den Rest des Tages verbrachten sie im Garten mit Wanja, Kurilows Sohn, der ihnen gelangweilt zuhörte.

»Für den da wird das Leben nicht so hart sein«, sagte der Minister.

Ich konnte in der ruhigen Sommerluft alles hören, was sie sprachen.

»Wir machen eine schwierige Zeit durch, aber ich bin überzeugt, wenn die öffentliche Meinung uns helfen würde, kämen wir wieder nach oben.«

»Sie würden nicht glauben«, erklärte darauf Kurilow, »was für einen Trost ich aus diesen Sympathiebezeigungen schöpfe, die mir von allen Seiten her zugehen. Die Gesellschaft ist es satt, mit der Revolution zu liebäugeln. Ich glaube, wir müssen mit zehn, zwölf schwierigen Jahren rechnen. Aber die Zukunft ist herrlich.«

»Ach, mein Lieber ...« murmelte der Fürst mit zweifelnder Miene.

Aber er sprach nicht weiter. Kurilow streichelte nachdenklich das Haar seines Sohnes, der verstohlen ein nervöses Gähnen verbarg und am ganzen Körper bebte; es war das krampfhaft unterdrückte Zurückzucken, der instinktive Widerwillen, den Kinder bei der Berührung durch alte Hände zeigen.

Nach einer Weile schweigenden Nachsinnens, das ich unschwer nachvollziehen konnte, sagte Kurilow: »Die Zarin scheint wegen der Geburt der Großfürstin Anastasia betrübt zu sein. Diese vierte Enttäuschung ist hart. Ihre Majestäten sind zwar noch jung, aber . . .«

Es folgte ein langes Schweigen. Dann schüttelte der Fürst die Asche von seiner Zigarette ab und schob nachdenklich die Lippen vor: »Ich habe gestern Seine Hoheit Großfürst Michael gesehen. Der ist wirklich das Abbild seines erhabenen Vaters . . .«

Beide betrachteten jetzt lächelnd den kleinen Jungen, als sähen sie durch ihn hindurch das Bild der Zukunft: der Zar würde ohne Thronerben sterben, sein Bruder, Großfürst Michael, würde den Zarenthron besteigen, eine Ära des Friedens und Glücks würde für Rußland anbrechen. Jedenfalls erträumte sich Kurilow das. Die Gedanken des Fürsten waren schwieriger zu erraten. Ich erinnere mich gut an diesen Tag . . .

Schließlich fiel dem Fürsten meine Existenz wieder ein, er ließ mich rufen und bat mich um ein Medikament für den chronischen Husten, an dem er litt. Ich wies auf seine Zigarette und sagte, er dürfe nicht rauchen.

Er fing an zu lachen. »Diese Jugend geht immer gleich bis zum Äußersten. Man kann den Menschen das Leben nehmen, aber nicht ihre Leidenschaften.«

Er hatte eine klare Stimme und eine brillante, knappe Art, sich auszudrücken. Ich schlug ihm ein Beruhigungsmittel vor. Er war damit einverstanden und bedankte sich. Ich entfernte mich. Lange saß ich in Gedanken versunken in meinem Zimmer und fragte mich, ob unsere Träumereien und Spekulationen über die Zukunft die richtigen seien oder ihre. Ich fühlte mich äußerst traurig und matt, aber zwischendurch packten mich auch Regungen freudiger Wildheit, die mich selbst erstaunten . . .

Als ich in den Garten zurückkehrte, war es schon spät, und die Frühlingsdämmerung senkte sich herab. Der Himmel war klar und leuchtete wie ein tiefer und durchsichtiger rosa Kristall. In solchen Augenblicken waren die Inseln wunderschön. Die kleinen Lagunen zwischen den Landzungen glänzten matt im Widerschein des Himmels.

Der Wagen des Fürsten war vorgefahren; er saß im Fond des Landauers, eine Pelzdecke über den Beinen und neben sich weiße Rosen, die man für ihn geschnitten hatte und die er in beiden Händen hielt und streichelte.

Ich reichte ihm das Rezept für das Beruhigungsmittel. Er fragte mich: »Sie sind Franzose, Monsieur?«

»Schweizer.«

Er nickte. »Ein schönes Land . . . Ich werde diesen Sommer einen Monat in Vevey verbringen . . .«

Er machte dem Lakaien ein kleines Zeichen, der Wagenschlag wurde geschlossen. Der Landauer fuhr ab.

Auf dem Rückweg nach Sankt Petersburg, kurz vor den Toren der Stadt, warf eine Frau, die ehemalige Verlobte von Gregor Semenow, die fünfzehn Jahre lang auf diese Stunde gewartet hatte, eine Bombe in den Wagen des Fürsten. Die Pferde, der Kutscher, der alte Mann, der ruhig an seinen Rosen roch, das alles flog mit der Mörderin selbst in die Luft.

XV

Kurilow erfuhr noch am selben Abend von dem Attentat. Wir saßen beim Abendessen. Ein Offizier aus dem Gefolge des Fürsten trat herein. Sobald er das Rasseln des Säbels auf den Fliesen hörte, schien Kurilow zu ahnen, daß ein Unglück geschehen war. Er fuhr zusammen, machte eine so jähe, unkontrollierte Gebärde, daß ihm das Weinglas, das er in der Hand hielt, entglitt und am Tischbein zerschellte. Aber er hatte sich sofort wieder in der Gewalt, erhob sich und ging wortlos hinaus. Marguerite Eduardowna folgte ihm.

Nachts sah ich von meinem Zimmer aus deutlich sein erleuchtetes Fenster. Ich sah ihn langsam im Zimmer auf- und abgehen, bis zum Morgen. Ich sah, wie sein Schatten sich dem Fenster näherte, stehenblieb, vermutlich um hinauszuschauen, sich langsam umwandte und im Hintergrund des Zimmers verschwand, dann von neuem sichtbar wurde.

Als er mir am nächsten Tag begegnete, begnügte er sich damit, mit gepreßter Stimme zu murmeln: »Sie wissen . . .?«

»Ja.«

Er stützte den Kopf auf die Hand, hob seine großen hellen Augen zu mir auf.

»Ich kannte ihn seit dreißig Jahren«, sagte er schließlich. Er setzte nichts hinzu, drehte sich brüsk um, dann machte er eine matte Handbewegung.

»Und jetzt . . . Aus . . .«

Am Tag darauf erhielt ich eine Botschaft von Fanny, die mich überraschte und beunruhigte, denn sie mußte äußerste Vorsicht walten lassen, und es war ausgemacht, daß sie sich erst mit mir in Verbindung setzen würde, um mir den Zeitpunkt des Attentats mitzuteilen.

Sie wollte mich in Pawlowsk, eine Stunde von Sankt Petersburg entfernt, im Saal des Kurhauses treffen.

Es wurde in Pawlowsk ein Konzert für Klavier und Violine gegeben. Wir trafen uns in dem Foyer vor dem Konzertsaal, in dem eine dichtgedrängte Menge still Schumanns Musik lauschte. Ich erinnere mich noch an diese sprühenden, schnellen Akkorde.

Fanny hatte sich wieder als eine Art Bäuerin verkleidet. Ich sagte ihr ziemlich wütend, das

Spiel, das wir spielten, sei schon theatralisch und geschmacklos genug, ohne daß wir es noch durch gefährliche Maskeraden komplizierten.

In der Tat hat mich später eine lange revolutionäre Erfahrung gelehrt, daß es nichts Sichereres gibt, um ein Unternehmen zum Scheitern zu bringen, als übertriebene Vorsichtsmaßnahmen. Unter dem roten Kopftuch verrieten die lange jüdische Nase und die vollen Lippen sie so gut wie ein echter Paß. Doch die Menschenmenge war sehr groß; sie wurde nicht beachtet oder für eine Dienstmagd gehalten.

Wir gingen in den Park hinaus, wo der Nebel in der Abenddämmerung eine dichte Wolke um uns herum bildete. Wir setzten uns auf eine Bank. Der Nebel umgab uns wie eine feste Wand; zwei Schritte neben uns war eine Eibe bis zur halben Höhe des Stamms von weißem, dickem, schaumigem Dunst umhüllt, der aus ihr herauszuquellen schien wie die Milch aus den angeschnittenen Stielen bestimmter Kräuter. Und auch die Luft hatte einen Pflanzengeruch und einen süßlichen Geschmack, der mich im Hals kitzelte.

Ich hustete. Fanny riß sich mit einer ungeduldigen Gebärde das rote Tuch vom Kopf.

»Schlechte Nachrichten, Genosse. Lydia Frenkel, die Dynamit bei sich aufbewahrt hat, ist durch eine Explosion getötet worden. In Genf haben sie sich entschlossen, mir diesen Teil der Arbeit anzuvertrauen. Ich werde mir zum ausgemachten Zeitpunkt die Bomben verschaffen.

Das Attentat wird wahrscheinlich für den Herbst festgesetzt. Ich habe Briefe aus der Schweiz für dich.«

Ich nahm die Briefe, steckte sie automatisch in meine Taschen.

Fanny lachte nervös: »Hast du vielleicht die Absicht, diese Briefe in deinem Überzieher zu lassen, damit sie den Spitzeln in die Hände fallen? Lies sie und verbrenne sie.«

Ich las sie; sie waren völlig uninteressant. Trotzdem verbrannte ich sie an der Glut meiner Zigarette und verstreute die Asche. Fanny beugte sich zu mir herüber.

»Ist es wahr«, fragte sie begierig, »ist es wahr, Genosse, daß du den Fürsten Nelrod noch ein paar Stunden vor seinem Ende gesehen hast?«

»Es ist wahr.«

Sie bestürmte mich mit leiser, erstickter Stimme mit Fragen. Ihre grünen Augen funkelten in wildem, düsterem Feuer. Ich sagte, ich hätte eine Unterhaltung zwischen dem Fürsten und dem Minister mit angehört.

Sie lauschte mir wortlos, aber es war mir, als könnte ich ihre Gedanken in ihren Augen lesen. Sie war näher zu mir herangerückt und blickte mich unverwandt an.

»Wie?« erkundigte sie sich schließlich.

Sie brach ab; sie schien keine Worte zu finden, um ihr Grauen auszudrücken: »Was haben sie gesagt?«

Sie wich nervös zurück. Der Nebel war jetzt so dicht geworden, daß Fannys Gesicht sich plötzlich halb im Dunst auflöste. Ich hörte ihre vor Leidenschaft und Haß bebende Stimme. Ich selbst war müde und gereizt. Sie drängte mich, ihr zu antworten. Ich sagte verdrießlich, ich hätte den Eindruck, ein paar richtige Beobachtungen und eine Menge Dummheiten vernommen zu haben. Aber ich wußte, es hatte keinen Zweck, ihr zu erklären, wie diese beiden gefürchteten und gehaßten Staatsmänner mir mit ihren Irrtümern, ihrer Gewissenlosigkeit, ihren Träumereien als beschränkte und unglückliche Wesen vorgekommen waren wie alle Menschen und ich selbst ... Sie hätte einen dunklen, versteckten Sinn in meinen Reden gesucht, den sie nicht hatten.

Indessen hatte die Musik aufgehört; die Menge strömte aus dem Konzertsaal und verlief sich langsam in den Alleen des Parks. Wir trennten uns.

XVI

Es traf sich, daß ich bei Kurilow im Zimmer war, als die Witwe Aarontschik, die alte Jüdin, die Marguerite Eduardowna ihm ans Herz gelegt hatte, vorsprach: er fühlte sich nicht wohl; seine Frau hatte mich gebeten, eigenmächtig der Audienz ein Ende zu machen, wenn ich Zeichen der Ermüdung, der Erschöpfung bei ihm feststellen sollte. Vier Tage waren seit dem Attentat vergangen. Während dieser ganzen Zeit hatte seine Arbeit geruht. Im Palast des Fürsten, am Sarg, der seine zerfetzten Reste enthielt, lasen die Priester die Gebete für die ewige Ruhe seiner Seele, Kurilow verbrachte die Hälfte der Zeit dort und die andere Hälfte in der Kirche.

Schließlich fand am fünften Tag die Beerdigung statt.

Mehrere vermeintliche Komplizen der Mörderin waren verhaftet worden. Kurilow wollte allen Verhören »dieser Ungeheuer, dieser Tiger mit Menschengesicht«, wie er sich ausdrückte, beiwohnen. Zwei von ihnen wurden dann gehenkt.

Kurilow kehrte erschöpft nach Hause zurück, sprach nicht, sondern brüllte, wenn er sich an einen Bedienten oder einen Angestellten des Ministeriums wandte. Nur mit mir war er immer geduldig und höflich. Er schien mir gegenüber wirklich etwas wie Sympathie zu empfinden.

Die der Witwe Aarontschik bewilligte Audienz war wie die übrigen verschoben worden.

Kurilow empfing sie in einem riesigen, mir bis dahin noch unbekannten Raum voller Porträts des Zaren und Andenken an Pobjedonostsew und Alexander III. unter Glas, die mit Etiketten versehen waren wie Apothekergefäße. Die großen, halb zugezogenen scharlachroten Vorhänge ließen ein starkes, wie von frischem Blut gefärbtes Licht herein. Mit seinem bleichen, unbewegten Gesicht über der Uniformjacke aus weißem Tuch, den Orden um den Hals und an der Brust, seinem schweren ziselierten Goldring, in dessen rotem Stein sich das Licht brach, an der auf den Tisch gestützten Hand stand er da wie ein barbarisches, strenges Götzenbild, das den Blick blendete.

Man führte eine magere, zitternde kleine Frau herein mit weißen Haaren und einem krummen, überall spitz zulaufenden, schnabelartigen Gesicht. Sie war in Trauerkleidern, die in der Sonne grünlich schimmerten. Sie machte drei Schritte und blieb wie betäubt stehen.

Der Minister fragte mit der leisen, tiefen, sanften Stimme, mit der er manchmal zu weit unter ihm stehenden Leuten sprach, die man ihm empfohlen hatte. »Sie sind die Witwe Sarah Aarontschik, jüdischer Religion?«

»Ja«, hauchte sie.

Und sie verschränkte ihre sichtbar zitternden Hände vor dem Leib und rührte sich nicht mehr.

»Treten Sie näher.«

Sie schien nicht zu verstehen; sie sah ihn voll Ergebenheit und mit einer Art heiligem Schrekken aus ihren zwinkernden Augen an.

Er hatte die Lider gesenkt, den Kopf zurückgelegt und klopfte abwesend mit den Fingerspitzen auf einen aufgefaltet auf dem Tisch liegenden Brief. Offenbar wartete er darauf, daß sie sprechen würde.

Sie schwieg immer noch.

»Nun, Madame«, rief er schließlich, »Sie haben doch um eine Audienz gebeten? Sie wollten mich sprechen. Was haben Sie mir zu sagen?«

Sie murmelte: »Exzellenz, ich habe Ihre Gattin gekannt, Marguerite Eduardowna . . .«

»Ich weiß«, unterbrach er sie schroff. »Das

hat doch, nehme ich an, keinerlei Bezug zu der Angelegenheit, die Sie hierherführt?«

»Nein«, stammelte sie.

»Dann zur Sache, Madame, zur Sache. Meine Zeit ist kostbar.«

»Der Fall Jakob Aarontschik, Exzellenz.«

Er machte ein Zeichen, daß er Bescheid wußte.

Da sie nicht weitersprach, seufzte er, nahm die Akte, blätterte einen Augenblick darin, las schnell vor: »›Ich, die Unterzeichnete ... zeige Peter Mazurtschik, Assessor zweiter Klasse, an ...‹ Hm ...! Hm ...! ›sich der Verführung meines Sohnes schuldig gemacht zu haben ...‹«

Er lächelte schwach, nahm ein anderes Schriftstück vom Tisch, las: »›Ich, der Unterzeichnete, Wladimirenko, Professor am Gymnasium von ..., zeige den erwähnten Jakob Aarontschik, jüdischer Religion, sechzehn Jahre alt, an, sich der Anstiftung seiner Schulkameraden zur Revolte und zu aufrührerischen Handlungen schuldig gemacht zu haben.‹ Erkennen Sie diese Tatsachen als richtig an?«

»Exzellenz, das unglückliche Kind ist das Opfer eines Lockspitzels gewesen. Ich habe geglaubt, richtig zu handeln, ich habe Mazurtschik angezeigt, den Hilfslehrer, der ihm diese Sachen ... diese Bücher zu lesen gegeben hat. Ich bin Witwe, ich bin eine arme Frau. Ich wußte nicht, ich konnte nicht wissen, daß ...«

»Niemand wirft Ihnen etwas vor«, sagte Kurilow, und sein hochmütiger, eisiger Ton ließ die Frau vollends erstarren. »Was wollen Sie?«

»Ich wußte doch nicht, daß ich es mit einem Agenten Ihrer Exzellenz zu tun hatte. Dieser hat seinerseits meinen Sohn angezeigt. Ich bin Witwe und mittellos.«

Ich betrachtete ihre gefalteten Hände; sie waren schwarz, rissig, zerfressen wie offene Wunden; es war ein schrecklicher Anblick, und ich sah, daß auch Kurilow schaudernd, aber irgendwie fasziniert auf sie starrte. Es waren jedoch nicht etwa die Spuren einer seltenen Krankheit, sondern die der Waschlauge, der Arbeit, des heißen Wassers, des Alters.

Der Minister runzelte die Brauen, und ich sah, wie seine schwere, ungeduldige Hand die Akten auf dem Tisch durcheinanderschob. Schließlich sagte er: »Ihr Sohn ist relegiert worden. Ich werde prüfen, ob es Grund gibt, an seine ehrliche Reue zu glauben, und werde ihm die Erlaubnis erteilen, seine Studien fortzusetzen, wenn er sich dessen würdig erweisen sollte. Er ist bis jetzt der beste Schüler des Gymnasiums gewesen, wie ich aus den Berichten ersehe, und seine Jugend ... Sie haben schließlich, allein und alt, wie Sie sind, diesen weiten Weg gemacht; wenn Sie also für Ihren Sohn und seine politischen Meinungen einstehen können ...« Seine Stimme wurde immer barscher und nervöser.

Sie schwieg. Er reckte den Kopf, zum Zeichen, daß die Audienz beendet war.

Da hob sie zum erstenmal den Blick.

»Eure Exzellenz, Verzeihung, er ist jetzt tot ...«

»Wer?« fragte Kurilow.

»Er ... mein Kleiner ... Jakob ...«

»Wie? Ihr Sohn?«

»Er hat sich vor zwei Monaten umgebracht, Exzellenz, aus Verz ... aus Verzweiflung«, stammelte sie.

Und plötzlich fing sie an zu weinen. Sie weinte schlicht und unfein, mit lauten, abstoßenden Schnarchgeräuschen. Ihr winziges, dunkelrotes Gesicht war im Nu von Tränen überströmt, ihr welker, zitternder nasser Mund wurde von heftigen Schluchzern verzerrt und zur Seite gezogen.

Je länger sie weinte, desto schwerer und bleicher wurde Kurilows Gesicht.

»Wann ist er gestorben?« fragte er schließlich mit seiner metallischen, harten Stimme, obwohl die Frau es schon gesagt hatte, aber er schien verwirrt und sprach mit mechanischer Schnelligkeit.

»Vor zwei Monaten«, wiederholte sie.

»Nun, was wollen Sie dann von mir?«

»Eine Unterstützung. Er wollte mir beistehen, er war fast mit dem Gymnasium fertig. Er hat schon fünfzehn Rubel im Monat verdient. Jetzt bin ich allein. Ich habe noch drei kleine Kinder aufzuziehen, Eure Exzellenz. Jakob hat sich umgebracht, weil er durch einen Irrtum aus dem Gymnasium gejagt worden ist. Ich bringe hier einen Brief vom Direktor des Gymnasiums, in dem steht, daß der Irrtum erwiesen ist, daß die Bücher und Papiere, die man im Zimmer meines Sohnes beschlagnahmt hat, dort absichtlich von

Mazurtschik ausgelegt worden sind ... vom Agenten Ihrer Exzellenz, dem wir die Summe von hundert Rubel, die er verlangte, nicht bezahlen konnten. Ich habe hier die Tatsachen, die Daten, das Geständnis des Schuldigen.«

Sie reichte die Dokumente dem Minister, der sie mit zwei Fingern nahm, wie man einen Lappen aufhebt, und sie auf den Tisch warf, ohne sie eines Blicks zu würdigen.

»Wenn ich richtig verstanden habe, wollen Sie mir die Schuld am Tod Ihres Sohnes geben?«

»Eure Exzellenz, ich bitte um eine Unterstützung. Er war sechzehn Jahre alt. Sie sind selbst Vater, Eure Exzellenz.«

Sie zitterte so stark, daß ihr die Worte kaum über die bebenden Lippen kamen.

»Aber warum, zum Teufel, kommen Sie hierher?« brüllte er plötzlich. »Ihr Sohn, Ihr Sohn, kann ich da etwas machen? Er ist tot, Gott sei seiner Seele gnädig! Das ist alles. Gehen Sie, Sie haben kein Recht, mich mit Ihren Geschichten zu belästigen, hören Sie?« donnerte er. »Gehen Sie ...!«

Er schrie, außer sich vor Wut, etwas wie Entsetzen stand in seinen Augen, und er schob so gewaltsam die Gegenstände auf dem Tisch hin und her, daß die Briefe auf den Boden flogen.

Die alte Jüdin wurde totenblaß, machte eine Bewegung, und plötzlich hörte man wieder ihre unterwürfige, beharrliche Stimme: »Nur eine kleine Unterstützung, Exzellenz; Sie sind selbst Vater ...«

Ich blickte auf Kurilow und sah ihn mit der Hand schnippen.

»Gehen Sie«, sagte er, »lassen Sie Ihre Adresse in der Kanzlei. Ich werde Ihnen etwas Geld schicken.«

Jäh warf er den Kopf nach hinten auf die Sessellehne, brach in Gelächter aus: »Gehen Sie!«

Sie verschwand. Er lachte immer noch, ein trauriges, nervöses Lachen, das merkwürdig klang.

»Diese widerliche alte Frau, diese alte Idiotin«, wiederholte er mehrmals, vor Ekel und Wut bebend. »Na gut, sie kriegt ihren Sohn bezahlt . . . Verdienen solche Geschöpfe etwa Mitleid?«

Ich antwortete nicht, und er schloß, wie er es oft tat, auf einmal ermattet die Augen.

Ich versuchte, mir seine Gedanken vorzustellen. Doch als er die Lider wieder aufschlug, hatte er von neuem seine undurchdringliche Miene aufgesetzt. Ich weiß noch, daß ich an die alte Jüdin denken mußte, an den Abgrund von Verzweiflung, Ignoranz und Elend, den ihr absurder Bittgang aufdeckte. Und an diesem Tag, ich weiß nicht, warum, dachte ich zum erstenmal mit Grausen an die Ermordung dieses pompösen Dummkopfs.

XVII

Ein paar Tage vergingen, und die Geschichte mit der alten Jüdin fing an, bittere Früchte zu tragen. Ich weiß nicht, ob Kurilows Schmerz beim Tod des Fürsten von Sorge um sein eigenes Schicksal mit bestimmt worden war. Ich glaube es nicht: er war zu sehr von sich eingenommen, um zu begreifen, in welchem Maße der alte Mann ihm nützlich gewesen war, wie das Prestige seines Namens bestimmten Intrigen Einhalt geboten hatte. Dennoch sagte er in diesen Tagen mehrmals zu mir: »Er war seinen Freunden treu ... Er war ein loyaler Mensch, auf sein Wort konnte man zählen. Das ist selten im Leben, junger Mann ... Sie werden sehen ...«

Doch wenn er noch ein paar Illusionen hatte, wurden ihm die durch die ersten anonymen Briefe schnell genommen.

Bis dahin hatte Dahl aus Furcht, dem Fürsten zu mißfallen, seine Kampagne gegen den Minister, auf dessen Amt er es abgesehen hatte, noch aufgeschoben. Nun war der Fürst tot, das Spiel begann.

Er erzählte schleunigst am Hof herum, der Minister für das Schulwesen sei von einer alten Jüdin aus Lodz mit skandalösen Enthüllungen bedroht worden. »Sie betreffen die Jugend der schönen Margot. Sie hat früher einmal, als sie als junge Schauspielerin auf Tournee ging, in Lodz gelebt; dort hat sie heimlich bei dieser Frau, einer alten Hebamme, abgetrieben, und diese ist jetzt, nachdem sie von ihrer glänzenden Heirat gehört hat, nach Petersburg gekommen und hat den Minister erpreßt.« Als Beweis dafür gab er die Summe Geld an, die Kurilow tatsächlich der alten Jüdin hatte zukommen lassen. Darauf wurden alle die alten Geschichten über Marguerite Eduardowna, die zur Zeit ihrer Heirat, aber damals noch diskret im Flüsterton, in der Stadt die Runde gemacht hatten, wieder ans Tageslicht gezerrt. Bestimmt waren viele davon wahr, kaum entstellt; man konnte weder ihre Jugendabenteuer leugnen noch ihre Liaison mit Nelrod. An dieser vor allem nahm die öffentliche Meinung Anstoß.

»Eine häßliche, eine schmutzige Geschichte«, erzählte Dahl überall mit Abscheu.

Man verbreitete, sie habe immer noch Liebhaber und Kurilow protegiere diese, »wie er selbst von seinem Vorgänger protegiert wurde«.

»Sie ist eine wahre Wohltäterin . . . Sie nützt gerne ihren großen Einfluß bei ihrem Gatten zugunsten ihrer zahlreichen alten Verehrer in den beiden nobelsten Regimentern der Armee, bei den Reitergardisten und den Garderittern.«

Letzteres stimmte übrigens zum Teil. Aber man bezichtigte sie auch eines Verhältnisses mit dem kleinen Kurilow, Hippolyt, den sie nicht ausstehen konnte, und behauptete überdies, sie verschaffe »als liebende Gattin« ihrem alten Mann frische Mädchen. Das war genauso absurd wie die Legende, die Fanny erzählt hatte: »Sie veranstalten in ihrem Haus auf den Inseln schändliche Orgien . . .«

Ich staunte ehrlich darüber, daß dieses Gerede bei Menschen, die den Minister kannten, Glauben finden konnte. Der arme Kurilow war in seiner Frömmigkeit, Skrupelhaftigkeit, Feigheit und Vorsichtigkeit doch völlig außerstande, die Dinge zu begehen, die ihm vorgeworfen wurden ... Dennoch war er kein »Mann von reinen Sitten«, wie Froelich gesagt hätte. Er führte ein ruhigeres Privatleben als irgendein Schweizer Bürger, aber so war es offenbar nicht immer gewesen. Er hatte heißes Blut und starke Leidenschaften. Da er diese, zweifellos aus religiösen Bedenken und aus Vorsicht, seit Jahren nicht mehr befriedigte, war es besonders schlimm für ihn, sehen zu müssen, daß seine Feinde die geheimen Schwächen, die er zu überwinden suchte, errieten ... Diese Seite seines Charakters habe ich übrigens nie verstehen können ... diese Mischung aus ehrlichem Puritanismus und Schurkerei ... Aber im übrigen war er für mich durchsichtig wie Glas ...

Nach einiger Zeit bemächtigten sich die Zeitungen der Geschichte von der Witwe Aarontschik. Die der äußersten Rechten beschuldigten Kurilow des »Liberalismus«, behaupteten, er mache »Zugeständnisse an revolutionäre Ideen«, weil er die Mutter eines verdächtigen kleinen Juden unterstützt hatte. Dagegen erzählten die im Ausland erscheinenden revolutionären Blätter, der Sohn dieser Frau sei von Polizisten und Provokateuren ermordet worden, die Kurilow bezahlt habe, um Dokumente verschwinden zu lassen, die gewisse hochgestellte Beamte des Schulwesens kompromittierten.

Der Zar ließ das alles geschehen. Er haßte Kurilow so sehr, wie ein so schwacher Mensch wie er überhaupt dazu in der Lage war. Er hatte von gewissen unvorsichtigen Reden, die sein Minister geführt hatte, Wind bekommen; er erriet dessen Hoffnung, eines Tages seinen Bruder, Großfürst Michael, auf dem Thron zu sehen. (Der Thronerbe Alexis war noch nicht geboren, doch der Zar und die Zarin hofften mit unerschütterlichem Glauben auf einen Sohn.)

Und schließlich hatte Kurilow es mit seiner gewohnten Ungeschicktheit auch noch geschafft, sich mit seinem Kollegen vom Innenministerium zu überwerfen. Die Agents provocateurs unterstanden dem Innenminister; ihr Chef konnte es Kurilow nicht verzeihen, einen seiner Männer bloßgestellt zu haben.

Alle diese Briefe, alle diese Zeitungen, die trotz verschiedener politischer Richtungen einmütig Kurilow gegenüber eine feindselige Haltung zum Ausdruck brachten, kamen morgens und abends in dicken Packen auf seinen Tisch.

Marguerite Eduardowna versuchte, sie vorher wegzuschaffen, aber durch ein seltsames Verhängnis schienen sie trotz aller ihrer Vorsichtsmaßnahmen ihrem Mann doch immer in die Hände zu fallen. Er las sie nie vor unseren Augen, warf sie manchmal ostentativ weg. Doch es gelang ihm nicht, seinen Blick abzuwenden, der sofort die Überschrift des mit Blaustift angestrichenen

Artikels erfaßte: er winkte den Lakaien herbei: »Ins Feuer mit diesem Schund ...«

Und während die einzelnen Blätter zusammengelesen wurden, folgte er ihnen mit verzehrender Neugier mit den Augen; seine großen hellen Augäpfel traten ihm aus den Höhlen wie bei einem Tier, dem zwei starke Hände den Hals einschnüren und dem die Luft ausgeht. Schließlich ging der Diener mit dem Packen hinaus. Kurilow wandte sich zu uns um: »Zu Tisch! Zu Tisch ...!«

Während die Kinder sich mit gedämpfter Stimme unterhielten, schwieg er, blickte uns mechanisch der Reihe nach an, ohne uns zu sehen; manchmal gelang es ihm nicht sofort, das leichte Zittern seiner Lippen zu bezwingen. Dann fing er schroff an zu sprechen, betonte mit unterdrückter Wut jedes einzelne Wort auf gehässige, verächtliche Weise, mit einer Stimme, die immer schneidender und schärfer wurde. Und dann konnte er wieder tief in Gedanken versinken, seufzte, streichelte sanft das Haar seines Sohnes, der neben ihm saß.

In diesen Tagen zeigte er sich geduldiger und in weicherer Stimmung als gewöhnlich. Er ertrug mit Ergebenheit die heißen Umschläge auf die Leber, die ich ihm nach Langenbergs Verordnung machte, als brächte er Gott seinen körperlichen Schmerz dar und bäte dafür um den Untergang seiner Feinde.

XVIII

Zu dieser Behandlung ging ich jeden Morgen nach seinem Erwachen in sein Zimmer. Er lag vor dem offenen Fenster auf seiner Chaiselongue, in einen scharlachroten Schlafrock gehüllt, der seine fahlen und wie von innen aufgeblasenen Wangen noch bleicher erscheinen ließ. Seit einiger Zeit hatte sein rötlicher Bart angefangen, weiß zu werden. Die gelbe Tönung der Haut, die tiefen violetten Ringe um die Augen und die beiden zarten Druckstellen an seinen Nasenflügeln zeigten das Fortschreiten seiner Krankheit an. Er verlor Gewicht, schmolz geradezu, das gelbe, schwere Fleisch hing an ihm wie ein zu weit gewordenes Kleidungsstück. Das war nur zu sehen, wenn er ausgekleidet war; angezogen, bildeten seine Uniform und die über die Brust verteilten Orden eine Art illusorischen Panzer.

Es war offensichtlich, daß Langenbergs Umschläge gegen seinen Krebs ungefähr so viel bewirkten, als würden sie bei einer Leiche angewandt.

Jeden Morgen kam sein Sohn herein. Er nahm ihn in den Arm, streichelte ihn, fuhr sanft mit seiner großen Hand über die Stirn des Kindes, strich ihm die Haare zurück, zog ihn zärtlich an seinen langen Ohren. Er behandelte ihn mit eigentümlicher, tiefempfundener Zartheit; es war, als fürchtete er, ihm weh zu tun, ihn zu grob anzufassen, doch dann ermannte er sich wieder: »Ach was, er ist doch ganz schön kräftig, nicht wahr, Monsieur Legrand? Geh, mein Sohn . . .«

Im Umgang mit seiner Tochter fand ich den öffentlichen Kurilow wieder, den eisigen, unerschütterlichen Mann, der, ohne die Stimme zu erheben, Befehle gab. Irina Walerianowna flößte mir eine unwillkürliche Abneigung ein, während das Paar, »der Pottwal und die alte Kokotte«, mir gefiel und mich rührte, ich weiß nicht, warum . . .

Ich schreibe, ich suche mich zu erinnern, ich schweife ab, und es gelingt mir nicht, mir zu erklären, warum die beiden mir so . . . begreiflich waren. Vielleicht hatte ich seit meiner Kindheit in einer abstrakten Welt, in einem »Glaskäfig« gelebt. Zum erstenmal sah ich menschliche Wesen, Unglückliche, mit ihren Hoffnungen, ihren Fehlern, ihren Dummheiten . . . Aber ich habe nicht die Zeit, an diese Dinge zu denken! Ich will mich nur an diese vergessene alte Episode erinnern . . . Alles ist besser, als dazusitzen und untätig auf den Tod zu warten. Die Parteiarbeit, Karl Marx für die Arbeiter, die Übersetzung von Lenins Werken, die kommunistische Doktrin in mundgerechten Häppchen für die bolschewistischen Kleinbürger von hier . . .! Ich habe getan, was ich konnte. Aber ich bin krank, ich bin erschöpft. Diese alten Erinnerungen ermüden mich nicht so, sie lenken mich ab, hindern mich, bei den zwecklosen Erinnerungen an Krieg und Eroberung zu verweilen, allem, was für mich nicht wiederkommen wird . . .

Ich weiß noch, wie sich Kurilow in dieser Zeit eines Tages an den Hof begab, als dort irgendein fremder Herrscher empfangen wurde ... Er konnte sich kaum auf den Füßen halten, und zwei Lakaien kleideten ihn an, scharwenzelten um ihn herum, steckten ihm die Orden an die Brust, zwängten ihn in seinen Galarock. Er trug eine Art Korsett, das hinten zusammengeschnürt wurde und unter seinen Kleidern dem kranken Leib Halt gab.

Ich war im Nebenzimmer und hörte ihn vor Schmerz keuchen, während er geschnürt wurde.

Er stieg in den Wagen, steif und prächtig, vor Gold funkelnd. Der Wagen fuhr ab.

In der Abenddämmerung kam er zurück, und als erstes gellte mir ein Schrei von Marguerite Eduardowna in die Ohren. Ich dachte, er habe einen Zusammenbruch gehabt. Den kurzen Weg vom Wagen zum Haus wurde er von den Bedienten mehr getragen als geführt, und zu meinem lebhaften Erstaunen geriet dieser sonst verhältnismäßig ruhige und geduldige Mann derart außer sich, als einer der Diener ihn unabsichtlich am Arm stieß, daß er ihn mit Flüchen überschüttete und ihn schlug.

Der Lakai, der unter seinem kokardengeschmückten Hut ein schlichtes, sanftes Bauerngesicht hatte, wurde weiß vor Schreck und blieb völlig unbeweglich stehen, wie bei einer Parade, hielt den Kopf gerade und starrte mit dem stumpfsinnigen Ausdruck eines Ochsen aus großen, dummen Augen auf seinen Herrn.

Als der Schlag erdröhnte, war es fast, als wäre Kurilow selbst getroffen. Er hielt inne, ich sah ihn die Lippen bewegen, doch dann schien das Gesicht des Dieners seinen Zorn jäh von neuem zu entfachen. Er schwang die Faust, brüllte: »Weg mit dir, du Schurke, du Hund!«, schickte einen klangvollen russischen Fluch hinterher und brach zusammen, nicht richtig ohnmächtig, sondern eher wie ein von Raserei überwältigtes Tier. Ja, er zuckte mit dem Hals wie ein Stier, der die in seinem Nacken steckenden Banderillas schüttelt. Mühsam richtete er sich wieder auf, stieß uns zurück, stieg schwankend die Treppe hinauf. Marguerite Eduardowna und ich folgten ihm bis in sein Zimmer. Er riß sich den Kragen auf. Er klagte unablässig. Erst als er im Bett lag und seine Frau ihm ihre Hand auf die Stirn gelegt hatte, beruhigte er sich anscheinend etwas. So verließ ich sie: sie an seinem Bett sitzend und leise auf ihn einredend, er mit geschlossenen Augen und nervös zuckendem Gesicht daliegend.

Ich dachte, er würde mich diese Nacht bei sich wachen lassen wie immer, wenn er krank war; aber er fürchtete wohl, daß ihm unvorsichtige Äußerungen entschlüpfen könnten. Er schickte nicht nach mir; nur seine Frau blieb bei ihm.

Am nächsten Morgen sah ich sie und erkundigte mich nach dem Befinden des Ministers. Sie lächelte angestrengt.

»Ach! Es ist nichts . . .«

Mehrmals wiederholte sie: »Es ist nichts, gar nichts . . .«

Sie nickte mit zitternden Lippen, dann richtete sie ihre großen, tiefsinnigen Augen auf mich: »Wenn er sich nur ein paar Monate erholen könnte ... Wir würden eine Weile nach Paris gehen ... Paris im Frühling, wenn die Kastanienbäume blühen ... Ach, das kennen Sie nicht ...?«

Sie schwieg.

»Die Männer sind zu ehrgeizig«, sagte sie plötzlich seufzend.

Ich erfuhr danach, was beim Zaren geschehen war, wenigstens was Kurilows Feinde erzählten. Wie er, nervös Bleistifte auf seinem Schreibtisch befingernd, seinen Minister empfangen hatte. Das war das Zeichen, an dem die ihm Nahestehenden ablesen konnten, daß sie in Ungnade gefallen waren. Bei ihrem Eintritt begann Nikolaus II., noch bevor er das Wort an sie richtete und ohne den Blick zu heben, mechanisch die Gegenstände und Papiere auf seinem Schreibtisch zu ordnen.

»Sie wissen, daß ich mich nicht in Ihr Privatleben einmische, aber vermeiden Sie wenigstens Skandale.«

Es hieß, er habe diesen Satz wörtlich gesagt. Später dachte ich, daß der Zar wohl nicht einmal das ausgesprochen hatte, daß der Tadel unendlich weniger grob, weniger deutlich, vielleicht mit bloßem Auge kaum wahrnehmbar gewesen war, eine kühle Nuance in der Stimme des Zaren, die Zarin, die den Kopf abwandte ...

Jemand erwähnte am nächsten Tag in meiner Gegenwart den Besuch des ausländischen Monarchen.

Kurilow sagte bitter: »Seine Majestät hat geruht, meine Anwesenheit zu vergessen ... Sie hat es unterlassen, mich dem König vorzustellen ...«

Darauf wurde es still. Alle hatten verstanden, was das bedeutete. Der Posten des Pottwals war tatsächlich eine Zeitlang wackelig. Eine seltsame Freude erfaßte mich.

»Ach, der Teufel soll ihn holen!« dachte ich. »Soll er doch gehen, soll er doch als Minister abdanken und ruhig leben, bis er an seinem Krebs krepiert!«

Der Gedanke, daß ich diesen Mann würde töten müssen, erfüllte mich mit Empörung und Schauder. Dieses blinde Geschöpf, das unter der über ihm ausgestreckten Hand des Todes, deren Schatten bereits auf sein Gesicht fiel, sich noch um eitle Träume und Ambitionen sorgte. Wie oft wiederholte er nicht in diesen Tagen: »Rußland wird meine Feinde vergessen, aber meiner wird es sich erinnern ...«

War es nicht seltsam, ja grotesk, zu denken, daß er selbst bereits alle diese Menschen vergessen hatte, die gestorben waren, weil er zur rechten Zeit keine klaren Befehle zu erteilen gewußt hatte oder aufgrund des von ihm eingerichteten Spionagesystems, und daß er immer noch auf das Urteil der Nachwelt zählte, sie aufrief, zwischen ihm, dieser Kanaille Dahl und anderen ihm gleichen Schwachköpfen zu wählen!

Ich weiß noch ... Wir saßen auf einer Bank im Garten. Kurilow, seine Frau, seine Tochter, die ihn mit verschlossenem, undurchdringlichem Ausdruck auf ihrem zarten, kindlichen Gesicht reden ließ, ohne ihm zuzuhören. Man sah, daß sie in dieser Minute sehr weit von ihm entfernt war, in Träumereien versunken, wo die Sorge ihres Vaters nicht hindrang. Als er schwieg, spielte sie weiterhin zerstreut mit der langen goldenen Kette, die sie um den Hals trug. Er wandte den Kopf und betrachtete sie stirnrunzelnd, mit trauriger, gereizter Miene. Der kleine Iwan lief in der Ferne vorüber, rief die Hunde; man hörte seine etwas keuchende Stimme; er war dick, geriet leicht außer Atem . . .

Ich beobachtete die Mücken, die in dichten Wolken über dem dunklen Wasser der Bucht aufstiegen. Alle die Wesen um mich herum kamen mir wie diese Mücken vor, die über den Sümpfen schwebten, die Menschen plagten, von Luftblasen herumgewirbelt wurden, verschwanden, der Teufel mag wissen, warum . . .!

XIX

Irina Walerianownas Geburtstag war im Juni. Mitte des Monats wurde mit den Vorbereitungen zu dem Ball im Hause der Kurilows begonnen.

Der Minister hatte den Zaren und die Zarin einladen wollen, um seinen Feinden zu zeigen, daß er trotz allem noch fest im Sattel saß und bei Hof beliebt war. Niemand ließ sich durch diese

Machenschaft täuschen, aber sie machte dennoch Eindruck auf die Leute, vor allem auf Kurilow selbst.

Der Kälte des Zaren waren noch keine feindseligen Handlungen gegen seinen Minister gefolgt; eine große Summe Geld brachte teilweise die reaktionäre Presse zum Schweigen; was die liberale Presse anging, so setzte sie zwar ihr Gezeter fort, doch das war in Kurilows Augen nicht von Bedeutung.

Ich glaubte zu wissen, daß Marguerite Eduardowna vor dem Fest Sankt Petersburg verlassen sollte, und erwartete jeden Tag, sie abreisen zu sehen. Aber nein, sie blieb. Sie kümmerte sich nicht um den Ball. Der Minister selbst überwachte alle Vorbereitungen. Seine Gesichtsfarbe war fahl; seine Augen blickten mit Besorgnis und mißtrauischer Strenge in die Welt und auf die Menschen.

Einmal riskierte ich es noch, im Garten Dahl und den Pottwal bei einer Unterhaltung zu belauschen. Dahl trug seine diabolischste Miene zur Schau und sah schweigend, ein halbes Lächeln auf den dünnen, geschlossenen Lippen, zu Kurilow hin.

Ich glaube, irgendwann hörten sie mich hinter sich: der Kies hatte unter meinen Schritten geknirscht. Kurilow machte eine ungeduldige Gebärde. Doch sobald sie sich gesetzt hatten und ich reglos hinter der Hecke aus beschnittenem Buchs kauerte, vergaßen sie mich. Ich hörte Dahl sagen: »Lieber Walerian Alexandrowitsch, da Sie

Ihre Bekannten und Verwandten nicht kränken möchten, indem Sie sie nicht einladen, und es andererseits nicht angeht, daß Ihre Majestäten mit Ihrer Verwandtschaft und Ihren Freunden in Berührung kommen, warum veranstalten Sie nicht eine Aufführung im Malachitsaal ausschließlich für das Herrscherpaar und die höchsten Würdenträger und ihre Damen?«

»Meinen Sie?« fragte der Pottwal zweifelnd.

»Das denke ich.«

»Vielleicht ... Ja, das ist eine elegante Lösung ... Vielleicht ...«

Sie schwiegen eine Weile.

»Lieber Freund«, setzte Kurilow an.

Dahl neigte lächelnd den Kopf zur Seite.

»Ich stehe ganz zu Ihren Diensten, mein Lieber ...«

»Sie wissen, daß Ihre Majestäten seit dem Tod meiner ersten Frau mir nicht mehr die Ehre gegeben haben ...«

»Seit Ihrer zweiten Heirat, ich weiß, mein Lieber ...«

»Sie einzuladen, das ist jetzt ... für mich ... nun, ich habe da gewisse Schwierigkeiten. Ich ... Wen kann ich schicken, um das Terrain zu sondieren? Was meinen Sie? Ich habe hier eine Liste von Namen, es sind Damen, die in solchen Aufträgen spezialisiert sind ... Andererseits heißt es, daß Ihre Majestät die Zarin gegenwärtig sehr wenig ausgeht; es wäre mir, wie Sie verstehen werden, peinlich, eine Ablehnung zu erhalten.«

Er las Dahl die auf der Liste stehenden Namen vor. Bei jedem unterbrach Dahl ihn mit einem kleinen Lachen, berührte ihn sanft am Arm: »Nein ... nein ... die nicht ... Ihr Lebenswandel ... Über sie hat sich Ihre Majestät tadelnd geäußert ... Diese ist geschieden, und eine gewisse Sittenlosigkeit, die man ihr vielleicht zu Unrecht zuschreibt, hat Ihre Majestät die Zarin gegen sie eingenommen. Sie würden nicht glauben, mein Lieber, wie sehr der Wind bei Hofe in Richtung einer fast puritanischen Strenge weht ... Sie verstehen doch?«

»Ich verstehe.«

Der Baron schwieg und betrachtete Kurilow mit strenger und zugleich verschmitzter Miene.

»Das ist eben jetzt Mode, mein Lieber ...«

Er zuckte die Achseln. »Sie sehen doch, was ich sagen will?« schien er durch alle seine Blicke, sein Lächeln auszudrücken: »Ich glaube, Sie erraten, auf wen ich anspiele und wie gefährdet Ihre Stellung ist.«

Schließlich sprachen sie, vorsichtig die Stimmen senkend, von Kurilows Tochter als möglicher Heiratskandidatin für den jungen Anatol Dahl.

»Eine Verbindung zwischen uns wäre wünschenswert«, sagte Kurilow in ängstlich listigem Ton. »Ihr Sohn gefällt mir ... Diese beiden Kinder ...«

»Ja«, unterbrach ihn Dahl kühl, »er ist ein guter Junge ... Aber er ist noch so jung, so unschuldig! Man muß ihm Zeit lassen, das Leben kennenzulernen, sich die Hörner abzustoßen«, erklärte er auf Französisch mit seinem leisen, gezwungenen Lachen.

»Gewiß, gewiß«, murmelte Kurilow. »Trotzdem ...«

Seine Worte waren gemessen, voller Takt und väterlicher Würde, aber welche Ungeduld, welche Angst verrieten sie!

Er bot ganz einfach Dahl seine Tochter an, wie ein Opfer, das man den zürnenden Göttern darbringt. Ich wußte, daß das junge Mädchen sehr reich war: das Vermögen der ersten Madame Kurilow fiel ganz ihren Kindern zu; der Minister hatte ihnen bei seiner Heirat mit Marguerite Eduardowna seinen Anteil abgetreten. Ich habe nie mehr einen Menschen gekannt, der so ungeschickt war, wenn er sich großzügig zeigte ...

Die unerwartete Zurückhaltung Dahls machte mir klar, daß er gegenüber Kurilow in einer solideren Position war, als dieser glaubte. Ich erinnere mich, ich hörte gespannt zu und legte auf einmal den Kopf nach hinten, betrachtete den Himmel, die stille Bucht und empfand eine außerordentliche Sehnsucht nach einem friedlichen, bürgerlichen, bescheidenen Leben weit weg von allem auf der Welt ...

Indessen hatten sich Dahl und der Pottwal endlich auf den Namen ich weiß nicht welcher Frau, einer Freundin der Zarin, geeinigt.

»Sie ist eine gutherzige Person und an solche Aufträge gewöhnt«, sagte Dahl.

Kurilow seufzte: »Glauben Sie wirklich, daß Ihre Majestäten geruhen werden zu kommen?«

»Ich werde mich dafür einsetzen«, versprach Dahl mit einem müden, feierlichen Kopfschütteln.

»Ach! Ich habe nicht das Glück, das Wohlwollen meiner erhabenen Herrscherin zu genießen.«

»Doch, doch, schon«, brummte der Baron unbestimmt. »Aber Ihre Majestät ist eben eine Frau« (er schien sich durch ein Zögern in der Stimme für die Vulgarität des mit dem heiligen Namen der Zarin in Verbindung gebrachten Begriffs entschuldigen zu wollen), »eine äußerst nervöse Frau von echt deutscher Ehrlichkeit, die ihre Eindrücke schlecht zu verbergen weiß, eine schöne Seele, eine zu schöne vielleicht, zu erhaben über die kleinlichen Kümmernisse der Welt.«

»Gewiß«, stimmte ihm Kurilow eifrig zu. »Niemand auf Erden, wenn ich das sagen darf« (dieser Ausdruck gefiel ihm offensichtlich), »niemand auf Erden verehrt und liebt Ihre Majestät die Zarin mehr als ich. Dennoch, behaupte ich, Matthias Iljitsch, hegt sie keine Sympathie für mich. Ich muß sie wohl, ganz ohne mein Wissen, durch meine ganze Art in ihren Gefühlen gekränkt haben. Auch eine Königin ist eine Frau, wie Sie eben so richtig gesagt haben.«

»Das ist sogar manchmal bedauerlich«, ließ Dahl durchblicken.

Ein zischelnder Laut schwang in seinem vorsichtigen Ton mit.

Darauf begannen sie, ihre Ansichten über den Lebenswandel der Höflinge und der Monarchen auszutauschen. Das dauerte ziemlich lange. Und auf einmal sagte Kurilow: »Matthias Iljitsch, *Sie* hat Ihre Majestät für würdig erachtet, mir ihre Äußerungen bezüglich der Gegenwart meiner Frau bei diesem Fest zu übermitteln. Wollen Sie die große Güte haben, sie wissen zu lassen, daß . . .«

Er hielt einen Augenblick inne, und ich hörte den Sprung in seiner Stimme, ein aus Angst und Mut zusammengesetztes Beben, das seine hochtrabenden Sätze unterlief.

»Wollen Sie Ihrer Majestät sagen, daß Marguerite Eduardowna, daß *meine Frau* Sankt Petersburg noch nicht verläßt und das erst tun wird, nachdem sie Ihren Majestäten ihre Aufwartung gemacht hat?«

Dahl zögerte unmerklich: »Gewiß, mein Lieber.«

»Ich bin diese Unklarheiten müde. Ich möchte, daß meine Frau« (er betonte das Wort noch einmal), »daß meine Frau mit der ganzen Achtung behandelt wird, die mein Name ihr sichern muß. Ich habe lange überlegt, Matthias Iljitsch. Wenn ich bei dieser Gelegenheit jetzt nachgebe, wird das unter anderer Form wieder anfangen. Ich weiß gut, daß die Verfolgungen, unter denen ich leide, seit dem Tag begonnen haben, an dem ich darauf bestanden habe, meine Frau bei Hof vorzustellen. Ich weiß . . . Aber ich möchte eine klare Situation schaffen. Sollte der Zar es ablehnen zu kommen, sähe ich es für unmöglich an, weiterhin in meinem Amt zu bleiben. Ich würde mit Freuden meine Entlassung einreichen, ich bin krank, ich bin müde.«

Es folgte ein langes Schweigen.

»Gewiß, mein Lieber«, sagte Dahl noch einmal.

Und sie trennten sich. Als Dahl gegangen war, blieb Kurilow auf seiner Bank sitzen, kaum zwei Schritte von mir entfernt. Ich konnte ihn ganz genau sehen.

Der Tag war warm und verhangen; die kleinen Sommerfliegen summten. Kurilows Gesicht war blaß und unbewegt. Plötzlich stieß er einen langen, tiefen Seufzer aus, der wahrhaft aus dem Innersten seines Herzens zu kommen schien. Ich betrachtete ihn lange. Schließlich stand er auf. Bis zum Ende der kleinen Allee ging er langsamen Schrittes dahin, stieß mit einer müden, nachdenklichen Gebärde die Spitze seines Stocks in den aufspritzenden Kies. Doch sobald er den breiten, geraden Weg, der zum Haus führte, betreten hatte, richtete mein Kurilow sich wieder auf, wölbte die Brust vor, stolzierte mit der feierlichen, steifen Haltung weiter, die, selbst wenn er allein war, zu dem Mann gehörte, der es gewohnt war, zwischen zwei Reihen sich tief verneigenden Volkes hindurchzuschreiten.

XX

Vom nächsten Tag an begann das Haus einem summenden Bienenstock zu gleichen. Überall wurden Behänge angenagelt, Zwischenwände abgerissen.

Soweit ich mich erinnere, ließ die Zarin lange auf ihre Antwort warten. Kurilow wurde immer aufgeregter. Von morgens bis abends sah man ihn mit seinem schweren, schwankenden Schritt, der das Parkett erschütterte, durch das Haus wandern. Er war streng und ungeduldig mit den Sekretären und Bediensteten. Und vor allem ist mir der feindselige, gleichgültige Ton unvergeßlich, in dem er mit seiner Tochter sprach. Manchmal betrachtete er verstohlen Marguerite Eduardowna. Ich stellte mir vor, daß er seinen Ehrgeiz und seine Liebe zu ihr gegeneinander abwog. Jedesmal trat etwas wie ein resigniertes Lächeln, ein Ausdruck tiefer Zärtlichkeit auf sein Gesicht, dann wandte er sich seufzend ab. Währenddessen erwartete mich Fanny jeden Abend am kleinen Tor des Parks und berichtete mir von den Verfolgungen in den Universitäten, von den mit unerhörter Gewalt unterdrückten Unruhen, den verhafteten und deportierten Studenten. Ich erinnere mich an meine seltsamen Empfindungen, an ihre vor Haß zitternde Stimme, an das bleiche Gesicht Kurilows, dessen Bild mich unablässig verfolgte . . . Das alles kam auf das gleiche heraus. Die Studenten hatten recht, und Kurilow hatte recht. Jedes kleine menschliche Insekt dachte allein an sich, an sein bedrohtes Insektenleben, haßte und verachtete die anderen, und das war richtig so . . . Nur ich verstand sie alle, verstand sie zu gut. Das war kein Spiel mehr. Gott verlangt von seinen Geschöpfen größere Verblendung.

Die Zeit verging, und die Zarin antwortete nicht. Indessen ging der Ansturm der Blumenhändler und Dekorateure auf das Haus weiter. Eine Weile war die Rede davon, ein nächtliches Fest in den Gärten zu veranstalten.

Wie bereits erwähnt, erstreckte sich der Park vor dem Haus bis zum Wasser hinunter, bis zu einer traurigen, von Fichten und Brombeersträuchern umstandenen Bucht, wie man sie im Norden findet. Ich glaube, Kurilow wollte ein schwimmendes Podest im Wasser errichten lassen, Musiker in Kostüme stecken. Doch alle diese anmutigen Einfälle waren ihm im Grunde wesensfremd. Hippolyt Kurilow half ihm dabei.

Kurilow hatte keine Ahnung von dem Ruf seines Neffen und wie sehr dieser ihm selbst schadete. Er förderte ihn nach besten Kräften in seiner Karriere. Hauptsächlich seinetwegen bezichtigte man Kurilow, auf Kosten des Staates seine zahlreiche Verwandtschaft zu begünstigen.

»Er stiehlt zwar selbst nicht«, hieß es, »aber das Volk hat davon nichts. Überall setzt er seinen Anhang, seine Vettern und Brüder, hin, und die stehlen alle!«

Die erste Madame Kurilow hatte den frühverwaisten Knaben aufgezogen, und der Minister berücksichtigte auch weiterhin gewissenhaft alle Wünsche, die seine Frau zu Lebzeiten gehabt hatte. Das war einer seiner Charakterzüge, eine einfältige Gesinnungstreue, eine strenge Redlichkeit, die sein Gewissen erleichterte, ihn eine Menge Fehler machen ließ und die schlimmsten Katastrophen verursachte.

In dem ganz unberührt erhaltenen Zimmer seiner ersten Frau hing immer noch ein riesiges Porträt von Hippolyt Kurilow als Kind mit seinem langen, fahlen, von goldenen Locken eingerahmten Gesicht.

Jeden Abend gingen der Minister und er zum Ufer hinunter, vermaßen das Terrain, diskutierten über die Aufstellung der Musiker, die Farbe der Lampions.

Hippolyt Nikolajewitsch rannte das Ufer entlang, schwenkte die Arme, wies auf die Bucht hinaus.

»Stellen Sie sich das vor, Onkel, in der Ferne da draußen das mondbeschienene Meer, der Blumenduft, die gedämpfte Musik auf dem Wasser, die Toiletten der Damen, ein Watteau!«

Er gurrte, hob seine molligen weißen Hände. Ein Buckliger ohne Buckel, mit lächerlich stark gewölbter Brust, untersetztem Hals, langem, bleichem Gesicht.

»Das wird natürlich einiges kosten«, setzte er beiläufig hinzu. »Überlassen Sie das mir . . .«

Die Abenddämmerung war auf diesen traurigen Inseln trostlos. Ich weiß noch, wie der Regen plätschernd auf die stille Wasserfläche der Bucht fiel. Die untergehende Sonne blieb bis zum Morgen am Horizont stehen, ein dunkelroter, rauchender, in Nebel gehüllter Ball ...

Kurilow folgte seinen Worten mit düsterer Miene und rief mich oft hinzu: »Was meinen Sie dazu, Monsieur Legrand? Sie sprechen selten, aber Sie haben Geschmack. Welche Farbe die Lampions? Grün?«

Er hörte mir übrigens gar nicht zu, sah auf das unbewegte Wasser hinaus und kehrte dann seufzend um.

Endlich entschied sich Kurilow, selbst zum Zaren zu gehen, um seine Antwort zu erhalten und ihm die Liste der Gäste zu überreichen, falls er die Einladung annahm.

Ich begleitete an diesem Tag den Minister zum Winterpalast. Als er in den Wagen stieg, sah er die Bittsteller, die im Hof auf ihn warteten. Seit dem Morgen waren sie da; wegen des Regens standen sie unter einem Vordach zusammengedrängt wie eine Herde. Als der Pottwal erschien, machten sie ein paar schüchterne Schritte nach vorn. Der Minister winkte müde. Zwei Lakaien stürzten herbei.

»Weg da! Fort mit euch!«

In Sekundenschnelle hatten sie sie zurückgedrängt und schlossen ihnen das Tor vor der Nase zu. Kurilow stieg mit finsterer, besorgter Miene in den Wagen, machte mir ein Zeichen, ihm zu folgen. Die Ironie des Schicksals wollte es, daß auch er an diesem Tag schlecht empfangen wurde ... Der Zar war leidend; die Zarin krank ...

Ich wartete lange vor dem Palast in dem stickigen, gepanzerten Wagen, dann fuhren wir im Schritt zu den Inseln zurück.

Kurilow drückte sich schweigend in eine Ecke und sah ins Leere. Hin und wieder trieb er den Kutscher durch ein kleines, trockenes Zungenschnalzen an, doch sobald dann die Pferde in Galopp fielen, wurde er wütend, beschimpfte den Kutscher, und von neuem schleppten wir uns im Schritt dahin. Es regnete immer stärker. Seltsam, wie gut ich die Stimmungen des Pottwals verstand! Und doch war es nicht leicht, unter diesem Panzer, unter dieser Marmormiene seine Seelenregungen zu erraten. Ich nahm sie auf seltsame Weise wahr, und das verschaffte mir neben der geistigen Befriedigung eine fast körperliche Lust. Später, in Sibirien, mußte ich nach meiner Flucht aus dem Zuchthaus auf die Jagd gehen, um mir etwas zu essen zu beschaffen, und wenn ich das Wild belauerte, hatte ich, weiß ich noch, das gleiche Gespür für das, was in meiner Beute vorging.

Die Hitze, ein dunstiges Naß, schien vom Boden aufzusteigen. Kurilow lechzte sichtlich danach, mit mir zu sprechen; aber der arme Schwachkopf fürchtete immer, mir zu entdecken, was jedes Kind aus einem einzigen seiner Blicke, einer einzigen seiner Gesten hätte erraten können. Schließlich sagte er bitter: »Vergoldete Knechtschaft . . .«

Ich antwortete nicht, und auch er schwieg wieder, wandte den Kopf ab, beobachtete die Wasserbäche, die an den Scheiben hinunterrannen. Wir hatten die Tore von Petersburg hinter uns gelassen und fuhren auf einer breiten Allee zwischen Bäumen dahin, von deren nassem Laub der Regen geräuschvoll mit silbernem Klang hinunterprasselte.

Plötzlich wich eines der Pferde zur Seite aus. Ich sah gespannt zu Kurilow hinüber. Gewöhnlich zuckte er, obwohl er sich absolut in der Hand hatte, bei einem Schrei auf der Straße, dem plötzlichen Rumpeln eines Wagens, dem Knall eines zu Bruch gehenden Glases unwillkürlich zusammen, was er dann sofort unter einer Maske eisiger Ruhe wieder zu verbergen suchte. Es machte mir Vergnügen, ihn bei diesen nervösen Reaktionen zu ertappen, die verrieten, wie ihn die fixe Idee eines Attentats beherrschte.

An diesem Tag aber merkte er nichts. Er verkrampfte sich nicht, sein Körper folgte willenlos dem seitlichen Ruck des Wagens, den ein Stein auf dem Weg aus der Bahn gebracht hatte. Als ich fragte: »Haben Sie sich nicht weh getan?«, schien er aus einem Traum zu erwachen. Sein Gesicht war schlaff und bleich, er hatte die Augen halb geschlossen.

»Nein«, sagte er.

Dann schüttelte er den Kopf. »Es ist seltsam. Ich fühle mich besser. Der Schmerz legt sich, wenn dieser ganze Verdruß mein Denken beschäftigt.«

Ich bemerkte nichts dazu. Er seufzte: »Je höher der Mensch gestellt ist, desto schwerer das Kreuz, das er tragen muß.«

»Aber sind Sie nicht erschöpft?« fragte ich. »Warum treten Sie nicht in den Ruhestand? Marguerite Eduardowna . . .«

Er unterbrach mich: »Ich kann nicht. Das Amt ist mein Leben.«

Er verstummte, und wir kehrten nach Hause zurück.

Die Idee von der Musik auf dem Wasser war aufgegeben worden. Kurilow hatte, Dahls Rat folgend, beschlossen, eine Aufführung im Malachitsaal zu veranstalten. Der Zar und die Zarin hatten schließlich eine unbestimmte Zusage gegeben, aber von einem Augenblick zum andern war damit zu rechnen, daß sie wieder absagen würden. Indessen waren die Einladungen herausgegangen.

Der Malachitsaal nahm die Hälfte der ersten Etage ein; dort wurde eine Bühne aufgebaut. Ein paar Tage vor dem Ball kam ich herein und traf Kurilow an, der einer der Proben beiwohnte. Ein junges Mädchen in einem Louis-XV-Schäferinnenkostüm spielte ein altes Instrument, eine Art Dudelsack, das den durchdringenden, hellen Klang einer Querpfeife hatte. Man hatte alle Möbel entfernt; nur der riesige mehrstufige Lüster aus venezianischem Glas war geblieben, dessen Gehänge als Echo der Musik mitklingelte.

Kurilow, dem die großen hellen Augen schier aus dem Kopf traten, schien angestrengt zuzuhören, lobte die Darbietung. Schließlich ging die junge Frau, die gespielt hatte, hinaus. Wir blieben allein im Saal.

Plötzlich sah ich, daß die Bühnenbretter, die noch nicht mit einem Teppich bedeckt waren, schlecht auflagen. So mußten sie unter der geringsten Belastung nachgeben. Ich machte Kurilow darauf aufmerksam. Er blickte mich an, schien aus einem Traum zu erwachen, antwortete nicht.

Ich wiederholte: »Sehen Sie nur, wie wackelig das ist.«

Abrupt verzerrte er den Mund; ein Ausdruck blinder Wut trat auf sein Gesicht.

»Na und? Um so besser! Um so besser. Mein Gott! Sollen sie doch alle zum Teufel gehen ...! Soll sich doch die Erde auftun und sie alle verschlucken!«

Er faßte sich wieder, wirkte besorgt.

»Achten Sie nicht auf das, was ich sage, ich bin nervös, krank ...«

Er ließ mich stehen, trat ans Fenster, sah lange, ohne zu sprechen, hinaus und verließ dann den Raum.

XXI

Der Ball war Ende Juni, weiß ich noch.

Ich ging diese Nacht ins Freie hinaus, machte einen Spaziergang über die Inseln. Ich liebte diese hellen Nächte. Ich sah die Kutschen des kaiserlichen Hofes hintereinander auf den breiten Alleen heranrollen. Hinter den Wagenschlägen konnte ich einen flüchtigen Blick auf außerordentliche Köpfe erhaschen, Frauen mit mageren, verkniffenen Gesichtern, mit Juwelen überladen wie Reliquienschreine, glitzernde Diademe auf der Stirn, Männer in bizarr funkelnden Uniformen, strotzend vor Gold und Diamanten. Das seltsame Licht dieser Sommernächte verlieh ihrer Erscheinung etwas Totenähnliches, Traumhaftes ... Ich erinnere mich ... Später verhörte ich als Sonderbeauftragter in solchen Nächten die Verdächtigen, die man mir schubweise vorführte und gegen Tagesanbruch hinrichtete. Ich erinnere mich an diese bleichen Gesichter, an die Helligkeit der Nacht, die ihre Züge beleuchtete, an ihre auf mich gehefteten Blicke. Einige unter ihnen waren so erschöpft, daß ihnen alles gleichgültig zu sein schien, sie antworteten nur mit einem matten kleinen Lächeln auf meine Fragen. Kaum einer verteidigte sein Leben. Sie ließen sich widerstandslos wegführen und hinmetzeln. Was für ein Schlachthaus, eine Revolution! Ist das alles der Mühe wert ...? Im Grunde ist nichts der Mühe wert, nicht einmal das Leben.

Ich näherte mich dem Park, öffnete das Tor und stieß sofort auf Kurilow. Er war in den Garten hinausgegangen, um die um das Haus gescharte Polizei zu überwachen. Bei jedem Schritt entdeckte man einen Polizisten in Zivil hinter einem Baum.

»Was machen Sie hier, Monsieur Legrand? Kommen Sie, Sie werden ein schönes Schauspiel sehen.«

Er zwang mich, zum Haus zurückzugehen. Durch die geöffneten Fenster hindurch sah ich den hellerleuchteten Malachitsaal, die sich fächelnden Frauen; in der ersten Reihe den Zaren und die Fürsten.

»Hören Sie?« fragte Kurilow plötzlich leise.

Er hob den Kopf, lauschte eine Weile mit gerunzelten Brauen.

»Bach . . .«

Die strenge, gemessene Musik schien hoch über uns hinwegzuschweben. Ich lauschte wie er. Der berühmte R. spielte. Ich bin kein Musikliebhaber, wie ich überhaupt allen Künsten gegenüber gleichgültig bin. Nur Bach und Haydn gefallen mir.

»Da ist das Herrscherpaar«, sagte Kurilow nun. »Sie sehen sie doch sicher zum ersten Mal? Da ist die Zarin und dort, neben ihr, der Zar selbst . . . Welch großartige Majestät leuchtet doch auf den Gesichtern dieser absoluten Herren über das riesige Rußland«, fuhr er mit dieser feierlichen Stimme fort, die mich reizte und gleichzeitig rührte.

Er hob die Hand, wies auf das große erleuchtete Fenster und auf Nikolaus II., der mit uns zugewandtem Gesicht aufmerksam zuhörte. Einmal, als die Musik kurz schwieg, vernahm ich deutlich das müde Hüsteln des Zaren, der seine behandschuhte Hand an die Lippen führte, die Stirn senkte.

»Lassen Sie mich hier draußen bleiben«, sagte ich zu Kurilow. »Es ist so stickig in den Salons.«

Er verließ mich, ging wieder hinein.

Auch im Freien war es stickig, und hie und da zuckte ein Blitz. Ich sah die Menge aufstehen; ich hörte das Scharren der Schritte und das Klirren der Säbel auf den Fliesen. Die Monarchen gingen in den Nebensaal hinüber, wo das Souper serviert war. Ich trieb mich unter den Fenstern herum. Ich konnte noch einmal flüchtig den Zaren sehen, er hielt einen Kelch in der Hand. Dann Ina in weißem Kleid, Marguerite Eduardowna mit einer Diamantbrosche im Haar und einem Rosenstrauß am Mieder und viele andere, eine Unzahl unbekannter Gesichter.

Ich atmete mühsam, die Luft war völlig unbewegt. An der Biegung einer Rabatte stieß ich auf einen der Polizisten; er hatte mich mit dem Minister reden sehen und behelligte mich nicht. Er begnügte sich damit, mir eine Weile auf einer Allee nachzugehen, ganz automatisch, aus Berufsgewohnheit. Ich rief ihn herbei, bot ihm eine Zigarette an.

»Viel Arbeit, heute nacht?«

Er runzelte die Brauen.

»Das Haus ist gut bewacht«, sagte er ausweichend, in einem Französisch mit starkem deutschem Akzent. Seine Stimme hatte etwas Zögerndes.

Er tippte mit dem Finger an seinen Hutrand und verschwand im Schatten.

Es war seltsam, so in diesem Garten unter dem unsichtbaren Blick der Polizei spazierenzugehen. Ich dachte in dieser Zeit nicht oft an meine eigene

Existenz. Ich lebte in einer Art klarem und gleichzeitig verschwommenem Wachtraum. In dieser Nacht dachte ich zum erstenmal an mich selbst, an den Tod, der mich erwartete. Aber eigentlich interessierte es mich nicht ... Ich weiß noch, ich dachte: »Ich muß Bomben nehmen, nicht einen Revolver, damit ich mit in die Luft fliege ...« Es war seltsam, sich zu sagen, daß wir, der Minister und ich, höchstwahrscheinlich zusammen sterben würden ... Ich fühlte das Fieber in meinen Gliedern steigen. Gewitter, und vor allem die Schwüle vor einem Gewitter, beklemmen mich ... Ich glaubte zu ersticken. Ich dachte noch: »Die Augen schließen, einschlafen ...« Das Leben ist ein übler Streich ... Unbegreiflich ... Es ist leicht, Unbekannte zu töten, menschliche Wesen wie die, die damals, in jenen Nächten von 1919, vor mir vorüberzogen, und doch ... Selbst die ...

Wenn ich sie während des Verhörs fragte: »Wie heißen Sie? Wo sind Sie geboren?«, entstand vor meinen Augen, ob sie nun echte oder falsche Papiere und Pässe hatten, das Bild verständlicher und fast brüderlicher Existenzen.

»Du, ein Dieb, ein Spekulant, einer, der dem kaiserlichen Heer Stiefel aus schadhaftem Leder, verdorbene Konserven geliefert hat, du bist kein böser Mensch, du hast das Geld geliebt, das ist alles, und jetzt noch beugst du dich eifrig und voll Hoffnung zu mir vor: ›Genosse Kommissar, ich habe Dollar ... Genosse Kommissar, haben Sie Mitleid mit mir; ich habe nie jemandem etwas

Böses getan; ich habe kleine Kinder; haben Sie Mitleid mit mir ...!‹ Wenn zwei Männer dir morgen in einer finsteren Remise eine Kugel durch den Kopf jagen, wirst du überhaupt wissen, warum du stirbst?«

Ich erinnere mich an den Briganten der Weißen Armee, der Tausende von Bauern aufgehängt und die Dörfer auf seinem Weg so niedergebrannt hatte, daß dort, wo er durchgezogen war, von den Häusern nur noch die Feuerstellen zurückblieben ... Er richtete sterbend seine dummen, blutunterlaufenen Augen auf mich: »Warum, Genosse Kommissar, warum läßt du mich leiden? Ich habe nie etwas Schlechtes getan ...« Er war ... ein Clown ... Dasselbe gilt für Kurilow ...

»Für das Glück der Mehrheit die Ungerechten vernichten.« Warum? Und wer ist gerecht? Und mir, was haben mir die Menschen getan? Einem Jäger ist es unerträglich, ein Tier zu töten, das er aufgezogen und gepflegt hat ... Und dennoch, solange man auf der Welt ist, muß man das Spiel mitspielen. Ich habe Kurilow getötet. Ich habe Menschen in den Tod geschickt, die ich einen kurzen Augenblick lang verstand wie Brüder, wie meine eigene Seele ...

Ein Taumel hat mich gepackt, heute nacht. Es war auch wieder so eine drückende, gewittrige Nacht. Ich habe diese alten unnützen Papiere liegen lassen, bin in den Garten hinunter und lange auf meiner kleinen Allee auf- und abgegangen, die nach zehn Schritten schon an die Mauer stößt, und dahinter ist dann die Straße ... Ein quälender Durst hat mich verzehrt. Das Blut ist mir in die Kehle gestiegen, und es war, als schnürte mir eine schwere, harte Hand den Hals zu.

Am Morgen ist endlich der Regen gekommen, und ich habe mich auf mein Bett legen und einschlafen können. Ich huste, ich ersticke. Kein Laut im ganzen Haus. Ich liebe diese unabänderliche Einsamkeit.

So war es also: Vor dreißig Jahren ging ich in einer Sommernacht unter Kurilows Fenstern auf und ab und belauerte diese Menge prächtig ausstaffierter Hampelmänner, von denen nichts geblieben ist.

Die Zeit verging. Der Zar kam heraus. Sein Wagen war vorgefahren. Im Schatten der Bäume bildeten alle zusammengetretenen Polizisten einen unsichtbaren Kreis. Ich spitzte die Ohren: man hörte sie undeutlich atmen und merkte das Rascheln ihrer Schritte im Gras. Der Minister begleitete den Zaren barhäuptig und hielt, wie die Tradition es vorschrieb, einen großen, brennenden goldenen Leuchter in der Hand, obwohl die Nacht völlig hell war. Hinter ihnen brauste eine ehrfürchtige Menschenmenge.

Sobald der Zar den Mund auftat, herrschte absolute Stille. Ich vernahm deutlich sein zögerndes Hüsteln und seine Worte: »Ich danke Ihnen. Das Fest ist brillant gewesen.«

Er stieg in den Wagen, setzte sich neben die Zarin, die gerade und steif dasaß und mit einer mechanischen Bewegung ihr trauriges, stolzes Gesicht neigte. Sie trug ein Gesteck aus weißen Federn im Haar, ein hohes Halsband aus Edelsteinen. Sie fuhren ab.

Kurilow strahlte. Eine begierige Menge drängte sich um ihn herum, machte ihm Komplimente, als wäre ein Teil der Zarenmajestät an ihm haftengeblieben. Er wies auf den Garten: »Meine Damen, könnte es Sie reizen, sich unter diesen Laubengängen zu ergehen?« fragte er im hochtrabenden Stil seiner besten Tage.

Er wandte sich zu Dahl, ergriff ihn am Arm. Sie folgten der Menge, die in die Alleen strömte. Dahl sagte: »Ich beglückwünsche Sie: Seine Majestät ist mehr als liebenswürdig gewesen.«

Kurilow ging wie auf Wolken. Plötzlich begannen die in den Büschen versteckten Musiker zu spielen. Da und dort waren auf den Rasenflächen bengalische Feuer entzündet worden, die in dunkelroten Flammen glühten. Über Dahls und Kurilows fahle Gesichter, diese bleichen Gesichter der Petersburger, die nie die Sonne sahen, nur die künstliche Helle ihrer Sommernächte (sie schliefen tagsüber), warf das Licht einen blutroten Widerschein. Das war nicht unpassend, wenn man es bedenkt.

Dahl nahm den Arm des Ministers und drückte ihn herzlich. Da erriet ich, daß der Sturz des Pottwals nahe bevorstand. Indessen sagte dieser: »Ich wußte es doch, wenn Ihre Majestäten meine Frau näher kennenlernen würden, müßten sie verstehen, daß sie einem Irrtum erlegen sind.«

Er lächelte stolz. Dieser Mann war eben so … Seine Intelligenz, die zwar nicht so groß war, wie er glaubte, aber gewiß schärfer, als ich gemeint hatte, trübte und verwirrte sich, sobald alles für ihn gutging. Der Erfolg stieg ihm zu Kopf wie im Übermaß genossener Wein.

Ich ging in mein Zimmer zurück und öffnete das Fenster. Ich sah hintereinander die Wagen aus dem Hof fahren. Bis zum Morgen hörte ich in den Pferdeställen Ziehharmonika spielen. Einen Augenblick lang sah ich bei Marguerite Eduardowna Licht aufleuchten und wieder erlöschen.

XXII

Eine Woche nach dem Ball ließ der Zar Kurilow rufen; mit schönen Worten, denn Zar Nikolaus war ein aufgeklärter Monarch, der weder in Worten noch in Taten die Brutalität seines Vaters an den Tag legte, stellte er seinen Minister vor die Wahl zwischen Demission oder Scheidung; er empfahl ihm eindringlich, sich für das letztere zu entscheiden. Doch Kurilow weigerte sich, seine Frau zu verlassen, legte sogar in bezug auf das Thema eine Empörung an den Tag, die der Zar *tactless* fand, wie er später sagte. Kurilow wurde abgesetzt.

An diesem Tag sah ich meinen Kurilow aus Petersburg zurückkommen. Sein Gesicht erschien so unbewegt wie gewöhnlich, höchstens eine Spur grauer, mit leicht gesenkten Mundwinkeln. Aber er wirkte völlig ruhig, Herr seiner selbst; er lächelte mit einem ironischen und ergebenen Ausdruck, der mich überraschte.

»Ich werde mich jetzt in aller Ruhe erholen können, mein guter Legrand«, sagte er im Vorübergehen.

Eine Zeitlang sollte seine Absetzung geheim bleiben; doch die »höchsten Kreise« von Petersburg, wie man den Hof und diejenigen, die dort verkehrten, nannte, sprachen offen davon.

Kurilows Gleichmut erstaunte mich zuerst. Später wurde mir klar, daß er nicht sofort das ganze Ausmaß seines Falls begriffen hatte. Wahrscheinlich hielt er ihn für vorübergehend . . . oder vielleicht war die innere Überzeugung, als Gentleman gehandelt zu haben, Balsam auf seine Wunde — *behave like a gentleman,* sagte er doch gern mit zusammengepreßten Lippen und dem eigenartigen kleinen Zischen, das ich inzwischen so gut kannte . . . Er war auch nicht unzufrieden damit, zum ersten Mal in seinem Leben seinem heißgeliebten Herrscher die Stirn geboten zu haben.

Die Oppositionspartei am Hof beglückwünschte ihn laut zu seiner Haltung; so genoß er eine kurze Spanne der Beliebtheit, die ihn eine Weile täuschte und ablenkte. Doch das ging schnell vorbei. Und dann war er allein. Man vergaß ihn. Abends sah ich ihn von meinem Fenster aus stundenlang in seinem hellerleuchteten Zimmer auf- und abgehen. Unmerklich wurde er immer reizbarer und trauriger, schloß sich ein, ließ niemanden zu sich.

Eines Tages, als ich in sein Zimmer trat, saß er an seinem Tisch und hielt ein geöffnetes Bronzekästchen in den Händen, in dem ein Bündel Papiere verwahrt war; er las sie wieder, faltete sie sorgfältig zusammen, wie alte Liebesbriefe. Es war eine Sammlung von Telegrammen, die er bei seiner Ernennung zum Minister für das Schulwesen erhalten hatte und die immer in dem verschlossenen Kästchen auf seinem Arbeitstisch stehen mußte.

Er wurde ein bißchen verlegen, als er mich sah. Ich erwartete die feierliche Gebärde, mit der er sich lästiger Besucher zu entledigen pflegte, die majestätische Wendung des Kopfes, das: »Was ist? Was wollen Sie?« und den strengen, eisigen Blick der hellen blauen Augen. Aber er begnügte sich damit, melancholisch den Mund zusammenzupressen.

»Eitelkeit der Eitelkeiten, Monsieur Legrand, alles hienieden ist Asche und Eitelkeit. Man vertreibt sich eben die Zeit, wie man kann, in meinem Alter«, bemerkte er in einem Ton, der sich vergeblich um Gleichgültigkeit bemühte, »die Ehrungen sind das Spielzeug der Greise . . .«

Er versank einen Augenblick lang in Nachdenken und schloß das Kästchen wieder. Dann forderte er mich durch einen Wink mit dem Kopf auf, mich neben ihn zu setzen. Er erzählte mir von Bismarck, den er gekannt hatte.

»Ich habe ihn gesehen, ich habe ihn besucht, diesen großen Mann, der wie ich von einem undankbaren Herrn entlassen worden war ... Er lebte allein mit seinen Doggen ... Die Untätigkeit tötet ...« Er unterbrach sich, seufzte.

»Die Macht ist ein köstliches Gift ... für manche«, beeilte er sich hinzuzusetzen, »für manche ... Ich, ich bin ein alter Philosoph ...« Er bemühte sich um ein ironisches, leichtes Lächeln, wie es der Fürst Nelrod zur Schau getragen hatte. Aber seine großen hellen Augen hefteten sich dabei mit besorgtem und todtraurigem Ausdruck auf mich.

Schließlich war der Juli vorüber, und es kam für mich der Befehl, Kurilow am 3. Oktober zu exekutieren. An diesem Tag sollte der deutsche Kaiser dem Zaren einen Besuch abstatten. Es würde eine Vorstellung im Marientheater geben; die Bombe sollte nach Schluß der Aufführung geworfen werden, außerhalb des Theaters, um kein weiteres Unglück anzurichten, aber früh genug, damit das Volk und die Vertreter der ausländischen Mächte von dem Attentat erfahren und es mit eigenen Augen sehen konnten.

Ich war von Fanny nach Petersburg gerufen worden. Sie wohnte dort in einer Art Speicher über dem schwarzen Kanal der Fontanka, in einem Zimmer, das sie mit einer Arbeiterfamilie teilte.

Ich erinnere mich noch an die Hitze dieses Sommertags und an den blendenden Kalkstaub, der im weißen Sonnenlicht von einem Baugerüst aufgewirbelt wurde. Wir waren allein im Zimmer. Ich sagte ihr, daß ich gerne einen der Parteiführer sprechen würde. Sie antwortete zunächst nicht, fixierte mich mit ihren schmalen, leuchtenden Augen, dann fragte sie: »Und wen denn?«

Ich kannte niemanden. Ich beharrte auf meinem Verlangen.

»Sie haben die Order, niemanden zu sehen.«

Ich wurde wütend und bestand weiter darauf. Wir trennten uns, ohne etwas abgemacht zu haben.

Es vergingen einige Tage, dann hieß sie mich eines Abends zu sich kommen. Ich ging gerade über den schmalen, wackeligen Holzumgang mit durchbrochenem Geländer, der zu ihrem Zimmer führte, als ein Mann seine Tür aufmachte, herauskam und meine Hand ergriff. Ein an die Wand geklebter Kerzenstumpf gab so schwaches Licht, daß ich von ihm nur einen breitkrempigen Hut sah. Er hatte eine ziemlich seltsame, schroffe und ironische Stimme. An einer bestimmten Art, Sprechpausen zu machen, erkannte ich, daß er es gewohnt sein mußte, in öffentlichen Versammlungen zu reden.

»Wir können da nicht herein«, sagte er. Er wies mit einer müden, trägen Schulterbewegung auf das Zimmer: »Da liegt eine Frau im Bett, krank oder betrunken, ich bin . . .«

(Er nannte seinen Namen. Dieser berühmte Terrorist ist inzwischen tot, die Sowjets, deren erbitterter Feind er 1918 wurde, haben ihn exekutiert.) Man hörte in der Tat das Ächzen und Schluchzen einer weiblichen Stimme.

»Sie wollten mich sprechen«, fuhr er fort.

Und er dämpfte nicht einmal die Stimme in diesem Korridor voller Trunkenbolde, Bettler, geschminkter Huren, die zu ihrer täglichen Arbeit gingen, halbnackter Kinder, die wie Ratten herumhuschten. Sie liefen vorüber, gafften uns an, rempelten uns an. Der Mann hatte sich mit den Ellbogen auf das Geländer gestützt und blickte in den schwarzen Treppenschacht hinunter. Und hier wurde über Kurilows Leben entschieden . . .

Ich sagte, ich wolle den Minister nicht exekutieren. Er erhob keinen Einspruch, stieß nur einen müden Seufzer aus wie Kurilow selbst, wenn der Sekretär von ihm zusätzliche Erläuterungen in bezug auf einen zu schreibenden Brief erbat.

»Es ist gut, in Ordnung, es wird sich ein anderer finden . . .«

Ein Betrunkener fing in einem der Löcher zu singen an. Der Mann hämmerte ungeduldig mit der Faust an den Verschlag, machte mir ein Zeichen des Abschieds: »Nun . . .? Gehen wir hinunter?«

Ich hielt ihn noch einmal auf, und da . . . Ach, ich erinnere mich nicht mehr an meine Worte, aber es war, als stritte ich mit dem Tod um das Leben eines Bruders.

»Warum? Zu welchem Zweck? Er ist doch nur ein armer Dummkopf; wenn ihr ihn beseitigt, wird der nächste nicht besser sein, und so weiter.«

»Ich weiß, ich weiß«, sagte er mit einer Miene, als wäre er am Rande seiner Kraft. »Dann machen wir es eben wieder. Sie wissen doch, wir töten nicht den Mann, sondern das Regime.«

Ich zuckte die Achseln. Wie gewöhnlich empfand ich eine Art Verlegenheit, die Furcht, mich zu hochtrabenden Aussagen hinreißen zu lassen, die ich haßte. Ich fragte nur: »Wollt ihr einen Schuldigen bestrafen oder die Ursache eines Unglücks, einer Beunruhigung, einer Gefahr für euch?«

Er hörte mir plötzlich aufmerksamer zu und setzte sich halb auf das schmale, leichte Geländer, schaukelte leise pfeifend vor und zurück.

»Das ohne Zweifel.«

»Er ist abgesetzt worden. Es ist noch nicht offiziell. Aber es wird bald ein anderer ernannt werden.«

Er stieß mit leiser, erstickter Stimme einen Fluch aus.

»Auch das noch! Dabei hatten wir doch schon den Kerl da in unserer Gewalt! Und wann wird das offiziell sein?«

Ich zeigte mit einer Gebärde an, daß ich es nicht wußte.

»Hören Sie«, sagte er schnell, »der dritte Oktober ist das festgesetzte Datum. Bedenken Sie, daß für Oktober in allen Universitäten Streiks beschlossen worden sind. Es wird Tumulte geben. Viele Studenten werden sterben, wenn Kurilow an der Macht bleibt. Wenn wir ihn beseitigen, jagen wir seinem Nachfolger Angst ein und retten Menschenleben, die kostbarer sind als diese unmenschliche Maschine.«

»Und wenn er am dritten Oktober zurückgetreten ist . . .?« fragte ich.

Er erklärte: »Dann ist es egal, was wollen Sie? Dann lassen wir ihn in Ruhe . . . Wenn nicht, das verstehen Sie doch selbst, Sie oder ein anderer . . .«

Er schwieg. Der Betrunkene fing wieder mit klagender Stimme zu singen an. Fanny schlüpfte auf den Gang heraus.

»Gehen Sie jetzt, der *dwornik* kommt herauf.«

Wir stiegen zusammen die Treppe hinunter. Der Mann beeilte sich; ich merkte, daß er vor mir weggehen und so vermeiden wollte, daß ich seine Züge im Licht sah; aber ich überholte ihn und blickte ihm rasch ins Gesicht. Es war ein junger, abgekämpft wirkender Mann mit sanften Augen. Er musterte mich seinerseits erstaunt. Ich sagte heftig: »Hören Sie: Im Grund ist das eine schmutzige Arbeit. Haben Sie nicht manchmal Lust, alles zum Teufel zu schicken und abzuhauen?«

Ich weiß nicht, warum, aber seit ich ihn ansah, wirkte plötzlich etwas in unserem Gespräch theatralisch und forciert auf mich. Er runzelte die Stirn.

»Nein, ich habe nicht das geringste Mitleid«, sagte er, mehr auf meine Gedanken, die er zu erraten glaubte, antwortend als auf meine Worte.

»Diese Leute verdienen nicht mehr Mitleid als tollwütige Hunde.«

Ich lächelte unwillkürlich, da ich Langenbergs Worte wiedererkannte. Er fuhr in stolzem Ton fort: »Sie haben keine Ahnung, Sie kommen aus Ihrem behüteten Glaskasten hierher. Hätten Sie Ihren Vater gefragt . . .«

Ich widersprach: »Es geht nicht um Mitleid. Eher um einen gewissen Sinn für Humor, der uns fehlt . . . übrigens genauso auch unseren Gegnern . . . finden Sie nicht?«

Er betrachtete mich aufmerksam: »Also eins von beiden, nicht wahr? Wenn am dritten Oktober . . .«

Er wiederholte es. Ich hatte ihn gut verstanden. Ich sagte ihm das. Er lächelte, nickte mir zu.

»Sie werden sehen, wenn Sie einmal die in Ihr Taschentuch gewickelte Bombe in der Hand spüren oder den Revolver in Ihrer Hosentasche und dann alle diese gespreizten Kerle mit ihren Orden und ihrem Pomp sehen, wird der Schauer, der Ihnen dann den Rücken hinunterläuft, Sie für alles entschädigen. Ich habe zwei von denen getötet.«

Er tippte mit dem Finger an seinen Hut und verschwand. Als er mich verlassen hatte, wanderte ich durch die Petersburger Straßen, immer dieselben drei Straßen am schwarzen Kanal entlang, bis zum Morgen.

XXIII

Unmerklich veränderte sich Kurilow, wurde finster und nervös. Um diese Jahreszeit fuhr er gewöhnlich mit seiner Frau zu einem längeren Aufenthalt in sein Haus im Kaukasus oder nach Frankreich. Doch dieses Jahr dachte er nicht daran, sich von der Stelle zu rühren. Er wartete auf ich weiß nicht was. Er wußte es selbst nicht. Vermutlich darauf, daß der Zar sich eines Besseren besann . . . oder daß die Welt stehenblieb, weil er, Kurilow, nicht mehr Minister war.

Schließlich, Ende Juli, erschien der Erlaß des Zaren, der Dahl anstelle Kurilows ernannte. Er steckte, ohne mit der Wimper zu zucken, den Schlag ein, doch er wirkte plötzlich gealtert. Ich merkte, daß die Gegenwart seiner Frau ihn bedrückte. Er war noch aufmerksamer, noch höflicher zu ihr als sonst, aber man spürte, daß sie ihn jeden Augenblick daran erinnerte, daß er ihr seine Karriere zum Opfer gebracht hatte, und daß diese Erinnerung ihn belastete. Die Kinder, Ina und Iwan, verbrachten wie jedes Jahr den Sommer bei ihrer Tante irgendwo in der Provinz Orel.

Man hätte meinen können, daß nur noch meine Gegenwart dem Pottwal erträglich war. Ich glaube, ich wirkte beruhigend auf ihn, weil ich schwieg und beim Gehen kaum die Luft bewegte. Ich habe immer einen äußerst leichten und leisen Schritt gehabt . . .

Das Haus war leer geworden und hallte wider wie ein verlassener Bienenstock. Natürlich kam, aus Furcht, sich zu kompromittieren, niemand mehr zu dem in Ungnade gefallenen Minister, aber was mich erstaunte, war, daß ihn das überraschte und verletzte. Morgens rief er mit seiner Gebieterstimme, die durch das ganze Haus schallte, den Diener: »Die Post!«

Man brachte ihm ein paar Briefe. Er sah sie begierig durch, ließ sie dann seufzend auf seine Bettdecke fallen, schob sie weg; sein Gesicht verriet keine Bewegung, nur seine Finger zitterten leicht. »Keine Nachricht vom Zaren? Nichts?«

Es war peinlich, zu sehen, wie er beim Fragen errötete, während sein Blick noch starrer und eisiger wurde. Man merkte ihm an, daß allein schon die Frage eine Qual für ihn war, aber daß er sie nicht unterdrücken konnte. Ich habe noch das Bild vor mir, wie das Blut ihm langsam ins Gesicht stieg und das lange, bleiche Antlitz bis in die hohe, nackte Stirn hinauf dunkel färbte. Bei jedem Klingelton, bei jedem Wagengeräusch auf der Allee fuhr er hoch.

Das Wetter war schön und warm. Kurilow ging früh in den Garten hinunter, atmete den Duft der Blumen und der großen Rasenflächen ein, die von Kräutern und Gräsern überwuchert waren wie Wiesen. Sie wurden in dieser Jahreszeit gemäht; man hörte in der stillen Luft deutlich das Zischen der Sense und die Stimmen der Bauern.

»So geht es uns auch einmal, ja, ja, Monsieur Legrand!«

Er blieb stehen, blickte sich um, sah auf die Bucht hinaus, die unter dem blauen Himmel ihre blasse, graue Farbe bewahrte.

»Nicht wahr, Monsieur Legrand, man atmet gerne diese reine Luft, die noch durch keine menschlichen Ausdünstungen verdorben ist?«

Er durchlöcherte mit der Spitze seines Stocks ein Blatt, hob es ins Licht, hielt inne, starrte dumpf auf die Kräuter und Büsche, ohne sie zu sehen. Der Gesang der Vögel war ihm ein Genuß, sagte er, doch dann machte er plötzlich eine leidende Grimasse.

»Genug, gehen wir wieder ins Haus! Dieses Gepiepe macht mich rasend. Die Sonne macht mich benommen«, setzte er hinzu und wies auf die blasse nördliche Sonne, die sich im Wasser spiegelte.

Es war die Stunde, in der er früher zur Berichterstattung zum Zaren gefahren war . . .

»Cincinnatus . . . Beugen wir uns unter unser Joch . . .«

Es entfuhr ihm ein kurzes, bitteres Lachen, wenn er vom Zaren und von der Zarin, vom Hof, von den Ministern sprach. Dieser Mann, den ich nie als geistreich oder sarkastisch erlebt hatte, fand nun, unter der schmerzenden Peitsche des Unglücks, zu ziemlich grausamen und amüsanten Urteilen über die Dinge der Welt.

Einmal fragte er mich: »Haben Sie eigentlich in der Schweiz keine revolutionären Emigranten gekannt?«

Da ich eine Falle fürchtete, antwortete ich: »Nein.«

»Fanatiker sind das, Verrückte, Kanaillen . . .!«

Aber im Grunde interessierten sie ihn wenig. Was für ihn selbst, für seinen Monarchen, für Rußland zählte, waren die Intrigen der Großfürsten, der Minister und insbesondere, vor allem andern, die Intrigen, deren Opfer er selbst geworden war, die — von ihm als »diabolisch« bezeichneten — Machenschaften von Dahl und Konsorten, die er voller Groll wiederkäute. Er sprach zu mir nicht darüber: ich sollte nichts davon erfahren. Ich war ja nur ein obskurer kleiner Arzt, unwürdig, in die Schicksale und Mißgeschicke der Großen dieser Welt eingeweiht zu werden. Doch jedes seiner Worte bezog sich, ob er wollte oder nicht, auf seine eigene Geschichte.

Mein armer Kurilow! Nie ist er mir näher gewesen, nie habe ich ihn so verstanden, verachtet, bemitleidet wie in diesen Tagen und Nächten damals. Diese blassen Nächte, die zwölf Stunden lang den Horizont erhellten, fingen an, dunkler zu werden, denn es war nun August, und in diesem Klima ist das bereits Herbst, überall eine öde und traurige Jahreszeit, aber dort oben erst . . . Ich riet ihm zur Abreise. Ich erzählte ihm von der Schweiz und von einem Haus in Vevey, einem weißen, von rotem Wein überwachsenen Haus wie dem der Familie Baud . . . Ich malte ihm die idyllischsten Bilder aus. Vergeblich. Er klammerte sich an die Nähe des Zaren, an die Erinnerung, die Illusion der Macht.

»Das sollen Minister sein, diese Hampelmänner?« rief er immer wieder voller Zorn. »Ein

Zar? Nein, ein Heiliger! Gott bewahre uns vor seinen Heiligen auf dem Thron! Jedes Ding an seinen Platz! Und was die Zarin betrifft . . .!«

Er brach ab, preßte die Lippen in einer verächtlichen Grimasse zusammen, seufzte tief auf: »Was mir fehlt, ist die Arbeit . . .«

Es fehlte ihm auch etwas anderes: die Illusion, das Geschick der Menschen zu lenken. Dessen wird man nicht müde, oder dann ist es das Ende . . . ganz und gar das Ende . . . Ich weiß das jetzt.

Einmal sagte er zu mir: »Sie allein sind dem alten, abgesetzten Mann treu geblieben.«

Ich antwortete ausweichend. Er seufzte, sah mich auf diese seltsame, gewinnende Art an, die er haben konnte.

»Summa summarum«, bemerkte er, »sind Sie ziemlich mysteriös.«

»Warum?« fragte ich.

Ich empfand ein gewisses Vergnügen bei dieser Frage . . . Er wiederholte langsam: »Warum? Ich weiß nicht.«

Und in diesem Augenblick hatte ich das deutliche Gefühl, daß ihm ein Zweifel gekommen war. Man sollte es nicht glauben, in welchem Maße diese Leute seltsam und vernagelt waren: sie verhafteten und deportierten in Massen Unschuldige oder arme Schwachköpfe, aber die wahren gefährlichen Feinde des Regimes schlüpften unbeschädigt durch die Maschen ihrer Netze. Ja, dieses Mal, dieses erste Mal, hatte Kurilow wohl einen Verdacht. Wahrscheinlich beschlich ihn etwas wie Unbehagen. Doch bestimmt dachte er, nichts mehr zu befürchten zu haben, oder vielleicht hegte er in bezug auf mich die gleichen Gefühle wie ich in bezug auf ihn . . . Verständnis, Neugier, eine dunkel empfundene Brüderlichkeit, Mitleid, Verachtung, was weiß ich . . .? Vielleicht dachte er auch an nichts dergleichen? Er hob bedächtig die Schultern und schwieg.

Wir gingen ins Haus zurück, wir aßen mit Marguerite Eduardowna zu Mittag, saßen verloren zu dritt um einen Tisch für zwanzig Personen. Während dieser Mahlzeiten war Kurilow von einer Reizbarkeit, die an Wahnsinn grenzte. Eines Tages packte er eine der Sèvres-Vasen, die den Tisch schmückten, und warf sie dem Butler an den Kopf, ich weiß nicht mehr, aus welchem Grund. Es war eine Schale aus zartem, rosafarbenem Porzellan, die man mit den letzten, fragilen kleinen Rosen des Sommers gefüllt hatte. Sie waren gelb und halb verblüht und strömten einen durchdringenden Duft aus. Als der Butler still die Scherben aufgesammelt hatte, schämte sich Kurilow plötzlich, machte ihm ein Zeichen, hinauszugehen, und sagte, mich mit einem Achselzucken anblickend: »Was sind wir doch für Kinder!«

Er saß lange unbeweglich da, mit niedergeschlagenen Augen.

Am Nachmittag legte er sich wieder hin, verbrachte ganze Stunden ausgestreckt auf seinem Sofa, las. Er ließ sich haufenweise, ganze Arme voll Bücher bringen, französische Romane, die er sorgfältig aufschnitt, denn das dauerte seine Zeit. Er fuhr lange mit dem Messer zwischen den Seiten durch, strich sie glatt, schlug dann leicht mit der Klinge darauf, mit abwesender Miene, fest geschlossenen Lippen. Oft sah ich, daß seine großen, kummervollen Augen, während er das aufgeschlagene Buch vor sich hatte, ins Leere starrten. Er überflog die letzte Seite, seufzte, warf das Buch von sich.

»Langweilig«, wiederholte er, »wie langweilig . . .!«

Er fing wieder an, in seinem mit Ikonen tapezierten Schlafzimmer auf- und abzugehen. Seine Frau kam herein; sein Gesicht hellte sich auf, aber fast sofort wandte er sich ab, wanderte wieder ziellos durch die Räume.

Die wenigen Personen, die kamen, um ihm einen Besuch abzustatten, ließ er abweisen. Er las das *Leben der Heiligen,* erinnere ich mich, und gab vor, darin Beruhigung zu finden. Doch da er an den Gütern der Welt, am fleischlichen Leben hing, verwarf er schließlich auch die heiligen Bücher mit einem Seufzer.

»Gott wird mir verzeihen . . . Wir sind doch alle arme Sünder . . .«

Er konnte sich manchmal ganz als Westler geben, und diese unwillkürlichen Seufzer, die ihm entfuhren, bestürzten ihn als ersten.

Es gab nur eines, was er wirklich gerne tat und dessen er nie müde wurde. Er bedeutete mir, mich ihm gegenüberzusetzen: der Tee und die Lampen wurden gebracht. Eine schon fast herbstliche, tiefe Dämmerung voller Schatten und feuchtem Nebel senkte sich auf die Inseln, und der Pottwal erzählte mir seine Erinnerungen. Stundenlang sprach er zu mir von sich, von den Diensten, die er der Monarchie geleistet hatte, von seiner Familie, seiner Kindheit, seinen Ansichten über die Rolle und Größe des Staatsmanns. Doch wenn er einmal ausnahmsweise geruhte, von den Menschen, die er gekannt hatte, zu sprechen, erstaunte er mich. Er war eines bissigen Humors fähig, wenn er sie mir beschrieb; ihre kleinen Intrigen, Zwiste, Diebereien, Verrätereien, die gängige Münze des Hofs und der Stadt, das ganze bizarre verschlungene Durcheinander amüsierte mich.

Ich glaube, wenn ich später den Herren der Stunde ein paar gute Ratschläge geben und ihnen helfen konnte, ihr Schiff zu lenken, als die heroische Zeit der Revolution vorbei war und es galt, Europa und den wiedererwachten Leidenschaften der Menschen Rechnung zu tragen, dann verdanke ich das ein wenig Kurilow. Er lehrte mich mehr, als er dachte, und ganz anderes, als er gedacht hätte, mein alter Feind . . .

Oft hörte ich nicht einmal mehr auf seine Worte, sondern nur auf seinen Ton voll Groll und Gehässigkeit, ich betrachtete dieses bleiche, hochmütige Gesicht, das schon vom Tod gezeichnet und von Ehrgeiz und Neid zerfressen war. Ein kleiner Mahagonitisch stand zwischen uns, darauf zwei altmodische Lampen mit ihren Schirmchen aus bemaltem Blech; die Flamme brannte ruhig in der Dunkelheit. Man hörte die Polizisten, die, genau wie ich, immer noch da waren, obwohl es keinen Minister mehr zu bewachen gab, ihre Runden unter den Fenstern machen und leise pfeifen, wenn sie sich in der Nacht draußen wiedererkannten.

»Die Menschen, die Menschen«, wiederholte Kurilow, »die Minister, die Herrscher, alles Hampelmänner! Die wirkliche Macht liegt in den Händen von Verrückten oder Kindern, die sie nicht einmal zu erkennen wissen, wenn sie sie besitzen, und der Rest der Sterblichen jagt einem Schatten nach!«

So redete er wörtlich: dieser Mann konnte sich nicht schlicht ausdrücken, aber manchmal trafen seine Worte ins Schwarze. Danach wieder das schweigsame Abendessen. Anschließend setzte Marguerite Eduardowna sich ans Klavier, und wir gingen im Festsaal auf und ab: das glänzende Parkett spiegelte das Licht der Lüster wider, die alle für sein einsames Auf-der-Stelle-Treten angezündet waren. Hin und wieder blieb er stehen, rief gereizt aus: »Morgen reise ich ab!«

Und der nächste Tag verlief genauso.

XXIV

Indessen hörten die Unruhen in der Hauptstadt nicht auf. Von den Universitäten griffen sie auf die Fabriken über, und in bestimmten Provinzen war es wieder zu blutigen Krawallen gekommen.

Dahl wußte weder die Universitäten noch die Gymnasien zur Vernunft zu bringen.

Eines Abends zeigte sich Kurilow angeregter als gewöhnlich, und als er mir gute Nacht wünschte, sagte er: »Gehen Sie morgen nicht nach Petersburg. Die Schüler der kaiserlichen Gymnasien beabsichtigen, dem Zaren, der gegenwärtig im Winterpalast weilt, eine Petition wegen der streikenden Arbeiter der Putilow-Fabriken zu präsentieren.«

»Wie wird das ausgehen?« fragte ich.

Er lachte trocken: »Das weiß noch niemand, und Seine Exzellenz« — er unterstrich das Wort ironisch wie immer, wenn er von seinem Nachfolger sprach —, »Seine Exellenz am allerwenigsten. Es wird ganz einfach ausgehen. Der unvorbereitete Kommandant des Palasts wird die Truppen rufen. In solchen Fällen geht die Befehlsgewalt automatisch auf den Oberst über, und da natürlich immer ein paar Schreihälse dabei sind, die die Armee beleidigen, werden die Soldaten sich gezwungen sehen zu schießen. Das wird passieren«, wiederholte er mit gezwungenem Lachen, »dazu kommt es bei einem Minister wie dem Baron Dahl, der sich um die Kinder, für die er verantwortlich ist, nicht mehr schert als um Hunde.«

Ich sagte nichts.

»Das kann ihn teuer zu stehen kommen«, murmelte Kurilow träumerisch.

Ich fragte ihn nach dem Grund, und Kurilow fing von neuem zu lachen an, schlug mir mit seiner breiten Hand, die immer noch außergewöhnlich stark war, auf die Schulter.

»Das interessiert Sie, was? Diese Geschichten? Verstehen Sie denn nicht? Verstehen Sie wirklich nicht?« wiederholte er (er schien sich köstlich zu amüsieren). »Glauben Sie vielleicht, der Zar wird gerne Leichen unter seinen Fenstern sehen? So etwas erträgt man durchaus, wenn es sich irgendwo in der Ferne abspielt ...« (er runzelte plötzlich die Brauen, zweifellos von unangenehmen Erinnerungen bedrängt), »aber nicht vor den eigenen Augen, im eigenen Haus. Kennen Sie den Ausspruch, der Zar Alexander I. zugeschrieben wird? ›Die Herrscher finden gelegentlich durchaus Gefallen an Verbrechen, aber selten an denen, die sie ausführen.‹ Hübsch, nicht wahr? Ganz zu schweigen von dem, was die Presse zu sagen haben wird, die zwar bei uns, Gott sei Dank, einen gehörigen Maulkorb trägt, aber doch eine gewisse Macht hat.«

Er trat auf seine Frau zu, nahm sie beim Arm: »Laß nur, meine Liebe, ich bin wirklich froh, daß ich für meinen Teil solchem Ärger nicht mehr ausgesetzt bin«, sagte er auf Französisch, in einem Ton, der leicht und gleichgültig klingen sollte. »Wahrhaftig, das richtet mich wieder auf! Ich gestehe, ich habe mich in letzter Zeit einem dummen Trübsinn hingegeben. Nächste Woche reisen wir nach Vevey, meine Liebe. Laß uns unseren Garten bebauen ... Erinnern Sie sich noch an die Möwen über dem See? Es sei denn ...«

Und er versank in tiefes Grübeln.

»Diese armen Kinder« rief er plötzlich mit nachdenklicher, finsterer Miene. »Das sind wahrhaftig unschuldige Seelen, für die *sie* sich vor Gott verantworten müssen.«

Er schwieg lange, nahm dann seufzend Marguerite Eduardowna bei der Hand: »Lassen Sie uns hinaufgehen, Liebste . . .«

In diesem Augenblick hörte man es unten klingeln. Er zuckte zusammen; es ging auf Mitternacht zu. Ein Diener kam mit der Meldung, eine kleine Gruppe Männer, die ihren Namen nicht nennen wollten, verlange, ihn augenblicklich zu sprechen. Seine Frau fing an, ihn flehentlich zu bitten, sie nicht zu empfangen.

»Das sind Anarchisten, Revolutionäre«, wiederholte sie aufgeregt.

»Nehmen Sie mich mit«, sagte ich zu Kurilow. »Zu zweit und mit den Dienern in Rufweite riskieren Sie nichts.«

Er willigte ein, zweifellos, um seine Frau zu beruhigen: ich kannte seinen ruhigen, natürlichen Mut. Außerdem ahnte er etwas Ungewöhnliches und war von Neugier getrieben. Wie auch immer, er war einverstanden. Man ließ die Besucher unten eintreten, in die leere Kanzlei. Sie entschuldigten sich dafür, zu so später Stunde und ohne um Audienz gebeten zu haben, zu kommen. Es war eine Abordnung der Professoren der kaiserlichen Gymnasien; sie waren bleich und zitterten vor Angst; sie blieben in einem Häufchen zusammengedrängt an der Tür stehen und schienen sich zu fürchten, vorzutreten, waren allein schon durch den schweren, starren Blick des Pottwals wie versteinert. Und er, mein Kurilow, richtete sich wieder auf, warf sich in die Brust. Er ließ mit seiner gewohnten Geste die Hand auf den Tisch fallen, seine breite, mächtige weiße Hand mit dem rötlichen Flaum und dem großen Edelstein, dem roten Granat, der das Licht einfing und einen blutroten Schein verbreitete.

Die Professoren waren alt, zitterig. Sie sagten, sie seien gekommen, um schweres Unglück zu verhindern. Der Minister für das Schulwesen habe sich geweigert, sie zu empfangen. Ein leichtes, verächtliches Lächeln spielte um Kurilows Lippen ... Sie kämen, um Seine Exzellenz zu bitten, Dahl zu warnen, der ihm verpflichtet sei, wie es heiße ... Dahl, seinen früheren Kollegen, seinen Freund. (Sie wußten nicht, daß Dahl Kurilow das Amt weggeschnappt hatte; in der Stadt lautete die offizielle Version, Kurilow habe aus gesundheitlichen Gründen zurücktreten müssen; die Geheimnisse der Götter wurden eifersüchtig gehütet: die am Hof Verkehrenden kannten natürlich die Geschichte in allen Einzelheiten, aber die Gymnasialprofessoren verkehrten nicht am Hof.) Wie Kurilow mir gesagt hatte, hatte eine Abordnung junger Leute beschlossen, dem Zaren eine Bittschrift zu überreichen, ihn um Gnade für die Arbeiter anzuflehen, die deportiert worden waren, weil sie gestreikt hatten; die Professoren befürchteten, daß die Kinder für Rebellen gehalten würden und man auf sie schießen würde. (So sollten zwei Jahre später die von G. vor den Winterpalast geführten Arbeiter sterben.) Während er ihnen zuhörte, wurde Kurilow immer fahler und stummer. Es lag eine ungeheure Kraft im Schweigen dieses Mannes; er schien in einen Eisblock eingeschlossen zu sein.

»Was könnte ich da tun, meine Herren?« fragte er endlich.

»Baron Dahl warnen. Auf Sie wird er hören. Äußerstenfalls bitten Sie ihn wenigstens, uns zu empfangen. Sie werden Blutvergießen, schweres Unglück verhindern.«

Sie begriffen nicht, daß mein Kurilow in diesem Augenblick nur einen einzigen Gedanken hatte: die ihm durch das Schicksal angebotene Gelegenheit zu ergreifen, seinen Nachfolger in unlösbare Schwierigkeiten zu stürzen, um ihm, erstens, mit gleicher Münze heimzuzahlen und, zweitens, um selbst, später, im richtigen Moment als Retter und Verteidiger der Monarchie aufzutreten. Ich glaubte, in seinen Gedanken lesen zu können. Ich weiß nicht, warum, ich stellte mir vor, daß er sich jetzt im Geiste auf Lateinisch, wie er es so gerne tat, sagen mußte: *deus ex machina.*

»Das kann ich nicht tun, meine Herren: was Sie von mir verlangen, ist völlig unkorrekt. Ich habe nichts mehr mit öffentlichen Angelegenheiten zu schaffen, nicht aus Gesundheitsgründen, wie Sie glauben, sondern auf Wunsch des Zaren. Gehen Sie selbst zu Baron Dahl. Bestehen Sie darauf!«

»Aber er hat uns nicht empfangen!«

»Ja, meine Herren, was wollen Sie dann . . .? Ich kann nichts tun.«

Sie flehten ihn an. Einer von ihnen war ein alter blasser Mann in schwarzem Gehrock. Plötzlich beugte er sich vor (ich sehe ihn noch vor mir) und ergriff Kurilows Hand, küßte sie.

»Mein Sohn ist einer der Anführer, Exzellenz, retten Sie meinen Sohn!«

»Er hätte daran gehindert werden müssen, sich da einzumischen«, erklärte Kurilow mit seiner eisigen, metallischen Stimme. »Gehen Sie nach Hause und schließen Sie Ihren Sohn ein.«

Der alte Mann machte eine Gebärde der Verzweiflung: »Lehnen Sie ab?«

»Meine Herren, ich kann nicht eingreifen, ich wiederhole, das geht mich nichts an.«

Sie besprachen sich flüsternd, dann fingen sie alle gleichzeitig an zu reden, diesen unbewegten Mann zu bestürmen. Einer von ihnen sagte mit bebender Stimme: »Dieses Blut wird auf Ihr Haupt kommen.«

»Es wird nicht das erste sein«, sagte Kurilow mit seinem bleichen Lächeln, »es wird nicht das erstemal sein, daß man mich für Blut verantwortlich macht, das ich nicht vergossen habe.«

Sie gingen.

Am nächsten Tag wurden die dreißig jungen Leute noch vor dem Tor zum Winterpalast von den Truppen aufgchalten. Als man sie auseinandertreiben wollte, packte einer von ihnen ein Pferd am Zügel. Der Kosak, der spürte, wie sein Pferd sich unter ihm aufbäumte, glaubte sich angegriffen und schoß. Die jungen Leute antworteten mit Steinwürfen; die Menge ergriff heftig für sie Partei, und ein Steinhagel ging auf die bronzenen Gittertore und die kaiserlichen Adler, die sie bekrönten, nieder. Der Oberst gab den Befehl, das Feuer zu eröffnen. Fünfzehn Menschen wurden getötet, Gymnasiasten und Passanten (unter den ersteren der Sohn des alten Professors, der Kurilow angefleht hatte), direkt unter den Fenstern des Zaren. Fünfzehn Unglückliche, die durch den Skandal, den ihr Tod verursachte, Kurilow Dahl vom Halse schafften und ihn später wieder auf den Posten des Ministers für das Schulwesen brachten.

XXV

Natürlich geschah das nicht sofort, und ich selbst erfuhr davon lange nichts.

In der darauffolgenden Woche fuhr Kurilow mit seiner Familie in den Kaukasus, wohin ich sie begleitete.

Ihr Haus war nicht weit von Kislowodsk entfernt, es lag praktisch vor den Toren der Stadt. Von dem großen Holzbalkon aus, der um das Gebäude lief, sah man die ersten Ausläufer des Gebirges. All das war von großer Schönheit, aber dürr, kahl, nur da und dort mit düsteren Zypressen bepflanzt, sonst gab es allein Steine und Wildbäche. Im Garten blühten krumme, dornenübersäte wilde Rosenbüsche, deren Duft am Abend die Luft parfümierte wie hier; sie wuchsen in Büscheln unter den Fenstern.

Die Luft war zu scharf für mich; ich hustete unablässig.

Eines Tages kam Dahl an. Er wirkte völlig ruhig. Er erklärte, er werde sich zu einer Badekur in Kislowodsk aufhalten und sei sofort nach seiner Ankunft zu einem Besuch bei seinem »lieben Freund« geeilt. Bei Tisch und in unser aller Beisein sagte er offen, die Geschichte vom August habe ihm schwerstes Unrecht zugefügt.

»Wieder einmal hat ›man‹ einen Sündenbock gefunden«, sagte er lächelnd, »und dieses Mal ist es Ihr ergebener Diener.«

(Die Ausdrücke »man«, »die Bewußten«, »die Zuständigen« bezeichneten die Zarenfamilie und die Großfürsten. Auch mein Kurilow benutzte sie häufig.)

»Es ist eine unglückselige Geschichte«, setzte Dahl achselzuckend mit vermutlich gespielter Gleichgültigkeit hinzu, denn schließlich hatte auch er nun das Vergnügen gehabt, im Dunkel der Nacht die Leichen aufsammeln zu lassen, und ich hatte bemerkt, daß sie alle eiskalt waren, solange sich das hinter ihrem Rücken abspielte, aber diese niedergemetzelten Kinder mit eigenen Augen zu sehen und mit eigenen Händen zu berühren war doch etwas anderes. »Wenn ich nur gewußt hätte, was sie ausheckten ... Es heißt, daß die ganze Stadt darüber im Bilde war; was mich angeht, so habe ich es als letzter erfahren. So ist es immer. Nun ja! Kurz und gut ... der Zar hat geruht, mich zu bitten, meinen Rücktritt einzureichen. In ihrer großen Güte hat Seine Majestät geruht, mir einen Posten im Senat zu versprechen, und war auch so gnädig, mich Unwürdigen in bezug auf die eventuelle Ernennung meines Nachfolgers zu Rate zu ziehen. Außerdem, um das Maß ihrer Güte vollzumachen, hat Seine Majestät noch geruht, meinen Sohn zum Gesandtschaftssekretär in Kopenhagen zu ernennen. Diese Stadt hat heute auch keine größere Bedeutung als damals zu unserer Zeit, Walerian Alexandrowitsch, doch das Zarenpaar fährt noch oft genug dorthin, damit dieser Posten als beneidenswert angesehen wird: es ergeht einem überall gut, wo die Sonne ihre Strahlen hinsendet, wenn Sie mir dieses Bild erlauben.«

Er sagte nichts mehr, und das Gespräch kam auf ein anderes Thema.

Nach dem Mittagessen zogen sich die beiden Exminister in Kurilows Arbeitszimmer zurück, wo sie lange verweilten. Froelich machte mich auf das beunruhigte Gesicht von Irina Walerianowna aufmerksam.

»Ich glaube«, zischelte er mir zu, »der alte Fuchs ist gekommen, um über die Heirat von Mademoiselle Ina und seinem Sohn zu verhandeln.«

Am Abend beim Diner war Dahl höchst aufgeräumt und küßte, bevor er sich zurückzog, mehrmals dem jungen Mädchen die Hand. Das war ungewöhnlich und kündigte deutlich seine

Absichten an. Als er fort war, ließ Kurilow Irina Walerianowna rufen, aber sie war bereits auf ihr Zimmer gegangen. Daher sprach Kurilow am nächsten Morgen und in meiner Gegenwart, denn man nahm an, ich sei des Russischen nicht mächtig, mit seiner Tochter.

Die ganze Nacht hatte er über starke Schmerzen geklagt; am Morgen, als sie zu ihm kam, um ihm einen guten Tag zu wünschen, hielt er sie zurück.

»Ina«, sagte er feierlich, »Baron Dahl erweist mir die Ehre, für seinen Sohn um deine Hand anzuhalten. Es war ja schon letztes Jahr davon die Rede . . .«

Sie unterbrach ihn.

»Ich weiß«, sagte sie leise, »aber ich liebe ihn nicht . . .«

»Es sind hier wichtige Erwägungen im Spiel, mein Kind«, erklärte er in seinem hochtrabendsten Ton.

»Ich weiß, daß Dahl nur meine Mitgift für seinen Sohn will und daß Sie selbst . . .«

Jäh schoß ihm die Röte ins Gesicht, er schlug wütend mit der Faust auf den Tisch.

»Das geht dich nichts an. Du wirst verheiratet, reich und frei sein, was willst du mehr?«

»Nicht wahr«, fragte sie, als hätte sie ihm gar nicht zugehört, »das ist es doch? Sie wollen mit dem Baron ein Bündnis schließen? Sicher hat er Ihnen versprochen, Ihnen wieder diesen unglückseligen Ministerposten zu verschaffen, wenn ich einwillige. Das ist es doch, nicht wahr?«

»Ja«, bestätigte Kurilow, »du bist nicht dumm, du hast verstanden. Aber warum glaubst du, daß ich diesen Posten haben möchte?« fuhr er fort, und ich hätte schwören können, daß er ehrlich war. »Er ist ein Kreuz, das mich niederdrückt, mich ins Grab bringt, denn ich bin krank, ich bin sehr krank, mein Kind, doch ich muß nach besten Kräften bis zum letzten Atemzug meinem Herrscher dienen, meinem Land und diesen unglücklichen irregeleiteten Kindern, die von den Revolutionären ins Verderben gestürzt werden. Ich muß sie überwachen, sie bestrafen, wenn es nötig ist, aber wie ein Vater und nicht wie ein Feind, nicht wie Dahl, der sie durch seine schuldhafte Nachlässigkeit zu Tode gebracht hat. Und es ist wahr, daß der Baron mir als Preis für diese Verbindung versprochen hat, mir zu helfen. Der Zar hält sehr viel von ihm, und nur die öffentliche Meinung hat ihn nach dieser unglücklichen Geschichte dazu zwingen können, sich von ihm zu trennen. Gewiß, Dahl spielt nicht gerade eine glänzende Rolle«, fuhr er angewidert fort, »aber es ist an Gott, ihn zu richten ... Ich, ich habe ein reines Gewissen. Übrigens ist die Familie der Dahl ehrenwert und ist oft mit unserer verbunden gewesen ... Es ist ganz natürlich, durch eine reiche Heirat sein Vermögen vermehren zu wollen ... und schließlich, mein armes Kind, die Liebe ...«

Er unterbrach sich: unwillkürlich hatte er Französisch gesprochen wie gewöhnlich, vor allem wenn das Gespräch auf heikle oder hehre Themen kam ... Er runzelte die Brauen, wandte sich an mich: »Lassen Sie uns allein, lieber Monsieur Legrand, verzeihen Sie.«

Ich ging hinaus.

Am selben Abend nahm Kurilow seine Tochter an den Arm, und sie promenierten durch den Garten, um sich in einer abseits gelegenen Allee auf einer Bank niederzulassen. Als sie zurückkamen, wirkte er zufrieden, hatte wieder sein feierliches Gesicht aufgesetzt; seine Tochter war sehr blaß und lächelte mit ironischem, traurigem Ausdruck.

In der Nacht trat ich auf den Balkon hinaus. Irina Walerianowna saß unbeweglich da und hatte den Kopf in die Hände gelegt. Der Mond schien hell, und ich sah deutlich den weißen Hausmantel des jungen Mädchens und ihre auf das Geländer gestützten nackten Arme. Sie weinte. Mir war klar, daß man ihre Einwilligung erreicht hatte und daß die Dinge sich nun ändern würden, wie es auch tatsächlich geschah.

Kurze Zeit danach wurde die Verlobung bekanntgegeben. Und schließlich entsiegelte eines Morgens Kurilow mit zitternden Händen bei Tisch ein Päckchen, das, wie ich sehen konnte, eine kleine Photographie der Zarin und zwei ihrer Kinder enthielt, den höchsten Versöhnungsbeweis. Kurilow hängte das Bild in einem Goldrahmen über seinen Arbeitstisch, genau unter die Ikone.

Jetzt stand nur noch ein Telegramm des Zaren an Kurilow aus, mit der Ankündigung, daß er ihm, da jas eine Gesundheit es ihm erlaube, sein Amt wiederaufzunehmen, den Ministerposten zurückgebe, und wir warteten in der Tat alle mit verschiedenen Gefühlen darauf. Das Telegramm traf Mitte September ein. Kurilow las es seiner ganzen versammelten Familie vor, schlug ein großes Kreuzzeichen und erklärte mit Tränen in den Augen: »Noch einmal fällt die Bürde der Macht auf meine schwachen Schultern, aber Gott wird mir helfen, sie zu tragen.«

XXVI

Seltsame Gefühle bewegten mich: ich war niedergeschmettert und gleichzeitig fast amüsiert über diesen starken, bitteren Streich, den das Schicksal uns spielte.

Der Zeitpunkt unserer Rückkehr rückte näher; jeden Tag schien Kurilow fröhlicher und gesünder zu werden. Die Tage waren schön und golden. Ich hatte mich schließlich doch an die Gebirgsluft gewöhnt und fühlte mich zeitweilig wie leicht benommen und ganz ruhig, während ich in anderen Augenblicken der ganzen Welt so überdrüssig war, daß ich mir am liebsten den Kopf an den Felsen zerschmettert hätte ... es waren schöne rote Felsen, weiß ich noch, wie die hier bei Nizza ...

Eines Abends faßte ich einen Entschluß. Ich kündigte an, ich sei dringend in die Schweiz zurückgerufen worden und müsse am nächsten

Tag abreisen, und ich bat den Minister um eine Unterredung.

Um diese Stunde nach dem Abendessen (es war fast acht Uhr, und die Sonne ging unter) hatte Kurilow die Gewohnheit, sich vor dem Tee etwas die Beine zu vertreten. Er ging die Allee vor der Terrasse entlang und stieg von dort einen kleinen Pfad zwischen den Felsen hinauf. Ich begleitete ihn.

Ich erinnere mich an das Geräusch der unter unseren Schritten wegrollenden Steine; sie waren rund und glatt wie Eier und glänzten rötlich im Widerschein des Sonnenuntergangs. Im Gegensatz dazu hatte der Himmel eine violette Farbe, und in diesem strahlenden, düsteren Licht nahm Kurilows Gesicht einen seltsamen Ausdruck an.

In der Höhe brausten die Wildbäche, stürzten donnernd auf die Steine hinab und schäumten unter heftigem, vergeblichem Rauschen wieder hoch. Wir ließen sie hinter uns, stiegen noch höher, und dort oben sagte ich, daß ich abreisen würde und lange überlegt hätte; ich hielte es für meine ärztliche Pflicht, ihm zu entdecken, daß er schwerer krank sei, als er vermutlich glaube. Ich dächte, so würde er sich gründlicheren Behandlungen unterziehen, auf alle unnötige Tätigkeit verzichten und auf diese Weise länger leben.

Er hörte mir zu, ohne daß ein einziger Muskel in seinem Gesicht sich bewegte, und als ich zu Ende gesprochen hatte, warf er mir einen tiefen, ruhigen Blick zu, den ich immer noch vor mir sehe.

»Aber, mein guter Monsieur Legrand, das weiß ich doch. Mein Vater ist an Leberkrebs gestorben, da können Sie sich wohl denken . . .«

Er brach ab, seufzte, sagte (und unmerklich wurde seine aufrichtige schlichte Stimme wieder feierlich und hohltönend): »Kein guter Christ fürchtet den Tod, wenn er seine Pflicht auf dieser Erde getan hat. Ich zähle darauf, die paar Jahre, die ich noch zu leben habe, rechtschaffen auszufüllen, bevor ich in Frieden entschlafe.«

Ich fragte, ob ich ihn richtig verstanden hätte, ob er nicht sein Amt aufgeben wolle, jetzt, da er wisse, was er wisse. Ich hätte die ganze Zeit geahnt, setzte ich hinzu, daß er, trotz der Behauptungen dieses Dummkopfs Langenberg, sich nicht über die Art seines Leidens täusche, aber wisse er auch, daß Leberkrebs eine sich äußerst schnell entwickelnde Krankheit sei, daß es sich um Monate, um höchstens noch ein Jahr handle?

»Gewiß«, meinte er achselzuckend, »ich schicke mich in den Willen Gottes.«

»Ich denke«, sagte ich, »wenn ein Mensch dem Tod ins Gesicht sieht, wäre es für seine Herzensruhe besser, auf alle schädliche Betätigung zu verzichten.«

Er fuhr auf: »Schädlich! Großer Gott! Mein einziger Trost liegt in ihr! Ich habe die heilige Obhut über die Traditionen des Zarenreichs! Ich kann wie der sterbende Augustus sagen: *Plaudicite amici, bene agi actum vitae*!«

Über dieses Thema konnte er sich noch lange verbreiten. Er versagte es sich nicht . . . Ich unterbrach ihn. Ich versuchte, meine Worte so schlicht und ironisch wie möglich zu halten.

»Walerian Alexandrowitsch, ist das nicht schrecklich? Sie wissen genau, daß Ihre Tätigkeit den Tod unschuldiger Menschen herbeigeführt hat und das weiterhin tun wird. Ich bin kein Staatsmann. Ich wüßte gern, ob Sie das nie um den Schlaf bringt?«

Er schwieg. Da die Sonne untergegangen war, konnte ich seine Züge nicht mehr erkennen. Als ich ihn jedoch mit leidenschaftlicher Aufmerksamkeit von ganz nahe anblickte, sah ich die Bewegung, mit der er den Kopf auf die Brust sinken ließ. So wirkte er wie ein dunkler Steinblock.

»Jede Tätigkeit, jeder Kampf zeugt Tod. Man ist auf dieser Erde, um zu schaffen und zu zerstören. Aber wenn man höheren Beweggründen gehorcht . . .«

Er brach ab, und plötzlich — ich glaube, es war diese Offenheit, diese unvermittelte Ehrlichkeit, die ihn so anziehend und so irritierend machte — sagte er mit ganz anderer Stimme, voller Traurigkeit und Sanftheit: »Es ist nicht leicht, gut zu leben . . .«

Er stand auf und warf mir über die Schultern zu: »Gehen wir hinunter?«

Wir legten den Rückweg schweigend zurück. Im übrigen herrschte tiefe Dunkelheit, und wir mußten wegen der Steine und Brombeerranken aufpassen, die sich in unseren Kleidern verfingen. Vor dem Haus drückte er mir die Hand: »Leben Sie wohl, Monsieur Legrand, gute Reise;

wir werden uns schon noch wiedersehen, hoffe ich.«

Ich sagte, es sei alles möglich, und wir trennten uns.

Im Morgengrauen wurde ich durch das Geräusch von Schritten und gedämpften Stimmen im Garten geweckt. Ich ging ans Fenster und sah zwischen den Holzleisten des Ladens hindurch meinen Kurilow mit einer Art Polizeibeamten, der trotz seiner Verkleidung leicht als solcher zu erkennen war. Ich erinnerte mich, ihn mehrmals in der Nähe des Ministers bemerkt zu haben, wenn dieser sich zur Berichterstattung zum Zaren begab. Mir wurde klar, daß Kurilow mich beschatten ließ. Nach seiner Gewohnheit fing er das recht ungeschickt an; aber das war der einzige, wirklich der einzige Augenblick in unserer Beziehung, in dem ich auf einmal begriff, was echter Haß ist. Als ich diesen selbstsicheren, mächtigen, ruhigen Mann in seinem Garten sah, der mich durch ein einziges Wort wie ein Tier hetzen, umzingeln und fangen lassen konnte, verstand ich, daß es in gewissen Fällen leicht ist, kaltblütig zu töten. In dieser Minute damals hätte ich ihm mit Wonne eine Revolverkugel mitten ins Gesicht gefeuert.

Doch einstweilen mußte ich fliehen, was mir auch gelang. Ich nahm ostentativ den Zug nach Petersburg, in den mir der Polizist folgte, und stieg in der Nacht an einem der kleinen Bahnhöfe in den Bergen aus. Von dort erreichte ich die persische Grenze. Ich blieb ein paar Tage in Persien, ich vertauschte meinen Schweizer Paß mit Papieren, die mir die Vertreter der revolutionären Gruppe von Teheran mittels eines Teppichhändlers aus der Gegend zukommen ließen, und in den letzten Septembertagen kehrte ich nach Rußland zurück.

XXVII

Ich traf in Petersburg ein und suchte sofort Fanny auf; sie brachte mich in ihrem Zimmer unter und ging fort. Ich war erschöpft, am äußersten Rand meiner Kräfte. Ich warf mich auf ihr Bett und schlief unverzüglich ein.

Ich erinnere mich, geträumt zu haben, was bei mir selten vorkam. Mein Traum war sehr schön, sehr unschuldig; er schien aus den Tiefen einer nie erlebten Kindheit aufzusteigen, denn ich sah mich jung, schön, strotzend vor Gesundheit, wie ich nie gewesen war, auf einer sonnenbeschienenen blühenden Wiese; und das Merkwürdigste war, daß die Kinder, die um mich herumtanzten, Kurilow, Fürst Nelrod, Dahl, Schwann und der Unbekannte von Vevey waren. Doch schließlich wurde es ein qualvoller und unsäglich grotesker Alptraum, denn ihre Gesichter veränderten sich und wurden alt und schlaff, während sie wie vorher spielten und herumliefen.

Als ich erwachte, sah ich Fanny in das Zimmer kommen, und hinter ihr den »Genossen«, den ich kannte. Doch er hatte nicht mehr die großartige

Gelassenheit wie beim erstenmal: er wirkte unruhig und gereizt. Er teilte mir mit, daß die Polizei gewarnt sei, daß man bereits nach mir fahnde, daß ich zu größter Vorsicht gezwungen sei. Ich ließ ihn reden. Ich war an einen solchen Punkt der Verbitterung und des Überdrusses gelangt, daß ich, glaube ich, am liebsten ihn gleichzeitig mit Kurilow aus dem Weg geräumt hätte.

Er blickte mich seltsam an, und ich bin überzeugt, daß er mich in den nächsten Tagen und bis zum Augenblick des Attentats beschatten ließ. Seine Männer waren geschickter als Kurilows Spitzel, und ich spürte sie hinter mir, sobald ich den Fuß auf die Straße setzte.

Es war Oktober geworden, die Nacht fiel früh ein, es war verhältnismäßig leicht, an einer Straßenecke zu entwischen. Es schneite noch nicht, aber die Luft hatte die dem russischen Herbst eigene eisige Schwere; schon am Vormittag brannten die Lampen in den Häusern. Ein aus Wasser und Schnee gemischter Dunst stieg in Bodennähe auf; die Erde war gefroren und knackte unter den Füßen. Ein tristes Wetter ... Ich verbrachte Stunden in dem Zimmer, das Fanny verlassen hatte, lag auf dem Bett ausgestreckt. Ich spuckte Blut, ich spürte den Geschmack und den Geruch des Blutes im Mund und im ganzen Leib.

Fanny sah ich nicht mehr; es war ausgemacht, daß sie am Vorabend des Attentats mit den letzten Befehlen zu mir kommen würde, denn sie war es, die die Bomben präparieren und mir übergeben sollte. Der »Genosse«, den ich noch einmal traf, gab mir die genaue Zeit an, Viertel vor zwölf. Es kam nicht in Frage, in das Theater selbst vorzudringen, in das man nur mit einer Einladung eingelassen wurde, aber ich sollte unter dem Säulengang warten.

»Wenn Sie nicht entdeckt worden wären,« sagte er mürrisch, »wäre es so einfach gewesen! Sie hätten sich von Kurilow einen Platz im Theater geben lassen, und in der Pause wären Sie in seine Loge gegangen und hätten ihn mit einem Revolverschuß getötet! Diese ganzen Monate der Beschattung umsonst! Jetzt riskieren Sie mit Ihren dreckigen Bomben, wegen eines Kurilow zwanzig Unschuldige umzubringen.«

»Das ist mir scheißegal«, sagte ich.

Nichts war mir je lächerlicher vorgekommen als ihre halben Maßnahmen, und als er mich fragte: »Was? Wenn Kurilow mit seiner Frau und seinen Kindern in einem Wagen sitzt, werfen Sie Ihre Bombe dann auch?«, bejahte ich das, und ich glaube, ich hätte es tun können. Wo war dabei der Unterschied? Doch ich sah, daß er mir nicht glaubte. Er beendete das Gespräch.

»Schon gut, Genosse, das wird nicht passieren. Er wird mit seinen Lakaien allein sein.«

Diese zählten offensichtlich nicht . . .

»Also, adieu!« sagte er.

Und er ging.

Es war am nächsten Abend. Fanny begleitete mich. Wir trugen in Schals eingewickelte und in

Packpapier eingeschlagene Bomben. Wir sprachen nicht. Wir setzen uns auf einen kleinen Platz gegenüber dem Marientheater. Es war strahlend erleuchtet. Eine lange Reihe Polizisten und Wagen warteten auf der Straße.

Der Platz war menschenleer, der Himmel tief und dunkel; ein paar leichte Schneeflocken schwebten in der Luft und verwandelten sich, sobald sie den Boden berührten, in Regen, in kleine eisige Nadeln, die auf der Haut prickelten.

Fanny wies mit der Hand auf die wartenden Wagen.

»Der Hof, das diplomatische Korps, die Wagen des deutschen Gefolges, der Minister«, sagte sie leise mit heimlicher Begeisterung.

Die Nacht zog sich trübe, entsetzlich in die Länge. Gegen elf Uhr kam wieder Wind auf, dichter Schnee begann zu fallen. Wir konnten nicht mehr länger sitzen bleiben: wir waren halb erfroren. Wir gingen zweimal um den kleinen Platz herum.

Plötzlich standen wir vor einem aus dem Schatten aufgetauchten Menschen, der uns musterte. Fanny drückte sich an mich, und ich umarmte sie. Beruhigt, da er uns für ein Liebespaar hielt, verschwand der Polizist wieder. Ich hielt Fanny in meinen Armen; sie heftete den Blick auf mich, und ich erinnere mich, daß ich zum erstenmal in diesen grausamen Augen eine Träne glänzen sah.

Ich ließ sie los. Wir gingen stumm weiter. Ich hustete. Das Blut stieg mir wie eine Woge in den Mund. Ich spuckte aus, hustete wieder, das Blut rann mir auf die Hände. Ich hatte Lust, mich in den Schnee zu legen und dort zu krepieren.

Die Wagen begannen vorzurücken. Man hörte, wie die Türen im Innern des Theaters aufgestoßen wurden, die Pfiffe der Polizeibeamten.

Ich überquerte die Straße. Ich hielt eine Bombe in der Hand wie eine Blume. Es war grotesk. Ich verstehe nicht, wieso ich nicht gesehen und verhaftet wurde. Fanny folgte mir. Wir blieben in der Nähe des Eingangs unter den schneebedeckten Säulen stehen, mitten unter der sich drängenden Menge.

Die Türen gingen auf. Alle kamen sie heraus. Der Zar, die Zarenfamilie, Wilhelm II. und sein Gefolge waren bereits abgefahren.

Ich sah Frauen in pelzgefütterten Umhängen vorüberschreiten, die Juwelen glitzerten unter ihren zarten, mit Schneeflocken übersäten Spitzenschleiern, Generäle, die mit ihren Sporen den gefrorenen Boden harkten, viele andere, unbekannte Gesichter, die alten Knacker vom diplomatischen Korps, wieder andere . . . Kurilow. Er wandte mir sein Gesicht zu; er war blaß und gealtert, oder höhlte das Licht der Lüster seine Züge so aus? Sie wirkten matt, niedergeschlagen, und er hatte dicke, dunkle Tränensäcke unter den Augen. Ich drehte mich zu Fanny hin und sagte: »Ich kann ihn nicht töten.«

Ich spürte, daß sie mir die Bombe aus den Händen riß. Sie machte zwei Schritte nach vorn und warf sie.

Ich erinnere mich an ein Durcheinander von Gesichtern, Händen, Augen, die vor mir herumwirbelten und verschwanden, an ein Bersten, einen Knall und ein Höllenlicht. Wir waren nicht verletzt, aber wir hatten verschrammte Gesichter, angesengte Kleider, blutige Hände. Ich nahm Fanny bei der Hand, und wir liefen, liefen wie gehetzte Tiere durch die dunklen Straßen. Menschen rannten in alle Richtungen, prallten mit uns zusammen. Einige hatten wie wir zerfetzte Kleider und blutüberströmte Hände. Irgendwo wieherte ein verwundetes Pferd so entsetzlich vor Schmerzen, daß mir das Blut gefror. Als wir nicht mehr weiterkonnten, waren wir mitten auf einem Platz, und die Menge brauste um uns herum. Ich sah, daß wir verloren waren. Ich empfand ein Gefühl der Erleichterung. Dort wurden wir dann festgenommen.

Später befanden wir, Fanny und ich, uns in einem Raum neben dem, wo die Leichen aufgebahrt wurden. Wir wurden bewacht, aber man hatte in dem Durcheinander und vor lauter Schock nicht daran gedacht, uns zu trennen.

Fanny brach plötzlich in Schluchzen aus. Ich hatte Mitleid mit ihr. Ich hatte bereits, wie es nur gerecht war, erklärt, daß die Bombe von mir geworfen worden sei: wenn sie sie mir nicht aus den Händen gerissen hätte, hätte ich sie schon noch geworfen ... Das ... das war das Leichteste ... Schließlich hatte ich, wie gesagt, das Gefühl, daß mir das Blut aus den Lungen floß, und ich war überzeugt, wenn ich jetzt nur die

Augen schließen dürfte und mich nicht mehr zu bewegen brauchte, würde ich sterben; und ich erwartete mit schmerzlicher Ungeduld diesen Augenblick.

Ich rückte näher zu Fanny herüber, steckte ihr eine Zigarette zwischen die Finger und flüsterte: »Sie haben nichts zu befürchten.«

Sie schüttelte den Kopf.

»Das ist es nicht, das ist es nicht . . . Tot! Tot! Er ist tot . . . !«

»Aber wer denn?« fragte ich verständnislos.

»Tot! Tot! Kurilow ist tot! Und ich war's, ich habe ihn getötet . . . !«

Trotzdem war der Selbsterhaltungstrieb in ihr noch stark. Als die Polizisten, durch ihr Schreien angezogen, näher kamen, wiederholte sie: »Tot! Und wir waren es, die ihn getötet haben . . . !«

Deswegen wurde sie zu lebenslänglicher Deportation verurteilt und ich zum Tod durch den Strang.

Doch man darf sowenig auf den Tod zählen wie auf das Leben. Ich bin immer noch da . . . Der Teufel allein weiß, warum . . . Sie floh später, nahm an einem zweiten Attentat teil. Sie war es, die 1907 oder 1908 P. umbrachte . . . Sie wurde geschnappt, und dieses Mal erhängte sie sich in ihrer Zelle. Ich . . . Aber das habe ich ja schon erzählt. Das Leben ist dumm. Zum Glück ist, für mich wenigstens, das Stück bald zu Ende.

DAVID GOLDER

»Nein«, sagte Golder.

Jäh hob er den Schirm der Lampe hoch, so daß ihr voller Schein auf das Gesicht von Simon Marcus fiel, der ihm an der anderen Seite des Tisches gegenübersaß. Einen Augenblick lang betrachtete er die Falten und Runzeln, die wie über ein dunkles, windgepeitschtes Wasser über Marcus' langes, eingesunkenes Gesicht liefen, sobald sich die Lippen oder Lider bewegten. Die halbgeschlossenen, schläfrigen Orientalenaugen aber blieben dabei ruhig, wie gelangweilt. Ein Gesicht, undurchdringlich wie eine Wand. Golder senkte vorsichtig den Arm aus biegsamem Metall, der die Lampe hielt.

»Zu hundert, Golder? Hast du nachgerechnet? Das ist doch ein Preis«, sagte Marcus.

Wieder sagte Golder: »Nein.«

Er setzte hinzu: »Ich will nicht verkaufen.«

Marcus lachte. Seine langen glänzenden Zähne mit den Goldplomben funkelten bizarr aus dem Schatten hervor.

»1920, als du sie gekauft hast, deine berühmten Erdölaktien, was waren sie da wert?« fragte er mit seiner näselnden, ironischen, schleppenden Stimme.

»Ich habe zu vierhundert gekauft. Wenn diese Schweine von Sowjets die verstaatlichten Gebiete den Aktionären zurückgegeben hätten, wäre es ein gutes Geschäft gewesen. Schon 1913 war die Tagesproduktion von Teisk zehntausend Tonnen ... Das ist kein Bluff. Nach der Konferenz von Genua sind meine Aktien erst mal von 400 auf 102 gefallen, weiß ich noch ... Und dann ...« Er machte eine unbestimmte Handbewegung. »Aber ich habe sie behalten. Damals hatte man ja Geld.«

»Ja. Ist dir jetzt klar, daß Ölfelder in Rußland im Jahr 1926 für dich reiner Dreck sind? Hä? Du hast doch weder Mittel noch Lust, selbst hinzugehen, um sie auszubeuten, denke ich mir? Mit denen lassen sich höchstens noch ein paar Punkte gewinnen, wenn man ein bißchen Bewegung an der Börse macht ... Hundert, das ist ein guter Preis.«

Golder rieb sich lange die geschwollenen Lider, die ihm im Rauch, der das Zimmer erfüllte, brannten.

Er sagte von neuem, leiser: »Nein, ich will nicht verkaufen. Erst wenn die Tübingen-Petroleum dieses Abkommen für die Konzession von Teisk abgeschlossen hat, an das du denkst, dann verkaufe ich.«

Marcus stieß ein ersticktes »Ach so!« aus, und das war alles.

Golder sagte schleppend: »Ja, genau, das Geschäft, das du seit dem letzten Jahr hinter meinem Rücken betreibst, Marcus, genau das ... Hat man dir einen guten Preis für meine Aktien geboten, wenn das Abkommen einmal unterzeichnet ist?«

Er schwieg, denn das Herz schlug ihm fast schmerzhaft, wie bei jedem Sieg. Marcus drückte langsam seine Zigarre in dem vollen Aschenbecher aus.

»Wenn er halbpart sagt«, dachte Golder plötzlich, »ist er erledigt.«

Er senkte den Kopf, um Marcus' Stimme besser zu hören.

Eine kleine Weile war es still, dann sagte Marcus: »Wollen wir halbpart spielen, Golder?«

Golder biß die Zähne zusammen: »Was? Nein.«

Marcus murmelte mit gesenkten Wimpern: »Oh! Du solltest dir nicht noch einen Feind machen, Golder. Du hast doch schon genug.«

Seine Hände umklammerten den Rand der Tischplatte und bewegten sich schwach, man hörte das flüchtige Kratzen der Nägel. Im Lampenlicht glänzten die langen, weißen, mit schweren Ringen überladenen Finger auf dem Mahagoni des Empire-Schreibtischs; sie zitterten leicht.

Golder lächelte.

»Du bist nicht mehr besonders gefährlich heutzutage, mein Guter . . .«

Marcus schwieg einen Augenblick, betrachtete seine lackierten Nägel.

»David . . . halbe-halbe . . . ! Los . . . ! Wir sind doch seit sechsundzwanzig Jahren Geschäftspartner. Schwamm drüber und laß uns wieder anfangen. Wenn du im Dezember da gewesen wärst, als Tübingen mit mir geredet hat ...«

Golder drehte nervös an der Telephonschnur, wickelte sie um sein Handgelenk.

»Im Dezember«, wiederholte er mit einer Grimasse. »Ja ... du bist gut ... bloß ...«

Er schwieg. Marcus wußte so gut wie er, daß er im Dezember in Amerika gewesen war, um Kapital aufzutreiben für die Golmar, das Unternehmen, das sie seit so vielen Jahren wie Sträflinge aneinanderkettete. Aber er sagte nichts. Marcus sprach weiter: »David, es ist noch Zeit ... Es ist besser, glaub mir ... Wir verhandeln zusammen mit den Sowjets, willst du? Die Sache ist schwierig. Und Kommissionen, Gewinne, alles halbehalbe, ja ...? Das ist doch anständig, hoffe ich ...? David ...? Na ...? Sonst, mein Guter ...«

Er wartete einen Augenblick lang auf eine Antwort, eine Einwilligung, eine Beschimpfung, aber Golder atmete mühsam und blieb stumm. Marcus zischte: »Hör mal, es gibt nicht nur die Tübingen auf der Welt ...«

Er berührte den regungslosen Arm Golders, als wollte er ihn aufwecken. »Es gibt noch andere Gesellschaften, jüngere und ... äh ... spekulierfreudigere«, sagte er, nach Worten suchend, »die das Ölabkommen von 1922 nicht unterzeichnet haben und sich einen Dreck um die alten Berechtigten scheren, um dich also ... Die könnten ...«

»Die Amrum Oil?« fragte Golder.

Marcus knirschte mit den Zähnen. »So, das weißt du auch? Also gut, hör, mein Lieber, es tut mir leid, aber die Russen werden mit der Amrum abschließen. Jetzt, wo du dich weigerst mitzumachen, kannst du deine Teisk bis zum Jüngsten Gericht behalten, du kannst dich mit deiner Teisk ins Grab legen . . .«

»Die Russen werden nicht mit der Amrum abschließen.«

»Sie haben unterzeichnet«, rief Marcus.

Golder machte eine Handbewegung.

»Ja. Ich weiß. Ein vorläufiges Abkommen. Es sollte binnen einer Frist von fünfundvierzig Tagen von Moskau ratifiziert werden. Gestern. Aber da tatsächlich wieder nichts geschehen ist, bist du unruhig geworden und bist gekommen, um es wieder einmal mit mir zu versuchen . . .«

Er sprach sehr schnell, hustend, zu Ende: »Ich will dir das erklären. Es geht um Tübingen, nicht wahr? Die Amrum hat ihm schon vor zwei Jahren Ölfelder in Persien weggeschnappt. Aber diesmal würde er, glaube ich, eher krepieren als nachgeben. Bis jetzt ist das übrigens auch nicht schwierig gewesen; man hat einfach dem kleinen Juden, der mit dir für die Sowjets verhandelt hat, mehr geboten. Telephoniere jetzt, du wirst sehen . . .«

Marcus schrie plötzlich mit einer merkwürdig schrillen Stimme los, wie eine hysterische alte Frau: »Du lügst, du Schwein!«

»Ruf an, du wirst sehen.«

»Und . . . der Alte . . . Tübingen . . . weiß er?«

»Ja. Natürlich.«

»Das warst du, das hast du eingefädelt, du Schuft, du Schurke!«

»Ja. Was willst du, erinnere dich ... Letztes Jahr, bei der Geschichte mit dem mexikanischen Öl, vor drei Jahren mit dem Heizöl, da sind doch ein paar schöne Millionen von meiner Tasche in deine geflossen! Was habe ich da gesagt? Nichts habe ich gesagt. Und dann ...« Er schien noch weitere Gründe zu suchen, sie im Geiste zusammenzuzählen, dann schob er sie mit einem Achselzucken beiseite.

»Die Geschäfte«, murmelte er einfach, als hätte er eine furchterregende Gottheit genannt ...

Marcus schwieg jetzt. Er nahm ein Päckchen Zigaretten vom Tisch, machte es auf, zündete sorgfältig das Streichholz an. »Warum rauchst du bloß diese ekelhaften Gauloises, Golder, reich, wie du bist?« Seine Finger zitterten heftig. Golder beobachtete sie wortlos, als verfolgte er die letzten Zuckungen eines verwundeten Tieres.

»Ich brauchte Geld, David«, sagte Marcus auf einmal mit veränderter Stimme. Eine jähe Grimasse verzog ihm einen Mundwinkel: »Ich ... ich brauche furchtbar dringend Geld, David ... Willst du nicht ... willst du mich nicht ein wenig verdienen lassen ...? Glaubst du nicht, daß ...«

Golder stieß wild mit der Stirn in die Luft.

»Nein.«

Er sah, wie die blassen Hände sich ineinander verklammerten, die Finger sich verkrampften, die Nägel sich in das Fleisch vergruben.

»Du ruinierst mich«, sagte Marcus schließlich mit einer tonlosen, merkwürdigen Stimme.

Golder, der hartnäckig die Augen niedergeschlagen hielt, antwortete nicht. Marcus zögerte, dann stand er auf, schob behutsam seinen Stuhl zurück.

»Leb wohl, David. Was sagst du?« rief er plötzlich mit außerordentlicher Kraft in die Stille hinein.

»Nichts. Leb wohl«, sagte Golder.

Golder zündete eine Zigarette an, aber schon nach dem ersten Zug mußte er nach Atem ringen und warf sie weg. Ein nervöser asthmatischer Husten, rauh und pfeifend, schüttelte seine Schultern, füllte ihm bis zum Ersticken den Mund mit bitterem Wasser. Ein jäher Blutandrang färbte seine Züge, die gewöhnlich von einem fahlen, matten, wächsernen Weiß waren bis auf die blauen Ringe unter seinen Augen. Er war ein Mann von über sechzig Jahren, riesig, mit fetten weichen Gliedern, regen, wasserfarbenen hellen Augen; dickes weißes Haar umrahmte das verwüstete, harte, wie von einer groben, schweren Hand zerschlagene Gesicht.

Das Zimmer roch nach Rauch und erkaltetem Schweiß, dem typischen Sommergeruch der lange unbewohnt gebliebenen Pariser Wohnungen.

Golder drehte sich mitsamt seinem Stuhl herum, öffnete einen Spaltbreit das Fenster. Eine lange Weile betrachtete er den erleuchteten Eiffelturm. Der rote, rieselnde Schein floß wie Blut über den frischen Himmel der Morgendämmerung . . . Er dachte an die Golmar. Sechs goldene, leuchtende, funkelnde Lettern, die diese Nacht ebenfalls wie Sonnen in vier großen Städten der Welt erstrahlten. Die Golmar, die Verschmelzung ihrer beiden Namen, Golder und Marcus. Er preßte die Lippen zusammen. »Golmar . . . David Golder allein, ab jetzt . . .«

Er nahm den Notizblock, der in seiner Reichweite lag, las den gedruckten Briefkopf.

GOLDER & MARCUS

KAUF UND VERKAUF VON ÖLPRODUKTEN
FLUGZEUGTREIBSTOFF, LEICHTE,
MITTELSCHWERE UND SCHWERE
MINERALÖLE
WHITE-SPIRIT. GAS OIL. SCHMIERÖLE.

New York, London, Paris, Berlin

Langsam strich er die erste Zeile durch, schrieb mit seiner dicken Schrift, die Löcher in das Papier riß, »David Golder«. Denn jetzt würde er endlich allein sein. Er dachte erleichtert: »Das ist erledigt, Gott sei Dank, jetzt geht er . . .« Später, wenn Tübinger die Konzession für Teisk bewilligt bekommen und er selbst zu dem größten Mineralölunternehmen der Welt gehören würde, wäre die Golmar leicht wieder flottzumachen.

Von jetzt ab . . . Eilig schrieb er Zahlen untereinander. Diese letzten beiden Jahre vor allem waren schrecklich gewesen. Langs Konkurs, das

Abkommen von 1922 ... Wenigstens würde er nicht mehr für Marcus' Frauen bezahlen müssen, für seine Ringe, seine Schulden ... Es gab genug Ausgaben ohne ihn ... Was dieses idiotische Leben alles kostete ... Seine Frau, seine Tochter, das Haus in Biarritz, das Haus in Paris ... Allein in Paris bezahlte er sechzigtausend Francs Miete und die Steuern. Das Mobiliar hatte damals über eine Million gekostet. Für wen? Niemand lebte hier. Die geschlossenen Fensterläden, der Staub. Er betrachtete mit haßerfülltem Blick gewisse Gegenstände, die er besonders verabscheute: vier Siegesgöttinnen aus schwarzem Marmor und Bronze, die eine Lampe hielten, ein leeres, riesiges, quadratisches Tintenfaß, das mit goldenen Bienen verziert war. Für all das hatte er bezahlen müssen, und das Geld? Wütend murmelte er: »Dumme Gans ... du ruinierst mich, und was wird dann ...? Ich bin achtundsechzig ... Soll es wieder von neuem losgehen ...? Das ist mir ja schon oft passiert ...«

Abrupt drehte er den Kopf zu dem großen Spiegel über dem Kamin hin, in dem kein Feuer brannte, besah einen Augenblick lang mit Unbehagen sein gespanntes, bleiches, mit bläulichen Flecken überzogenes Gesicht mit den beiden tief in das dicke Fleisch eingegrabenen Falten um den Mund, die ihm das Aussehen eines alten Hundes mit hängenden Lefzen verliehen. Grimmig brummte er: »Man wird alt, was soll's, man wird alt ...« Seit zwei, drei Jahren ermüdete er schneller. Er dachte: »Vor allem muß ich morgen abreisen, acht oder zehn Tage Erholung in Biarritz, und man soll mich ja in Ruhe lassen, sonst krepiere ich.« Er nahm den Kalender, lehnte ihn auf dem Tisch gegen das goldgerahmte Porträt eines jungen Mädchens, blätterte darin. Er war mit Zahlen und Namen vollgeschrieben, das Datum des 14. Septembers mit Tinte unterstrichen. Tübingen würde ihn an diesem Tag in London erwarten. Das ließ kaum eine Woche für Biarritz übrig ... Dann London, Moskau, wieder London, New York. Er stieß einen kleinen, gereizten Seufzer aus, starrte auf das Bild seiner Tochter, stöhnte, dann wandte er sich ab und rieb sich langsam die schmerzenden, vor Müdigkeit brennenden Augen. Er war diesen Tag erst aus Berlin gekommen, und seit langem schlief er im Zug nicht mehr wie früher.

Dennoch stand er automatisch auf, um sich wie gewöhnlich in den Klub zu begeben, doch dann sah er, daß es schon nach drei Uhr war. »Ich gehe jetzt ins Bett«, dachte er, »morgen muß ich wieder auf den Zug.« Dann sah er den Packen zu unterschreibender Briefe, der am Rand des Schreibtischs lag. Er setzte sich wieder. Jeden Abend las er die von seinen Sekretären vorbereitete Post noch einmal durch. Es waren alles Esel. Aber er hatte sie lieber so. Er lächelte, als er an Marcus' Sekretär dachte, Braun, ein kleiner Jude mit Glutaugen, der ihm den Plan für den Vertrag mit der Amrum verkauft hatte. Er begann zu lesen, beugte sich tief unter die Lampe. In seinem dichten weißen Haar, das einst rot gewesen war, leuchtete an den Schläfen und im Nacken noch ein wenig von der früheren lodernden Farbe auf wie eine unter der Asche halberstickte Flamme.

Das Telephon auf Golders Nachttisch brach plötzlich in ein langes Klingeln aus, schrill und endlos, aber Golder schlief: er hatte morgens einen tiefen Schlaf, schwer wie der Tod. Endlich öffnete er die Augen und griff unter dumpfem Stöhnen nach dem Hörer: »Hallo, hallo . . .«

Eine Weile rief er weiter »Hallo, hallo«, ohne die Stimme seines Sekretärs zu erkennen, dann hörte er: »Monsieur Golder . . . Tot . . . Monsieur Marcus ist tot . . .«

Er schwieg. Die Stimme wiederholte: »Hallo, hören Sie nicht? Monsieur Marcus ist tot.«

»Tot«, wiederholte Golder langsam, während ihm ein seltsamer kleiner Schauer über den Rükken lief, »tot . . . das ist doch nicht möglich.«

»Heute nacht, Monsieur . . . in der Rue Chabanais . . . Ja, in einem Bordell . . . Er hat sich mit dem Revolver in die Brust geschossen. Man sagt . . .«

Golder schob sanft den Hörer zwischen die Laken und legte die Decke darüber, als wollte er die Stimme ersticken, die er wie eine große gefangene Fliege weitersummen hörte.

Endlich schwieg sie.

Golder läutete.

»Richten Sie mir mein Bad«, sagte er zu dem Bedienten, der eben mit der Post und dem Frühstückstablett eintrat, »ein kaltes Bad«.

»Soll ich den Smoking von Monsieur in den Koffer packen?«

Golder runzelte nervös die Augenbrauen.

»Welchen Koffer? Ach ja, Biarritz ... Ich weiß nicht, vielleicht reise ich morgen ab oder später, ich weiß nicht ...«

Er fluchte leise, murmelte: »Ich werde morgen zu ihm müssen ... Dienstag wird wahrscheinlich die Beerdigung sein ... Verflucht ...!« Der Bediente ließ in dem anstoßenden Raum das Wasser in die Badewanne ein. Golder trank einen Schluck heißen Tee, öffnete aufs Geratewohl ein paar Briefe, dann warf er alles hin und stand auf. Im Badezimmer setzte er sich, schlug die Schöße seines Morgenrocks auf seinen Knien übereinander und beobachtete mit geistesabwesender, mürrischer Miene das einströmende Wasser, während er mechanisch die Troddeln der Seidenkordel des Schlafrocks ineinander verflocht.

»Tot ... tot ...«

Nach und nach überwältigte ihn ein Gefühl der Wut. Er zuckte die Achseln, brummte voller Haß: »Tot ... Wie kann man nur sterben? Wenn ich ...«

»Das Bad ist bereit, Monsieur«, sagte der Diener.

Allein geblieben, näherte sich Golder der Badewanne, steckte die Hand ins Wasser, ließ sie darin; alle seine Bewegungen waren außerordentlich langsam und unbestimmt, ziellos. Das kalte Wasser ließ ihm die Finger, den Arm, die Schulter erstarren, aber er rührte sich nicht, betrachtete mit gesenktem Kopf und dumpfem Ausdruck den Widerschein der elektrischen Birne an der Decke, der auf dem Wasser tanzte und glänzte.

»Wenn ich ...« wiederholte er.

Alte, vergessene Erinnerungen stiegen in ihm auf, dunkel und seltsam ... Ein ganzes hartes Leben voll Schwankungen und Schwierigkeiten ... Einen Tag Reichtum, den nächsten nichts mehr. Und dann wieder von vorne anfangen ... Und noch einmal von vorne ... Ach ja, natürlich, so war es gewesen, aber das war lange her ... Er richtete sich auf, schüttelte mechanisch seine nasse Hand, ging zum Fensterbrett und legte abwechselnd seine eisigen Hände in die Sonnenwärme. Er nickte, sagte laut: »Ja, tatsächlich, in Moskau zum Beispiel, oder auch in Chicago ...«, und sein im Träumen unbeholfener Geist rief sich in kurzen, nüchternen Bildern die Vergangenheit zurück. Moskau ... als er noch nichts anderes gewesen war als ein kleiner magerer Jude mit rotem Haar, durchdringenden blassen Augen, löchrigen Stiefeln, leeren Taschen ... Er hatte auf den Bänken in den Anlagen geschlafen, in jenen dunklen, kalten Nächten zu Beginn des Herbstes ... Fünfzig Jahre waren vergangen, aber er fühlte in seinen Knochen noch die durchdringende Feuchtigkeit der ersten dicken, weißen Nebel, die sich einem an den Leib heften und auf den Kleidern eine Art steifer, kalter Kruste hinterlassen ... Die Schneestürme im März, der Wind ...

Und Chicago . . . die kleine Bar, das Grammophon, das näselnd und kreischend einen alten Walzer aus Europa spielte, dieses Gefühl verzehrenden Hungers, während einem der Geruch warmer Speisen ins Gesicht weht. Er schloß die Augen und sah mit außerordentlicher Genauigkeit wieder das schwarze, glänzende Gesicht eines betrunkenen oder kranken Negers, der in einer Ecke auf einer Bank lag und mit kläglichem Geheul schrie wie ein Kauz. Und dann noch . . . Seine Hände brannten ihm jetzt. Er legte sie vorsichtig flach gegen die Scheibe, löste sie dann, bewegte die Finger, rieb sanft die Handflächen aneinander.

»Idiot«, murmelte er, als könnte der Tote ihn hören, »Idiot . . . warum hast du das getan?«

Golder tastete lange an Marcus' Tür herum, bevor er läutete: seine weichen, kalten Hände stießen gegen die Wand, ohne den Klingelknopf zu finden. Als er eintrat, sah er sich mit einer Art Entsetzen um, als erwartete er, gleich den aufgebahrten Toten fertig zum Abtransport zu sehen. Aber es lagen lediglich schwarze Stoffrollen auf dem Fußboden und auf den Sesseln der Diele Blumengebinde mit violetten Moiréschleifen, die so breit und so lang waren, daß sie mit ihrer Beschriftung in goldenen Lettern bis auf den Teppich hinunterhingen.

Jemand klingelte hinter Golder, und der Bediente nahm durch die halbgeöffnete Tür einen dicken, riesigen Kranz aus rostroten Chrysanthemen in Empfang, den er an seinen Arm hängte wie den Henkel eines Korbs. Golder dachte: »Ich hätte Blumen schicken müssen . . .«

Blumen für Marcus . . . Er stellte sich das schwere Gesicht mit den schief verzogenen Lippen vor, und Blumen wie für eine Braut! Der Bediente flüsterte: »Wenn Monsieur einen Augenblick im Salon warten möchte . . . Madame ist bei . . .« Er machte eine kleine, unbestimmte, genierte Geste . . . »bei Monsieur, bei dem Leichnam . . .«

Er zog einen Stuhl für ihn heran und ging hinaus. Im anstoßenden Raum vermischten sich zwei Stimmen zu einem undeutlichen, geheimnisvollen Murmeln, das wie das erstickte Geräusch von Gebeten klang. Nach und nach wurden sie lauter; Golder hörte:

»Der mit Karyatiden verzierte Leichenwagen mit versilbertem Podest, Baldachin und fünf Federbüschen, der massive Ebenholzsarg mit acht ziselierten, versilberten Griffen und gepolsterter Innenausstattung in Satin sind in der ersten Klasse Extra enthalten. Dann haben wir die erste Klasse Typ A mit lackiertem Mahagonisarg.«

»Wieviel?« murmelte eine Frauenstimme.

»Zwanzigtausendzweihundert mit dem Mahagonisarg. Die erste Klasse Extra macht neunundzwanzigtausenddreihundert.«

»Aber nein. Ich möchte nicht mehr als fünf- bis sechstausend ausgeben. Wenn ich das gewußt hätte, hätte ich mich an ein anderes Unternehmen gewendet. Der Sarg kann aus gewöhnlicher Eiche sein, wenn er mit einem ausreichend großen Behang bedeckt ist . . .«

Golder stand abrupt auf; sofort wurden die Stimmen leiser, verschmolzen wieder zu einem dumpfen, feierlichen Flüstern.

Er drückte krampfhaft mit beiden Händen sein Taschentuch, das er mechanisch zwischen den Fingern hin- und hergedreht und gezwirbelt hatte: »Ist das dumm, das alles . . . Ach, ist das dumm . . .«

Er fand keine anderen Worte. Es gab keine anderen. War das dumm, dumm . . . Gestern saß ihm Marcus noch gegenüber und schrie und lebte, und jetzt . . . Er wurde nicht einmal mehr mit seinem Namen genannt. Der Leichnam . . . Mit Entsetzen sog er einen faden, schweren Geruch ein, der das Zimmer erfüllte, und dachte: »Ist er das schon oder sind es diese widerlichen Blumen . . .? Warum hat er das getan? Sich umzubringen, in seinem Alter, wie eine Modistin«, murmelte er beinahe angeekelt, »wegen Geld . . . Wie oft schon hatte er alles verloren, und er machte es wie die andern, er fing wieder von vorn an . . . das ist das Leben. Und in dieser Sache mit Teisk hatte er hundert zu eins die Chance, es zu schaffen«, sagte er plötzlich ganz laut, voller Leidenschaft, als versetzte er sich im Geist an Marcus' Stelle, »mit der Amrum im Rücken, der Idiot!«

Fieberhaft malte er sich verschiedene Verkettungen von Umständen aus. »Im Geschäftsleben weiß man nie, man muß sich drehen, wenden, den Knochen immer weiter benagen, aber sterben . . .

Wird er mich jetzt wohl noch lange warten lassen?« dachte er voller Haß.

Madame Marcus kam herein. Ihr mageres Gesicht mit der großen, harten Schnabelnase war gelb und stumpf wie Horn; unter den dünnen, hellen Augenbrauen, die sich merkwürdig hoch und unregelmäßig auf der Stirn wölbten, traten ihre glänzenden runden Augen stark hervor.

Sie ging geräuschlos mit kleinen hastigen Schritten auf Golder zu, ergriff seine Hand und schien etwas zu erwarten. Aber Golder, dem es die Kehle zuschnürte, sagte nichts. Sie murmelte mit einem seltsamen kleinen Quieken, das wie ein verärgertes Lachen oder ein trockenes Schluchzen klang: »Ja. Das hätten Sie nicht gedacht ...! Diese verrückte, lächerliche Tat, dieser Skandal ... Ich danke Gott, daß er uns keine Kinder geschenkt hat. Wissen Sie, wie er gestorben ist? In einem Freudenhaus in der Rue Chabanais, in Gesellschaft von Dirnen. Als ob der Ruin nicht schon genug wäre!« schloß sie und führte ihr Taschentuch an die Augen.

Durch die jähe Bewegung verschob sich unter dem Trauerflor ein Collier aus riesigen Perlen, das in drei Reihen den langen faltigen Hals umschloß, den sie ruckartig bewegte wie ein alter Raubvogel.

»Sie muß steinreich sein, die alte Krähe«, dachte Golder. »So ist das immer bei uns. Sich zu Tode arbeiten, damit ›sie‹ sich bereichern ...!« In Gedanken sah er seine eigene Frau vor sich, wie sie hastig ihr Scheckheft verbarg, sobald er ins Zimmer kam, als wäre es ein Bündel Liebesbriefe.

»Möchten Sie ihn sehen?« fragte Madame Marcus.

Eine eisige Woge schlug über Golder zusammen; er schloß die Augen und antwortete mit seltsamer, zitternder, tonloser Stimme: »Gewiß, wenn ich ...«

Madame Marcus durchquerte schweigend den großen Salon, öffnete eine Tür, aber dahinter war nur ein weiteres kleines Zimmer, wo zwei Frauen schwarzen Stoff nähten. Schließlich murmelte sie: »Hier ist es.« Golder sah Kerzen, die einen schwachen Schein verbreiteten. Er blieb einen Augenblick stehen, wie betäubt, dann fragte er stockend: »Wo ist er?«

Sie wies mit der Hand auf das halb unter einem großen Samtbaldachin verborgene Bett.

»Hier. Aber ich mußte ihm das Gesicht bedekken lassen, um die Fliegen fernzuhalten ... Die Beerdigung ist morgen.«

Jetzt erst glaubte Golder die Züge des Toten unter dem Leintuch zu erkennen. Er betrachtete ihn lange unter merkwürdigen Empfindungen.

»Mein Gott, wie sie sich beeilen ... armer alter Marcus ... Wie schwach ist man doch, wenn man einmal soweit ist«, dachte er verwirrt, erfüllt von Zorn und etwas wie Schmerz, »Schweinerei ...«

In einer Ecke stand ein großer amerikanischer Schreibtisch mit aufgeklapptem Deckel; Papiere, lose Briefe lagen auf dem Boden herum. Er dachte: »Es müssen Briefe von mir dabei sein ...« Er sah ein Messer auf dem Teppich, seine silberne Klinge war verbogen. Die Schubladen waren aufgebrochen worden; es steckten keine Schlüssel in den Schlössern.

»Sicher war er kaum tot, als sie auch schon hierhergestürzt ist, um zu sehen, was geblieben ist; sie hat nicht einmal so viel Geduld gehabt, erst die Schlüssel zu suchen.«

Madame Marcus fing seinen Blick auf, wandte aber nicht einmal die Augen ab; sie begnügte sich damit, schroff zu sagen: »Er hat nichts hinterlassen. Ich bin allein«, setzte sie leiser, mit verändertem Ausdruck hinzu.

»Wenn ich nützlich sein kann«, bot Golder mechanisch an.

Sie zögerte einen Augenblick, dann sagte sie: »Zum Beispiel, diese Anteile an der Compagnie Houillère, was, raten Sie mir, soll ich damit anfangen?«

»Ich nehme sie Ihnen wieder zum Kaufpreis ab«, sagte Golder, »aber Sie wissen, daß sie nie mehr etwas wert sein werden? Die Compagnie ist bankrott gegangen. Doch ich muß noch ein paar Briefe an mich nehmen. Sie hatten wohl selbst schon daran gedacht, glaube ich«, setzte er in feindseligem, ironischem Ton hinzu, den sie nicht zu bemerken schien. Sie neigte einfach den Kopf und trat einige Schritte zurück. Golder fing an, die Papiere in der halbleeren Schublade zu durchwühlen. Doch es gelang ihm dabei nicht, ein plötzliches Gefühl bitterer, trauriger Gleichgültigkeit zu überwinden.

»Was für eine Rolle spielt das alles im Grunde schon, mein Gott?«

Unvermittelt fragte er: »Warum hat er das getan?«

»Ich weiß nicht«, sagte Madame Marcus.

Er dachte laut: »Das Geld? Bloß wegen des Geldes? Nur deswegen? Das ist nicht möglich. Hat er nichts mehr gesagt, bevor er gestorben ist?«

»Nein. Als er hierhergebracht wurde, war er schon bewußtlos. Die Kugel ist in die Lunge eingedrungen.«

»Ich weiß, ich weiß«, unterbrach Golder sie mit einem Schaudern.

»Später hat er sprechen wollen, aber er hatte soviel Schaum und Blut im Mund, als hätte er ihn voller Brei. Erst ganz kurz vor dem Ende ... da war er fast ruhig, und ich habe ihn gefragt: ›Warum hast du mir so etwas antun können?‹ Da hat er ein paar Worte gesagt. Ich habe schlecht verstanden ... Nur zwei, drei Worte, die er wiederholt hat: ›Müde ... ich war ... müde.‹ Und dann ist er gestorben.«

»Müde«, dachte Golder, der plötzlich sein Alter wie eine schwere Erschöpfung spürte. »Ja.«

Da am Tag vor Marcus' Beerdigung ein heftiges Gewitter über Paris niederging, hatte man es eilig, den Toten in die aufgeweichte Erde zu senken und ihn zu verlassen.

Golder hielt seinen offenen Regenschirm vor den Augen, aber als der Sarg auf den Schultern der Träger an ihm vorüberschwankte, blickte er starr hin; der schwarze, mit Silbertränen bestickte

Stoff war verrutscht, und darunter waren das grobe Holz und die Griffe aus glanzlosem Metall zu sehen. Brüsk wandte sich Golder ab.

Neben ihm unterhielten sich laut ein paar Männer. Einer zeigte auf das Loch, das jetzt zugeschaufelt wurde.

Golder hörte: »Er ist gekommen und hat mir als Bezahlung einen auf die Franco-Amerikanische Bank in New York ausgestellten Scheck angeboten, und ich bin so dumm gewesen, zu akzeptieren. Das war genau einen Tag vor seinem Tod, Samstag. Sobald ich erfahren habe, daß er sich umgebracht hat, habe ich telegraphiert und erst heute morgen Antwort bekommen. Er hat mich natürlich übers Ohr gehauen. Der Scheck ist ungedeckt. Aber dabei lasse ich es nicht bewenden, ich werde mich an die Witwe halten . . .«

»War es eine große Summe?« fragte jemand.

»Nicht für Sie, Monsieur Weille, für Sie vielleicht nicht«, antwortete die andere Stimme bitter, »aber für einen armen Mann wie mich war es eine sehr große Summe.«

Golder sah ihn an. Es war ein kleiner, ziemlich ärmlich gekleideter Alter, der im Wind fröstelnd und gebückt mit dem Husten kämpfte. Da ihm niemand antwortete, klagte er leise weiter. Ein anderer fing an zu lachen.

»Halte dich lieber an die Puffmutter in der Rue Chabanais, dort ist sein Zaster hingewandert.«

Zwei junge Leute flüsterten hinter Golder im Schutz ihres aufgespannten Regenschirms: »Es ist wirklich zu komisch . . . Wissen Sie, daß man ihn in Gesellschaft von ganz kleinen Mädchen aufgefunden hat ...? Dreizehn, vierzehn Jahre alt?«

»Aber ja, und sogar ...« Er senkte die Stimme: »Man wußte gar nicht, daß er diese Neigung hatte ... Er wollte wohl vor dem Tod noch eine geheime Leidenschaft befriedigen, was?«

»Er hat wohl eher seine Spielchen zu verbergen gewußt ...«

»Wissen Sie, warum er sich umgebracht hat?«

Golder machte mechanisch ein paar Schritte nach vorn und blieb wieder stehen. Er betrachtete die vor Nässe glänzenden Gräber, die vom Platzregen geschüttelten und gepeitschten Kränze. Undeutlich brummte er etwas. Sein Nachbar wandte sich um.

»Was sagen Sie, Golder?«

»Was für eine Schweinerei, was?« stieß Golder plötzlich mit seltsam leidender und wütender Miene hervor.

»Ja, eine Beerdigung in Paris bei Regen ist nicht lustig. Aber da kommen wir alle mal hin. Dieser gute Marcus, Sie werden sehen, der schafft das doch tatsächlich, daß wir uns beim letzten Mal, wo wir hienieden mit ihm zu tun haben, eine Lungenentzündung holen und daran krepieren. Wenn der uns jetzt im Schlamm herumwaten sieht, das wird ihm Spaß machen ... Zartbesaitet war der nicht, was? Sagen Sie, wissen Sie, was es gestern geheißen hat?«

»Nein.«

»Nun, es heißt, daß die Société Alleman die mesopotamische Erdölgesellschaft wieder flottmachen wird. Haben Sie davon gehört? Das muß Sie doch interessieren?«

Er unterbrach sich, zeigte mit Befriedigung auf die Schirme, die vor ihnen zu wogen anfingen. »Ah! Jetzt ist's vorbei, endlich, das hat lange genug gedauert, die Leute gehen . . .« Mit aufgeklappten Kragen stießen sich die Menschen unter dem Regen gegenseitig in die Rippen, um schneller wegzukommen. Einige rannten über die Gräber. Golder hielt wie die anderen mit beiden Händen seinen offenen Schirm hoch und hastete vorwärts. Der Gewittersturm ging über die Bäume und die Gräber nieder, als wollte er sie mit sinnloser, wilder Gewalt zerstören.

»Wie zufrieden sie alle aussehen«, dachte Golder auf einmal, »einer weniger, ein Feind weniger . . . Und wie froh sie sein werden, wenn es einmal an mich kommt.«

Sie mußten einen Augenblick auf der Allee stehenbleiben, um einen Beerdigungszug, der aus der entgegengesetzten Richtung kam, durchzulassen. Braun, Marcus' Sekretär, trat zu Golder heran.

»Ich habe noch Schriftstücke bezüglich der Russen und der Amrum, die Sie interessieren könnten«, flüsterte er. »Alle scheinen sich in dieser Sache gegenseitig bestohlen zu haben . . . Das ist alles gar nicht schön, Monsieur Golder.«

»Ach was?« fragte Golder mit einer ironischen Grimasse. »Finden Sie, junger Mann? Nun gut, bringen Sie mir das alles um sechs Uhr zum Bahnhof, an den Zug nach Biarritz.«

»Sie reisen ab, Monsieur Golder?«

Golder nahm sich eine Zigarette, zerquetschte sie zwischen den Fingern.

»Sollen wir denn die ganze Nacht hier stehenbleiben, meine Güte?«

Die schwarzen Wagen rollten immer noch unerbittlich und langsam vorüber und versperrten den Weg.

»Ja, ich reise ab.«

»Sie werden wunderbares Wetter haben. Geht es Mademoiselle Joyce gut? Sie ist doch sicher noch schöner geworden ...? Sie werden sich erholen können. Sie sehen müde und nervös aus.«

»Nervös«, brummte Golder plötzlich wütend, »Gott sei Dank, nein! Woher nehmen Sie diesen Blödsinn? Das hat für Marcus gegolten, das ... Er war nervös wie eine Frau ... Haben Sie gesehen, wohin das geführt hat?«

Brüsk drängte er mit der Schulter zwei Totengräber mit vor Regen glänzenden und triefenden Hüten, die in der Mitte des Weges gingen, auf die Seite und floh mitten durch den Leichenzug hindurch zum Portal des Friedhofs.

Erst im Auto fiel ihm ein, daß er sich nicht von der Witwe verabschiedet hatte. »Ach, der Teufel soll sie holen!« Vergeblich versuchte er, sich seine im Regen naß gewordene Zigarette anzuzünden, zermalmte sie zwischen den Zähnen, spuckte sie durch das heruntergelassene Fenster hinaus. Dann, als der Wagen anfuhr, drückte er sich in seine Ecke und schloß die Augen.

Golder aß schnell zu Abend, trank schweren Burgunder, den er liebte, blieb eine Weile im Gang stehen, um zu rauchen. Eine Frau stieß ihn beim Vorbeigehen an und lächelte ihm zu, doch er wandte sich gleichgültig ab. Es war eine kleine Nutte aus Biarritz ... Sie verschwand. Er ging wieder in sein Abteil zurück.

»Heute nacht werde ich gut schlafen«, dachte er. Er fühlte sich plötzlich todmüde. Seine Beine waren schwer und schmerzten. Er schob das Rouleau hoch und betrachtete gedankenlos den Regen, der an den schwarzen Scheiben hinunterströmte. Die Tropfen liefen hastig darüber hin, vermischten sich wie Tränen ... Er zog sich aus, legte sich ins Bett, vergrub sein Gesicht tief im Kopfkissen. Nie hatte er eine solche Erschöpfung verspürt. Es fiel ihm schwer, die Arme auszustrecken; sie waren steif, schwer ... Das Schlafwagenbett war schmal ... schmaler als gewöhnlich, kam es ihm vor. Unbestimmt dachte er: »Ein schlechtes Abteil, natürlich ... diese Idioten.« Er spürte die Räder unter seinem Körper, sie rüttelten und quietschten ohrenzerreißend bei jedem Stoß. Es war erstickend heiß. Er drehte sein Kissen um, einmal, zweimal; es glühte. Er stopfte es sich voller Wut mit einem Faustschlag unter den Kopf. Was für eine Hitze ... Lieber das Fenster öffnen. Aber der Wind blies stürmisch. In einer Sekunde flogen die Papiere und die Zeitungen auf dem Tischchen durch die Luft. Er fluchte, schloß das Fenster wieder, zog den Vorhang vor, machte das Licht aus.

Die Luft war stickig und roch fade und eklig nach Kohle mit einem Beigeschmack von Toilettenwasser. Instinktiv bemühte er sich, tiefer zu atmen, als könnte er so diese schwere Luft, gegen die seine Lungen sich sträubten, die ihm den Hals zuschnürte und ihm in der Kehle steckenblieb, hinunterkriegen, wie man gewaltsam ein Nahrungsmittel hinunterwürgt, das der kranke Magen nicht mehr annimmt ... Er hüstelte. Das war entnervend ... Vor allem hinderte ihn das am Einschlafen ... »Und ich bin so müde«, murmelte er, als beklagte er sich bei einem unsichtbaren Anwesenden.

Er drehte sich langsam um, legte sich auf den Rücken, dann wieder auf die Seite, stützte sich auf den Ellenbogen. Er hustete noch einmal, absichtlich stärker, um sich dieses unerträglichen Drucks in der Brust und in der Kehle zu entledigen. Nein, er ging nicht weg, im Gegenteil. Er gähnte heftig, aber der Krampf blockierte das Gähnen, verwandelte es in ein kurzes, schmerzhaftes Ersticken. Er reckte den Hals, bewegte die Lippen. Vielleicht lag er zu flach? Er tastete nach seinem Überzieher, rollte ihn zusammen, schob ihn unter das Kissen, dann richtete er sich wieder auf, setzte sich hoch. So war es noch schlimmer. Seine Lungen schienen sich unter der Stauung zu blähen. Und ... das war merkwürdig ... Er hatte Schmerzen ... Ja ... Schmerzen in der Brust ... in der Schulter ... in der Herzgegend ... Ein jäher Schauder lief ihm den Nacken und Rücken hinunter. »Was ist das?« flüsterte er plötzlich. Halblaut, mutig, sagte er: »Nein, das ist nichts, das hört gleich wieder auf . . . das ist nichts . . .« und wurde sich inne, daß er laut mit sich selbst redete. In dem vergeblichen, rasenden Versuch, tief einzuatmen, krümmte er den ganzen Rumpf nach hinten. Nein, die Luft ging nicht durch. Es war ihm, als zerdrücke ein unsichtbares Gewicht ihm die Brust. Er warf die Decke von sich, das Leintuch, riß sich das Hemd auf, keuchte. »Aber was ist das nur, was habe ich?« Die dichte, schwarze Dunkelheit lastete auf ihm wie ein Deckel. Ja, das war es, was ihn erstickte . . . er streckte sich, um Licht zu machen, aber seine Hände zitterten, tasteten mühsam die Wand entlang, suchten vergeblich das in die Vertiefung am Kopfende seines Betts eingelassene Lämpchen. Er stieß einen gereizten Seufzer aus, stöhnte. Der Schmerz in der Schulter wurde stechender, dann dumpf und tief . . . noch lag er, schien es, halb schlummernd irgendwo in seinem Körper im Hinterhalt, ganz tief in ihm, in den tiefsten Wurzeln seines Seins, im Herzen . . . und wartete nur auf eine Anstrengung, eine Bewegung, um loszubrechen. Langsam, fast unwillkürlich, senkte er den Arm. Warten . . . sich nicht rühren, vor allem nicht denken . . . Er atmete immer heftiger und schneller. Die Luft trat mit einem seltsamen, grotesken Geräusch in seine Lungen ein, wie das Zischen des Dampfes, der dem Deckel eines Dampfkessels entweicht, und beim Ausatmen ächzte seine ganze Brust, ein heiseres, unartikuliertes Pfeifen entrang sich ihr, das wie ein Röcheln klang, wie eine Klage.

Dieses dichte Dunkel drang ihm mit weichem, unausweichlichem Druck in die Kehle, als stopfte man ihm Erde in den Mund, wie jenem anderen ... dem Toten ... Marcus. Und als er schließlich an Marcus dachte, als ihn die Erinnerung überwältigte, diese Bilder des Todes, des Friedhofs, des gelben, regendurchweichten Lehms mit den langen Wurzeln, die sich wie angewachsene Schlangen am Boden der Grube ringelten, hatte er plötzlich ein solches Bedürfnis, ein so leidenschaftliches Verlangen nach Licht, einen solch dringenden Wunsch, die alltäglichen, vertrauten Dinge um sich herum zu sehen ... die aufgehängten Kleider, die an der Tür schaukelten ... die Zeitungen auf dem Tischchen ... die Flasche Mineralwasser ... daß er alles vergaß. Er streckte heftig den Arm aus, und wie ein Messerstich, wie eine Gewehrkugel schoß ihm ein ungeheurer, schneidender und gleichzeitig dumpfer Schmerz durch die Brust, der ihm mitten durch das Herz ging.

Er hatte noch Zeit, zu denken: »Ich sterbe«, zu spüren, daß er gestoßen wurde, daß er in eine Art Loch stürzte, einen Trichter, erstickend und eng wie ein Grab. Er hörte Schreien, seine eigene Stimme, als schrie ein anderer aus weiter Ferne, von dem er durch ein tiefes Wasser getrennt war, ein schwarzes, schlammiges Wasser, das über seinem Kopf zusammenschlug und ihn mit sich riß, immer tiefer hinunter in dieses gähnende, offene Loch. Der Schmerz war entsetzlich. Dann wurde er zum Teil durch eine Ohnmacht aufgehoben, in eine Empfindung der Schwere, des Erstickens, des vergeblichen, erschöpfenden Kampfes verwandelt. Von neuem hörte er jemanden aus weiter Ferne keuchen, schreien, sich wehren. Es war, als drückte man ihm den Kopf unter Wasser, und das dauerte Jahrhunderte.

Endlich kam er wieder zu sich.

Der stechende Schmerz hatte aufgehört. Aber er war am ganzen Leib so zerschlagen, als wären schwere Räder über ihn hinweggegangen und hätten ihm sämtliche Knochen zermalmt. Und er hatte Angst, sich zu bewegen, auch nur einen Finger zu heben, zu rufen. Beim geringsten Schrei, bei der geringsten Bewegung würde es wieder losgehen, das spürte er ... und dieses Mal würde es der Tod sein. Der Tod.

In der Stille hörte er sein Herz mit dumpfen, harten Schlägen hämmern, als wollte es ihm die Brust zersprengen.

»Ich habe Angst«, dachte er verzweifelt, »ich habe Angst ...«

Der Tod. Nein, nein, das war doch nicht möglich ... Hörte denn niemand, ahnte denn niemand, daß er hier war, allein wie ein Hund, verlassen, sterbend ...? »Wenn ich doch wenigstens klingeln könnte, rufen? Aber nein, ich muß warten, warten ... Die Nacht wird vorübergehen.« Es mußte schon spät sein, sehr spät ... Er spähte begierig in die Finsternis, die ihn immer noch genauso dicht und tief einschloß, ohne daß sich auch nur eine Andeutung von Licht zeigte, ein unbestimmtes Flimmern, ein hellerer Schein um die Gegenstände herum, wie es dem Tagesanbruch vorausgeht. Nichts. Es konnte zehn Uhr sein, oder elf? Und zu wissen, daß die Uhr, der Lichtschalter in Reichweite waren, daß er nur eine kleine Bewegung machen mußte, einfach den Arm heben ... er brauchte nur die Alarmglocke zu betätigen! Er würde ja bezahlen, was das kostete ...! Aber nein, nein ... Er hatte Angst, auch nur zu flüstern, Angst, zu atmen. Wenn das noch einmal kam, wenn er sein Herz versagen fühlte ... und diesen entsetzlichen Schreck ... dieses ... O nein! Dieses Mal wäre es sein Tod. »Aber was ist das nur, mein Gott? Was ist es? Das Herz. Ja.« Aber er hatte doch nie ein krankes Herz gehabt? Er war doch nie krank gewesen ... Asthma, ja, ein wenig ... Vor allem in letzter Zeit. Aber in seinem Alter hatte ja jeder etwas. Ein paar Zipperlein. Das war nichts. Diät, Ruhe. Doch das hier ...! Ach! Was machte es schon aus, ob es das Herz war oder etwas anderes? Das waren Namen, und sie bedeuteten nichts anderes als Tod, Tod, Tod. Wer hatte gesagt: »Da kommen wir alle mal hin ...« Ach ja! Heute ... Die Beerdigung ... Alle. Und er. Diese brutalen Visagen, diese alten Juden, die sich die Hände rieben und grinsten ... Bei ihm würde es noch schlimmer sein! Diese Hunde, diese Hunde ... diese Dreckskerle! Und die anderen ... Seine Frau ... seine Tochter ... Ja, sie auch, das wußte er. Eine Maschine zum Geldmachen ... Nur dafür war er gut ... Zahle, zahle, und dann geh und krepier ...

Mein Gott, würde dieser verfluchte Zug denn niemals anhalten? Stunden um Stunden fuhr er jetzt schon dahin . . .! »An den Bahnhöfen irren sich die Leute manchmal, öffnen die Tür eines besetzten Abteils . . . Mein Gott, wenn das diesmal passierte!« Er stellte sich begierig das Geräusch auf dem Gang vor, den Stoß an die Tür, wie sie aufgerissen wurde, menschliche Gesichter . . . Man würde ihn wegbringen . . . Gleich, wohin . . . in ein Krankenhaus, ein Hotel . . . Wenn es da nur ein Bett gab, das nicht rollte . . . Schritte, menschliche Stimmen, Licht, ein offenes Fenster . . .

Aber nein, nichts. Der Zug fuhr noch schneller. Langes, ohrenzerreißendes Pfeifen schnitt durch die Luft, verlor sich . . . Dann ein Geräusch rumpelnder Eisenschwellen . . . eine Brücke . . . Einen Augenblick glaubte er, die Fahrt verlangsame sich . . . Keuchend lauschte er. Ja, sie fuhren langsamer . . . ganz langsam . . . sie hielten . . . Ein jähes Pfeifen, und der Zug, der eine Sekunde lang auf offener Strecke zum Stehen gekommen war, fuhr wieder weiter.

Er stöhnte. Er hoffte nichts mehr. Er dachte nichts mehr. Er litt nicht einmal mehr. Nur: »Ich habe Angst. Ich habe Angst. Ich habe Angst«, und das Herz hämmerte und raste.

Plötzlich schien es ihm, als glänzte in der dichten Finsternis ganz schwach etwas auf. Es war direkt vor ihm. Er starrte hin. Ein wenig Grau, etwas Blasses . . . Aber etwas Sichtbares, das sich vom Dunkel abhob . . . Er wartete. Es wurde größer, weißer, breiter, wie eine Wasserlache. Der

Spiegel, es war der Spiegel. Es wurde Tag. Die Finsternis nahm ab. Sie wurde weniger dicht, erschien flüssiger, bewegt. Ihm war, als hebe sich ein enormes Gewicht von seiner Brust. Er atmete ein. Diese leichtere Luft floß widerstandslos durch seine Lungen. Mit unendlicher Vorsicht bewegte er den Kopf. Ein kühlerer Hauch wehte über seine schweißnasse Stirn. Jetzt sah er um sich herum Formen, Umrisse. Den Hut, zum Beispiel, der auf den Boden gerollt war . . . Die Flasche . . . Vielleicht könnte er das Glas erreichen, ein wenig Wasser trinken . . .? Er streckte die Hand aus. Nein, nichts, er spürte nichts. Klopfenden Herzens hob er das Handgelenk. Nichts. Die Hand kroch bis zum Tischchen vor, ergriff das Glas. Gott sei Dank, es war voll Wasser, er hätte nie die Flasche anheben können. Er beugte leicht den Nacken vor, spitzte die Lippen und trank. Welche Wonne . . . Das kühle Wasser floß und netzte ihm die Lippen, die trockene, geschwollene Zunge, die Kehle. Mit derselben Vorsicht stellte er das Glas wieder hin, streckte seinen Körper etwas nach hinten aus, wartete. Die Brust tat noch weh. Aber weniger, jede Sekunde weniger. Es war jetzt eher wie eine unbestimmte Neuralgie überall in den Knochen. Am Ende war es vielleicht gar nicht so schlimm?

Vielleicht könnte er das Rouleau ganz hochmachen? Er brauchte nur einen Knopf zu drükken . . . Wieder streckte er zitternd den Arm aus. Mit einem Ruck hob sich das Rouleau. Es war Tag. Die Luft war trüb, weiß und dick wie Milch.

Langsam, mit genau berechneten, methodischen Bewegungen, nahm er sein Taschentuch, trocknete sich Wangen und Lippen. Dann legte er sein Gesicht an die Scheibe. Die Kälte des Glases durchdrang köstlich seinen ganzen Körper. Er betrachtete das Gras an der Böschung, das allmählich wieder seine Farbe annahm . . . die Bäume . . . In weiter Ferne sah er Lichter schwach durch den Nebel der Morgendämmerung scheinen. Ein Bahnhof. Sollte er rufen? Es wäre leicht. Aber wie seltsam, daß das einfach so vorbeigegangen war . . . Das bewies übrigens, daß es sich um nichts Ernstes handelte, wenigstens nichts so Ernstes, wie er gefürchtet hatte. Nervöse Stiche vermutlich . . .? Er durfte es trotzdem nicht versäumen, sich an einen Arzt zu wenden. Aber das konnte nicht das Herz sein. Das Asthma vielleicht . . .? Nein, er würde nicht rufen. Er sah auf die Uhr. Fünf Uhr. Nun, ein wenig Geduld. Man durfte sich nicht so gehenlassen. Das waren die Nerven. Er hatte recht gehabt, der kleine Braun, der kleine Schurke . . . Er berührte die Stelle unter der Brust, zart, unendlich behutsam, wie eine frische Wunde. Nichts. Nur die Herzschläge waren seltsam, unregelmäßig. Ach, das würde vorübergehen. Er war müde. Wenn er jetzt ein wenig schlafen konnte, war er sicher wiederhergestellt. Das Bewußtsein verlieren. Nicht mehr denken. Sich nicht mehr erinnern. Er war todmüde. Er schloß die Augen.

Er war schon halb in den Schlaf geglitten, als er sich plötzlich aufsetzte und laut sagte: »Das ist es.

Jetzt verstehe ich ... Es ist Marcus. Aber warum?« Er wiederholte: »Warum?« Es war ihm, als könnte er in diesem Augenblick mit außergewöhnlicher Klarheit in sein Inneres blikken. War das ... etwas wie Gewissensbisse? »Nein, ich bin nicht schuld.« Leiser, verbissener sagte er: »Ich bereue nichts.«

Er schlief ein.

Golder sah den Chauffeur vor dem Schlag eines neuen Wagens stehen; plötzlich fiel ihm wieder ein, daß seine Frau den Hispano verkauft hatte.

»Jetzt ist es also ein Rolls, natürlich«, brummte er, während er feindselig den weißen, funkelnden Lack der Karosserie betrachtete. »Ich frage mich, was sie als nächstes wird haben müssen ...«

Der Chauffeur war herangetreten, um ihm den Mantel abzunehmen, aber Golder rührte sich nicht vom Fleck, er spähte durch die herabgelassene Scheibe in das schattige Innere des Wagens. War Joyce nicht gekommen? Wie gegen seinen Willen machte er ein paar Schritte nach vorn, warf einen letzten begierigen, demütigen Blick in die dunkle Ecke, in der er sich seine Tochter mit ihrem hellen Kleid und ihren goldenen Haaren vorstellte. Aber nein, das Auto war leer. Er stieg langsam ein, rief: »Fahren Sie los, meine Güte, worauf warten Sie noch?« Der Wagen fuhr an. Der alte Golder seufzte.

Diese Kleine ... Jedesmal, wenn er von einer Reise zurückkam, suchte er sie unwillkürlich unter der Menge. Aber sie war nie gekommen ...

Trotzdem hörte er nicht auf, sie immer noch mit der gleichen gedemütigten, zähen und vergeblichen Hoffnung zu erwarten.

»Sie hat mich seit vier Monaten nicht gesehen«, dachte er. Das tiefe Gefühl unverdienter Kränkung, das seine Tochter so oft bei ihm auslöste, drückte ihm plötzlich stark und brennend auf das Herz wie ein körperlicher Schmerz. »Die Kinder ... sie sind doch alle gleich ... und dafür lebt man, dafür arbeitet man. Wie mein Vater müßte man es machen ... ja, mit dreizehn Jahren, fort mit dir, schlag dich allein durch ... das ist alles, was die verdienen ...«

Er nahm seinen Hut ab, strich sich über die Stirn, wischte sich lange den Staub und den Schweiß ab, dann sah er mechanisch nach draußen. Aber da waren zu viele Leute, zuviel Lärm, Sonne, Wind; die kurze Rue Mazagran war von einer solchen Menschenmenge verstopft, daß der Wagen nicht vorankam; ein vorüberfahrender Gassenjunge drückte sein Gesicht ans Fenster. Golder zog sich in eine Ecke zurück, stellte den Kragen seines Überziehers hoch. Joyce ... Wo war sie nur, mit wem war sie zusammen?

»Ich werde ihr sagen ...« dachte er bitter, »dieses Mal werde ich ihr sagen ... wenn du Geld brauchst, ja dann heißt es: liebster Dad, Daddy darling, aber nicht das allerkleinste Zeichen von Zuneigung, wenn ...« Er unterbrach sich selbst, machte eine müde Handbewegung. Er würde nichts sagen, das wußte er ja ... Wozu auch? Und außerdem war sie in dem Alter, wo man eben noch dumm und leichtsinnig ist. Ein kleines, schnell wieder verschwindendes Lächeln entspannte seine Mundwinkel. Sie war erst achtzehn.

Sie waren durch Biarritz durch, am Hotel du Palais vorbei. Er betrachtete gleichgültig das Meer; trotz des schönen Wetters war es stürmisch, mit hohen grünweißen Wellen. Die grellen Farben ermüdeten seine Augen; er legte die Hand vor die Lider, wandte sich ab. Erst nach einer Viertelstunde, als sie die Bucht entlangfuhren, beugte er sich vor und sah auf sein Haus, das jetzt auftauchte. Er kam nur hie und da auf acht Tage zwischen zwei Reisen hierher wie ein Fremder, aber jedes Jahr wuchs es ihm stärker ans Herz. »Ich werde alt ... Früher ... Ach, da war mir das ganz gleich ... Hotel, Schlafwagen ... Aber das ist anstrengend ... Es ist ein schönes Haus ...«

Er hatte das Terrain 1916 für eineinhalb Millionen gekauft. Jetzt war es fünfzehn wert. Das Haus war aus behauenem Stein, weiß und schwer wie Marmor, gebaut. Ein schönes, ein großes Haus ... Als es sich vor dem Himmel mit seinen Terrassen und Gärten abzeichnete, noch ein wenig kahl, da der Seewind die jungen Bäume am schnellen Wachsen hinderte, aber imposant und prächtig, glitt ein Ausdruck von Zärtlichkeit und Stolz über Golders Züge. Er murmelte innig: »Gut angelegtes Geld.«

Ungeduldig rief er: »Schneller, Alfred, schneller ...«

Von unten erkannte man deutlich die Rosenpergolen, die Tamarisken, die Zedernallee, die zum Meer hinabführte.

»Die Palmen sind höher geworden . . .«

Der Wagen hielt vor der Freitreppe, aber nur die Hausangestellten kamen heraus, um Golder zu begrüßen. Er erkannte Joyce' kleines Kammermädchen, das ihm zulächelte.

»Ist niemand zu Hause?« fragte er.

»Nein, Monsieur, Mademoiselle wird zum Mittagessen wieder da sein.«

Er erkundigte sich nicht, wo sie war. Wozu auch? Schnell befahl er: »Die Post!«

Er nahm den Packen Briefe und Depeschen entgegen und fing beim Treppensteigen an, darin zu lesen. Auf dem Flur zögerte er einen Augenblick zwischen zwei Türen. Der Bediente, der ihm mit seinem Koffer gefolgt war, deutete auf die eine.

»Madame hat angeordnet, Monsieur hier unterzubringen. Sein Zimmer ist belegt.«

»Gut«, murmelte er gleichgültig.

Als er in seinem Zimmer war, setzte er sich auf einen Stuhl; er hatte den matten, abwesenden Ausdruck eines Mannes, der eben in einer unbekannten Stadt in einem Hotel angekommen ist.

»Werden Monsieur sich hinlegen?«

Golder zuckte zusammen, stand schwerfällig auf.

»Nein, das lohnt sich nicht.«

Er dachte: »Wenn ich mich jetzt hinlege, stehe ich nicht mehr auf . . .«

Doch nachdem er gebadet und sich rasiert hatte, fühlte er sich besser; nur ein leichtes Zittern in den Fingerspitzen wollte nicht weggehen, er betrachtete sie, sie waren geschwollen und weiß wie totes Fleisch.

Angestrengt erkundigte er sich: »Sind viele Gäste im Haus?«

»Monsieur Fischl, Ihre Hoheit und der Herr Graf Hoyos . . .«

Golder biß sich schweigend auf die Lippen.

»Was für eine Hoheit haben sie denn da wieder erfunden? Der Teufel hole diese Frauen . . . Fischl«, dachte er gereizt, »warum Fischl, zum Henker . . . Hoyos . . .«

Aber Hoyos war unvermeidlich.

Langsam stieg er die Treppe hinunter, ging auf die Terrasse hinaus. In den heißen Mittagsstunden wurde sie mit großen Bahnen purpurroten Zelttuchs verhängt. Golder streckte sich auf einem Liegestuhl aus und schloß die Augen. Doch die Sonnenstrahlen drangen durch den Stoff und tauchten die Terrasse in ein seltsames, rotes, zitterndes Licht. Golder wurde von fiebriger Unruhe ergriffen.

»Dieses Rot . . . das war wirklich ein idiotischer Einfall von Gloria . . . woran erinnert es mich nur?« murmelte er, »an irgend etwas Furchtbares . . . Ach ja . . .! Wie hat sie gesagt, die alte Hexe? Er hatte den Mund voller Schaum und Blut.« Er schauderte, seufzte, drehte mehrere Male gequält den Kopf in den zerdrückten Kissen aus zartem Leinen und Spitzen hin und her, die von seinem Schweiß feucht waren. Dann, plötzlich, schlief er ein.

Als Golder aufwachte, war es zwei Uhr vorbei, aber das Haus schien leer zu sein.

»Nichts hat sich verändert«, dachte er.

Er stellte sich mit einer Art finsterem Humor Gloria vor, wie er sie so oft auf der Allee auf sich hatte zukommen sehen, hastig, auf zu hohen Absätzen schwankend, die Hand zum Schutz vor ihr altes Gesicht erhoben, dessen Bemalung in dem gleißenden Licht schmolz ... Sie würde sagen: »Hello! David, wie gehen die Geschäfte?« und »Wie geht es dir?«, aber nur auf die erste Frage würde sie eine Antwort abwarten. Später dann würde die glanzvolle Welt von Biarritz das Haus einrennen. Diese Visagen ... Es wurde ihm schlecht, wenn er an sie dachte ... Alle Schnorrer, Zuhälter, alten Kokotten dieser Erde ... Und dieses Pack würde trinken, essen, sich die ganze Nacht besaufen ... Eine Meute gieriger Hunde ... Er zuckte die Achseln. Was konnte er dagegen tun? Früher hatte ihn das amüsiert, war er geschmeichelt gewesen ... »Der Herzog von ... Der Graf ... Gestern war der Maharadscha bei uns ...« Geschmeiß. Aber je älter und kränker er wurde, desto überdrüssiger wurde er dieser Leute, ihres Tumults, seiner Familie und des Lebens.

Er seufzte, klopfte an die Scheibe hinter sich, rief den Butler, der den Tisch deckte, gab ihm ein Zeichen, die Vorhänge aufzuziehen. Die Sonne flammte im Garten und auf dem Meer. Jemand rief: »Guten Tag, Golder!«

Er erkannte Fischls Stimme und wandte sich langsam um, ohne ihm zu antworten. Was hatte Gloria auch den da einladen müssen? In seinen haßerfüllten Augen war Fischl eine grausame Karikatur. Da stand er auf der Türschwelle, ein kleiner, fetter Jude, rothaarig und rosig, von komischem, gemeinem, ein wenig finsterem Aussehen mit seinen vor Intelligenz funkelnden Augen hinter den goldumrandeten Brillengläsern, mit seinem Bauch, seinen kurzen, schwachen, krummen Beinchen und seinen Mörderhänden, die gelassen eine Porzellandose voll frischem Kaviar an sein Herz drückten.

»Golder, mein Alter, bist du schon lange da?«

Er trat näher, nahm sich einen Stuhl, stellte die halbgeleerte Dose auf den Boden.

»Schläfst du, Golder?«

»Nein«, brummte Golder.

»Wie gehen die Geschäfte?«

»Schlecht.«

»Meine gehen ausgezeichnet«, sagte Fischl und kreuzte mühsam die Arme über seinem Bauch. »Ich bin sehr zufrieden.«

»Ach ja! Die Perlenfischerei an der Reede von Monaco«, grinste Golder. »Ich dachte, sie hätten dich ins Gefängnis gesperrt . . .«

Fischl lachte laut und gutgelaunt.

»Aber sicher, ich war vor dem Schwurgericht . . . doch wie du siehst, ist das nicht schlechter ausgegangen als sonst auch . . .«

Er zählte an seinen Fingern ab: »Österreich, Rußland, Frankreich. Ich bin in drei Ländern im Gefängnis gewesen, ich hoffe, das reicht jetzt, sie werden mich in Frieden lassen ... Der Teufel hole sie ... Ich will nichts mehr verdienen. Ich bin alt ...«

Er zündete sich eine Zigarette an, erkundigte sich: »Wie war die Börse gestern?«

»Schlecht.«

»Weißt du vielleicht, wie die Huanchaca standen?«

»Eintausenddreihundertfünfundsechzig«, sagte Golder lebhaft, sich die Hände reibend. »Da hängst du gründlich drin, was?«

Plötzlich fragte er sich, warum er sich so freute, Fischl sein Geld verlieren zu sehen. Er hatte ihm doch nie etwas getan. »Ich kann ihn nicht riechen, wie eigenartig«, dachte er.

Aber Fischl hob nur die Schultern.

»Jiddisches Glick«, meinte er.

»Der muß wieder millionenschwer sein, das Schwein«, dachte Golder, der es zu erkennen gewußt hätte, das kleine unnachahmliche und untrügliche Beben, den dumpfen, gebrochenen Beiklang, der die gleichgültigen Worte unterläuft und so sicher wie ein Stöhnen oder ein Aufschrei den getroffenen Mann verrät. »Es schert ihn nicht die Bohne ...«

Er brummte: »Was machst du hier?«

»Deine Frau hat mich eingeladen ... Sag mal ...« Er rückte nahe an Golder heran, senkte automatisch die Stimme.

»Alter, ich habe da ein Geschäft, das dich interessieren könnte. Hast du mal von den Silberminen von El Paso gehört?«

»Gottlob, nein«, unterbrach ihn Golder.

»Da stecken Milliarden drin.«

»Es stecken überall Milliarden drin, aber man muß sie herausholen können.«

»Es ist ein Fehler, daß du keine Geschäfte mit mir machen willst. Wir könnten uns verstehen. Du bist intelligent, aber du bist nicht kühn genug, du hast keinen Spaß am Risiko, du hast Angst vor der Polizei, was?«

Er lachte mit entzückter Miene.

»Ich, ich mag die banalen Geschäfte nicht, verkaufen, kaufen ... aber etwas einfädeln, lancieren, erfinden ... Eine Mine in Peru, zum Beispiel, wo man nicht einmal weiß, wo das ist ... Siehst du, ich habe vor zwei Jahren so etwas lanciert ... Als die Aktien auf dem Markt waren, war da natürlich noch nicht einmal ein Fingerbreit auf dem Gebiet gegraben worden ... Tja, und schon macht sich die amerikanische Spekulation darüber her ... Alter, glaub mir oder glaub mir nicht, in vierzehn Tagen war das Terrain das Zehnfache wert ... Ich habe mit enormem Gewinn verkauft ... Solche Geschäfte, das ist Poesie ...«

Golder zuckte die Achseln.

»Nein.«

»Wie du willst ... Du wirst es bereuen ... Das war ein ehrliches Angebot ...«

Er rauchte eine Weile schweigend.

»Sag mal . . .«

»Was?«

Er sah Golder mit zusammengekniffenen Augen an.

»Marcus . . .«

Aber das alte Gesicht blieb unbewegt; nur im Mundwinkel zuckte ein Muskel.

»Marcus? Er ist tot.«

»Ich weiß«, sagte Fischl sanft. »Warum?«

Er senkte die Stimme.

»Was hast du ihm angetan, alter Kain?«

»Was ich ihm angetan habe?« wiederholte Golder.

Er drehte den Kopf ein wenig zur Seite.

»Er wollte den alten Golder übers Ohr hauen«, sagte er mit plötzlicher Heftigkeit, während seine schlaffen Wangen ihre aschgraue Farbe verloren und sich jäh röteten. »Das ist gefährlich . . .«

Fischl lachte. »Alter Kain«, wiederholte er selbstgefällig, »aber du hast recht. Ich, ich bin zu gutmütig.«

Er unterbrach sich, spitzte die Ohren.

»Da ist deine Tochter, Golder.«

»Ist Dad da?« rief Joyce.

Golder hörte sie lachen. Er schloß unwillkürlich die Augen, wie um sie länger hören zu können. Diese Kleine . . . Was für eine Stimme, was für ein glockenreines Lachen sie hatte . . . Er dachte mit einem unbestimmten Glücksgefühl: »Wie aus Gold . . .«

Trotzdem rührte er sich nicht, machte keine Anstalten, ihr entgegenzugehen, und als sie auf die Terrasse herausgehüpft kam, mit lebhaften, leichten Schritten, die ihre nackten Knie unter dem kurzen Kleid enthüllten, begnügte er sich damit, ironisch zu murmeln: »Bist du schon da? Ich habe dich nicht so früh erwartet, Töchterchen.«

Sie warf sich auf ihn, küßte ihn, dann ließ sie sich nach hinten auf den Liegestuhl fallen und blieb so mit unter dem Nacken verschränkten Armen liegen und sah ihn lachend unter ihren langen, gesenkten Wimpern hervor an.

Fast gegen seinen Willen streckte Golder behutsam die Hand aus, legte sie auf die goldenen Haare, die noch feucht und wirr vom Meerwasser waren. Er schien sie kaum anzublicken, aber seine scharfen Augen nahmen die kleinste Veränderung ihrer Züge, jede Linie, jede Bewegung ihres Gesichts wahr. Wie groß sie geworden war ... In vier Monaten war sie noch schöner, noch mehr zur Frau geworden ... Er sah mit Verdruß, daß sie sich stärker schminkte. Sie hatte es doch weiß Gott nicht nötig mit ihren achtzehn Jahren und ihrer wunderbaren Blondinenhaut, ihren blumenhaft feingeschnittenen Lippen, die sie mit einem dunklen Blutrot bemalt hatte. Wie schade ... Er seufzte, brummte: »Dummerchen ...«, dann murmelte er: »Du bist groß geworden ...«

»Und schön, hoffe ich?« rief sie.

Mit einem Schwung richtete sie sich auf, setzte

sich auf ihre gekreuzten Beine und umfaßte mit den Händen ihre Knie: sie starrte ihn mit ihren großen, glänzenden schwarzen Augen an, mit diesem Blick, den er verabscheute, dem siegreichen, unverschämten Blick der von Kind auf geliebten und begehrten Frau. Es war außerordentlich, daß sie trotz alledem, trotz der Schminke und Juwelen, immer noch dieses ausgelassene Kleinmädchenlachen hatte, diese eckigen, hastigen, fast brutalen Gebärden, diese schwebende, heftige, fröhliche Anmut der allerersten Jugend. »Das wird nicht von Dauer sein«, dachte er.

Er murmelte: »Runter mit dir, Joyce, du nimmst mir ja allen Platz . . .«

Sie streichelte ihm leicht die Hand.

»Ich freue mich so, dich zu sehen, Dad.«

»Brauchst du Geld?«

Sie sah, daß er lächelte, und nickte.

»Immer . . . Ich weiß nicht, wie ich's mache. Es zerrinnt mir zwischen den Fingern . . .«

Sie spreizte sie lachend: »Wie Wasser . . . Ich kann nichts dafür.«

Zwei Männer kamen vom Garten herauf. Hoyos und ein wunderschöner Knabe von zwanzig Jahren mit einem mageren, weißen Gesicht, den Golder nicht kannte.

»Das ist Prinz Alexis von . . .« flüsterte Joyce ihm schnell ins Ohr, »man muß ihn mit Kaiserliche Hoheit anreden.«

Sie sprang auf den Boden, schwang sich dann mit einem eleganten Satz rittlings auf die Balustrade und rief: »Alec, komm . . . Wo warst du?

Ich habe den ganzen Morgen auf dich gewartet, ich war wütend ... Da ist Dad, Alec ...«

Der junge Mann trat auf Golder zu, begrüßte ihn mit arroganter Schüchternheit, gesellte sich dann zu Joyce.

Als er sich entfernt hatte, fragte Golder: »Wo kommt denn dieser kleine Gigolo her?«

»Er ist niedlich, nicht wahr?« murmelte Hoyos lässig.

»Ja«, knurrte Golder. Ungeduldig wiederholte er: »Ich frage Sie, woher er kommt?«

»Aus guter Familie«, sagte Hoyos, der ihn lächelnd ansah, »es ist der Sohn des armen Pierre de Carèlu, der 1918 ermordet worden ist. Er ist der Neffe von König Alexander, der Sohn seiner Schwester.«

»Er sieht mir nach Zuhälter aus«, bemerkte Fischl.

»Das ist er vermutlich auch. Wer behauptet denn das Gegenteil?«

»Jedenfalls ist er mit der alten Lady Rovenna zusammen.«

»Bloß? Ein so reizender Knabe? Das erstaunt mich.«

Hoyos setzte sich, streckte die Beine aus, legte sorgfältig auf dem Tisch aus Korbweide seinen Kneifer, sein feines Taschentuch, seine Zeitung und seine Bücher ab. Seine langen Finger berührten die Gegenstände auf diese behutsame, liebkosende Weise, die Golder seit so vielen Jahren zur Weißglut brachte ... Langsam zündete sich Hoyos eine Zigarette an. Nun erst bemerkte Golder, daß die Haut auf den Händen, die das goldene Feuerzeug hielten, ganz zerknittert war, weich und welk wie eine verblühte Blume. Es war seltsam zu denken, daß selbst Hoyos, der schöne Abenteurer, alt geworden war. Er mußte auf die Sechzig zugehen. Aber er war immer noch schön wie früher, hager und vornehm, mit seinem kleinen, hoch erhobenen Kopf mit dem Silberhaar, dem schlanken Körper, dem klaren Gesicht und dieser großen, kühnen Adlernase, deren geblähte Nüstern vor Glut und Lebenslust bebten.

Fischl wies mit einer mürrischen Schulterbewegung in Richtung Alec.

»Es heißt, er liebt die Männer. Ist das wahr?«

»Im Moment nicht, jedenfalls«, murmelte Hoyos. Er betrachtete mit ironischem Ausdruck Joyce und Alec. »Er ist noch so jung, in diesem Alter sind die Neigungen noch nicht festgelegt ... Hören Sie, Golder, Ihre Joyce hat es sich in den Kopf gesetzt, diesen Jungen zu heiraten, wissen Sie das?«

Golder antwortete nichts. Hoyos ließ ein leichtes Kichern hören.

»Was ist?« fragte Golder plötzlich heftig.

»Nichts. Ich habe mich nur gefragt ... Würden Sie etwa Joyce diesen Jungen heiraten lassen? Er ist arm wie eine Kirchenmaus.«

Golder bewegte stumm die Lippen.

»Warum nicht?« sagte er schließlich.

Hoyos hob die Schultern und wiederholte: »Warum nicht?«

Golder sagte nachdenklich: »Sie wird reich sein ... Und außerdem bringt sie die Männer zum Spuren, schauen Sie sie an ...«

Die beiden schwiegen. Joyce, die rittlings auf der Balustrade saß, sprach schnell und leise mit Alec. Von Zeit zu Zeit fuhr sie sich mit einer hastigen Bewegung der Hände durch die Haare, strich sie sich nervös zurück. Sie wirkte schlecht gelaunt.

Hoyos stand auf, kam geräuschlos näher, zwinkerte dabei mit spöttischer Miene ein bißchen mit seinen schönen schwarzen, außerordentlich glänzenden Augen unter den dichten Brauen, die stellenweise mit dunklem Silber vermischt waren wie kostbares Pelzwerk. Joyce flüsterte: »Wenn du willst, nehmen wir den Wagen und fahren nach Spanien, ich habe Lust, dich dort unten zu lieben.«

Sie lachte Alec zu, schürzte die Lippen: »Willst du? Sag, sag doch!«

»Und Lady Rovenna?« wandte er mit einem halben Lächeln ein.

Joyce ballte die Fäuste.

»Deine Alte! Ich hasse sie ...! Nein, nein, du kommst mit mir, hörst du? Schämst du dich nicht, sieh nur ...«

Sie beugte sich vor und zeigte ihm geheimnisvoll ein kleines blaues Mal in der Lidfalte.

»Das warst du, weißt du?«

Dann bemerkte sie, daß Hoyos hinter ihr stand.

»Hör zu, *chica*«, murmelte er. Er streichelte ihr sanft über das Haar.

Mama, ich wollt', man stürbe davon,
Sagte sie in hohem Ton.
Es ist halt das erste Mal,
und das beste allemal . . .

Joyce kreuzte lachend ihre schönen Arme.

»Eine feine Sache, die Liebe, nicht wahr?« sagte sie.

Als Gloria nach Hause kam, war es fast drei Uhr. Lady Rovenna in einem rosa Kleid, eine Freundin von Joyce, Daphné Mannering, mit ihrer Mutter und einem Deutschen, der beide aushielt, der Maharadscha, seine Frau, seine Geliebte und zwei kleine Töchter, der Sohn von Lady Rovenna und eine argentinische Tänzerin, die Maria-Pia, eine große Dunkle mit einer Haut, gelb, rauh und duftend wie eine Apfelsine, waren da.

Es wurde serviert. Die Mahlzeit dauerte lang und war opulent. Um fünf Uhr stand man vom Tisch auf; weitere Besucher trafen ein. Golder, Hoyos, Fischl und ein japanischer General fingen an Bridge zu spielen.

Sie spielten bis zum Abend. Es war acht Uhr, als Gloria durch ihre Zofe Golder mitteilen ließ, daß sie in Miramar zum Dinner eingeladen waren.

Golder zögerte, aber er fühlte sich besser; er ging in sein Zimmer hinauf und kleidete sich an, dann, als er fertig war, suchte er Gloria in ihren Räumen auf. Sie stand vor dem riesigen dreiteiligen Spiegel und legte letzte Hand an ihre Toilette. Die Zofe kniete vor ihr und zog ihr mühevoll die Schuhe an. Langsam wandte Gloria ihm ihr altes geschminktes Gesicht zu, es war glasiert wie ein bemalter Porzellanteller.

»David, ich habe dich heute kaum fünf Minuten gesehen«, murmelte sie vorwurfsvoll, »immer diese Karten ... Wie findest du mich? Ich gebe dir keinen Kuß, mein Gesicht ist hergerichtet.« Sie reichte ihm ihre kleine, schöne, mit gewaltigen Diamanten überladene Hand. Dann glättete sie sich vorsichtig ihr kurzes rotbraunes Haar.

Sie hatte schwere, wie von innen aufgeblasene Wangen voll erweiterter Äderchen und herrliche blaue Augen, hart und hell.

»Ich habe abgenommen, was?« sagte sie. Sie lächelte, und hinten in ihrem Mund glänzten große Goldplomben.

»Was, David?« wiederholte sie.

Langsam, damit er besser sehen konnte, drehte sie sich im Kreis, straffte voll Stolz ihren Körper, der immer noch sehr schön war; die Schultern, die Arme, die hohe, feste Brust hatten trotz ihres Alters eine außerordentliche Straffheit und eine glänzende Weiße und Glätte wie Marmor bewahrt, aber der zerklüftete Hals, das weiche, zitternde Fleisch des Gesichts, diese dunkelrosa Schminke, die im Lampenlicht malvenfarbene Schattierungen annahm, drückten ihr das Zeichen unheimlichen und grotesken Verfalls auf.

»Siehst du, David, wie ich abgenommen habe? Ich habe in einem Monat fünf Kilo verloren, nicht wahr, Jenny? Ich habe jetzt einen neuen Masseur, einen Neger natürlich, das sind die besten. Die

Frauen hier sind alle wie verrückt hinter ihm her. Er hat sogar die alte Alphand, diese Tonne, zum Schmelzen gebracht, erinnerst du dich an sie? Sie ist schlank geworden wie ein junges Mädchen. Nur ist er eben teuer . . .«

Sie unterbrach sich: in einem Mundwinkel war ein bißchen Lippenrot zerlaufen; sie nahm den Stift und zeichnete zum zweitenmal, langsam, geduldig, auf den erschlafften alten Mund die reine, kühne Bogenform, welche die Jahre verwischt hatten . . . »Gib zu, ich sehe doch noch nicht wie eine alte Frau aus, was?« meinte sie mit einem kleinen zufriedenen Lachen. Aber er blickte sie an, ohne sie zu sehen. Die Zofe brachte einen Schmuckkasten. Gloria öffnete ihn, zog Armbänder heraus, die in einem Haufen darin lagen wie verwickelte Garnstränge auf dem Grund eines Nähkorbs.

»Laß das, David . . . David«, rief sie ärgerlich, als sie sah, daß er mechanisch mit einer prachtvollen, auf dem Kanapée ausgebreiteten Stola spielte, einem riesigen Stück aus Gold und dunklem Purpur gewirkter Seide, das mit scharlachroten Vögeln und großen Blumen bestickt war.

»David . . .«

»Was ist?« fragte Golder unwirsch.

»Wie gehen die Geschäfte?«

Ein ganz anderer Blick, stechend und scharf, blitzte jetzt unter ihren langen, dick getuschten Wimpern hervor.

Golder zuckte die Achseln.

»Soso . . .«, antwortete er schließlich.

»Wie: soso? Schlecht, was? David, ich rede mit dir!« wiederholte sie ungeduldig.

»Nicht allzu schlecht«, sagte er lässig.

»Mein Lieber, ich brauche Geld.«

»Schon wieder?«

Gloria riß sich gereizt mit einer gewaltsamen Bewegung den Armreif ab, der schlecht schloß, warf ihn auf den Tisch; er fiel auf den Boden, sie stieß ihn mit dem Fuß weg und rief: »Was: schon wieder? Du kannst dir nicht vorstellen, wie du mir auf die Nerven gehst, wenn du das sagst. Was soll denn das heißen, schon wieder? Was? Meinst du denn, das Leben kostet nichts? Und vor allem deine Joyce! Ja, die ...! Das Geld flutscht ihr nur so durch die Finger. Und weißt du, was sie mir antwortet, wenn ich mir die geringste Bemerkung erlaube? ›Dad wird schon zahlen.‹ Und in der Tat ist ja für sie immer genug da! Nur ich, ich zähle nicht. Soll ich denn von Luft leben? Was geht denn diesmal nicht gut, die Golmar?«

»Ach, die Golmar! Das ist lange vorbei ... Wenn wir in diesen Zeiten nur die zum Leben hätten ...«

»Aber hast du etwas Interessantes in Aussicht?«

»Ja.«

»Was?«

»Ach, du gehst mir auf die Nerven«, brach Golder los, »diese Manie, mich ständig nach den Geschäften zu fragen! Du verstehst doch nichts davon, das weißt du ja! Der Teufel hole die Frauen! Was machst du dir denn Sorgen? Ich bin schließlich noch da, oder? Du hast ein neues Collier«, sprach er, sich mühsam beruhigend, weiter, »laß sehen . . .«

Sie nahm die Perlen, wärmte sie einen Augenblick zwischen den Fingern wie Wein.

»Es ist wunderbar, nicht wahr? Siehst du, und du wirfst mir vor, zu viel auszugeben! Heutzutage ist Schmuck doch die beste Geldanlage. Und weißt du, es war ein Geschäft! Rate, wieviel ich dafür bezahlt habe. Achthunderttausend, mein Lieber. Das ist doch geschenkt, nicht wahr? Sieh nur mal den Smaragd an der Schließe, was der für sich allein wert ist, was? Sieh nur diese Farbe, diesen Schliff! Und die Perlen? Die da sind ungleichmäßig, aber die drei vorne, na? Ach, man findet hier außerordentlich günstige Gelegenheiten! Alle diese Koketten, die verkaufen doch alles, was sie am Leib tragen, nur um an Bargeld zu kommen . . . Ach, wenn du mir doch bloß mehr Geld geben würdest!«

Golder kniff die Lippen zusammen; sie fuhr fort: »Es gibt hier ein Mädchen, dessen Liebhaber große Spielverluste hatte, ein ganz junger Bursche noch, sie war ganz außer sich, sie wollte mir ihren Umhang verkaufen, wunderbare Chinchillas, ich habe mit ihr gehandelt, sie ist hierhergekommen, hat geschluchzt, ich habe abgelehnt, ich habe darauf gezählt, daß sie ganz und gar den Verstand verliert und ich ihn zu einem besseren Preis bekomme. Das reut mich jetzt furchtbar . . . Ihr Liebhaber hat sich umgebracht. Natürlich wird sie den Umhang behalten . . . Ach, David, wenn du wüßtest, was für ein Collier Lady Rovenna, diese alte Närrin, gekauft hat! Ein Traum ... Eine Kette aus Diamanten ... Man trägt dieses Jahr überhaupt keine Perlen mehr, weißt du ... Sie hat fünf Millionen dafür gezahlt, heißt es ... Ich, ich habe mir ein altes Collier, das ich noch hatte, umarbeiten lassen ... ich werde mir fünf oder sechs große Diamanten kaufen müssen, um es zu verlängern ... Man muß sich eben arrangieren, wenn man keine Mittel hat ... Aber diese Lady Rovenna, die hat vielleicht Juwelen! Und dazu ist sie alt und häßlich, sie ist mindestens fünfundsechzig!«

»Du bist inzwischen sehr viel reicher als ich, nicht wahr, Gloria?« bemerkte Golder.

Mit einem kleinen trockenen Geräusch, das klang wie das Zuschnappen eines Krokodilrachens über einer Beute, drückte Gloria die Kiefer zusammen.

»Ich hasse diese Scherze, das weißt du!«

»Gloria«, sagte Golder etwas zögernd, »du weißt es, nicht wahr? Marcus ...«

»Nein«, sagte Gloria zerstreut; sie betupfte mit einem in Parfüm getränkten Finger ihre Ohrläppchen hinter den Perlen. »Nein ... was ist mit Marcus?«

»Ach, du weißt es nicht«, seufzte Golder. »Nun, er ist tot, er ist bereits unter der Erde.«

Gloria stand reglos da und hielt sich den Parfümzerstäuber vors Gesicht.

»Oh!« murmelte sie mit sanfterem, schmerzlichem und wie erschrecktem Ausdruck. »Ist das möglich? Wie denn? Er war doch nicht alt. Woran ist er gestorben?«

»Er hat sich umgebracht. Er war ruiniert.«

»Was für eine Feigheit, findest du nicht?« rief Gloria heftig aus. »Und seine Frau . . .? Das muß ja angenehm für sie sein! Hast du sie gesehen?«

»Ja«, lachte Golder, »sie hatte Perlen um den Hals, dick wie Nüsse.«

»Und was hätte sie deiner Meinung nach tun sollen?« fragte Gloria schroff. »Hätte sie alles ihm geben sollen wie eine Idiotin, damit er sich von neuem an der Börse oder sonstwo ruinieren und sich zwei Jahre später hätte umbringen können und sie dieses Mal ohne einen Heller zurückgelassen hätte, was? Der Egoismus der Männer! Das hättest du doch gewollt, nicht wahr?«

»Ich, ich will nichts, mir ist das ganz gleich«, brummte Golder. »Nur, wenn man daran denkt, daß man sich für euch zu Tode schuftet . . .« Er verstummte mit einem merkwürdigen Blick voller Haß.

Gloria zuckte die Achseln.

»Aber, mein Lieber, Männer wie du und Marcus, die arbeiten doch nicht für ihre Frauen, die arbeiten für sich selbst . . . Doch, doch«, beteuerte sie, »die Geschäfte sind im Grund eine Art Sucht wie Morphium. Wenn du deine Geschäfte nicht hättest, wärst du der unglücklichste Mensch auf der Welt, mein Lieber.«

Golder lachte nervös.

»Ach, du legst dir das großartig zurecht, meine Liebe«, sagte er.

Joyce' Zofe öffnete behutsam einen Spaltbreit die Tür.

»Mademoiselle schickt mich«, sagte sie zu Gloria, die sie mit einer Miene kühlen Verdrusses ansah. »Mademoiselle ist fertig und möchte gerne, daß Monsieur zu ihr kommt, damit sie ihm ihr Kleid zeigen kann.«

Golder stand sofort auf.

»Sie kann einem wirklich lästig fallen, dieses Mädchen«, murmelte Gloria in gereiztem, feindseligem Ton, »und du, du verwöhnst sie wie ein verliebter Alter. Du bist lächerlich.«

Aber Golder ging schon; sie zuckte heimlich die Schultern.

»Sorg wenigstens dafür, daß sie sich beeilt, in Gottes Namen! Wenn ich im Wagen auf sie warte, tanzt sie noch vor dem Spiegel herum. Ein nettes Früchtchen, das kann ich dir sagen! Hast du gesehen, wie sie sich mit den Männern aufführt? Du kannst ihr sagen, wenn sie nicht in zehn Minuten fertig ist, fahre ich ohne sie. Richtet euch darauf ein.«

Golder verließ, ohne zu antworten, das Zimmer. Auf dem Flur blieb er stehen, atmete lächelnd Joyce' Parfüm ein, das so nachhaltig und stark war, daß das ganze Stockwerk wie ein Rosenstrauß duftete.

Joyce erkannte den schweren Schritt, unter dessen Gewicht das Parkett ächzte, und rief: »Bist du es? Komm herein, Dad!«

Sie stand in ihrem hellerleuchteten Zimmer vor dem großen Spiegel und neckte mit dem Fuß Jill, den kleinen goldfarbenen Pekinesen. Lächelnd legte sie den hübschen Kopf auf die Seite und fragte: »Dad, gefällt dir mein Kleid?«

Sie war in Weiß und Silber gekleidet. Als er sie wohlwollend bewunderte, wies sie mit einer kleinen Grimasse mit dem Kinn auf ihren reinen, starken Hals und ihre wunderbaren Schultern.

»Der Ausschnitt ist nicht tief genug, findest du nicht?«

»Darf ich dir einen Kuß geben?« fragte Golder.

Sie trat auf ihn zu, reichte ihm eine zart gerougte Wange und spitzte den bemalten Mund.

»Du schminkst dich zu stark, Joy.«

»Ich muß doch. Ich habe ganz blasse Wangen. Ich schlafe nicht genug, ich rauche zuviel, ich tanze zuviel«, sagte sie gleichgültig.

»Natürlich ... Die Frauen sind Idiotinnen«, brummelte Golder, »und du, du bist dazu noch verrückt.«

»Ich tanze so gern«, murmelte sie mit halbgeschlossenen Augen. Ihre schönen Lippen bebten.

Sie blieb vor ihm stehen, überließ ihm ihre Hände, aber ihre großen, glänzenden Augen blickten ihn nicht an; sie betrachtete sich in dem Spiegel hinter ihm. Er konnte ein Lächeln nicht unterdrücken.

»Joyce! Du bist ja noch eitler geworden, Töchterchen! Übrigens hat mir das deine Mutter schon gesagt ...«

Sie rief lebhaft aus: »Die, die ist viel eitler als

ich, und sie hat keine Entschuldigung, sie ist alt und häßlich, während ich ...! Ich bin schön, nicht wahr, Dad?«

Golder kniff sie lachend in die Wange.

»Na, das hoffe ich doch! Ich hätte nicht gern eine häßliche Tochter ...« Abrupt hörte er zu sprechen auf, erbleichte und griff sich mit der Hand ans Herz, er keuchte einen Augenblick lang mit schreckgeweiteten Augen, dann seufzte er auf, ließ den Arm wieder sinken. Der Schmerz war vorübergegangen ... doch so langsam, wie widerwillig ... Er wehrte Joyce ab, nahm sein Taschentuch, trocknete sich lange die Stirn, die kalten Wangen.

»Gib mir zu trinken, Joyce!«

Sie rief die Zofe im Nebenzimmer, die ein Glas Wasser brachte; er trank gierig. Joyce hatte ihren Handspiegel ergriffen und richtete sich trällernd die Haare.

»Daddy, was hast du mir gekauft?«

Er antwortete nicht. Sie trat wieder zu ihm, setzte sich auf sein Knie.

»Daddy, Daddy, sieh mich an, was hast du denn? Antworte! Laß mich nicht zappeln!«

Mechanisch zog er seine Brieftasche, legte ihr ein paar Tausendfrancscheine in die Hände.

»Ist das alles?«

»Ja. Reicht es dir nicht?« murmelte er und bemühte sich zu lachen.

»Nein. Ich will ein neues Auto.«

»Was? Du hast doch eins!«

»Ach, die blöde Karre, sie ist zu klein. Ich

möchte einen Bugatti. Ich will nach Madrid fahren, mit ...«

Sie brach unvermittelt ab.

»Mit wem?«

»Mit Freunden ...«

Er zuckte die Achseln.

»Red kein dummes Zeug ...«

»Das ist kein dummes Zeug. Ich möchte einen neuen Wagen ...«

»Nun, du wirst ohne auskommen müssen.«

»Nein, Daddy, Daddy darling! Schenk mir ein neues Auto, schenk es mir, bitte ... Ich will auch brav sein ... Daphné Mannering hat so ein schönes, das Behring ihr geschenkt hat.«

»Die Geschäfte gehen schlecht. Nächstes Jahr ...«

»Das heißt es immer bei mir! Mir ist das schnuppe, zum Teufel, das ist doch deine Sache!«

»Das reicht! Du gehst mir auf die Nerven«., rief Golder endlich ungeduldig.

Sie schwieg, sprang auf die Füße, dann überlegte sie, kam zurück und schmiegte sich wieder an ihn.

»Daddy ... Aber wenn du viel Geld hättest, würdest du es mir kaufen?«

»Was?«

»Das Auto.«

»Ja.«

»Wann?«

»Sofort. Aber ich habe kein Geld. Laß mich in Ruhe.«

Joyce stieß einen Freudenschrei aus.

»Dann weiß ich, was wir machen! Wir gehen heute nacht in den Klub ... Mit mir wirst du gewinnen. Hoyos sagt immer, daß ich Glück bringe. Und morgen kaufst du mir meinen Wagen!«

Golder schüttelte den Kopf.

»Nein. Gleich nach dem Essen gehe ich nach Hause. Denkst du gar nicht daran, daß ich letzte Nacht im Zug geschlafen habe?«

»Das macht doch nichts!«

»Ich bin heute krank, Joy ...«

»Du? Du bist doch nie krank.«

»Ach! Meinst du?«

Unvermittelt fragte sie: »Dad? Gefällt dir Alec?«

»Alec?« wiederholte Golder. »Ach ja, der Kleine ... Er ist niedlich ...«

»Würdest du mich gern als Prinzessin sehen?«

»Das kommt darauf an ...«

»Man würde mich mit Kaiserliche Hoheit ansprechen.«

Sie hatte sich unter den brennenden Lüster gestellt und warf ihren schönen goldenen Kopf zurück.

»Sieh mich gut an, Dad ... Würde mir diese Rolle nicht stehen?«

»Ja«, murmelte Golder mit einer heimlichen Anwandlung von Stolz, die ihm heftig, fast schmerzhaft das Herz pochen ließ, »ja, das würde dir gut stehen.«

»Würdest du viel Geld dafür geben, Dad?«

»Ist das denn so teuer?« fragte Golder, während ihm sein hartes, seltenes Lächeln leicht die Mundwinkel hob. »Das würde mich wundern . . . Prinzen sind doch zur Zeit leicht zu haben.«

»Ja, aber diesen hier liebe ich.« Ein tiefer, leidenschaftlicher Ausdruck ließ ihr Gesicht bis in die Lippen erblassen.

»Du weißt, daß er nichts hat, keinen Heller?«

»Ich weiß. Aber ich bin reich.«

»Wir werden sehen.«

»Ah!« sagte Joyce plötzlich, »siehst du, ich, ich muß auf dieser Welt einfach alles haben, sonst würde ich lieber sterben! Alles! Alles!« wiederholte sie mit ihrem glühenden, unwiderstehlichen Blick. »Ich weiß nicht, wie die anderen es aushalten! Daphné schläft für Geld mit dem alten Behring . . . Ich, ich brauche Liebe, Jugend, alles, was die Welt bietet!«

Er seufzte: »Das Geld . . .«

Sie unterbrach ihn mit einer hitzigen, fröhlichen Geste.

»Das Geld . . . Auch das Geld natürlich, oder vielmehr schöne Kleider, Schmuck! Alles, das sage ich dir, armer Dad! Ich liebe das alles so wahnsinnig! Ich möchte so furchtbar gerne glücklich sein, wenn du wüßtest! Wirklich, ich würde lieber sterben, das schwöre ich dir . . .! Aber ich habe keine Angst! Ich habe ja immer alles bekommen, was ich wollte!«

Golder senkte den Kopf, bemühte sich um ein Lächeln und murmelte dann: »Arme Joyce, du bist ja verrückt . . . Du warst doch, seit du zwölf warst, immer in jemand verliebt, glaube ich . . .«

»Ja, aber diesmal ...« Sie warf ihm einen langen, gezielten Blick zu. »Ich liebe ihn ... Schenk ihn mir, Dad ...«

»Wie das Auto?« Er lächelte unfroh: »Los, komm, zieh deinen Mantel an. Laß uns hinuntergehen ...«

Im Wagen warteten Gloria, mit Juwelen beladen, steif und im Halbdunkel glitzernd wie ein barbarisches Idol, und Hoyos auf sie.

Es war Mitternacht, als Gloria sich plötzlich zu ihrem Mann hinbeugte, der ihr gegenübersaß.

»Du bist ja bleich wie der Tod, David, was hast du?« fragte sie ungeduldig. »Bist du so schrecklich müde? Wir gehen noch nach Ciboure, weißt du. Fahr lieber nach Hause.«

Joyce, die das gehört hatte, rief: »Dad, das ist eine ausgezeichnete Idee. Komm, ich fahre dich heim ... Ich treffe euch dann später in Ciboure, nicht wahr, Mummy? Daphné, ich nehme deinen Wagen«, fuhr sie fort, sich an die kleine Mannering wendend.

»Fahr ihn mir bloß nicht zuschanden!« mahnte Daphné sie mit einer merkwürdigen, rauchigen, durch das Opium und den Alkohol rauh gewordenen Stimme.

Golder winkte dem Oberkellner.

»Die Rechnung!«

Er hatte ganz automatisch gerufen, dann fiel ihm wieder ein, daß sie laut Gloria in Miramar eingeladen waren. Doch die anwesenden Männer hatten sich hastig abgewendet; nur Hoyos sah ihn mit ironisch verkniffenen Lippen an, ohne etwas zu sagen. Golder zuckte die Achseln und bezahlte.

»Komm, Joy!«

Die Nacht war sehr schön. Sie stiegen in Daphnés kleines offenes Auto. Joyce fuhr los, raste davon wie der Wind. Die Pappeln rechts und links an der Straße schienen wie in einen Brunnen abzutauchen.

»Joyce ... du verrücktes Huhn, du wirst dir eines Nachts auf der Straße noch den Hals brechen«, schrie Golder bleich vor Angst.

Sie antwortete nicht und fuhr, wie gegen ihren Willen, etwas langsamer.

Als sie kurz vor der Stadt waren, sah sie ihn mit geweiteten, etwas irren Augen an.

»Hast du Angst gehabt, alter Dad?«

»Du brichst dir noch einmal den Hals«, wiederholte er.

Sie zuckte die Achseln: »Bah, was macht mir das aus? Das ist ein schöner Tod ...«

Zart, liebkosend berührte sie mit ihren Lippen einen blutigen Kratzer auf ihrer Hand, murmelte: »In einer schönen Nacht ... im Ballkleid ... man überschlägt sich ... und es ist zu Ende ...«

»Schweig still!« rief er, und Entsetzen klang in seiner Stimme mit.

Sie lachte: »*Poor old Dad* ...«

Dann schroff: »Also, steig jetzt aus, wir sind da.«

Golder hob den Kopf.

»Wie? Aber das ist ja der Klub! Ah! Jetzt verstehe ich ...«

»Wir fahren sofort wieder los, wenn du willst«, sagte sie.

Reglos saß sie da und betrachtete ihn lächelnd. Sie wußte wohl, wenn er einmal die erleuchteten Fenster des Klubs, die hin und her gleitenden Schatten der Spieler hinter den Scheiben und diesen kleinen, schmalen Balkon über dem Meer gesehen hatte, würde er nicht mehr fahren.

»Also gut, aber nur eine Stunde ...«

Unbekümmert um die auf der Freitreppe postierten Bedienten stieß Joyce einen wilden Freudenschrei aus.

»Dad, Dad, wie ich dich liebe! Ich spüre, daß du gewinnen wirst, du wirst sehen!«

Er lachte, brummte: »Du kriegst davon jedenfalls keinen Sou, das sage ich dir, mein Kleines.«

Sie betraten den Spielsalon; ein paar junge Frauen, die zwischen den Tischen herumschlenderten, erkannten Joyce und lächelten ihr vertraut zu. Sie seufzte: »Ach, Dad! Wann wird man endlich auch mich spielen lassen, ich möchte doch so furchtbar gern!«

Doch schon hörte er ihr nicht mehr zu; er sah auf die Karten, und seine Hände bebten; sie mußte mehrere Male seinen Namen sagen; endlich drehte er sich schroff um und rief: »Was? Was willst du? Du gehst mir auf die Nerven!«

»Ich setze mich da hin«, sagte sie und wies auf eine Bank an der Wand, »ist dir das recht?«

»Ja, geh, wohin du willst, aber laß mich in Frieden!«

Joyce lachte, zündete sich eine Zigarette an, ließ sich mit gekreuzten Beinen auf der kleinen, harten Samtbank nieder und spielte mit ihren Perlen. Von ihrem Platz aus sah sie nur die Menge, die sich um die Tische drängte: stumme, zitternde Männer, Frauen mit gereckten Hälsen, alle zusammen in der gleichen gierigen, bizarren Bewegung vereint, mit der sie nach den Karten und dem Geld griffen. Unbekannte Männer schlenderten um Joyce herum; hin und wieder schickte sie zum Zeitvertreib unter gesenkten Wimpern einen langen, hinterhältigen Dirnenblick aus, zärtlich und wollüstig, bis einer von ihnen fast unwillkürlich stehenblieb. Sie brach in Lachen aus, wandte sich ab, konzentrierte sich wieder aufs Warten.

Einmal, als die Menge sich teilte, um neue Spieler durchzulassen, sah sie ziemlich deutlich Golder; die plötzliche seltsame Greisenhaftigkeit seines schweren, ausgehöhlten Gesichts, das im Lampenlicht grünlich schimmerte, erfüllte sie mit leichter Unruhe.

»Wie bleich er ist . . . Was hat er nur? Verliert er?« dachte sie.

Sie stand auf, spähte angestrengt hinüber, aber schon hatte sich die Menge um die Tische herum wieder geschlossen; sie verzog das Gesicht vor Nervosität.

»Verflixt! Soll ich hingehen . . .? Nein, die Person, für die man spielt, bringt Unglück.«

Sie blickte sich suchend im Saal um, sah einen jungen Mann, der in Begleitung einer schönen, halbnackten Frau vorüberging. Herrisch winkte sie die beiden zu sich.

»He, sagen Sie, da hinten? Der alte Golder ... gewinnt er?«

»Nein, der andere alte Affe gewinnt, Donovan«, antwortete die Frau, einen in allen Spielhöllen der Welt berüchtigten Spieler nennend. Joyce warf wütend ihre Zigarette weg.

»Oh! Er muß, er muß gewinnen«, murmelte sie verzweifelt, »ich will mein Auto! Ich will es ...! Ich will mit Alec nach Spanien fahren! Allein, frei ... Nie habe ich eine ganze Nacht mit ihm geschlafen, in seinen Armen ... Mein süßer Alec! Oh, er muß gewinnen! Mein Gott, Herrgott, mach, daß er gewinnt!«

Die Nacht verging. Gegen ihren Willen ließ Joyce den Kopf auf ihren Arm sinken. Der Rauch brannte ihr in den Augen.

Sie hörte undeutlich, wie im Traum, wie jemand auf sie hinwies und lachte.

»Schau, die kleine Joyce schläft. Wie schön sie ist!«

Sie lächelte, streichelte ihre Perlen mit einer zärtlichen Bewegung des Halses, schlief ein. Etwas später öffnete sie halb die Augen: die Fensterscheiben des Saals wurden immer heller und rosiger.

Sie hob mühsam den schweren Kopf, sah sich um. Es waren weniger Leute da; Golder spielte noch immer. Jemand sagte: »Er gewinnt jetzt, er hatte fast eine Million verloren ...«

Die Sonne ging auf. Sie drehte unwillkürlich das Gesicht nach dem Licht hin, schlief weiter. Es war heller Tag, als sie spürte, daß man sie rüttelte; sie wachte auf, streckte ihre Arme aus, schloß sie wieder über zerdrückten, zerknitterten Banknoten, die ihr Vater, der vor ihr stand, ihr in die Hände gleiten ließ. »Oh, Dad«, murmelte sie freudig, »es ist also wahr! Du hast gewonnen!«

Er rührte sich nicht; sein Bart, der während der Nacht nachgewachsen war, bedeckte seine Wangen wie eine dicke Aschenschicht.

Mühsam die Worte artikulierend, sagte er: »Nein. Ich habe mehr als eine Million verloren, denke ich, dann habe ich sie wiedergewonnen und fünfzigtausend Francs dazu, die sind für dich. Das ist alles. Komm.«

Er drehte sich um, ging schwerfällig auf die Tür zu. Sie folgte ihm, noch nicht ganz wach, ihren weiten Umhang aus weißem Samt über den Arm geworfen, so daß er am Boden nachschleifte, die Hände voller Banknoten, die ihr aus den Fingern rutschten und auf die Erde fielen. Plötzlich kam es ihr so vor, als ob Golder stehenbliebe, schwankte.

»Ich träume ... Hat er getrunken?« dachte sie. Und in diesem Augenblick fing der große Körper auf seltsame, erschreckende Weise an zu torkeln; Golder hob beide Arme in die Luft, fuchtelte im Leeren herum, dann fiel er mit einem dumpfen, tiefen Geräusch um, das wie ein Ächzen aus den lebenden Wurzeln eines gefällten Baumes hinaufzudringen schien bis ins Herz.

»Gehen Sie vom Fenster weg, Madame«, murmelte die Pflegerin. »Sie stören den Herrn Professor.«

Gloria trat mechanisch ein paar Schritte zurück, die Augen auf das Bett geheftet; das schwere, nach hinten gesunkene, reglose Gesicht drückte sich tief in das Kopfkissen ein. Sie schauderte. »Man würde meinen, da liegt ein Toter«, dachte sie.

Er schien immer noch bewußtlos zu sein; der Arzt stand über den großen, leblosen Körper gebeugt und horchte ihn ab, betastete ihn; er regte sich nicht, stöhnte nicht einmal.

Gloria drehte nervös mit beiden Händen an ihrer Halskette, wandte den Kopf ab. Würde er sterben? »An alledem ist nur er schuld«, murmelte sie gereizt, fast vernehmlich, »was mußte er auch heute nacht spielen gehen? Na, bist du jetzt zufrieden?« zischte sie unwillkürlich, als spräche sie zu ihm. »Idiot . . .! Das Geld, das das kosten wird, mein Gott! . . . Wenn er bloß gesund wird! Wenn das bloß nicht lange dauert! Ich würde wahnsinnig . . . Was für eine Nacht habe ich hinter mir!«

Sie dachte wieder daran, wie sie Stunde um Stunde in diesem Zimmer geblieben war und bis zum Morgen auf Professor Ghédalia gewartet hatte, sich jede Minute gefragt hatte, ob Golder nicht sterben würde, hier, unter ihren Augen . . . Es war schrecklich . . .

»Armer David . . . Seine Augen . . .«

Sie sah wieder diesen verlorenen Blick, der sie nicht verließ. Er hatte Angst vor dem Tod. Sie zuckte die Achseln. Man starb aber doch nicht einfach so ... »Das hat mir noch gefehlt, wahrhaftig!« dachte sie, sich heimlich im Spiegel musternd.

Sie machte eine jähe Geste der Ohnmacht und der Wut, setzte sich, gerade und steif, in einen Sessel.

Währenddessen hatte Ghédalia das Laken wieder über die Brust des Kranken gedeckt und richtete sich auf. Golder stieß einen undeutlichen Klagelaut aus. Gloria fragte fieberhaft: »Nun? Was hat er? Ist es schlimm? Ist es langwierig? Wird er lange krank sein? Sagen Sie mir die Wahrheit, ich beschwöre Sie, ich kann alles hören!«

Der Professor lehnte sich in seinem Stuhl zurück, ließ langsam die Hand durch seinen schwarzen Bart gleiten, lächelte.

»Liebe gnädige Frau, Sie regen sich zu sehr auf!« sagte er mit einer sanften, musikalischen Stimme, die wie Milch dahinfloß. »Dabei, wage ich zu sagen, ist das Ganze nicht der Rede wert. Aber ja, aber ja doch, diese Ohnmacht, nicht wahr? Die hat uns ein bißchen erschreckt, ein bißchen beeindruckt, das ist ganz natürlich ... Aber nach acht oder zehn Tagen Ruhe wird davon nichts mehr zu merken sein. Es ist einfach etwas Erschöpfung, Überarbeitung ... Ach! Wir werden eben alle Tag für Tag älter, lieber Monsieur, unsere Arterien sind nicht mehr zwanzig. Man kann nicht weitermachen, als ob ...«

»Siehst du!« rief Gloria heftig, »ich wußte es doch! Beim kleinsten Anlaß meinst du schon, du müßtest sterben! Sehen Sie ihn an ...! Aber sprich doch, sag etwas, los ...«

»Nein, nein«, unterbrach Ghédalia sie energisch, »er darf jetzt nicht sprechen, im Gegenteil! Ruhe, Ruhe und noch einmal Ruhe! Er bekommt jetzt eine kleine Spritze zur Linderung der Nervenschmerzen, und wir, liebe gnädige Frau, wir werden uns jetzt zurückziehen ...«

»Aber hör doch, wie fühlst du dich? Fühlst du dich besser?« wiederholte Gloria ungeduldig. »David!«

Seine Hände rührten sich schwach, er bewegte die Lippen; sie sah eher, als daß sie es hörte, wie sein Mund die Worte formte: »Es tut weh ...«

»Kommen Sie, Madame, lassen wir ihn«, sagte Ghédalia wieder, »er kann nicht sprechen, aber er versteht uns wohl, nicht wahr, Monsieur?« setzte er in munterem Ton hinzu, während er einen schnellen Blick mit der Pflegerin tauschte.

Er ging hinaus; Gloria holte ihn auf dem Flur draußen ein: »Es ist doch nichts, nicht wahr?« fing sie an. »Oh! Er ist so leicht zu beeindrucken und so nervös, es ist furchtbar ... Wenn Sie wüßten, was für eine schreckliche Nacht er mir beschert hat!«

Der Arzt hob feierlich seine weiße, kleine fette Hand und sprach mit ganz anderer Stimme als vorher: »Ich muß Sie unterbrechen, Madame! Es ist mein wichtigstes, un-er-schüt-ter-li-ches

Prinzip, meine Kranken niemals den mindesten Verdacht schöpfen zu lassen, was die Natur ihres Leidens betrifft, wenn dieses eine ... gewisse ... Gefahr darstellt. Aber leider — ach! —, ihren Angehörigen bin ich die Wahrheit schuldig, und mein zweites Prinzip ist es, diese nie der Familie meiner Kranken zu verheimlichen. Nie!« wiederholte er mit Nachdruck.

»Also was? Wird er sterben?«

Der Arzt sah sie mit überraschtem, boshaftem Blick an, der deutlich besagte: »*Ich brauche Sie also nicht mit Samthandschuhen anzufassen, wie ich sehe.*« Er setzte sich, schlug die Beine übereinander, legte leicht den Kopf nach hinten und antwortete gelassen: »Nicht sofort, liebe gnädige Frau.«

»Was hat er?«

»*Angina pectoris.*« Er betonte mit offensichtlicher Lust die lateinischen Silben. »Oder schlicht gesagt: einen Anfall von Brustenge.«

Sie sagte nichts. Er führte aus: »Er kann noch lange leben, fünf, zehn oder fünfzehn Jahre, bei entsprechender Lebensweise und Pflege. Er wird — selbstverständlich — den Geschäften entsagen müssen. Keine Aufregungen, keine Anstrengungen. Ein ruhiges, friedliches, regelmäßiges Leben ohne Umtriebe. Absolute Ruhe. Für immer ... Nur unter dieser Bedingung, Madame, kann ich für ihn einstehen, soweit das überhaupt möglich ist, denn leider, leider ist diese Krankheit reich an plötzlichen Überraschungen. Wir sind keine Götter ...«

Er lächelte einnehmend: »Es kommt natürlich nicht in Frage, ihm jetzt schon davon zu sprechen, das sehen Sie selbst ein, liebe gnädige Frau, außerdem hat er furchtbare Schmerzen ... Aber in acht oder zehn Tagen haben wir Grund zu hoffen, daß die Krise überstanden ist ... Dann wird es Zeit, ihm das Ultimatum zu stellen.«

»Aber«, murmelte Gloria mit brechender Stimme, »das ist nicht ... das ist doch nicht möglich ... Sich aus den Geschäften zurückziehen ... Das ist nicht möglich, sehen Sie ... Das wäre sein Tod«, schloß sie nervös, da Ghédalia nichts sagte.

»Ach, Madame«, widersprach er lächelnd, »glauben Sie mir, der Fall ist mir schon oft vorgekommen. Meine Patienten gehören zu den Mächtigen dieser Welt, wenn ich das sagen darf. Ich habe seinerzeit einen berühmten Financier behandelt. Nebenbei gesagt, meine Kollegen hatten ihn einmütig aufgegeben, aber darum geht es jetzt nicht. Jedenfalls hatte dieser Mann eine ähnliche Krankheit wie die, an der Monsieur Golder leidet. Und mein Urteilsspruch war genau der gleiche. Seine Umgebung fürchtete, daß er Hand an sich legen würde. Nun, dieser große Financier lebt heute noch. Fünfzehn Jahre sind vergangen ... Er hat sich zu einem sachkundigen und leidenschaftlichen Sammler von ziseliertem Renaissance-Silber entwickelt. Er besitzt eine riesige Anzahl wunderbarer Stücke, darunter eine Nadelbüchse aus Vermeil, die als erste Arbeit des großen Cellini gilt, ein Meisterwerk ... Ich darf Ihnen versichern, er genießt bei der Betrachtung schöner und seltener Dinge Freuden, wie er sie vorher nie gekannt hat. Verlassen Sie sich darauf, wenn die ersten Wochen des unvermeidlichen Unbehagens einmal vorüber sind, wird auch Ihr Gatte sein — wie soll ich sagen? —, sein Hobby entdecken . . . Er wird Emailarbeiten sammeln, Gemmen, oder sich weltlichen Vergnügungen widmen, was weiß ich? Der Mensch ist ein großes Kind . . .«

»Was für ein Idiot!« dachte Gloria. Bittere Lustigkeit überkam sie bei der Vorstellung, daß David sich mit seltenen Büchern, Medaillen, Frauen beschäftigen sollte . . . »Großer Gott! Der Dummkopf! Und wovon soll man leben, essen, sich kleiden? Glaubt der denn, daß das Geld auf den Bäumen wächst?«

Sie stand brüsk auf, neigte den Kopf.

»Ich danke Ihnen, Herr Professor, ich werde Sie benachrichtigen . . .«

»Aber ich werde mich über die Fortschritte unseres Kranken auf dem laufenden halten«, sagte Ghédalia mit leichtem Lächeln, »und ich denke, es ist besser, es mir zu überlassen, später mit ihm zu reden. Dazu gehört viel Takt, Fingerspitzengefühl . . . Wir Ärzte sind — so ist es nun einmal! — daran gewöhnt, nicht nur den Körper, sondern auch die Seele zu behandeln.«

Er küßte ihr die Hand und verschwand. Sie war allein.

Sie fing an, leise auf dem verlassenen Flur auf- und abzugehen. Sie wußte es doch . . . sie hatte es immer gewußt . . . Er hatte nie einen Sou für sie auf die Seite gelegt . . . Alles zerrann, alles floß von einem Geschäft ins andere und verschwand . . . Und jetzt? »Milliarden auf dem Papier, ja, aber auf der Hand nichts, gar nichts«, zischte sie wütend zwischen zusammengebissenen Zähnen. Er sagte immer: »Was machst du dir Sorgen? Ich bin doch noch da . . .« Der Idiot! Mußte man mit achtundsechzig Jahren nicht alle Tage mit dem Tod rechnen? War es nicht die erste Pflicht eines Mannes, seiner Frau ein ausreichendes, schönes Vermögen zu sichern? Sie hatten nichts. Wenn er seine Geschäft aufgab, würde nichts übrigbleiben. Die Geschäfte . . . Wenn dieser Strom beweglichen Geldes nicht mehr floß . . . »Eine Million wird vielleicht bleiben«, dachte sie, »vielleicht zwei, wenn man alles zusammenkratzt.« Sie zuckte wütend die Achseln. Eine Million reichte sechs Monate bei ihrer Lebenshaltung. Sechs Monate . . . und dazu noch diesen Mann, diesen unnützen Sterbenden, auf dem Hals! »Das fehlte mir gerade, daß er noch fünfzehn Jahre lebt«, rief sie plötzlich mit haßerfüllter Stimme, »bei dem Glück, das ich ihm verdanke! Nein, nein . . .« Sie haßte ihn, er war brutal, alt, häßlich, liebte nichts auf der Welt als dieses Geld, dieses schmutzige Geld, das er nicht einmal zu bewahren imstande war! Er hatte sie nie geliebt . . . Wenn er sie mit Schmuck überhäufte, dann nur um seinen Reichtum zur Schau zu stellen, aus Protzerei, und seit Joyce größer wurde, bekam allmählich alles nur noch sie . . .

Joyce? Die liebte er ... Und warum? Weil sie schön, jung, brillant war. Hochmut! Er kannte nur Hochmut und Eitelkeit! Wenn *sie* einen Diamanten oder einen neuen Ring wollte, gab es immer Szenen, dann schrie er: »Laß mich in Frieden! Ich habe nichts mehr, willst du, daß ich mich totschufte?« Und die anderen? Wie machten die es? Alle arbeiteten sie geradeso wie er! Sie hielten sich nicht für klüger und stärker als die ganze Welt, aber sie hatten wenigstens, wenn sie alt wurden und es ans Sterben ging, für ihre Frauen gesorgt ...! »Manche Frauen haben Glück!« Während sie ... Die Wahrheit war, daß er sich nie um sie gekümmert hatte. Er hatte sie nie geliebt ... Sonst hätte er doch keine ruhige Stunde gehabt in dem Bewußtsein, daß sie nichts besaß ... außer diesem elenden bißchen Geld, das sie selbst auf die Seite gelegt hatte, und mit wieviel Geduld und Mühe ... »Aber das ist mein Geld, meins, nur meins, falls er darauf zählt, daß ich ihn damit durchfüttere! Vielen Dank! Ein Gigolo reicht«, murmelte sie im Gedanken an Hoyos. »Nein, nein, er soll sehen, wo er bleibt.« Warum sollte sie ihm auch die Wahrheit sagen, in wessen Namen? Sie wußte doch, daß er in seinem jüdischen Entsetzen vor dem Tod alles aufgeben würde, er würde an nichts anderes mehr denken als an seine kostbare Gesundheit, an sein Leben ... Der Egoist, der feige ... »Ist es denn meine Schuld, daß er in so vielen Jahren nicht genug Geld zusammengebracht hat, um ruhig sterben zu können? Und ausgerechnet jetzt, wo die Geschäfte so schrecklich schlecht gehen, ich müßte wahnsinnig sein ...! Später ... Ich weiß jetzt ja, was los ist, ich werde aufpassen ... Dieses Geschäft, das er da ankurbeln will ... Er hat gesagt: ›Etwas Interessantes ...‹ Wenn das Geschäft einmal unter Dach und Fach ist, wird immer noch Zeit sein, das könnte dann sogar gelegen kommen, um ihn zu hindern, sich auf irgendeine verrückte Spekulation zu werfen ... Dann ist immer noch Zeit ...«

Sie zögerte, sah zur Tür, ging zu einem kleinen Schreibtisch in der Ecke:

Sehr verehrter Herr Professor,

in meiner großen Besorgnis habe ich mich nach reiflicher Überlegung entschlossen, meinen lieben Kranken ohne Aufschub nach Paris zurückzubringen. Mit bestem Dank für Ihre Bemühungen begleiche ich hiermit ...

Sie unterbrach sich, warf die Feder hin, überquerte schnell den Flur, trat in Golders Zimmer. Die Pflegerin war nicht da. Er schien zu schlafen. Ein fast unmerkliches Zittern durchlief seine Hände. Sie warf ihm einen zerstreuten Blick zu, sah sich einen Augenblick um und entdeckte schließlich auf einem Stuhl seine Kleider, die dort liegengeblieben waren. Sie nahm die Jacke, durchsuchte die Innentasche, zog die Brieftasche heraus, öffnete sie. Es war nur eine vierfach zusammengefaltete Tausendfrancsnote darin; sie schloß schnell die Hand darüber.

Die Pflegerin kam herein.

»Er ist jetzt ruhiger«, sagte sie, auf den Kranken weisend.

Etwas gezwungen bückte sich Gloria und berührte mit ihren bemalten Lippen leicht die Wange ihres Mannes. Golder ächzte plötzlich auf, rührte schwach die Hände, als wollte er das Collier, die kalten Perlen, die über seine Brust glitten, wegstoßen. Gloria richtete sich wieder auf, seufzte.

»Es ist besser, ich lasse ihn allein. Er erkennt mich nicht.«

Am selben Abend kam Ghédalia wieder.

»Ich wollte«, erklärte er, »Monsieur Golder nicht abreisen lassen, ohne mich von meiner Verantwortung ihm gegenüber loszusagen. Madame, Ihr Herr Gemahl ist zur Zeit tatsächlich nicht transportfähig. Ich habe mich offenbar heute morgen nicht klar ausgedrückt.«

»Im Gegenteil«, murmelte Gloria, »Sie haben mir eine solche Angst eingejagt ... vielleicht sogar etwas übertrieben?«

Sie schwieg; sie sahen sich einen Augenblick wortlos in die Augen; Ghédalia schien zu zögern.

»Madame, möchten Sie, daß ich den Kranken noch einmal untersuche? Ich speise in der Villa des Blues, bei Mrs. Mackay, zu Abend, aber ich kann noch über eine halbe Stunde verfügen. Ich wäre glücklich, das schwöre ich Ihnen, meine harte Diagnose modifizieren zu können.«

»Ich danke Ihnen«, sagte sie fast unhörbar. Sie ließ ihn in Golders Zimmer führen und blieb allein im Salon zurück, hinter der geschlossenen Tür, lauschte; er redete sehr leise mit der Pflegerin. Mit verdrießlicher Miene ging sie von der Tür weg und lehnte sich in das geöffnete Fenster.

Nach einer Viertelstunde trat er, sich die kleinen weißen Hände reibend, herein.

»Nun?«

»Nun, liebe gnädige Frau, die Besserung ist so spürbar, daß ich anfange zu glauben, wir haben es mit einer Krise rein nervösen Ursprungs zu tun ... Das heißt, es muß keine Herzkrankheit vorliegen ... Es fällt mir sehr schwer, mich bei dem Erschöpfungszustand, in dem der Kranke sich befindet, endgültig zu äußern, aber ich kann jetzt schon versichern, daß wir, was die Zukunft angeht, Grund haben, uns entschieden optimistischer zu zeigen. Zweifellos kann nicht mehr die Rede davon sein, daß Monsieur Golder auf seine Tätigkeit verzichten muß, und das noch lange Jahre nicht ...«

»Wirklich?« fragte Gloria.

»Ja.«

Er schwieg, dann hob er leichthin wieder an: »Jedenfalls, wiederhole ich, ist er in seinem gegenwärtigen Zustand nicht transportfähig. Sie werden freilich nach Ihrem Gewissen handeln. Von meinem ist, gestehe ich Ihnen, eine schwere Last genommen.«

»Oh! Davon kann nicht mehr die Rede sein, Herr Professor!«

Sie reichte ihm lächelnd die Hand.

»Ich danke Ihnen von ganzem Herzen. Sie werden doch, nicht wahr, eine Minute verzeihlicher Verwirrung vergessen und weiterhin die Behandlung meines armen Kranken übernehmen?«

Er tat, als ob er zögerte, hielt sich bedeckt und versprach es schließlich.

Von nun an hielt jeden Tag sein rotweißes Auto vor dem Haus der Golders. Das dauerte ungefähr zwei Wochen lang. Dann verschwand Ghédalia plötzlich. Die erste bewußte Handlung Golders war etwas später, einen Scheck von zwanzigtausend Francs zur Bezahlung des Honorars des Professors zu unterzeichnen.

An jenem Tag hatte man zum erstenmal den Kranken in seinen Kissen aufgesetzt. Gloria stützte ihn mit dem Arm um seine Schultern, neigte seinen Oberkörper leicht nach vorn und hielt ihm mit der rechten Hand das aufgeschlagene Scheckheft hin. Sie musterte ihn verstohlen, mitleidslos. Wie hatte er sich verändert! So hatte er nie zuvor ausgesehen, dachte sie, riesig, krumm, wie ein alter jüdischer Wucherer ... Und dieses schlaffe, zitternde Fleisch mit seinem Fieber- und Schweißgeruch ... Sie hob den Füller auf, der aus seinen schwachen geöffneten Händen auf das Bett gerollt war und die Laken mit Tinte befleckte.

»Nun, fühlst du dich besser, David?«

Er antwortete nicht. Seit fast vierzehn Tagen hatte er kein Wort gesagt außer: »Ich ersticke« oder »Es tut weh«, mit rauher, seltsamer Stimme gekrächzt, die nur die Pflegerin zu verstehen schien. Er lag ausgestreckt da mit geschlossenen Augen, die Arme an den Körper gelegt, reglos, stumm wie ein Leichnam. Indessen, wenn Ghédalia fortgegangen war, beugte sich die Pflegerin über ihn, klopfte ihm die Kissen auf und murmelte: »Er ist zufrieden gewesen ...«, und unter den geöffneten, zuckenden Lidern drang ein starrer, harter Blick hervor, heftete sich mit einem tiefen Ausdruck des Flehens und des Kummers auf ihre Lippen, ihr Gesicht. »Er versteht alles«, dachte sie. Jedoch fragte er nie — auch später nicht, als er wieder sprechen und befehlen konnte —, weder sie noch sonst jemanden, nach dem Namen seiner Krankheit, wie lange sie dauern würde, wann er wieder aufstehen könne, abreisen ... Er schien sich mit den vagen Versicherungen Glorias zu begnügen: »Es wird bald besser gehen ... Es war Überarbeitung ... du darfst zum Beispiel nicht mehr rauchen, Tabak ist schlecht für dich, David ... und nicht mehr spielen ... du bist keine zwanzig mehr.«

Als Gloria weggegangen war, verlangte er nach seinen Spielkarten. Stundenlang legte er seine Patiencen auf einem über seine Knie gestellten Tablett aus. Die Krankheit hatte sein Augenlicht geschwächt; er legte jetzt nie seine Brille ab, dicke, silberumrandete Gläser, die so schwer waren, daß sie ihm dauernd von der Nase glitten und auf das Bett rollten. Dann suchte er sie lange, tastete nach ihnen mit seinen zitternden Händen, die sich in den Falten des Leintuchs verhedderten.

Wenn er eine Patience fertig hatte, mischte er die Karten und fing eine neue an.

An diesem Abend hatte die Pflegerin das Fenster und die Läden offengelassen; es war sehr warm. Erst später, als es Nacht wurde, wollte sie Golder einen Schal über die Schultern legen, doch er stieß ihn ungeduldig von sich.

»Aber, aber, Sie dürfen doch nicht böse werden, Monsieur Golder, es fängt jetzt an, vom Meer her zu winden. Sie wollen doch nicht wieder krank werden ...«

»Herrgott«, brummte Golder mit seiner schwachen, atemlosen Stimme, die über einzelne Wörter stolperte, »wann wird man mich endlich in Ruhe lassen? Wann kann ich endlich aufstehen?«

»Der Herr Professor hat gesagt, am Ende dieser Woche, wenn schönes Wetter ist.«

Golder runzelte die Brauen.

»Der Professor ... Warum kommt der Kerl denn nicht mehr?«

»Ich glaube, er ist nach Madrid zu einer Konsultation gerufen worden.«

»Kennen ... kennen Sie ihn eigentlich?«

Sie sah wieder den ängstlichen, gierigen Ausdruck in seinen Augen.

»O ja, Monsieur Golder, gewiß ...«

»Und ist er ... wirklich ein guter Arzt?«

»Ein sehr guter.«

Er ließ sich in seine Kissen zurücksinken, schloß die Lider, dann flüsterte er: »Ich bin lange krank gewesen ...«

»Das ist jetzt vorbei . . .«

»Vorbei.«

Er berührte seine Brust, hob den Kopf, sah der Pflegerin in die Augen. »Warum habe ich hier diese Schmerzen?« fragte er plötzlich mit zitternden Lippen.

»Da . . .? Oh!«

Sie zog sanft seine Hand weg, legte sie wieder auf das Laken.

»Das wissen Sie doch! Sie haben doch den Professor gehört! Das sind Nervenschmerzen . . . das ist nichts . . .«

»Nichts?«

Er seufzte, setzte sich mechanisch wieder auf, nahm erneut seine Karten.

»Aber es ist doch nicht . . . das Herz, was?«

Er hatte schnell und leise gesprochen, ohne sie anzusehen, in tiefer Bewegung. Sie antwortete: »Aber nein, nicht doch . . .«

Ghédalia hatte streng befohlen, ihm die Wahrheit zu verschweigen. Trotzdem würde man sie ihm früher oder später sagen müssen. Aber das war nicht ihre Sache. Der arme Mann, wie er den Tod fürchtete . . .! Sie zeigte auf die Patience.

»Sehen Sie, da haben Sie einen Fehler gemacht. Da kommt das Kreuzas hin, nicht der König . . . Legen Sie mal die Neun . . .«

»Was für einen Tag haben wir heute?« erkundigte er sich, ohne ihr zuzuhören.

»Dienstag.«

»Schon? Ich hätte in London sein müssen«, sagte er halblaut.

»Ach! Sie werden gegenwärtig weniger ans Reisen denken dürfen, Monsieur Golder.«

Sie sah ihn auf einmal bis in die Lippen erbleichen.

»Warum? Warum?« flüsterte er mit erstickter Stimme. »Was sagen Sie da, guter Gott? Sie sind verrückt ... Hat man mir verboten zu reisen, wegzufahren?«

»Aber nein, aber nein«, versicherte sie lebhaft, »wie kommen Sie denn darauf? Ich habe doch nichts dergleichen gesagt. Nur, daß Sie eine Zeitlang etwas vorsichtig sein müssen. Das ist alles.«

Sie beugte sich über ihn, wischte ihm mit einem Tuch die Stirn ab; dicke schwere Schweißtropfen liefen ihm die Wangen hinab wie Tränen.

»Sie lügt ... Ich höre doch ihre Stimme ... Was habe ich nur? Mein Gott, was habe ich? Und warum verbergen sie mir die Wahrheit? Ich bin doch keine Frau, zum Teufel ...«

Er wehrte sie mit schwachen Kräften ab, wandte sich zur Seite.

»Schließen Sie das Fenster, ich friere.«

»Möchten Sie schlafen?« fragte sie, während sie leise durchs Zimmer ging.

»Ja. Lassen Sie mich allein.«

Kurz nach elf Uhr, als die Pflegerin am Einschlafen war, hörte sie plötzlich Golders Stimme im Nebenzimmer. Sie eilte herbei, fand ihn im Bett sitzend, mit glühendem Gesicht mit den Händen fuchtelnd.

»Schreiben ... Ich will schreiben.«

»Er hat einen Fieberanfall«, dachte sie. Sie versuchte, ihn wieder hinzulegen, redete ihm zu wie einem Kind.

»Nein, nein, doch nicht jetzt zu dieser Zeit! Morgen, Monsieur Golder, morgen. Sie müssen jetzt schlafen!«

Golder fluchte, dann wiederholte er seine Forderung, wobei er sich bemühte, anders als vorher, ruhiger, klarer zu sprechen.

Schließlich brachte sie ihm seinen Füller und ein Blatt Papier. Aber er konnte nur ein paar Buchstaben kritzeln; seine Hand war schwer, fast unbeweglich, und schmerzte ihn, als würde sie von einem Gewicht zerquetscht. Er ächzte, murmelte: »Schreiben . . . Sie!«

»An wen denn?«

»Professor Weber. Sie müssen die Anschrift im Adreßbuch von Paris suchen, dort unten. Bitte, sofort zu kommen. Dringend. Meine Adresse. Meinen Namen. Haben Sie verstanden?«

»Ja, Monsieur Golder.«

Er schien sich zu beruhigen, verlangte zu trinken, warf sich wieder in die Kissen zurück, bat: »Öffnen Sie die Fensterläden, ich ersticke . . .«

»Möchten Sie, daß ich hierbleibe?«

»Nein. Das ist nicht nötig. Ich kann rufen . . . Das Telegramm, morgen, um sieben Uhr, sobald die Post aufmacht . . .«

»Ja, ja. Seien Sie unbesorgt. Schlafen Sie.«

Er drehte sich mit unendlicher Mühe unter schmerzhaftem, tiefem Keuchen, das sich nicht beruhigen wollte, auf die Seite. Dann lag er ganz still da und starrte traurig zum Fenster hin. Der Wind blies und bewegte die Vorhänge, große weiße Stores, die sich aufblähten wie Ballons. Er horchte lange, unwillkürlich, auf das Geräusch der Brandung. Eins, zwei, drei ... Der dumpfe Aufprall gegen den Felsen des Leuchtturms unten, dann das weiche, musikalische, leichte Plätschern des zwischen den Steinen verrinnenden Wassers ... Diese Stille ... Das Haus schien leer zu sein.

Wieder dachte er: »Was habe ich? Was habe ich? Mein Gott, was habe ich denn? Das Herz? Ist es das Herz? Sie lügen. Ich weiß es genau. Man muß der Wahrheit ins Auge blicken können ...«

Er hielt inne, preßte nervös die Hände aneinander. Er zitterte. Er hatte nicht den Mut, es auch nur auszusprechen oder deutlich zu denken, das Wort: Tod. Voller Entsetzen sah er zu dem blinden Himmel im Fensterrahmen hinauf. »Ich kann nicht. Nein, nein, noch nicht ... Ich muß doch noch arbeiten ... Ich kann nicht. Adenoi«, flüsterte er verzweifelt, sich plötzlich an den vergessenen Namen des Herrn erinnernd. »Du weißt doch, daß ich nicht kann ... Aber warum, warum sagen sie mir nicht die Wahrheit?«

Es war verrückt. Während seiner Krankheit hatte er alles geglaubt, was sie ihm sagen wollten ... Dieser Ghédalia ... Und Gloria ... Aber es ging ihm doch jetzt besser. Man erlaubte ihm, aufzustehen, auszugehen ... Doch dieser Ghédalia flößte ihm kein Vertrauen ein ... Er erinnerte sich übrigens kaum noch an sein Gesicht ... Und selbst sein Name, der Name eines Scharlatans ... Und von Gloria konnte ihm nichts Gutes kommen. Warum hatte sie denn nicht selbst daran gedacht, Weber kommen zu lassen, der wirklich der beste Arzt Frankreichs war? Als sie ihre Gallenkolik gehabt hatte, ja, da hatte sie ihn sofort rufen lassen, selbstverständlich ... Während für ihn, Golder, alles gut genug war, nicht wahr? Er sah wieder Webers Gesicht vor sich, seine tiefliegenden müden Augen, die einem mitten ins Herz zu sehen schienen. »Ich werde ihm sagen«, murmelte er, »hören Sie, ich muß Bescheid wissen, ich habe meine Arbeit ... Er wird verstehen ...«

Und doch ... Wozu sollte das gut sein, mein Gott? Was nutzte das, es vorher zu wissen? Es würde kommen, in einer Sekunde, wie die Ohnmacht dort unten im Klub ... Aber für immer dieses Mal, für immer ... mein Gott ...

»Nein, nein! Es gibt keine unheilbare Krankheit! Denk doch nach! Ich sage: das Herz, das Herz, wie ein Idiot ... Aber selbst wenn es das Herz ist ... Mit der richtigen Behandlung, mit einer Diät, was weiß ich ... Vielleicht ...? Sicher ... Aber die Geschäfte ... Ja, die Geschäfte, das, das ist das Schrecklichste ... Aber es kann nicht immer um die Geschäfte gehen, nicht, wenn das Leben auf dem Spiel steht ... Nun ja, jetzt steht Teisk an ... Teisk muß natürlich noch unter Dach und Fach gebracht werden. Aber das kann nur ein halbes Jahr oder ein Jahr dauern«, dachte er mit dem unbezwinglichen Optimismus des Geschäftsmanns. »Ja, höchstens ein Jahr. Und dann ist Schluß, und ich kann ruhig leben, mich erholen. Ich bin alt. Man muß doch irgendwann einmal aufhören. Ich will nicht arbeiten, bis ich sterbe. Ich will noch leben ... Ich werde nicht mehr rauchen, nicht mehr trinken, nicht mehr spielen. Wenn es das Herz ist, muß man ruhig und friedlich leben, keine Aufregungen, keine ... Nur, wie soll das gehen?« Er zuckte die Achseln, lachte: »Die Geschäfte ... und keine Aufregungen! Bevor ich mit Teisk fertig bin, krepiere ich doch hundertmal, hundertmal!«

Er drehte sich mühsam um, legte sich auf den Rücken. Plötzlich fühlte er sich äußerst schwach und matt. Er sah auf die Uhr. Es war sehr spät. Fast vier Uhr. Er wollte trinken, suchte das Glas mit Zitronenwasser, das für die Nacht bereitstand, stieß aus Versehen damit gegen den hölzernen Nachttisch.

Die jäh geweckte Pflegerin streckte den Kopf durch den Türspalt.

»Haben Sie ein wenig geschlafen?«

»Ja«, sagte er mechanisch.

Er trank gierig, reichte ihr das Glas, hielt plötzlich in der Bewegung inne, hob den Finger.

»Haben Sie gehört ...? Im Garten ... Was ist da los ...? Sehen Sie nach!«

Die Pflegerin lehnte sich aus dem Fenster.

»Es ist Mademoselle Joyce, die nach Hause kommt, glaube ich.«

»Rufen Sie sie.«

Seufzend ging die Pflegerin auf den Flur hinaus; Joyce' hohe spitze Absätze klapperten auf den Fliesen. Golder hörte sie fragen: »Was ist denn los? Geht es ihm schlechter?«

Sie kam hastig herein und drehte als erstes am Schalter, tauchte das Zimmer in Licht.

»Ich frage mich, wie du es bei dieser Funzelbeleuchtung aushältst, Dad. Dieses Nachtlicht ist doch trist . . .«

»Wo hast du gesteckt?« murmelte Golder. »Ich habe dich seit zwei Tagen nicht gesehen.«

»Ach, ich weiß nicht mehr. Ich hatte zu tun.«

»Woher kommst du?«

»Von Saint-Sébastian. Maria-Pia hat einen großen Ball gegeben. Sieh mal mein Kleid an. Gefällt es dir?«

Sie schlug ihren großen Umhang auf, wirkte halbnackt in einem Kleid aus rosa Tüll, bis tief in den Ansatz ihrer kleinen, zarten Brüste hinein ausgeschnitten, um den Hals eine Perlenkette, die goldenen Haare windzerzaust. Golder betrachtete sie lange und schweigend.

»Dad . . . Du bist so komisch, was hast du? Warum sagst du nichts? Bist du böse?«

Mit einem geschmeidigen Satz sprang sie auf das Bett, kniete sich am Fußende nieder. »Dad, stell dir vor . . . Ich habe heute abend mit dem Prince of Wales getanzt. Ich habe gehört, wie er zu Maria-Pia gesagt hat: ›*It's the loveliest girl I've ever seen.*‹ Er hat sie gefragt, wie ich heiße. Freut dich das nicht?« murmelte sie mit einem fröhlichen Lachen, das ihr zwei kindliche Grübchen in die bemalten Wangen drückte. Sie beugte sich so tief über die Brust des Kranken, daß die hinter dem Bett stehende Pflegerin ihr ein Zeichen machte, wegzurücken, ihn in Ruhe zu lassen. Doch Golder, den schon das Gewicht des Leintuchs auf der Herzgegend erstickte, ließ zu, ohne ein Wort zu sagen, daß sie ihren Kopf und ihre nackten Arme auf ihn drückte.

»Du freust dich, alter Dad, das wußte ich doch«, rief Joyce. Ein plötzliches Lächeln verzog wie eine schmerzhaft anstrengende Grimasse die alten, zusammengepreßten Lippen.

»Siehst du, du warst böse, weil ich dich allein gelassen habe, um tanzen zu gehen, was? Aber trotzdem bin ich es, die dich zum erstenmal zum Lächeln bringt. Sag mal, Dad, weißt du's schon? Ich habe das Auto gekauft. Wenn du wüßtest, wie schön es ist! Es fährt wie der Wind. Du bist ein Schatz, Dad.«

Sie brach ab, gähnte heftig, fuhr sich mit den Fingerspitzen durch das zerzauste goldene Haar.

»Ich gehe jetzt schlafen, ich bin so müde. Auch gestern schon bin ich erst um sechs nach Hause gekommen. Ich kann nicht mehr, und heute nacht habe ich ununterbrochen getanzt.«

Sie schloß halb die Augen, trällerte leise, träumerisch mit ihren Armreifen spielend.

»Marquita — Marquita — deine Augen — leuchten vor Lust — wenn du tanzt . . . Gute Nacht, Dad, schlaf gut, träume schön!«

Sie beugte sich über ihn, streifte seine Wange mit einem Kuß.

»Geh«, murmelte er, »geh schlafen, Joy.«

Sie verschwand. Er lauschte lange dem Geräusch ihrer Schritte nach, mit verändertem Ausdruck, beruhigt, besänftigt ... Diese Kleine ... Ihr rosa Kleid ... Das war die Freude, das war das Leben ... Er fühlte sich nun ruhiger, stärker ... »Zum Teufel mit dem Tod!« dachte er: »Ich lasse mich gehen, das ist alles ... Das Ganze ist doch dummes Zeug. Ich muß arbeiten und wieder arbeiten! Tübingen, der ist sechsundsiebzig. Nur die Arbeit hält Männer wie uns am Leben.«

Die Pflegerin hatte das elektrische Licht ausgemacht und auf der kleinen Spiritusflamme einen Kräutertee gekocht. Unvermittelt drehte er sich zu ihr hin.

»Das Telegramm, das ist nicht mehr nötig. Zerreißen Sie es«, sagte er.

»Gut, Monsieur.«

Sobald sie gegangen war, schlief er friedlich ein.

Als Golder wiederhergestellt war, war es Ende September, aber das Wetter war schöner als im Hochsommer, ohne einen Windhauch; die Luft leuchtete im Sonnenlicht golden wie Honig.

Statt sich nach dem Mittagessen wieder oben in seinem Zimmer hinzulegen, wie er es gewöhnlich tat, setzte sich Golder an diesem Tag auf die Terrasse und ließ sich die Karten bringen. Gloria war nicht da. Ein wenig später erschien Hoyos.

Golder warf ihm wortlos über den Rand seiner Brillengläser einen Blick zu. Hoyos klappte die verstellbare Rückenlehne eines Liegestuhls fast bis zur Erde hinunter, setzte sich hinein, streckte sich aus wie in einem Bett, legte den Kopf zurück, ließ die Arme hinabhängen und berührte voller Wohlbehagen mit den Fingerspitzen den kalten Marmor der Fliesen.

»Schönes Wetter heute, weniger heiß«, murmelte er. »Ich hasse die Hitze.«

»Wissen Sie nicht zufällig«, fragte Golder, »wo die Kleine zu Mittag gegessen hat?«

»Joyce? Bei den Mannerings, nehme ich an. Warum?«

»Ach, nichts. Sie ist nie da.«

»Das ist die Jugend ... Und außerdem, warum mußten Sie ihr auch diesen neuen Wagen schenken? Die hat jetzt den Teufel im Leib ...«

Er unterbrach sich, stützte sich auf einem Ellbogen hoch, blickte in den Garten hinunter. »Sehen Sie, da ist sie ja, Ihre Joy!«

Er trat an die Balustrade und rief: »He, Joy! Sag bloß, fährst du jetzt wirklich? Du bist verrückt, weißt du?«

»Was?« brummte Golder.

Hoyos lachte herzlich.

»Wie drollig sie ist! Sie nimmt ihre ganze Menagerie mit, wahrhaftig ... Jill ... Willst du nicht auch noch deine Puppen mitnehmen? Nein? Aber sag bloß, deinen kleinen Prinzen, nimmst du den etwa auch nicht mit, was, meine Schöne? Sehen Sie sie an, Golder, was ist sie drollig!«

»Wie, ist Dad etwa da?« rief Joyce aus. »Ich suche ihn überall.«

Sie kam zur Terrasse heraufgelaufen, in ihren Reisemantel gehüllt, eine kleine Mütze bis zu den Augen hinuntergezogen, ihren Hund unter dem Arm.

»Wohin willst du?« fragte Golder, hastig aufstehend.

»Rate!«

»Woher soll ich wissen, was für Einfälle du in deinem dummen Kopf ausheckst?« rief Golder gereizt. »Und antworte gefälligst, wenn ich mit dir rede!«

Joy setzte sich, schlug die Beine übereinander, sah ihn herausfordernd an und fing fröhlich an zu lachen.

»Ich fahre nach Madrid.«

»Was?«

»Ach! Das wußten Sie nicht?« schaltete sich Hoyos ein. »Doch, doch, sie hat beschlossen, mit dem Auto nach Madrid zu fahren, die Kleine. Allein. Nicht wahr, Joy? Sie wird sich wahrscheinlich unterwegs den Hals brechen bei ihrer Sucht, zu rasen wie der Teufel, aber sie hat sich das nun mal in den Kopf gesetzt, da ist nichts zu machen ... Ach, Sie wußten das gar nicht?«

Golder stampfte heftig mit dem Fuß auf.

»Joyce! Du verrücktes Huhn! Was hast du dir da wieder ausgedacht?«

»Ich habe dir schon seit langem gesagt, daß ich nach Madrid will, sobald ich einen neuen Wagen habe ... Was soll denn da dabei sein?«

»Ich verbiete dir zu fahren, hörst du mich?« erklärte Golder langsam.

»Ich höre. Na und?«

Golder tat brüsk mit erhobener Hand einen Schritt auf sie zu. Aber Joyce, die ein wenig blaß geworden war, lachte immer noch.

»Dad! Willst du mich etwa ohrfeigen? Du? Wenn du wüßtest, wie mir das gleich ist. Aber es wird dich teuer zu stehen kommen.«

Golder senkte, ohne sie zu berühren, langsam den Arm.

»Fort mit dir!« Die Worte kamen ihm nur mühsam über die zusammengepreßten Lippen. »Geh, wohin du willst.«

Er setzte sich wieder und nahm von neuem seine Karten auf.

Joyce murmelte schmeichelnd: »Ach, Dad, sei doch nicht böse ... Stell dir vor, ich hätte ja auch, ohne etwas zu sagen, abreisen können, nicht wahr? Und außerdem, was kann dir das schon ausmachen?«

»Du wirst dir deine hübsche kleine Visage ramponieren, Joy, mein Kind«, sagte Hoyos, ihr die Hand streichelnd, »du wirst sehen ...«

»Das geht nur mich etwas an. Dad, los, versöhnen wir uns wieder, los ...« Sie schmiegte sich an ihn, schlang die Arme um seinen Hals.

»Dad ...«

»Es ist nicht an dir, mir die Versöhnung anzubieten. Laß mich in Ruhe! Ist das eine Art, mit seinem Vater zu sprechen?« sagte er und stieß sie von sich weg, während Hoyos grinste.

»Finden Sie nicht, daß es ein bißchen spät ist, um mit der Erziehung dieses hübschen Käfers anzufangen?«

Golder schlug mit der Faust auf seine Karten.

»Sie, lassen Sie mich in Frieden!« knurrte er. »Und du, geh nur! Meinst du, ich würde dich anflehen, zu bleiben?«

»Dad! Du verdirbst mir immer alles! Alles, was mir Freude macht! Mein ganzes Glück!« schrie Joyce, während ihr jäh hervorschießende Zornestränen die Wangen hinabliefen. »Laß mich! Laß mich in Ruhe! Meinst du denn, es sei amüsant hier, seit du krank bist? Ich halte das nicht mehr aus! Auf Zehenspitzen gehen, leise reden, nicht lachen, nur alte, böse, trübe Gesichter sehen! Ich will weg, ich will weg!«

»Geh! Wer hält dich zurück? Fährst du allein?«

»Ja.«

Golder senkte die Stimme.

»Denk nur nicht, daß ich dir das glaube! Du willst dich mit diesem kleinen Zuhälter auf den Straßen herumtreiben, du kleine Hure! Meinst du, ich sei blind, wie? Aber was kann ich da machen? Ich kann nichts machen«, wiederholte er mit zitternder Stimme. »Bloß, glaub nicht, du kannst dich über mich lustig machen. Derjenige, der sich einmal über den alten Golder lustig macht, meine Kleine, der ist noch nicht geboren, hast du verstanden?«

Hoyos hielt sich die Hände vor den Mund und lachte leise.

»Was für ein Theater ihr da vorführt! Das ist doch völlig sinnlos, armer alter Golder. Sie haben wirklich keine Ahnung von den Frauen! Es gibt nichts anderes, als ihnen nachzugeben . . . Komm, gib mir einen Abschiedskuß, meine Süße!«

Joyce hörte nicht auf ihn; sie rieb ihren Kopf an Golders Schulter.

»Dad, mein geliebter Dad . . .«

Er schob sie weg: »Laß mich, du nimmst mir die Luft. Und geh jetzt, schnell, sonst fährst du noch zu spät ab.«

»Gibst du mir keinen Kuß?«

Er zwang sich, seine Lippen auf ihre hingehaltene Wange zu drücken.

»Ich? Na gut, geh jetzt . . .«

Joy sah ihn an. Er legte seine Karten aus; die unsicheren Finger schienen auf dem Holz des Tisches auszugleiten. Sie sagte: »Dad . . . Weißt du, daß ich kein Geld mehr habe?«

Er antwortete nicht. Sie wiederholte: »Also, Dad, gibst du mir bitte Geld?«

»Was für Geld?« fragte Golder in einem trokkenen, ruhigen Ton, den Joyce noch nie gehört hatte.

Sie spielte nervös mit den Fingern und bemühte sich, ihre Ungeduld zu verbergen. »Was für Geld?« murmelte sie. »Das Reisegeld. Was denkst du, wovon ich in Spanien leben soll? Von meinem Körper?«

Golder unterdrückte eine Grimasse.

»Und brauchst du viel Geld?« fragte er und zählte dabei langsam mit den Fingern die dreizehn

Karten ab, die in die erste Reihe der Patience kamen.

»Ach, woher soll ich das wissen, sei doch nicht so stur ...! Natürlich ... sehr viel ... wie gewöhnlich ... zehn-, zwölf-, zwanzigtausend ...«

»So!«

Sie ließ die Hand in Golders Jackentasche gleiten, versuchte, die Brieftasche herauszuziehen.

»Oh! Quäl mich doch nicht länger ... Los, gib sie mir schnell, los, gib her!«

»Nein«, sagte Golder.

»Was?« rief Joyce, »was sagst du?«

»Ich sage nein.«

Er warf den Kopf zurück, sah sie lange lächelnd an. Seit langem hatte er nicht mehr ein solches Nein sagen können, mit dem harten, deutlichen Klang von früher. Er murmelte noch einmal: »Nein.« Er schien das Wort in seinem Mund zu genießen wie eine Frucht. Langsam verschränkte er die Hände unter seinem Kinn, fuhr sich mehrere Male mit den Fingernägeln die Lippen entlang.

»Das wundert dich anscheinend? Du willst wegfahren. Fahr weg! Aber du hast gehört: Du bekommst keinen einzigen Sou. Sieh zu, wo du bleibst! Ja, mein Kind, du sollst mich noch kennenlernen.«

»Ich hasse dich!« schrie Joyce.

Er senkte den Kopf, fing wieder an, halblaut seine Karten zu zählen. Eins, zwei, drei, vier ... Aber am Schluß der Reihe geriet er sichtbar durcheinander, wiederholte mit immer leiserer, zitternder Stimme: Eins, zwei, drei, dann hörte er auf, als wäre er am Ende seiner Kräfte, und tat einen tiefen Seufzer.

»Auch du, du sollst mich noch kennenlernen«, sagte Joyce. »Ich habe dir gesagt, daß ich fahre, und ich fahre. Ich brauche dein dreckiges Geld nicht!«

Sie pfiff ihrem Hund und verschwand. Eine Weile später hörte man auf der Straße das Geräusch des wie ein Wirbelwind dahinfegenden Autos. Golder hatte sich nicht gerührt.

Hoyos zog bedächtig die Schultern hoch.

»Ach, mein Lieber, sie kommt schon zurecht ...«

Da der alte Mann nicht antwortete, schloß er halb seine schönen, müden Augen und murmelte lächelnd: »Sie verstehen eben nichts von Frauen, mein Lieber. Sie hätten ihr eine Ohrfeige geben müssen. Die Überraschung über das Ungewohnte hätte sie vielleicht zurückgehalten. Man weiß nie, bei diesen Tierchen ...«

Golder hatte seine Brieftasche herausgezogen; er drehte und wendete sie in seinen Händen. Es war eine alte Brieftasche aus schwarzem Leder, abgenutzt wie die meisten seiner persönlichen Sachen; das Satinfutter war zerschlissen, eine der goldenen Ecken fehlte; sie war mit Geldscheinen vollgestopft, um die ein Gummiband geschlungen war. Golder packte sie und fing an, heftig damit auf den Tisch zu hauen. Die Karten flogen davon. Er schlug weiter auf das Holz ein, das dumpf unter seinem Hämmern widerhallte. Schließlich hielt er inne, steckte die Brieftasche wieder ein, stand auf, ging an Hoyos vorbei, indem er ihn absichtlich mit seinem ganzen Körper anrempelte.

»Das sind die Ohrfeigen, die ich gebe«, sagte er.

Jeden Morgen stieg Golder in den Garten hinunter und spazierte eine Stunde lang eine geschützte Allee auf und ab. Er ging langsam im Schattenband der alten Zedern dahin und zählte dabei methodisch seine Schritte; beim fünfzigsten hielt er an, lehnte sich an einen Baumstamm, blähte unter schmerzhafter Anstrengung seine engen Nasenflügel und atmete tief und mühsam durch, wobei er unwillkürlich seine offenstehenden, zitternden Lippen der Meeresbrise zuwandte. Dann ging er wieder weiter, zählte die Schritte und stieß abwesend mit der Spitze seines Stocks den Kies beiseite. In seinem alten grauen Überrock, mit einem Wollschal um den Hals und dem abgewetzten Hut auf dem Kopf hatte er nun eine merkwürdige Ähnlichkeit mit einem jüdischen Trödler aus einem ukrainischen Dorf. Manchmal zog er beim Gehen mit einer mechanischen, müden Geste die Schulter hoch, als höbe er einen schweren Ballen Stoff oder einen Sack mit Alteisen auf den Rücken.

An diesem Tag war er gegen drei Uhr zum zweitenmal draußen: es war wunderbares Wetter. Auf einer Bank gegenüber dem Meer ließ er sich nieder. Er lockerte leicht seinen Schal, knöpfte ein Stückweit seinen Überzieher auf, atmete vorsichtig durch. Aber sein Herz schlug gleichmäßig, nur das ewige leise asthmatische Pfeifen unterstrich das Ein- und Austreten des Luftstroms in seiner Brust mit einem durchdringenden, klagenden Geräusch.

Die Bank stand ganz in der Sonne, und der Garten schwamm still in einem gelben, durchsichtigen Licht wie in feinem Öl.

Der alte Golder schloß die Augen, legte mit einem halb traurigen, halb wohligen Seufzer seine ständig eiskalten Hände auf die Knie und rieb sich sanft die Finger. Er liebte die Wärme. In Paris, in London war das Wetter nun sicher schrecklich ... Er erwartete heute den Direktor der Golmar, der am Vortag seine Ankunft angekündigt hatte ... Das war das Zeichen zum Aufbruch ... Gott allein wußte, wo er noch alles würde hinreisen müssen ... Es tat ihm leid, wegzufahren. Das Wetter war so schön.

Schritte knirschten auf dem Kies. Er drehte sich um und sah Loewe daherkommen. Ein kleiner, blasser Mann mit grauem, erschöpftem, schüchternem Gesicht, der unter der Last einer riesigen, mit Papieren vollgestopften Aktentasche ächzte.

Loewe war lange Zeit ein einfacher Angestellter bei Golmar gewesen; jetzt war er seit fast fünf Jahren der Direktor, aber ein Blick von Golder versetzte ihn immer noch wie früher in zitternde Aufregung. Er stürzte buckelnd und nervös lachend auf ihn zu. Wieder einmal mußte Golder an die oft wiederholten Worte von Marcus denken: »Du, mein Guter, hältst dich für einen großen Geschäftsmann, aber du bist nur ein Spekulant, du bist nicht fähig, Leute auszusuchen und zu finden. Du wirst dein ganzes Leben lang allein sein, von Taugenichtsen oder Schwachköpfen umgeben.«

»Warum sind Sie gekommen?« schnitt er schroff die langen, verwickelten Sätze ab, mit denen sich Loewe ehrfurchtsvoll nach seiner Gesundheit erkundigte.

Loewe hielt inne, setzte sich auf den Rand der Bank und öffnete seufzend seine Mappe.

»Ach! Das will ich Ihnen gleich erklären. Wenn Sie mir bitte gut zuhören würden ... Aber vielleicht strengt Sie das zu sehr an? Möchten Sie vielleicht lieber noch warten? Die Nachrichten, die ich bringe ...«

»Sind schlecht«, unterbrach ihn Golder gereizt. »Natürlich. Hören Sie auf, darum herumzureden, zum Teufel! Sagen Sie, was Sie zu sagen haben, und klar und deutlich, wenn Sie können.«

»Ja, Monsieur«, murmelte Loewe eilfertig.

Die riesige Mappe kam auf seinen Knien ins Rutschen; er drückte sie mit beiden Händen an seine Brust und fing an, bündelweise Briefe und Dokumente herauszuziehen, die er der Reihe nach auf die Bank legte. Voller Angst murmelte er: »Ich finde den Brief nicht ... Ah, doch, hier ist er ja! Erlauben Sie?«

Golder riß ihn ihm aus den Händen.

»Geben Sie mir das ...«

Er las den Brief, sagte nichts, aber Loewe, der ihn nicht aus den Augen ließ, entging das leichte, unwillkürliche Zittern der Lippen nicht.

»Da sehen Sie!« sagte er leise, als wollte er sich entschuldigen.

Er reichte ihm weitere Schriftstücke.

»Es ist alles zusammengekommen, wie immer ... Die Börse in New York vorgestern war dann der letzte Schlag, sozusagen. Aber das hat lediglich den Gang der Dinge beschleunigt. Sie haben das erwartet, denkc ich?«

Golder hob auf einmal den Kopf.

»Was? Ja«, murmelte er mit zerstreuter Miene. »Wo ist der New Yorker Bericht?«

Als Loewe wieder anfing, in seinen Papieren zu kramen, stieß Golder sie wütend mit einem Faustschlag zur Seite.

»Guter Gott, konnten Sie das nicht vorher ordnen?«

»Ich bin doch gerade erst angekommen ... und ich ... ich habe mir nicht einmal die Zeit genommen, im Hotel vorbeizugehen ...«

»Das will ich hoffen«, brummte Golder.

»Sie haben doch, nicht wahr«, insistierte Loewe nervös hustend, »den Brief der Britischen Bank gesehen? Wenn Sie nicht innerhalb von acht Tagen decken, werden sie von Amts wegen zum Verkauf Ihrer Effekten schreiten.«

»Das wollen wir erst mal sehen ... Diese Schufte ... Da steckt natürlich Weille dahinter ... Aber das nimmt er mir nicht mit ins Paradies, das schwöre ich Ihnen ... Mein ungedeckter Betrag bei ihnen ist doch vier Millionen?«

»Ja«, sagte Loewe. Er nickte. »Es wird gegenwärtig sehr gegen die Golmar Stimmung gemacht. An der Börse gehen die pessimistischsten Gerüchte um, seit der arme Monsieur Marcus ... Ihre Feinde sind sogar so weit gegangen, die böswilligsten Unwahrheiten über die Natur Ihrer Krankheit zu verbreiten, Monsieur Golder.«

Golder zuckte die Achseln.

»Na und?«

Das erstaunte ihn nicht. Und auch nicht die Wirkung von Marcus' Selbstmord, natürlich ... »Das muß ihn vor seinem Tod noch getröstet haben«, dachte er.

»Das alles«, sagte er, »ist nichts. Ich werde mit Weille reden ... Was mich vor allem beunruhigt, ist New York. Ich werde unbedingt nach New York müssen. Ist nichts von Tübingen da?«

»Doch. Gerade vor meiner Abreise ist ein Telegramm gekommen.«

»Dann geben Sie es mir doch, zum Teufel!«

Er las: »Bin am achtundzwanzigsten des Monats in London.«

Er verzog das Gesicht zu einem leichten Lächeln.

Mit Hilfe des alten Tübingen würde sich alles ohne weiteres wieder einrenken lassen.

»Telegraphieren Sie unverzüglich Tübingen, daß ich am 29. morgens in London sein werde.«

»Ja, Monsieur. Oh! Ich bitte um Vergebung, aber ... ist es also wahr, was gewisse Leute behaupten?«

»Was?«

»Nun, eben, daß Sie von der Tübingen damit beauftragt sind, das Abkommen mit den Sowjets über die Konzession von Teisk auszuhandeln, und daß Tübingen Ihnen Ihre Aktien zurückkauft und Sie in den Vertrag einsteigen läßt? Oh! Das ist ein schönes, ein großes Geschäft, und was für einen Kredit das bedeutet, sobald bekannt wird ...«

»Welches Datum ist heute?« unterbrach Golder.

Er rechnete schnell.

»Vier Stunden ... Ich könnte heute noch abreisen ... Nein, Samstag, das lohnt nicht ... Ich muß unbedingt in Paris Weille sprechen. Morgen. Montag vormittag in Paris; ich kann ja vier Stunden später weiterfahren ... Dienstag bin ich dann in London ... Nach New York habe ich am ersten ein Schiff ... Wenn ich doch New York vermeiden könnte. Nein, unmöglich ... Aber ich müßte doch am fünfzehnten, spätestens am zwanzigsten in Moskau sein ... Ach, das ist schwierig, das alles ...«

Er drückte langsam die Hände zusammen, als knackte er zwischen seinen Handflächen Nüsse.

»Das ist schwierig ... Ich müßte mich in Stücke schneiden können. Nun, wir werden sehen ...«

Er schwieg. Loewe reichte ihm ein mit Namen und Zahlen bedecktes Blatt.

»Was ist das?«

»Wenn Sie einen Blick darauf werfen wollten? Das sind die Gehaltserhöhungen der Angestellten ... Sie erinnern sich vielleicht? Wir hatten letzten April mit Ihnen und Monsieur Marcus darüber gesprochen.«

Golder prüfte mit gerunzelten Brauen die Liste.

»Lambert, Mathias, in Ordnung ... Mademoiselle Wieilhomme? Ach ja, die Schreibkraft von Marcus, dieses kleine Flittchen, das nicht imstande ist, einen einzigen Brief fehlerlos zu schreiben? Nein, zum Teufel! Die andere, ja, die kleine Bucklige, wie heißt sie?«

»Mademoiselle Gassion.«

»Ja, in Ordnung ... Chambers? Ihr Schwiegersohn? Sagen Sie mal, finden Sie, es reicht nicht, daß dieser Schwachkopf eine Stelle bei uns bekommen hat? Der Herr geruht, zweimal in der Woche ins Büro zu kommen, wenn er gerade nichts anderes zu tun hat, und was seine Arbeit angeht ... Keinen Sou, haben Sie verstanden, keinen einzigen Sou!«

»Aber im April ...«

»Im April hatte ich Geld. Jetzt habe ich keins. Wenn ich allen Faulpelzen, allen Herrensöhnchen, mit denen Sie und Marcus mir die Büros bevölkert haben, die Gehälter erhöhen wollte! Geben Sie mir Ihren Stift!«

Er strich heftig mehrere Namen aus.

»Und Levine, der gerade sein fünftes Kind bekommen hat?«

»Das ist doch mir egal!«

»Aber, aber, geben Sie sich doch nicht härter, als Sie sind, Monsieur Golder!«

»Ich mag es nicht, daß man großzügig mit meinem Geld um sich wirft, wie Sie es tun, Loewe. Es ist ja sehr nett, gewaltige Versprechungen zu machen, aber dann ... Dann muß ich sehen, wie ich den Karren aus dem Dreck ziehe, wenn kein Sou mehr in der Kasse ist, nicht wahr?«

Er schwieg plötzlich. Ein Zug fuhr vorüber. Man hörte in der stillen Luft deutlich, wie das Geräusch anschwoll, sich näherte. Golder senkte den Kopf, lauschte.

Loewe murmelte: »Sie überlegen es sich doch noch, nicht wahr? Levine ... Fünf Kinder von zweitausend Francs im Monat zu ernähren ist schwer. Man muß doch Mitleid haben.«

Der Zug entfernte sich. Ein langes Pfeifen, das durch die Entfernung abgeschwächt und gemildert klang, tönte wie ein Ruf, wie eine besorgte Frage durch die Luft.

»Mitleid«, rief Golder mit plötzlicher Wut, »warum? Mit mir hat niemand Mitleid, oder? Niemand hat je Mitleid mit mir gehabt ...«

»Oh, Monsieur Golder ...«

»Ja, ja, zahlen, zahlen und noch einmal zahlen ... Dafür bin ich auf der Welt ...«

Er atmete mühsam, sprach leiser und mit veränderter Stimme weiter: »Machen Sie die Streichungen auf der Liste der Gehaltserhöhungen rückgängig. Verstanden? Und kümmern Sie sich um die Plätze. Wir fahren morgen.«

»Ich fahre morgen weg«, sagte Golder unvermittelt, als er vom Tisch aufstand.

Gloria erschauerte leicht, murmelte: »Ach! Für lange?«

»Ja.«

»Bist du ... bist du sicher, daß das klug ist, David? Du bist doch noch krank.«

Er brach in Lachen aus.

»Was ändert das denn? Habe ich vielleicht das Recht, krank zu sein, wie andere Menschen?«

»Oh! Dieser Märtyrerton«, murmelte Gloria voller Wut.

Er ging hinaus und schlug heftig die Tür hinter sich zu. Die kristallenen Wandlampen über dem Kamin klingelten im Luftzug hastig und silbern in der Stille.

»Er ist nervös«, sagte Hoyos sanft.

»Ja. Gehen Sie heute abend aus? Wollen Sie das Auto?«

»Nein, danke, meine Liebe.«

Gloria drehte sich zu dem Bedienten um.

»Ich brauche heute abend den Chauffeur nicht.«

»Sehr wohl, Madame.«

Er stellte das Silbertablett, die Liköre und Zigarren auf dem Tisch ab und ging hinaus.

Gloria machte eine nervöse Gebärde, als wollte sie die Fliegen verscheuchen, die leise um die Lampen summten.

»Ach, es ist nicht auszuhalten! Möchtest du Kaffee?«

»Und Joy? Hast du Nachricht?«

»Nein.«

Sie schwieg eine Weile, dann sagte sie aufgebracht: »An alledem ist nur David schuld! Er verwöhnt diese Kleine wie ein Narr, wie ein Idiot! Und dabei liebt er sie nicht einmal! Er fühlt sich durch sie in seiner vulgären Parvenü-Eitelkeit geschmeichelt! Und er darf stolz sein, wahrhaftig! Sie benimmt sich wie ein Flittchen! Weißt du, wieviel Geld er ihr in der Nacht gegeben hat, als er im Klub zusammengebrochen ist? Fünfzigtausend Francs, mein Lieber. Reizend, nicht wahr? Ein paar Leute haben mir das Bild beschrieben. Die Kleine ist schon fast im Halbschlaf durch diese Spielhölle gegangen, mit Bündeln von Geldscheinen in den Händen, wie eine Hure, die einen Alten ausgenommen hat! Und mir, mir werden immer die gleichen Szenen gemacht, ich muß mir immer denselben Refrain anhören: Die Geschäfte gehen schlecht! Er hat es satt, für mich zu arbeiten, und so weiter! Ach! Ich bin so unglücklich! Und was Joyce angeht ...«

»Oh! Sie ist doch reizend ...«

»Ich weiß«, schnitt ihm Gloria das Wort ab.

Hoyos sagte nichts mehr, stand auf, ging zum Fenster, atmete die Luft ein.

»Wie schön es ist ... Möchten Sie nicht in den Garten hinunter?«

»Wie Sie wollen.«

Sie gingen zusammen hinaus. Es war eine klare, mondlose Nacht; die starken weißen Scheinwerfer der Terrasse überpuderten den Kies der

Allee, die Zweige der Bäume mit kaltem Theaterlicht.

»Riech, was für eine schöne Nacht«, sagte Hoyos. »Der Wind weht von Spanien her, er duftet nach Zimt, findest du nicht?«

»Nein«, sagte sie schroff.

Sie stieß gegen eine Bank.

»Setzen wir uns, es macht mich müde, im Dunkeln herumzugehen.«

Er setzte sich an ihre Seite, zündete sich eine Zigarette an; die Flamme des Feuerzeugs beleuchtete plötzlich sein vorgebeugtes Gesicht, die gewölbten Lider, die zart und zerknittert waren wie welke Blumen, die reine Zeichnung der noch jungen, von Leben schwellenden Lippen.

»Du, was ist eigentlich los? Sind wir heute abend allein?«

»Erwartest du jemanden?« fragte sie abwesend.

»Nein, nicht direkt, aber es wundert mich. Das Haus ist doch immer voll wie eine Schenke beim Jahrmarkt. Ich beklage mich übrigens durchaus nicht darüber. Wir sind alt, meine Liebe, und brauchen Menschen und Betrieb um uns herum. Früher war das nicht so, aber alles vergeht ...«

»Früher«, wiederholte sie, »weißt du, wie viele Jahre das her ist? Es ist erschreckend ...«

»Fast zwanzig Jahre!«

»1901. Der Karneval von Nizza 1901, mein Freund. Fünfundzwanzig Jahre.«

»Ja«, murmelte er, »eine kleine Ausländerin, die sich in den Straßen verirrt hatte, mit dieser Kreissäge auf dem Kopf und in dem billigen

Fähnchen ... Aber das hat sich schnell geändert.«

»Damals hast du mich geliebt ... und ... jetzt hängst du nur noch am Geld, das weiß ich doch ... Ohne mein Geld ...!«

Er zuckte sanft die Achseln: »Pst, pst ... Werden Sie nicht zornig, das macht Sie alt ... und ich fühle mich heute abend ganz weich gestimmt. Erinnern Sie sich noch, Gloria, der Blausilberne Kostümball?«

»Ja.«

Sie schwiegen, sahen zweifellos gleichzeitig wieder die Straße von Nizza in jener Karnevalsnacht vor sich, das Gedränge der Maskierten, die singend vorüberzogen, die Palmen, den Mond und die Rufe der Menge auf der Place Masséna ... ihre Jugend ... die schöne Nacht, wollüstig und leicht wie eine neapolitanische Romanze ...

Er schnippte heftig seine Zigarettenasche weg.

»Ach, meine Liebe, Schluß mit der Rückschau, mir wird dabei todkalt!«

»Das ist wahr«, sagte sie, unwillkürlich erschauernd. »Wenn ich an diese Zeit zurückdenke ... Ich wollte unbedingt nach Europa kommen ... Ich weiß nicht mehr, wie David das Geld für meine Reise aufgetrieben hat. Ich bin dritter Klasse hergefahren. Vom Zwischendeck aus habe ich zugesehen, wie die Frauen tanzten, mit Juwelen übersät ...! Warum kommt alles immer so spät? Und hier ... in Frankreich ... Ich habe in einer kleinen Familienpension gewohnt, und wenn am Monatsende das Geld aus

Amerika nicht gekommen war, habe ich oft nur eine Orange zum Abendessen auf meinem Zimmer gegessen. Das hast du nie gewußt, was? Ich habe immer so angegeben ... Ja, weiß Gott, das war nicht immer lustig. Aber was würde ich heute für die Tage damals geben, und für die Nächte ...«

»Jetzt ist Joyce an der Reihe. Es ist komisch, das ärgert und tröstet mich zugleich. Dich nicht, was?«

»Nein.«

»Das habe ich mir gedacht«, murmelte er. Sie erriet am Ton seiner Stimme, daß er lächelte.

Unvermittelt sagte sie: »Es gibt da etwas, was mich quält ... Du hast mich oft gefragt, was Ghédalia zu der Krankheit von ...«

»Ja. Ich verstehe.«

»Also, es ist Angina pectoris. Er kann jeden Augenblick sterben.«

»Weiß er es?«

»Nein. Ich ... ich habe es hingekriegt, daß Ghédalia nichts gesagt hat. Er wollte ihm die Geschäfte verbieten. Wie hätten wir leben sollen? Er hat nichts für mich auf die Seite gelegt, nichts, keinen Sou. Nur habe ich nicht gedacht, daß er so schnell wieder würde fahren müssen. Und heute abend hat ihm der Tod aus dem Gesicht gesehen. Und daher weiß ich jetzt wirklich nicht, ob es besser wäre ...«

Hoyos schnippte mit gereiztem Ausdruck leicht mit den Fingern.

»Warum haben Sie das getan?«

»Nun«, sagte sie unwirsch, »ich habe es so für

richtig gehalten. Ich habe an Sie gedacht, wie gewöhnlich. Was würde aus Ihnen, wenn David einmal nichts mehr verdienen sollte? Sie wissen schließlich, denke ich, sehr gut, wo mein Geld hinfließt!«

»Oh!« sagte er lachend, »ich möchte nicht den Tag erleben, wenn ich einmal die Frauen nichts mehr koste. Ein alter Herzensgeliebter, das hat einen liederlichen Reiz, der mich entzückt.«

Sie hob ungeduldig die Schultern.

»Oh! Genug! Sehen Sie denn nicht, wie gereizt ich schon bin? Also, was soll ich tun? Wenn ich ihm die Wahrheit sage und er alles aufgibt? Sagen Sie nicht nein. Sie kennen ihn nicht. In diesem Augenblick denkt er nur an seine Gesundheit, er ist von dem Gedanken an den Tod besessen. Haben Sie ihn denn nie morgens beobachtet, mit seinem alten Überzieher, im Garten, in der Sonne? Ach, mein Gott, wenn ich ihn noch jahrelang so herumhängen sehen müßte! Dann wäre es mir lieber, er würde sofort sterben! Wenn nur . . . Ach! Niemand würde ihm nachtrauern, das schwöre ich . . .«

Hoyos bückte sich, pflückte eine Blume, rieb sie leicht zwischen seinen Fingern und roch dann an seiner duftenden Hand.

»Wie sie riecht«, murmelte er, »köstlich . . . ein ganz feiner Pfeffergeruch. Das sind sicher diese reizenden weißen kleinen Nelken, mit denen die Beete eingefaßt sind . . . Sie sind Ihrem Mann gegenüber ungerecht, meine Liebe. Er ist doch ein guter Kerl.«

»Ein guter Kerl?« lachte sie. »Wenn du wüßtest, wie viele Menschen er in den Ruin, in den Selbstmord, ins Elend gestürzt hat! Wegen ihm hat sich Marcus, sein Partner und Freund seit sechsundzwanzig Jahren, umgebracht! Das wußtest du nicht, nicht wahr?«

»Nein«, sagte er gleichgültig.

»Also«, wiederholte sie, »was soll ich machen?«

»Oh! Da gibt es nur eins, meine arme Freundin: ihn so behutsam wie möglich vorbereiten, es ihm beibringen. Er wird ja, denke ich, kaum auf das Geschäft, das er gerade in Aussicht hat, verzichten. Fischl hat mir Andeutungen gemacht. Aber Sie wissen ja, daß ich mich da nicht besonders auskenne. Soviel ich verstehen konnte, gehen die Geschäfte Ihres Mannes zur Zeit äußerst schlecht. Um wieder auf die Beine zu kommen, zählt er auf eine Verhandlung mit den Sowjets. Es handelt sich um Erdöl, glaube ich. Jedenfalls ist eines sicher, nämlich wenn er jetzt plötzlich sterben sollte, kämen Sie als Erbin bei dem gegenwärtigen Stand seines Vermögens in eine äußerst schwierige Lage, nur Schulden, kein Geld . . .«

»Das ist wahr«, murmelte sie. »Seine Geschäfte sind ein Chaos, in dem vermutlich nicht einmal mehr er selbst sich auskennt.«

»Und gibt es niemanden, der auf dem laufenden wäre?«

»Aber nein«, sagte sie unter zornigem Achselzucken, »er mißtraut jedem, glaube ich, und vor allem mir! Seine Geschäfte! Er hält sie vor mir geheim, als wären es Geliebte!«

»Also, sehen Sie, wenn er weiß, wenn er ahnt, daß sein Leben bedroht ist, dann wird er Vorkehrungen treffen, da bin ich sicher. Und außerdem wird ihn das irgendwie anspornen ...«

Er lachte leise.

»Sein letztes Geschäft, seine letzte Chance ... Überlegen Sie doch ... Ja, man muß es ihm beibringen.«

Unwillkürlich drehten sie sich beide um, blickten auf das Haus. Im ersten Stock war Golders Fenster erleuchtet.

»Er schläft nicht ...«

»Ach!« sagte sie dumpf, »ich kann nicht zu ihm gehen, ich ... Er hat mich nie verstanden, nie geliebt ... Das Geld, das Geld, sein ganzes Leben lang nur das Geld ... Wie eine Maschine ... kein Herz, kein Gefühl, nichts ... Ich habe jahrelang mit ihm geschlafen ... Er ist immer so gewesen wie jetzt, hart, eiskalt ... Das Geld, die Geschäfte ... Nie ein Lächeln, eine Liebkosung ... Gebrüll, Szenen ... Ach, ich bin nie glücklich gewesen ...«

Sie schwieg. Bei einer Bewegung, die sie machte, ließ der Schein der elektrischen Kugellampe, die über der Allee hing, die Diamanten in ihren Ohren aufblitzen.

Hoyos lächelte.

»Was für eine schöne Nacht«, sprach er träumerisch. »Die Blumen duften so köstlich ... Ihr Parfüm ist zu stark, Gloria, das habe ich Ihnen doch schon gesagt ... es verträgt nichts neben sich, es tötet diese armen kleinen Herbstrosen.

Welche Stille, das ist außerordentlich. Man hört das Meer ... Wie ruhig die Nacht ist ... Hören Sie nur, da auf der Straße, Frauenstimmen, sie singen ... Das ist doch wunderschön, nicht wahr? Diese klaren Stimmen, die Nacht ... Ich liebe diesen Ort. Es würde mich wirklich betrüben, sehen zu müssen, wie dieses Haus verkauft wird.«

»Du bist wahnsinnig«, murmelte sie, »was sagst du da?«

»Mein Gott, das kann doch passieren. Dieses Haus ist doch nicht auf deinen Namen eingetragen, oder?«

Sie antwortete nicht. Er fuhr fort: »Du hast das doch oft versucht, erinnerst du dich? Er hat immer mit seinem Refrain geantwortet: ›Ich bin noch da‹, nicht wahr?«

»Man müßte noch heute nacht mit ihm sprechen.«

»Ja, in der Tat, das wäre das beste.«

»Sofort.«

»Das wäre das beste«, wiederholte er.

Sie erhob sich langsam.

»Ach, diese Geschichte macht mich ganz krank. Bleibst du hier unten?«

»Ja, es ist so schön.«

Als sie zu Golder ins Zimmer trat, arbeitete er; er saß in seinem Bett, zerdrückte, zusammengerollte Kissen stützten seinen Körper, sein Hemd stand über der Brust offen, die langen, weiten, aufgeknöpften Ärmel flatterten ihm um die nackten Arme. Er hatte die Lampe zu sich ins Bett geholt und auf ein Tablett gestellt, wo noch eine halbgeleerte Teetasse und ein Teller mit Orangenschalen standen. Das Licht fiel direkt auf seinen gesenkten Kopf und beleuchtete grell die weißen Haare.

Als Gloria die Tür öffnete, wandte er sich hastig zu ihr hin, sah sie an, dann senkte er die Stirn noch tiefer und brummte: »Was ist? Was gibt es denn schon wieder?«

»Ich habe mit dir zu sprechen«, erwiderte sie kurz angebunden.

Er nahm die Brille ab, wischte sich mit dem Zipfel seines Taschentuchs lange die entzündeten Augen. Sie setzte sich mit steif aufgerichtetem Oberkörper neben ihn auf das Bett, spielte mit ihrer Perlenkette.

»David, hör zu! Ich muß unbedingt mit dir sprechen ... Du fährst doch morgen ... Aber du bist krank und erschöpft ... Hast du bedacht, daß ich, wenn dir etwas zustoßen sollte, ganz allein auf der Welt dastünde?«

Er hörte ihr mit finsterer, kalter Miene zu, ohne sich zu rühren, ohne ein Wort.

»David ...«

»Was willst du von mir?«, fragte er schließlich und sah sie mit diesem harten, eigensinnigen, furchtsamen Ausdruck an, den sie allein kannte. »Laß mich zufrieden, ich habe zu arbeiten.«

»Was ich mit dir zu bereden habe, ist für mich genauso wichtig wie deine Arbeit. So einfach wirst du mich nicht los, das laß dir gesagt sein.«

Sie preßte in kalter Wut die Lippen zusammen.

»Warum willst du so plötzlich abreisen?«

»Wegen meiner Geschäfte.«

»Ah! Das kann ich mir denken, daß du nicht zu einer Geliebten fährst«, schrie sie und hob dabei die Schultern. »Oh, David, ich warne dich, mach mich nicht rasend! Wohin fährst du? Die Geschäfte stehen sehr schlecht, nicht wahr?«

»Aber nein«, murmelte er matt.

»David!«

Sie hatte gegen ihren Willen nervös aufgeschrien. Mühsam suchte sie, sich wieder zu beherrschen.

»Ich bin schließlich deine Frau, will mir scheinen. Ich habe sehr wohl ein Recht, mich für Geschäfte zu interessieren, die mich genauso betreffen wie dich!«

»Bis jetzt«, erklärte Golder langsam, »hast du immer gesagt: ›Ich will Geld, sieh zu, wie du es einrichtest.‹ Ich habe es immer eingerichtet. Das wird so weitergehen, bis ich sterbe.«

»Ja, ja«, unterbrach sie ihn gereizt und mit einer dunklen Drohung in der Stimme, »das kenne ich . . . immer der gleiche Refrain. Deine Arbeit, deine Arbeit! Und was bleibt mir von alledem, wenn du einmal nicht mehr bist? Du hast es so gut eingerichtet, stimmt's, daß ich am Tag deines Todes, wenn sich sämtliche Gläubiger auf mich stürzen, nichts mehr haben werde, keinen Sou!«

»Mein Tod! Mein Tod! Ich bin schließlich noch nicht tot, oder?« rief er plötzlich, am ganzen

Leib zitternd. »Schweig still, hörst du, halt den Mund!«

Sie lachte: »Ja, ja, wie der Vogel Strauß, der den Kopf in den Sand steckt! Du willst nichts sehen, nichts begreifen ...! Nun gut, um so schlimmer ...! Du hast Angina pectoris, mein Lieber! Du kannst schon morgen sterben. Warum glotzt du mich so an? Oh! Du bist doch der größte Feigling, den ich je gesehen habe! Ein Mann! Das nennt sich einen Mann! Schau dir das an! Gleich wird er doch wahrhaftig ohnmächtig ...! Los, mach nicht so ein Gesicht!« sagte sie achselzuckend. »Du kannst noch zwanzig Jahre leben, das hat der Arzt gesagt. Nur, was willst du? Man muß diesen Dingen ins Auge blicken! Wir sind schließlich alle sterblich ... Aber denk an Nicolas Lévy, Porjès, so viele andere, die über riesige Vermögen verfügten, und als sie gestorben sind, was ist da ihren Witwen geblieben? Bankschulden. Also ich, ich will nicht, daß mir das passiert, verstehst du mich? Richte dich darauf ein! Laß als erstes dieses Haus auf meinen Namen überschreiben! Wenn du ein guter Ehemann gewesen wärst, hättest du mir seit langem ein anständiges Vermögen gesichert. Ich habe nichts.«

Sie brach ab, stieß einen Schrei aus. Golder hatte mit einem Faustschlag das Tablett und die Lampe auf den Boden gestoßen. Unter dem Getöse zersplitternden Glases krachten sie in der Stille des schlafenden Hauses auf das Parkett.

Gloria rief gellend: »Grobian! Du Grobian! Du Hund! Du hast dich nicht geändert! Du bist doch immer noch der gleiche! Der kleine Jude, der in New York Lumpen und Alteisen verkauft hat, mit einem Sack auf dem Rücken! Weißt du noch? Weißt du es noch?«

»Und du, erinnerst du dich noch an Kischinew und an die Bude deines Vaters, des Wucherers, in der Judengasse? Damals hast du noch nicht Gloria geheißen . . .! Havke . . .! Havke!«

Er brüllte den jiddischen Namen wie eine Beleidigung und hob die Faust. Sie packte ihn an den Schultern und drückte ihm den Kopf zwischen ihre Brüste, um seine Schreie zu ersticken.

»Sei doch still, schweig doch, schweig! Du Grobian! Du Flegel! Die Hausangestellten! Die Hausangestellten können dich doch hören! Das verzeihe ich dir nie! Halt den Mund, ich bringe dich um, halt den Mund!«

Doch plötzlich ließ sie ihn fahren, stöhnte auf: der alte Mund hatte wild in das Fleisch zwischen den Perlen gebissen. Golder schrie, die Augen blutunterlaufen wie ein tollwütiger Hund: »Du wagst es? Du wagst es zu fordern . . .? Du hast nichts . . .! Und das? Und das? Und das?«

Er zerrte wütend an der schweren Halskette, verdrehte den Faden zwischen seinen Fingern. Sie grub ihm die Nägel in die Hände, aber er hielt die Kette fest. Er bekam keine Luft mehr, heulte auf.

»Das, Frau, das ist eine Million wert! Und deine Smaragde? Deine Colliers? Deine Armbänder? Deine Ringe . . .? Alles, was du hast, womit du dich von Kopf bis Fuß behängst . . . Du sagst, du wagst es zu sagen, daß ich dir kein Vermögen gesichert hätte . . .! Sieh dich doch an, du bist mit Juwelen bedeckt und erstickst an dem Geld, das du mir aus der Tasche gezogen und gestohlen hast, Havke! Aber als ich dich genommen habe, warst du nichts als ein armes, elendes Ding, erinnere dich, erinnere dich nur! Du bist durch den Schnee gelaufen mit deinen zerlöcherten Schuhen, die nackten Füße sahen durch deine Strümpfe hindurch, deine Hände waren rot und geschwollen vor Kälte! Ah, meine Schöne, ich, ich weiß es noch . . . Ich erinnere mich noch an das Schiff, als wir auf dem Auswandererdeck weggefahren sind . . . Und jetzt, Gloria Golder! Mit Kleidern, Schmuck, Häusern, Autos, die ich bezahlt habe, ich, ich, mit meiner Gesundheit, mit meinem Leben bezahlt habe! Was du mir alles genommen, was du mir alles gestohlen hast! Als dieses Haus gekauft wurde, glaubst du, ich wüßte nicht, wie ihr euch fast zweihunderttausend Francs Kommission geteilt habt, Hoyos und du? Zahle, zahle, zahle . . . von morgens bis abends . . . zahle, zahle, zahle . . . das ganze Leben . . . Ja, glaubst du denn, ich hätte nichts gesehen, nichts begriffen, nicht gesehen, wie du dich unter meinen Augen bereichert hat, auf meine Kosten und auf Kosten von Joyce? Wie du Diamanten und Aktien angehäuft hast? Du bist doch seit Jahren reicher als ich, hörst du mich, hörst du?«

Seine Schreie zerrissen ihm die Brust; er griff sich mit beiden Händen an die Kehle und bekam einen Hustenanfall, einen schrecklichen Husten, der ihm wie ein Sturm den Leib schüttelte. Einen

Augenblick lang glaubte Gloria, er würde jetzt sterben. Aber er hatte noch die Kraft, ihr mit einem heiseren Röcheln, einem qualvollen Röcheln aus der Tiefe seiner zerrissenen Brust hinzuwerfen: »Das Haus . . .! Das kriegst du nicht! Hörst du! Niemals . . .« Dann sackte er zurück, lag unbeweglich und stumm mit geschlossenen Augen da. Er lauschte nur noch auf das Geräusch seines Atems, dieses ächzenden Hustens, der sich nicht beruhigen wollte, wie eine Brandung seine Kehle angriff, und seines Herzens, des alten kranken Herzens, das mit dumpfen Schlägen gegen die Wände seiner Brust hämmerte . . .

Das dauerte eine ganze Weile. Dann ließ allmählich der Anfall nach. Der Husten wurde schwächer und leichter. Er drehte den Kopf zu Gloria hin, murmelte mühsam mit leiser, erstickter, erschöpfter Stimme: »Begnüge dich mit dem, was du hast . . . Denn ich schwöre dir, du bekommst nichts mehr von mir, nichts . . .«

Sie unterbrach ihn unwillkürlich.

»Sprich nicht. Es tut weh, dich zu hören.«

»Laß mich«, brummte er und stieß die Hand zurück, die sie ihm reichte; er konnte die Berührung ihrer Finger, ihrer kalten Ringe auf seiner Haut nicht ertragen.

»Laß. Ich will, daß du ein für allemal Bescheid weißt. Solange ich lebe, mag es angehen . . . Du bist meine Frau, ich habe dir alles gegeben, was ich konnte. Aber nach meinem Tod kriegst du nichts. Hörst du? Nichts, meine Schöne, außer dem, was du zusammengescharrt hast, und das ist noch zu viel . . . Ich habe dafür gesorgt, daß Joyce alles bekommt. Und du keinen Heller! Keinen einzigen Heller. Nichts. Nichts. Nichts. Hörst du? Hast du kapiert?« Er sah deutlich, wie Glorias Wangen unter der zerlaufenden Schminke erbleichten.

»Was sagst du da?« fragte sie mit dumpfer Stimme. »Bist du wahnsinnig, David?«

Er wischte sich den Schweiß ab, der ihm über das Gesicht lief, sah Gloria finster an.

»Ich will, ich wünsche, daß Joyce unabhängig ist, reich . . . Was dich angeht . . .«

Er preßte heftig die Kiefer zusammen. »Nichts davon, hörst du, nichts davon . . .«

»Warum?« fragte sie automatisch und fast naiv.

»Warum?« wiederholte Golder langsam. »Ah! Also . . . du willst wirklich, daß ich dir sage, warum . . .? Nun gut, deswegen, weil ich denke, daß ich genug für dich getan habe . . . Ich habe dich reich genug gemacht, dich und deine Liebhaber . . .«

»Was?«

Er lachte plötzlich auf.

»Ah! Überrascht dich das? Aber jetzt kapierst du wohl besser, wette ich, was? Ja, deine Liebhaber . . . alle . . . der kleine Porjès, Lewis Wichmann . . . und die andern . . . und Hoyos . . . vor allem Hoyos . . . Ach, der . . .! Seit zwanzig Jahren sehe ich den mit seinen Ringen, seinen Kleidern, ja, seinen Weibern herumlaufen, die von meinem Geld bezahlt sind . . . Also, das reicht jetzt, verstanden?«

Da sie schwieg, wiederholte er: »Verstanden? Ach, wenn du dein Gesicht sehen könntest! Du versuchst ja nicht einmal zu leugnen!«

»Warum?« erwiderte Gloria mit einem Zischen, das nur mühsam zwischen ihren zusammengekniffenen Lippen hervorkam. »Warum ...? Ich habe dich nicht betrogen ... Denn man betrügt einen Ehemann ... einen Mann, der mit einem schläft ... der einem Lust schenkt ... Du aber! Seit Jahren bist du doch ein kranker Mümmelgreis ... eine Jammerfigur ... Das vergißt du wohl, du hast die Jahre nicht gezählt ... Es ist fast achtzehn Jahre her, seit du dich mir zuletzt genähert hast ... und vorher?«

Sie brach in ein Gelächter aus.

»Und vorher, David? Du hast vergessen ...«

Jäh errötete Golders altes Gesicht, das Blut schoß ihm in den Kopf, und seine Augen füllten sich mit Tränen. Dieses Lachen ... Seit Jahren hatte er es nicht mehr gehört ... diese Nächte, als er es vergeblich unter seinen Lippen zu ersticken gesucht hatte. Er murmelte wie früher: »Das ist deine Schuld ... du hast mich nie geliebt.«

Sie lachte noch lauter.

»Geliebt? Dich? David Golder? Ja, kann man dich denn lieben? Willst du vielleicht dein Geld Joyce geben, weil du glaubst, sie liebt dich? Aber sie liebt doch auch nur dein Geld, du alter Schwachkopf! Ist sie etwa nicht weggefahren, deine Joyce? Sie hat dich allein gelassen, alt und krank, wie du bist! Deine Joyce! Als du so krank warst, sterbenskrank, erinnerst du dich, an dem

Abend ist sie tanzen gegangen ... Ich, ich bin wenigstens dageblieben, aus Anstand ... Aber sie? Sie wird am Tag deiner Beerdigung tanzen gehen, du Idiot! Ach ja, sie liebt dich, sie!«

»Das ist mir gleich!«

Er versuchte zu schreien, aber seine gequälte Stimme drang nur als heiserer, erstickter Hauch aus seiner Kehle: »Das ist mir gleich, das brauchst du mir nicht zu sagen, ich weiß das, ich weiß. Für die andern Geld machen und dann krepieren, dazu bin ich auf dieser elenden Welt ... Joy ist ein Flittchen wie du, das weiß ich doch, aber sie, sie kann mir nicht weh tun ... Sie ist ein Stück von mir, sie ist meine Tochter, alles, was ich auf dieser Welt habe ...«

»Deine Tochter ...!«

Gloria hatte sich nach hinten auf das Bett fallen lassen und wurde von einem gellenden, wahnsinnigen Gelächter geschüttelt.

»Deine Tochter! Bist du sicher? Das weißt du nicht, was, du, der du so viel weißt ...! Nun gut, sie ist nicht von dir, kapierst du? Deine Tochter ist nicht von dir ... Sie ist Hoyos' Tochter, du Idiot! Hast du denn nie gesehen, wie ähnlich sie ihm ist, wie sie ihn liebt? Sie hat das nämlich längst erraten, das schwöre ich dir. Du hast nie gesehen, wie wir lachen, wenn du deine Joyce in den Arm nimmst, deine Tochter!«

Abrupt brach sie ab. Er rührte sich nicht, sagte nichts. Sie beugte sich über ihn. Er hob die Hände vors Gesicht.

Sie murmelte unwillkürlich: »David ... Das ist nicht wahr ... Hör zu ...«

Aber er hörte nicht. Er drückte wie von Scham überwältigt die Hände an sein Gesicht und schwieg. Er hörte nicht, wie sie aufstand, wie sie einen Augenblick auf der Türschwelle stehenblieb, er sah nicht, wie sie nach ihm hinblickte.

Schließlich ging sie hinaus.

Später stand er auf, schleppte sich mühsam in das anstoßende Badezimmer. Er wollte trinken. Lange suchte er nach der für die Nacht bereitgestellten Karaffe mit abgekochtem Wasser, fand nichts. Er drehte die Wasserhähne der Badewanne auf, befeuchtete Hände und Mund. Langsam richtete er sich wieder auf; seine Knie zitterten wie bei einem alten Pferd, das gestürzt ist und halb tot noch versucht, unter den Peitschenschlägen wieder auf die Beine zu kommen.

Der stärker gewordene Nachtwind wehte durch das offene Fenster hinein. Unwillkürlich trat er heran, blickte hinaus, ohne etwas zu sehen, reckte den Kopf mit einer blinden Bewegung ins Dunkel. Dann fröstelte ihn, und er ging in sein Zimmer zurück.

Er trat auf Glassplitter, stieß einen erstickten Fluch aus, sah gleichgültig auf das Blut an seinen nackten Füßen, legte sich wieder ins Bett. Er zitterte vor Kälte. Er wickelte sich fest in die Decken ein, bis über die Ohren, drückte die Stirn in die Kopfkissen. Er war sterbensmüde. »Ich werde jetzt einschlafen ... vergessen ... ich denke dann morgen daran . . . morgen . . .« Wie? Morgen? Was konnte er machen? Da war nichts zu machen. Nichts. Hoyos . . . dieser schmutzige Zuhälter . . . und Joyce . . . »Es ist wahr, daß sie ihm ähnlich sieht!« schrie er plötzlich mit verzweifelter Stimme auf. Aber sofort brach er ab, ballte die Fäuste. Gloria hatte gesagt: »Wie sie ihn liebt . . . hast du das nie gesehen? Sie hat es längst erraten . . .« Sie wußte es, sie lachte über ihn, allein des Geldes wegen kam sie und schmiegte sich an ihn, des Geldes wegen. Dieses kleine Flittchen, diese kleine . . . Er murmelte gequält mit trockenen Lippen: »Das habe ich nicht verdient.«

Wie er sie geliebt hatte, wie stolz er auf sie gewesen war, wie sie sich über ihn lustig gemacht hatten, alle! Ein eigenes Kind! Er, der arme Idiot, hatte wirklich glauben können, daß er auf dieser Welt etwas besaß . . . Das war sein Schicksal . . . Das ganze Leben lang arbeiten, um am Ende allein und nackt mit leeren Händen dazustehen. Ein Kind! Dabei war er schon mit vierzig Jahren alt und kalt gewesen wie ein Toter! Das war Glorias Schuld, sie hatte ihn immer verabscheut, verachtet, zurückgestoßen . . . ihr Lachen . . . weil er häßlich, plump, ungeschickt war . . . Und am Anfang, als sie arm waren, die Angst, diese furchtbare Angst, die sie davor hatte, ein Kind zu bekommen. »David, sieh dich vor, David, sei vorsichtig, wenn du mir ein Kind machst, bringe ich mich um.« Schöne Liebesnächte das, wahrhaftig! Und dann . . . Er erinnerte sich jetzt wieder, er erinnerte sich genau ... Es war jetzt neunzehn Jahre her. Er zählte nach. 1907 war es gewesen. Neunzehn Jahre. Sie war in Europa, er in Amerika. Ein paar Monate zuvor hatte er zum erstenmal Geld gemacht, viel Geld, in einem Baugeschäft ... Nun hatte er wieder nichts mehr. Gloria trieb sich allein irgendwo in Italien herum. Kurze Telegramme von Zeit zu Zeit: »Brauche Geld.« Immer verschaffte er sich welches für sie. Was? Ach! Ein jüdischer Ehemann muß es eben einrichten können ...

Eine Gesellschaft amerikanischer Financiers war gebildet worden, um eine Eisenbahnlinie im Westen zu bauen. Ein schreckliches Land, Steppen, Sümpfe ... Nach achtzehn Monaten war das ganze Geld aufgebraucht, und alle waren sie abgesprungen, einer nach dem andern. Da hatte er die Sache in die Hand genommen. Er hatte Kapital aufgetrieben, war hingefahren, dort geblieben. Wenn er seine beiden starken, schweren Hände in ein Geschäft steckte, ließ er nicht mehr so leicht los, nein ...

Er lebte wie ein Bauarbeiter in einer Baracke aus verfaulten Brettern. Es war die Jahreszeit der großen Regenfälle. Das Wasser tropfte von den Wänden, lief durch die schlecht verfugten Dächer, wenn der Abend kam, summten die riesigen Mükken aus den Sümpfen in der Luft. Jeden Tag starben einige unter den Männern am Fieber. Man begrub sie abends, um die Arbeit nicht zu unterbrechen. Die Särge standen den ganzen Tag lang herum, unter nassen, glänzenden Planen, die im Regen und Wind klatschten.

Und dort war Gloria eines Tages aufgetaucht, mit ihrem Pelzmantel, ihren lackierten Fingernägeln, ihren spitzen Absätzen, die sich in den Schlamm bohrten ...

Er erinnerte sich, wie sie angekommen war, wie sie zu ihm hereingetreten war, wie sie mühsam ein kleines Fenster mit verschmutzten Scheiben geöffnet hatte. Draußen quakten die Frösche. Es war ein Herbstabend, der dunkelrote, fast braune Himmel spiegelte sich in den Sümpfen wider ... Ein hübscher Anblick ... Das erbärmliche Dorf ... Gestank nach faulendem Holz, Schlamm, Wasser ... Immer wieder sagte er: »Du bist verrückt. Warum bist du nur gekommen? Du holst dir hier das Fieber ... Eine Frau auf dem Hals, das hat mir noch gefehlt!« »Mir wurde die Zeit lang, ich wollte dich sehen, wir sind Mann und Frau und leben wie Fremde, jeder am anderen Ende der Welt.« Und später: »Wo wirst du schlafen?« Es war nur ein einziges schmales, hartes Feldbett da. Er wußte noch, wie sie mit leiser Stimme gesagt hatte: »Mit dir, David ...« Weiß Gott, diese Nacht hatte er kein Verlangen nach ihr! Er war erschlagen von den Anstrengungen, der Arbeit, den durchwachten Nächten, vom Fieber. Der vergessene Duft ihres Parfüms machte ihm fast angst. Er wiederholte: »Du bist verrückt, du bist verrückt ...«, während sie ihren glühenden Körper an ihn preßte und haßerfüllt zwischen zusammengebissenen Zähnen flüsterte: »Ja, fühlst du denn nichts? Bist du kein Mann mehr? Schämst du dich nicht?« Hatte er damals keinen Verdacht geschöpft? Er wußte es selbst nicht mehr genau. Manchmal verschließt man die Augen, wendet den Kopf ab, will nichts sehen. Wozu auch? Wenn man sowieso nichts machen kann ... Und danach vergißt man ... Wie sie sich in jener Nacht von ihm losgemacht hatte, mit diesem gesättigten, gelangweilten Ausdruck eines vollgefressenen Tieres! Sie war eingeschlafen, mit weit ausgebreiteten Armen hatte sie auf dem Bett gelegen und stark geatmet wie in einem Alptraum. Er war aufgestanden. Er hatte gearbeitet wie jede Nacht. Die Petroleumlampe qualmte und blakte, es regnete, die Frösche quakten unter den Fenstern.

Ein paar Tage danach reiste sie wieder ab. In dem Jahr war Joyce geboren worden ... Natürlich ...

Joy ... Joy ... Er wiederholte sinnlos ihren Namen, mit einem heiseren, trockenen Schluchzen, das wie der Schrei eines Tieres klang ... Sie, ja, sie hatte er geliebt ... Seine Kleine ... Sein kleines Mädchen ... Er hatte ihr alles gegeben. Und sie pfiff auf ihn, sie schmiegte sich an ihn, wie eine Hure den Alten liebkost, der sie liebt. Sie wußte, daß er nicht ihr Vater war ... Das Geld, nur das Geld wollte sie. Wäre sie sonst weggefahren? Und wenn er sie küßte und sie sich von ihm wegdrehte ... »Oh! Dad, du verschmierst mir meinen Puder ...« Sie schämte sich seiner. Er war plump und ungeschickt, mit seinen groben

Manieren ... Wilde Demütigung zerriß ihm das Herz. Eine schwere Träne floß ihm langsam aus den brennenden Augen die Wange hinunter. Er zerdrückte sie mit seiner zitternden Faust. Um so etwas zu weinen, um dieses kleine Flittchen, er, David Golder! ... »Sie ist weggefahren, sie hat dich allein gelassen, alt und krank, wie du bist ...« Aber wenigstens hatte sie ihm nicht sein Geld abgeluchst, dieses Mal. Er rief sich mit einer schmerzlichen, wilden Freude ins Gedächtnis zurück, wie sie ohne einen Sou abgereist war. Hoyos, der sagte: »Sie hätten ihr eine Ohrfeige geben müssen, mein Lieber ...« Wozu? Das da war die beste Rache. Sie hatten vergessen, daß es *sein* Geld war und sie schon morgen, wenn er wollte, verhungern müßten, sie alle. .. Er sagte »sie alle«, aber er dachte nur an Joyce. Sie würde nichts mehr bekommen, keinen Sou mehr, nein ... Hart schnippte er den Fingernagel gegen seine zusammengebissenen Zähne ... Ja, sie hatten vergessen, wer er war ... Ein armer todkranker Mann, aber immer noch David Golder! Wenn man in London, in Paris, in New York »David Golder« sagte, war das der Name eines hartgesottenen alten Juden, der sein ganzes Leben lang verhaßt und gefürchtet gewesen war, der alle, die ihm Böses wollten, vernichtet hatte. »Die Hunde, diese Hunde«, murmelte er. »Ah, ich werde es ihnen noch zeigen, bevor ich sterbe, denn sie hat es ja gesagt, ich muß ja sterben ...« Seine zitternden Hände verfingen sich in den Falten des Leintuchs; er betrachtete mit verzweifeltem Mitleid die schweren, vom Fieber geschüttelten Finger. »Was haben sie aus mir gemacht?« Er schloß die Augen, knirschte voller Haß: »Gloria.« Ihre gleitenden, kalten Perlen, wie ein Bündel ineinander verknäuelter Schlangen ... und die andere ... die kleine Nutte ... »Und was sind sie ohne mich? Nichts. Dreck. Ich habe gearbeitet, ich habe getötet«, sagte er plötzlich laut, mit seltsamer Stimme; er brach ab, rang bedächtig die Hände. »Ja, ich habe Simon Marcus getötet, das weiß ich wohl ... Das weißt du doch«, sagte er düster zu sich selbst, »und jetzt ... jetzt meinen die, ich mache weiter, arbeite wie ein Hund, bis ich krepiere, das meinen die, wahrhaftig!« Er stieß ein trockenes, groteskes Lachen aus, das wie ein ersticktes Husten klang. »Die alte Irre ... und die andere, die ...« Er fluchte leise auf Jiddisch eine Verwünschung. »Nein, meine Schöne, Schluß, Schluß jetzt ...« Es war Tag geworden. Er hörte ein Geräusch hinter der Tür. Mechanisch rief er: »Was gibt's?«

»Ein Telegramm, Monsieur.«

»Herein.«

Der Bediente machte eine unwillkürliche Bewegung.

»Ist Monsieur krank?«

Golder antwortete nicht, nahm das Telegramm, las: »Brauche Geld, Joyce.«

»Wenn Monsieur antworten möchte«, sagte der Bediente und beobachtete ihn dabei neugierig, »der Telegrammbote ist noch da ...«

»Wie?« fragte er langsam. »Nein ... Keine Antwort.«

Er streckte sich wieder aus, blieb reglos liegen, die Augen geschlossen. So fand Loewe ihn einige Stunden später. Er hatte sich nicht gerührt. Er atmete pfeifend, einen Ausdruck schmerzhafter Anstrengung auf dem Gesicht, mit zurückgeworfenem Kopf, geöffneten, zitternden Lippen, die vom Fieber und vom Durst ausgetrocknet waren.

Er weigerte sich aufzustehen, zu antworten; kein Wort, keine Anordnung war aus ihm herauszubringen; er schien halb tot zu sein, von der Erde losgelöst. Loewe legte ihm Briefe mit Anträgen auf Kredit, Zahlungsaufschub, Unterstützung in die Hände, aber immer sanken die kraftlosen Finger wieder herunter, ohne zu unterschreiben. Außer sich vor Besorgnis reiste Loewe noch am selben Abend ab. Drei Tage später, wie ein gleichgültiger Sturzbach verschiedene Vermögen mit sich reißend, war David Golders Zusammenbruch an der Börse gelaufen.

In dieser Nacht waren Joyce und Alec in der Nähe von A. abgestiegen. Vor zehn Tagen hatten sie Madrid verlassen und fuhren nun ziellos die Pyrenäen entlang, ohne die Kraft zu finden, sich voneinander loszureißen.

Gewöhnlich steuerte Joyce den Wagen, während Alec und Jill halb von der Sonne betäubt schliefen. Abends machten sie halt, aßen in Wirtshausgärten voll verliebter Pärchen und Akkordeonmusik unter Dolden blühender Glyzinien; Laternen aus Ölpapier brannten zwischen den Zweigen, gingen manchmal unversehens in Flammen auf — helles, goldenes Feuer leckte an den Blättern hoch, regnete in schwarzen Aschestückchen herunter. Die beiden Kinder saßen mit aufgestützten Ellbogen an einem wackeligen Tisch, tranken, bedient von einer jungen Frau mit einem dunklen Tuch um den Haarknoten, kalten Wein, liebkosten einander, dann stiegen sie für die Nacht in kahle, kühle Zimmer hinauf, liebten sich, schliefen, fuhren am nächsten Morgen weiter.

An diesem Abend waren sie an der Landstraße in der Nähe von A. in den Bergen. Die untergehende Sonne tauchte die Häuser des kleinen Dorfes in zartes Bonbonrosa.

»Morgen«, sagte Alec, »muß ich wieder zum Dienst ... Lady Rovenna ...«

»Oh!« murmelte Joy voller Zorn, »sie ist entsetzlich, sie ist häßlich, böse ...«

»Man muß doch leben. Wenn wir einmal verheiratet sind, schlafe ich nur noch mit hübschen Mädchen, Joy«, setzte er lachend hinzu. Er legte sanft die Hand auf Joys zarten Nacken, preßte sie an sich. »Joy ... ich habe große Lust auf dich, das weißt du. Nur auf dich ...«

»Aber das weiß ich doch«, sagte Joy leichthin, mit einem triumphierenden Schmollen auf ihren schönen bemalten Lippen. »Das weiß ich doch, komm ...«

Die Schatten wurden länger. In den Höhlungen der Pyrenäen sanken die kleinen stillen

Abendwolken auf die Talgründe hinunter, wo sie sich für die Nacht lagerten. Joyce hielt den Wagen vor der Schwelle des Gasthauses an. Die Wirtin öffnete ihnen den Schlag.

»Nur ein Zimmer mit einem großen Bett, Monsieur, Madame?« fragte sie lächelnd, kaum hatte sie sie gesehen.

Es war ein riesiger Raum mit einem hellen Holzfußboden und einem gewaltigen, hohen, massigen Bett; Joyce warf sich der Länge nach auf das geblümte Plumeau.

»Alec ... komm ...«

Er beugte sich über sie.

Eine Weile später stöhnte sie. »Fliegen ... sieh doch ...«

Sie kreisten an der Decke um die brennende Lampe herum. Alec machte hastig das Licht aus. Verstohlen und schnell war die Nacht hereingebrochen, während sie sich umarmten. Plötzlich hörte man unter den Fenstern in dem schmalen Garten mit den Sonnenblumen den Brunnen plätschern.

»Ist das der Weißwein, der gekühlt wird?« fragte Alec mit glänzenden Augen, »ich habe Hunger, Durst.«

»Was gibt es zum Essen?«

»Ich habe Krebse und den Wein bestellt«, sagte Alec, »im übrigen werden wir uns mit dem Menü begnügen, meine Schöne. Ist dir klar, daß uns nur noch fünfhundert Francs geblieben sind? Wir haben in zehn Tagen fünfzigtausend ausgegeben. Wenn dein Vater dir nichts schickt ...«

»Wenn ich daran denke,« sagte Joyce voller Groll, »daß dieser Mann mich ohne einen Sou hat abfahren lassen! Das verzeihe ich ihm nie. Wenn nicht der alte Fischl gewesen wäre . . .«

»Apropos, was hat er eigentlich für seine fünfzigtausend Francs von dir verlangt, der alte Fischl?« erkundigte sich Alec in zweideutigem Ton.

Sie rief leidenschaftlich: »Nichts! Oh, das schwöre ich dir! Nein, schon der Gedanke, daß er mich mit seinen häßlichen Händen anrühren könnte, dreht mir den Magen um! Ich bin nicht wie du, du kleiner Schurke, der für Geld mit Alten wie Lady Rovenna schläft!«

Sie schlug ihre Zähne in seinen Mund wie in eine Frucht und biß ihn heftig in die Lippen.

Alec stieß einen Schrei aus.

»Oh! Das blutet, du gemeines kleines Aas, du . . .«

Sie lachte im Halbdunkel.

»Los, komm, laß uns hinuntergehen . . .«

Sie gingen in den Garten hinaus, Jill lief hinterher. Sie waren allein, das Gasthaus schien leer zu sein. Ein großer gelber Mond hing an dem noch hellen Himmel zwischen den Bäumen. Joy hob den Deckel von der dampfenden Suppenschüssel, sog mit einem kleinen genießerischen Grunzen den Duft ein.

»Ah! Das riecht gut . . . Gib deinen Teller!«

Sie tat ihm stehend auf. Sie wirkte so seltsam, wie sie da geschminkt, mit nackten Armen, ruckartig ihre Perlenkette nach hinten warf, daß er bei ihrem Anblick in Lachen ausbrach.

»Was ist denn?«

»Ach, nichts! Es ist komisch ... du siehst nicht aus wie eine Frau ...«

»Ein junges Mädchen«, unterbrach sie ihn und schnitt eine Grimasse.

»Ich kann mir nicht vorstellen, daß du einmal klein gewesen bist ... Bist du nicht schon singend und tanzend auf die Welt gekommen, mit Wimperntusche und Fingerringen, nein? Kannst du Brot aufschneiden? Ich will welches.«

»Nein, und du?«

»Ich auch nicht.«

Die herbeigerufene Bedienung schnitt den goldenen Laib auf, den sie an ihre Brust stützte. Joy beobachtete sie gelassen mit zurückgeworfenem Kopf und reckte matt die Arme. »Als ich klein war, war ich sehr schön ... Sie haben mich dauernd gestreichelt, gequält ...«

»Wer, sie?«

»Die Männer. Die Alten vor allem, natürlich ...«

Die Bedienung trug die leeren Teller weg und kam mit einer Schüssel voller Krebse zurück, die in einer heißen, würzigen, duftenden Brühe schwammen. Sie verschlangen sie mit wunderbarem Appetit. Joyce bestreute sie noch mit Pfeffer und streckte dann eine Zunge heraus, die wie Feuer brannte. Alec schenkte langsam den eiskalten Wein ein, der die Gläser beschlug.

»Wir nehmen heute nacht Champagner aufs Zimmer, wie gewöhnlich«, murmelte Joy halb beschwipst, während sie einen großen Krebs zwischen den Zähnen zermalmte. »Was haben sie an Champagner da, sag? Ich will einen ganz trockenen Cliquot.«

Sie hob mit beiden Händen das Glas hoch.

»Schau doch, der Wein hat heute abend dieselbe Farbe wie der Mond, ganz golden ... schau!«

Sie tranken zusammen, vereinten ihre feuchten, mit Pfeffer gewürzten Lippen, die aber noch so jung waren, daß sie durch nichts ihren zarten Fruchtgeschmack verloren.

Zu dem gebratenen Hühnchen, angerichtet mit Oliven und Piment, leerten sie eine Flasche scharlachroten, fruchtig-warmen Burgunder, dessen Duft den Mund erfüllte. Dann bestellte Alec den Weinbrand; er goß ihn in große, halb mit Champagner gefüllte Gläser. Joyce trank. Beim Dessert fing sie an zu faseln. Den Hund auf dem Schoß, sah sie mit zurückgeworfenem Kopf in den Himmel hinauf und zerrte mit aller Kraft mit den Fingerspitzen an ihren kurzen goldenen Haaren.

»Ich möchte die ganze Nacht draußen schlafen ... Ich möchte mein ganzes Leben lang hier bleiben ... Ich möchte das ganze Leben lang vögeln ... Und du?«

»Ich mag deine kleinen Brüste sehr«, sagte Alec und verstummte.

Er wurde schweigsam, wenn er trank. Tropfen um Tropfen schüttete er sich weiter den Weinbrand in den goldfarbenen Champagner.

Es war eine friedliche ländliche Nacht; der Mondschein schimmerte auf den Bergen; die Grillen zirpten.

»Sie meinen, es sei Tag«, murmelte Joy bezaubert. Der kleine Hund war in ihren Armen eingeschlafen, sie wollte sich nicht bewegen. Sie verlangte: »Alec, steck mir eine Zigarette in den Mund und zünde sie an!«

Tastend schob ihr Alec eine Zigarette zwischen die Lippen, dann packte er leidenschaftlich ihren Hals und stammelte undeutliche Worte.

Da Joy plötzlich die Beine spreizte, sprang das jäh erwachte Hündchen auf die Erde und legte sich mit ausgestreckten Pfoten ins Gras, wo es mit der Nase in der duftenden, feuchten Septembererde wühlte.

Alec bat leise: »Komm, komm jetzt, Joy, komm Liebe spielen . . .«

»Komm, Jill«, rief Joyce ihren Hund.

Jill blickte auf und schien zu zögern. Doch sie verschwanden schon im Dunkel, durch das sie mit langsamen, unsicheren Schritten, die schweren jungen Köpfe aneinandergelegt, auf das Haus zugingen. Jill erhob sich mit einem kleinen Kehlgeräusch, das wie ein menschlicher Seufzer klang, und folgte ihnen, wobei sie bei jedem Schritt haltmachte, um an der Erde zu schnuppern.

Im Zimmer setzte sie sich wie gewöhnlich mitten vor das Bett, und Joy sagte wie unfehlbar jeden Abend: »Jill, du alter Spanner, dafür muß man zahlen.«

Der Mond legte große silberne Pfützen auf den Fußboden. Joy zog sich betont langsam aus, dann stellte sie sich nackt ans Fenster, sie hatte nur die Perlen anbehalten, die in der kalten Helle glänzten.

»Bin ich schön, gefalle ich dir, Alec?«

»Der letzte Abend«, sagte Alec jammernd wie ein Kind, »kein Geld mehr, nichts mehr ... Wir müssen zurück, wir müssen uns trennen ... Bis wann?«

»Das ist wahr, mein Gott ...«

Zum ersten Mal stürzten sie sich diese Nacht nicht gierig in die Liebe, um dann wie junge wilde Tiere, vom Spielen erschöpft, einzuschlafen; das Herz war ihnen schwer, und so lagen sie lange im Mondschein auf dem geblümten Federbett, hielten einander zärtlich in den Armen, ohne zu sprechen und fast ohne Begehren.

Dann wurde ihnen kalt, sie schlossen die Fensterläden, zogen den Vorhang aus blauem und rosa Cretonne vor. Es gab keinen elektrischen Strom mehr zu dieser späten Stunde, eine Kerze auf dem Tisch warf ihre tanzenden Schatten an die Decke; ganz aus der Ferne hörten sie dumpfe Hufschläge.

»Es ist wahrscheinlich ein Bauernhof in der Nähe«, sagte Alec, da Joy den Kopf hob, »das sind die Tiere, die träumen ...«

Die schlafende Jill drehte sich von einer Seite auf die andere, mit einem tiefen, so erschöpften und unglücklichen Seufzer, daß Joy lachend murmelte: »So seufzt Daddy, wenn er an der Börse verloren hat ... Oh, Alec, wie kalt deine Knie sind!«

An der weißen Decke bildeten ihre vereinten Schatten ein bizarres Geschlinge, wie ein Gebinde aus Blumen und Stengeln.

Joyce ließ langsam die Hände an ihren erschauernden, schmerzenden Hüften entlanggleiten.

»Oh, Alec, ich liebe die Liebe ...«

Golder kehrte allein nach Paris zurück. Nach dem Verkauf des Hauses in Biarritz gingen Gloria und Joyce auf eine Kreuzfahrt mit Behrings Yacht in Gesellschaft von Hoyos, Alec und den Mannerings. Erst im Dezember war Gloria wieder in Paris und erschien sofort mit einem Antiquitätenhändler bei Golder, um den Verkauf des Mobiliars in die Wege zu leiten.

Mit einer Art düsterem Vergnügen sah Golder zu, wie der Tisch mit den Bronzesphinxen fortgeschafft wurde, das Louis-XV.-Bett mit seinen Putten und Köchern und dem kuppelartigen Baldachin. Er schlief seit langem im Salon auf einem schmalen, harten Kastenbett. Gegen Abend, als die letzten Möbelwagen weggefahren waren, war nichts mehr in der Wohnung geblieben außer ein paar Rohrstühlen und einem Küchentisch aus Kiefernholz. Hobelspäne und alte Zeitungen lagen auf dem Fußboden herum. Gloria kam zurück. Der alte Golder hatte sich nicht gerührt. Er lag halb ausgestreckt auf seinem Bett, die Brust mit einem schwarzweiß karierten Plaid umwickelt, und blickte mit einem Ausdruck der

Erleichterung auf die großen kahlen Fenster, die nun von den licht- und luftschluckenden Damastvorhängen befreit waren.

Gloria trat beim Hereinkommen so heftig auf, daß das nackte Parkett unter ihren Schritten ächzte. Das Geräusch schien sie zu überraschen: sie zuckte nervös zusammen, blieb stehen, bemühte sich dann, auf Zehenspitzen weiterzugehen, unwillkürlich ihren Körper wiegend, aber das knarrende Ächzen hörte nicht auf. Sie setzte sich ohne Vorankündigung Golder gegenüber auf einen Stuhl.

»David!«

Einen Augenblick lang sahen sie sich schweigend mit kalten Augen an. Sie versuchte zu lächeln, doch gegen ihren Willen schob sich ihr brutaler, viereckiger Unterkiefer mit der raubtierartigen Bewegung vor, die ihrem Gesicht, wenn sie es nicht überwachte, einen animalischen Ausdruck verlieh. Schließlich fragte sie, nervös mit ihren zu einem Knäuel zusammengerollten Handschuhen schnippend: »Nun, bist du jetzt zufrieden?«

»Ja«, sagte er.

Sie preßte heftig die Lippen zusammen und rief leise, mit seltsamer, schriller Stimme, die wie ein Pfeifen klang: »Narr . . . du alter Narr . . . du meinst wohl, ich müßte jetzt verhungern, ohne dich und dein Geld, was? Na, schau mal her . . . Ich sehe nicht gerade wie eine Hungerleiderin aus, glaube ich! Hast du das gesehen?« Sie schwenkte ihr Handgelenk, an dem ein neues Armband klirrte.

»Das da, das hast nicht du bezahlt, was? Also, was hast du dir dabei gedacht? Du allein leidest jetzt, du Idiot . . . Ich habe mir zu helfen gewußt. Und alles, was hier war, gehört mir, mir«, wiederholte sie und schlug heftig auf das Holz ihres Stuhls, »und wenn du je versuchen solltest, mich daran zu hindern, es zu verkaufen, wie ich will, wann ich will, dann kriegst du es mit mir zu tun, du Dieb! Ins Gefängnis sollte man dich stecken«, zischte sie. »Eine Frau mittellos zurückzulassen nach all den gemeinsamen Jahren und . . . Aber antworte mir doch, sag doch was«, schrie sie plötzlich los, »du siehst doch, daß ich Bescheid weiß! Oder? Gib es zu! Du hast das gemacht, um mich um das Geld zu bringen . . . Du hast Unglückliche ruiniert, ins Elend gestürzt, und dich selbst dazu . . . lieber möchtest du zwischen nackten Wänden krepieren und auch mich in Lumpen sehen? Auch mich, nicht wahr? Das ist es doch? Ja?«

»Ach, das ist mir doch egal«, sagte Golder. Er schloß die Augen, murmelte: »Wenn du wüßtest, wie egal du mir bist . . . du, dein Geld und alles, was dich betrifft . . . Und außerdem, dein Geld, das wird nicht lange reichen, altes Mädchen, glaub mir, wenn da kein Ehemann mehr ist, der die Kasse auffüllt, dann ist es schnell dahin . . .« Er sprach ohne Zorn, mit sanfter, leiser Greisenstimme, und zog dabei mechanisch den Kragen seiner Jacke bis über die Wangen hoch. Ein eisiger Wind wehte von der Straße her durch die Ritzen des kahlen Fensters. »Ja . . . dann ist es schnell dahin . . . Du hast an der Börse gespielt, denke ich . . . Dieses Jahr heißt es, man brauche bloß eine Aktie anzurühren, damit sie steigt, aber das wird nicht ewig dauern . . . und Hoyos . . .« Er lachte kurz auf, es klang unerwartet, fast jugendlich. »Ach! Ihr werdet sehen, euer Leben in ein, zwei Jahren . . . ihr Armen!«

»Und du? Und dein Leben? Du hast dich hier ja lebendig begraben!«

»Genau das habe ich gewollt«, sagte Golder schroff und mit hochfahrender Heftigkeit, »und ich habe auf dieser Welt immer getan, was ich wollte.«

Sie schwieg und strich langsam ihre Handschuhe glatt.

»Bleibst du hier wohnen?«

»Ich weiß nicht.«

»Du hast noch Geld übrigbehalten, was?« murmelte sie. »Du hast dich eingerichtet?«

Er neigte den Kopf. »Ja«, sagte er wieder sanft, »aber versuche nicht, davon was zu kriegen, laß nur . . . es lohnt sich nicht . . . ich habe es gut eingerichtet.«

Sie grinste und wies mit dem Kinn auf das leere Zimmer.

»Oh! Ich bin froh, daß ich den Krempel los bin . . . diese Sphinxe, diese Lorbeerbäume. Ich, ich brauche nichts von diesem Zeug«, erklärte er mit müder Miene und schloß die Augen.

Gloria stand auf, griff nach ihrem Fuchspelz, ihrer Handtasche und begann sich langsam vor dem Spiegel über dem Kamin zu pudern.

»Ich denke, Joyce wird dich nächstens aufsuchen.«

Da er nicht antwortete, sprach sie weiter: »Sie braucht Geld . . .«

Im Spiegel sah sie einen merkwürdigen Ausdruck über Golders altes, hartes Gesicht huschen. Schnell sagte sie leise, wie gegen ihren Willen: »Es ist wegen Joyce, das alles, nicht wahr?«

Deutlich bemerkte sie, wie seine Wangen und Hände plötzlich zuckten und zu zittern begannen.

»Sie ist es doch vor allem, nicht? Sie, die dir nichts getan hat . . .? Das ist drollig.«

Sie lachte trocken und gezwungen auf.

»Wie du sie liebst! Mein Gott, wie du sie liebst! Wie ein alter Liebhaber . . . das ist komisch . . .«

»Genug«, brüllte Golder.

Sie unterdrückte eine furchtsame Bewegung, murmelte, die Augenbrauen hochziehend: »Was denn, fängt das jetzt wieder an? Willst du, daß ich dich am Ende noch ins Irrenhaus sperren lasse?«

»Dazu wärst du durchaus fähig, glaube ich.«

Er seufzte voller Zorn und Erschöpfung: »Geh!«

Mühsam schien er sich zu beruhigen. Langsam trocknete er sich den Schweiß, der ihm übers Gesicht rann.

»Geh, ich bitte dich.«

»Dann . . . Leb wohl?«

Ohne zu antworten, stand er auf und ging in das anstoßende Zimmer hinüber. Mit einem dumpfen Geräusch, das lange in der leeren Wohnung nachhallte, schloß er die Tür hinter sich. So hatte er immer ihre früheren Streitereien beendet, mußte sie denken und dann, daß sie ihn wahrscheinlich nicht mehr wiedersehen würde … dieses einsame Leben würde ihn zweifellos bald ins Grab bringen. »So viele Jahre zusammen, um so zu enden … Und warum? In unserem Alter … So etwas kommt doch alle Tage vor … Er hat es so gewollt … Das hat er jetzt davon … Aber wie dumm das ist, mein Gott, wie dumm …«

Sie ging hinaus, machte die Tür zu, stieg schwerfällig die Stufen hinunter.

Golder war allein.

Golder blieb lange allein. Wenigstens belästigte ihn seine Familie nicht mehr.

Jeden Morgen kam der Arzt; er durchquerte hastig die düsteren leeren Räume, trat bei Golder ein, horchte die alte Brust ab, in der es noch von der Nacht her rumpelte und keuchte. Doch mit dem Herzen ging es besser. Das Übel war eingeschlafen. Und auch der alte Golder schien in eine Art Schlaf, eine dumpfe Betäubung gefallen zu sein. Er stand auf, zog sich keuchend an, langsam, wie um so viel wie möglich seine Kräfte, seine Lebensgeister zu schonen. Dann machte er zwei Runden durch die Wohnung, wobei er jede Bewegung seiner Muskeln, jeden Herzschlag kalkulierte. Er dosierte eigenhändig seine Ernährung, wog das Essen Gramm für Gramm auf einer alten Briefwaage ab, überwachte mit der Uhr in der Hand das Kochen seines weichen Eis.

In der riesigen Küche, wo sich früher fünf Hausangestellte bequem hatten aufhalten können, bereitete nun eine alte Dienstmagd allein, über den Herd gebeugt, seine Mahlzeiten zu und sah mit resignierten, müden Augen zu ihm hin, wie er, die Arme auf dem Rücken verschränkt, auf- und abging, in einem einst in London gekauften violetten Morgenrock, aus dessen zerschlissener Seide stellenweise Bäusche weißer Wolle hervorquollen.

Danach ließ er sich einen Sessel und einen Schemel vor ein Fenster des Salons schleppen und blieb den ganzen Tag dort sitzen, mit einem Tablett über den Knien, auf dem er seine Patiencen legte. Wenn die Sonne schien, ging er aus, begab sich zu dem Apotheker in der nächsten Straße, wog sich und kehrte langsam nach Hause zurück, alle fünfzig Schritte stehenbleibend, um auf seinen Stock gestützt Atem zu schöpfen, wobei er sorgfältig mit der linken Hand seinen zweimal um den Hals geschlungenen und auf der Brust festgesteckten Wollschal zusammenhielt.

Dann, wenn der Tag zur Neige ging, kam Soifer zum Kartenspielen, ein alter deutscher Jude, den er früher in Schlesien gekannt, dann aus den Augen verloren und vor einigen Monaten wiedergefunden hatte. Soifer war durch die Inflation ruiniert worden, hatte dann auf den Franc spekuliert und alles Verlorene wiedergewonnen. Trotzdem hatte er ein von Jahr zu Jahr verschärftes Mißtrauen zurückbehalten, ein Mißtrauen gegen dieses Geld, das die Revolutionen und die Kriege von einem Tag auf den andern einfach in altes, wertloses Papier verwandeln konnten. Nach und nach hatte Soifer sein Vermögen in Juwelen verwandelt. Er hatte in einem Banksafe in London Diamanten, wunderbare Perlen und so schöne Smaragde, wie sie nicht einmal Gloria früher besessen hatte. Dabei war er von einem Geiz, der an Wahnsinn grenzte. Er wohnte in einem schmutzigen möblierten Zimmer in einer dunklen Straße von Passy. Niemals war er in ein Taxi gestiegen, selbst wenn ein Freund angeboten hatte, es zu bezahlen. »Ich will doch nicht«, sagte er, »luxuriöse Gewohnheiten annehmen, die ich mir nicht erlauben kann.« Er wartete bei Regen und im Winter stundenlang auf den Omnibus, ließ einen nach dem anderen vorbeifahren, wenn die zweite Klasse voll war. Sein ganzes Leben lang war er auf Zehenspitzen gegangen, damit seine Schuhsohlen länger hielten. Seit einigen Jahren, da ihm alle Zähne ausgefallen waren, aß er nur noch Brei und zermanschtes Gemüse, um die Ausgabe für ein Gebiß zu sparen.

Seine gelbe, wie Herbstlaub trockene, durchscheinende Haut verlieh ihm etwas pathetisch Vornehmes, wie es manchmal nach vielen Jahren die alten Zuchthäusler an sich haben. Schöne weiße Haare standen ihm in silbernen Büscheln von den Schläfen ab. Nur dieser zahnlose, speichelnde, in den tiefen Falten seines Gesichts verschwindende Mund war ekelhaft und furchterregend.

Jeden Tag ließ Golder ihn etwa zwanzig Francs gewinnen und hörte ihm zu, wie er von den Geschäften der anderen sprach. Er besaß eine Art finsteren Humor, der dem Golders glich und die beiden aneinander Gefallen finden ließ.

Später sollte Soifer allein wie ein Hund sterben, ohne einen Freund, ohne einen Blumenkranz auf seinem Grab, auf dem billigsten Friedhof von Paris verscharrt auf Beschluß seiner Familie, die ihn haßte und die er gehaßt hatte, der er aber ein Vermögen von über dreißig Millionen hinterließ. So erfüllte er bis zum Schluß das unbegreifliche Schicksal jedes guten Juden auf dieser Welt.

Alle Tage um fünf Uhr also saßen Golder in seinem violetten Morgenrock und Soifer mit einem schwarzen wollenen Frauenschal über den Schultern an einem Fichtenholztisch vor dem Fenster des Salons und spielten Karten. In der stillen Wohnung hallten Golders Hustenkaskaden dumpf und merkwürdig wider, und der alte Soifer stimmte in gereiztem Jammerton seine Klagen an.

Neben sich hatten sie heißen Tee stehen, in großen Gläsern mit silbernem Fuß, die Golder früher einmal hatte aus Rußland kommen lassen. Soifer hielt im Spielen inne, legte die Karten auf den Tisch, verbarg sie automatisch unter der flachen Hand und trank, wobei er bemerkte: »Wissen Sie, daß der Zucker noch teurer werden soll?«

Dann: »Wissen Sie, daß die Bank Lalleman die Franko-Algerische Bergwerkgesellschaft finanzieren wird?«

Und Golder hob jäh den Kopf, mit einem lebhaften, glühenden Blick wie eine verdeckte Flamme, die durch die Asche züngelt und wieder erlischt. Matt murmelte er: »Das dürfte kein schlechtes Geschäft sein.«

»Das einzige gute Geschäft ist, sein Geld zu nehmen und es in sichere Werte zu verwandeln — wenn man welche findet —, sich draufzusetzen und darauf zu brüten wie eine alte Henne ... Sie sind dran, Golder ...«

Und sie nahmen die Karten wieder auf.

»Wissen Sie vielleicht«, sagte Soifer beim Hereinkommen, »wissen Sie vielleicht, was denen jetzt noch alles einfallen wird?«

»Ja?«

Soifer wies mit der Faust auf das Fenster und auf ganz Paris.

»Vorgestern«, fuhr er mit seiner schrillen, jammernden Stimme fort, »waren es die Einkommenssteuern, morgen ist es die Miete. Vor acht Tagen dreiundvierzig Francs für das Gas. Und dann meine Frau! Einen neuen Hut hat sie gekauft. Zweiundsiebzig Francs ...! Sieht aus wie ein umgestülpter Kochtopf ...! Es macht mir nichts aus, für etwas Ordentliches zu zahlen, etwas, was Bestand hat. Aber der, der macht es nicht mal zwei Jahre! Und in ihrem Alter ...! Ein Leichentuch, das wäre passender gewesen!

Das hätte ich mit Vergnügen bezahlt! Zweiundsiebzig Francs! Zu meiner Zeit konnte man bei uns für so einen Preis einen Mantel aus Bärenfell kriegen ...! Ach, mein Gott, mein Gott, wenn mein Sohn es sich eines Tages in den Kopf setzen sollte zu heiraten, erwürge ich ihn mit meinen eigenen Händen ... Das wäre besser für den armen Jungen, als das ganze Leben lang blechen zu müssen wie Sie und ich ...! Und wenn ich heute meinen Personalausweis nicht erneuern lassen, werde ich, scheint es, ausgewiesen! Ein elender, kranker Greis! Wo sollte ich hingehen, frage ich Sie?«

»Nach Deutschland.«

Soifer brummte: »Ach ja, genau, nach Deutschland! Die Pest soll es verderben! Wissen Sie nicht, daß ich damals in Deutschland eine dumme Geschichte hatte, wegen Kriegslieferungen? Nein, haben Sie das nicht gewußt ...?

Also, ich muß gehen, die schließen um vier Uhr. Und wissen Sie, was das kostet, dieses Vergnügen? Dreihundert Francs, mein Freund Golder, dreihundert Francs und dazu die Unkosten, ohne die verlorene Zeit zu rechnen, die zwanzig Francs, die Sie mich gewinnen lassen, denn wir haben nicht mal mehr Zeit für ein einziges Spielchen! Ach, mein Gott! Wollen Sie nicht mit mir kommen? Das würde Sie zerstreuen, es ist schönes Wetter.«

»Möchten Sie, daß ich das Taxi zahle?« fragte Golder mit seinem schroffen, rauhen Auflachen, das wie Husten klang.

»Meiner Treu«, rief Soifer, »ich habe nur auf eine Trambahn gehofft . . . Und Sie wissen doch, daß ich nie in ein Taxi steige, um keine schlechten Gewohnheiten anzunehmen . . . Aber heute sind meine alten Beine schwer wie Blei . . . Und wenn es Ihnen Spaß macht, Ihr Geld zum Fenster hinauszuwerfen . . .?«

Sie gingen zusammen hinaus, jeder auf einen Stock gestützt. Golder hörte schweigend seinem Gefährten zu, der ihm von einem Geschäft mit Zucker erzählte, das gerade mit einem betrügerischen Bankrott geendet hatte. Als er die Zahlen und die Namen der betroffenen Aktionäre nannte, rieb sich Soifer mit genüßlichem Ausdruck die zitternden Hände.

Nach dem Verlassen des Polizeipräsidiums wollte Golder zu Fuß gehen. Es war noch Tag; die letzten Strahlen einer roten Wintersonne beleuchteten die Seine. Sie überquerten die Brücke, schlugen aufs Geratewohl eine Straße hinter dem Rathaus ein, dann noch eine, die sich als die Rue Vieille-du-Temple herausstellte.

Plötzlich blieb Soifer stehen.

»Wissen Sie, wo wir sind?«

»Nein«, sagte Golder gleichgültig.

»Mein Lieber, hier um die Ecke, in der Rue des Rosiers, ist ein kleines jüdisches Restaurant, das einzige in Paris, wo man richtig zubereiteten gefüllten Hecht findet. Essen Sie mit mir zu Abend!«

»Sie denken doch wohl nicht, ich werde gefüllten Hecht essen?« brummte Golder. »Wo ich seit sechs Monaten weder Fisch noch Fleisch anrühre?«

»Niemand verlangt von Ihnen, daß Sie essen. Kommen Sie einfach und zahlen Sie. Ist das ein Wort?«

»Gehen Sie zum Teufel!«

Trotzdem folgte er Soifer, der mühsam die Straße entlangging und den Geruch nach Staub, Fisch und verfaultem Stroh einsog, der aus den schwarzen kleinen Ladenlokalen drang. Schließlich drehte er sich um, nahm Golder beim Arm.

»Was für ein dreckiges Judengewurle, was?« fragte er zärtlich. »Woran erinnert Sie das?«

»An nichts Gutes«, meinte Golder düster.

Er blieb stehen, hob den Kopf und betrachtete eine Weile wortlos die Häuser, die Wäsche, die aus den Fenstern hing. Kinder rannten ihm zwischen die Beine, er schob sie sanft mit der Spitze seines Stocks weg, seufzte auf. In den Läden gab es fast nichts als Trödel oder Fisch, goldene Heringe, Tonnen mit Gepökeltem. Soifer zeigte auf ein kleines Lokal mit einem hebräisch beschrifteten Schild.

»Da ist es. Also, kommen Sie, Golder? Wollen Sie mich nicht zum Abendessen einladen? Wollen Sie nicht einem armen alten Mann eine Freude machen?«

»Ach, der Teufel soll Sie holen!« wiederholte Golder. Trotzdem folgte er Soifer in das Lokal. Ob hier oder dort, was spielte das schon für eine Rolle! Er fühlte sich müder als sonst.

Das kleine Restaurant machte einen ziemlich sauberen Eindruck. Es gab farbige Papierservietten auf den Tischen, ein Teekessel aus glänzendem Kupfer stand in einer Ecke. Keine Menschenseele war da.

Soifer bestellte eine Portion gefüllten Hecht und Meerrettich. Vorsichtig nahm er den erwärmten Teller, hob ihn vor sein Gesicht.

»Das riecht gut!«

»Oh, essen Sie in Dreiteufels Namen und lassen Sie mich zufrieden«, murmelte Golder.

Er wandte sich ab, lüftete einen Zipfel des rotweiß karierten Baumwollvorhangs. Draußen waren zwei Männer stehengeblieben und unterhielten sich, an das Fenster gelehnt. Man verstand ihre Worte nicht, aber Golder erriet sie allein aus ihren gestikulierenden Händen. Der eine von ihnen war ein Polack mit einer unglaublichen, abgeschabten und versengten Pelzmütze mit Ohrenklappen und einem riesigen, lockigen grauen Bart, den seine ungeduldigen Finger tausendmal in einer Sekunde durchkämmten, drehten, flochten und wieder auflösten. Der andere war ein junger Bursche mit roten Haaren, die wie Flammen in alle Richtungen standen.

»Was verkaufen die wohl?« dachte Golder, »Heu, Alteisen wie zu meiner Zeit?«

Er schloß halb die Augen. Jetzt, bei Einbruch der Nacht und dem Getöse eines Pferdekarrens, der mit seinem Rumpeln und Quietschen den Autolärm in der Rue Vieille-du-Temple überdeckte, in der Dunkelheit, in der sich die oberen

Stockwerke der Häuser verloren, hatte er das Gefühl, im Traum in sein Dorf zurückgekehrt zu sein. Wie durch den Traum verzerrt und entstellt, sah er die vertrauten Einzelheiten wieder.

»Es gibt solche Träume«, dachte er unbestimmt, »wenn man Leute, die seit Jahren tot sind, wiedersieht . . .«

»Was sehen Sie sich da an?« fragte Soifer. Er stieß den Teller mit den Resten des Fischs und der zermanschten Kartoffeln zurück. »Ach, da sieht man wieder, was es heißt, alt zu werden . . . Früher hätte ich gut und gern drei solche Portionen verdrückt . . . Ach, meine armen Zähne! Ich schlucke, ohne zu kauen, das brennt mich hier.«

Er zeigte auf seine Brust.

»Woran denken Sie?«

Er brach ab, folgte Golders Blick und nickte.

»Oi«, rief er plötzlich langgezogen in seinem unnachahmlichen klagenden und gleichzeitig ironischen Tonfall. »Oi, Herr du mein Gott! Glauben Sie nicht auch, daß die glücklicher sind als wir? Schmutzig sind sie und arm, aber braucht ein Jude denn so viel? Das Elend konserviert den Juden wie die Salzlake den Hering . . . Ich würde gerne öfter hierherkommen. Wenn es nicht so weit wäre und vor allem nicht so teuer — denn jetzt ist es ja überall teuer —, käme ich jeden Abend her, um in Ruhe zu essen, ohne meine Familie, die der Teufel holen soll . . .«

»Ja, man sollte ab und zu herkommen«, murmelte Golder.

Er streckte die Hände nach dem rotglühenden Ofen aus, der, eben eingeheizt, in der Ecke bullerte und eine drückende Hitze verbreitete.

»Zu Hause«, dachte er, »würde ich bei so einem Geruch ersticken.«

Aber er fühlte sich nicht schlecht. Etwas wie eine animalische Wärme, wie er sie noch nie zuvor empfunden hatte, drang ihm in die alten Knochen.

Draußen ging ein Mann vorüber, der eine lange Stange mit brennender Spitze in der Hand trug; er berührte die Gaslaterne gegenüber dem kleinen Restaurant; das Licht leuchtete auf und erhellte ein schmales schwarzes Fenster, in dem über alten leeren Blumentöpfen Wäsche hing. Auf einmal erinnerte sich Golder an eine kleine, ebenso schräge Dachluke gegenüber dem Laden, wo er geboren war ... und an jene Straße im Schnee und im Wind, die er manchmal im Traum wiedersah.

»Es ist ein langer Weg«, sagte er laut.

»Ja«, bestätigte der alte Soifer, »lang, hart und unnütz.«

Beide sahen sie lange Zeit seufzend zu dem elenden Fenster und den Lumpen hinauf, die gegen die Scheiben klatschten. Eine Frau machte das Fenster auf, beugte sich hinaus, nahm die Wäsche ab, schüttelte sie aus. Dann reckte sie das Gesicht vor, holte ein Spiegelchen aus der Tasche und schmickte sich im Schein der Laterne die Lippen.

Unvermittelt stand Golder auf.

»Los, gehen wir nach Hause . . . dieser Petroleumgeruch tut mir nicht gut.«

In der Nacht sah er im Traum Joyce wieder, ihre Züge vermischten sich mit denen der kleinen Jüdin aus der Rue des Rosiers. Es war das erste Mal seit langer Zeit. Die Erinnerung an Joy schlief in ihm, wie seine Krankheit . . .

Er erwachte mit zitternden, vor Müdigkeit zerschlagenen Beinen, als wäre er meilenweit gegangen. Den ganzen Tag ließ er die Karten liegen und blieb, in Decken und Schals gehüllt, am Fenster sitzen. Er klapperte mit den Zähnen, eine eisige Kälte kroch ihm bis in die Knochen.

Später kam Soifer, aber auch er fühlte sich krank und traurig, und er sprach fast nichts. Er ging früher als sonst wieder weg, hastete die dunkle Straße entlang, den Regenschirm an die Brust gedrückt.

Golder aß zu Abend. Dann, als die Haushälterin auf ihr Zimmer hinaufgegangen war, machte er die Runde durch die Wohnung. Gloria hatte die Lüster entfernen lassen. In allen Räumen baumelte eine von der Decke herunterhängende Glühbirne im Luftzug und warf in den Spiegeln über den Kaminen das Bild des barfüßigen alten Golder mit seinem dichten, zerzausten weißen Haar und den Schlüsseln in der Hand zurück, sein ergreifend bleiches Gesicht, das die blauen Schatten der Herzkranken jeden Tag tiefer aushöhlten.

Es klingelte. Bevor er aufmachte, sah Golder erstaunt auf die Uhr. Die Abendzeitungen waren schon seit langem gekommen. Er dachte, Soifer habe einen Unfall gehabt und sich zu Golder zurückbringen lassen, damit er den Arzt bezahlte.

Durch die Tür fragte er: »Sind Sie das, Soifer? Wer ist da?«

»Tübingen«, sagte eine Stimme.

Golders Züge verkrampften sich in einer jähen Gemütsbewegung, während er die Sicherheitskette löste. Seine Hände verhaspelten sich. Er brauchte lange, wurde ungeduldig, aber Tübingen wartete, ohne etwas zu sagen. Golder wußte, daß er stundenlang so dastehen konnte, ohne sich zu regen. »Er hat sich nicht verändert«, dachte er.

Endlich gelang es ihm, den Riegel aufzuschieben. Tübingen trat ein.

»Hello«, sagte er.

Er nahm seinen Hut und seinen Überzieher ab, hängte sie selbst sorgfältig auf, dann spannte er seinen nassen Schirm auf, stellte ihn in eine Ecke und drückte Golder die Hand.

Sein langer Schädel war merkwürdig geformt, so daß die Stirn unverhältnismäßig hoch und leuchtend erschien. Ein puritanisches Gesicht, blaß, mit zusammengepreßten Lippen.

»Darf ich eintreten?« fragte er, auf den Salon zeigend.

»Ja, kommen Sie herein.«

Golder sah, wie er einen Blick auf die ausgeräumten Zimmer warf und unwillkürlich die Augen niederschlug, wie jemand, der ungewollt ein Geheimnis entdeckt hat.

Er sagte: »Meine Frau ist fort.«

»Biarritz?«

»Ich weiß nicht.«

»Ah«, murmelte Tübingen.

Er setzte sich, und Golder ließ sich mühsam atmend ihm gegenüber nieder.

»Wie gehen die Geschäfte?« erkundigte er sich schließlich.

»Wie gewöhnlich. Die einen gut, die anderen schlecht. Wissen Sie, daß die Amrum den Kontrakt mit den Russen unterzeichnet hat?«

»Was, für die Teisk?« fragte Golder hastig, während seine Hände nach vorn schnellten, als wollten sie einen vorüberhuschenden Schatten packen. Er ließ sie sofort wieder fallen, zuckte die Achseln.

»Ich wußte es nicht«, sagte er seufzend.

»Nicht für die Teisk. Einen Kontrakt über den Verkauf von hunderttausend Tonnen russisches Erdöl pro Jahr, für die Dauer von fünf Jahren in den Häfen von Konstantinopel, Port Said und Colombo.«

»Aber . . . Teisk?« fragte Golder mit tonloser Stimme.

»Nichts.«

»Ach!«

»Ich habe erfahren, daß die Amrum zweimal eine Kommission nach Moskau geschickt hat. Nichts.«

»Warum?«

»Ah! Warum . . .? Vielleicht weil die Sowjets von den USA ein Darlehen von dreiundzwanzig

Millionen Goldrubeln verlangten und die Amrum drei Regierungsmitglieder kaufen mußte, darunter einen Senator. Das war zuviel. Dazu hatten sie auch noch das Pech, sich die Quittungen stehlen zu lassen, was eine Pressekampagne hervorgerufen hat.«

»Ach ja?«

»Ja.«

Er senkte die Stirn.

»Die Amrum hat für unsere persischen Felder bezahlt, Golder.«

»Haben Sie die Verhandlungen wiederaufgenommen?«

»Natürlich. Sofort. Ich wollte den ganzen Kaukasus in meinen Besitz bringen. Ich wollte das Monopol auf die Raffinerien, und ich wollte der einzige Vertreter der Welt für die Produkte des russischen Erdöls werden.«

Golder zeigte ein winziges Lächeln.

»Das war zuviel, wie Sie eben sagten. Sie geben den Ausländern nicht gerne zu große wirtschaftliche und folglich politische Macht.«

»Das sind Idioten. Ihre Politik interessiert mich nicht. Jeder kann bei sich zu Hause tun, was er will. Aber in meine Geschäfte hätten sie ihre Nase nicht mehr stecken können, wenn ich erst einmal da unten gewesen wäre ... das schwöre ich.«

Golder fing an, laut zu träumen: »Ich ... ich hätte mit Teisk und den Arundschis angefangen. Dann, nach und nach, später ...« Seine Hand schloß sich schnell über der leeren Luft zusammen. »All das zusammenfassen ... alles, den ganzen Kauskasus, das ganze Öl ...«

»Ja, ich bin ja hier, um Ihnen vorzuschlagen, das Geschäft wiederaufzunehmen.«

Golder zuckte die Achseln.

»Nein. Ich, ich zähle nicht mehr. Ich bin krank ... halb tot.«

»Sie haben aber doch Ihre Teisk-Aktien behalten?«

»Ja«, sagte Golder zögernd, »ich weiß nicht, warum ... Bei dem, was die schon wert sind! Ich könnte sie nach Gewicht verkaufen.«

»Gewiß, wenn es die Amrum ist, die die Konzession erhält. *I'll be damned,* wenn sie dann überhaupt noch das wert sind ... Aber wenn ich es bin ...«

Er schwieg. Golder schüttelte den Kopf.

»Nein«, sagte er und biß die Zähne mit leidendem Ausdruck zusammen. »Nein.«

»Warum? Ich brauche Sie. Und Sie brauchen mich.«

»Ich weiß. Aber ich will nicht mehr arbeiten. Ich kann nicht mehr. Ich bin krank. Das Herz ... Ich weiß, wenn ich jetzt nicht auf die Geschäfte verzichte, ist das mein Tod. Ich will nicht. Wozu auch? Ich brauche nicht mehr viel in meinem Alter. Ich will nur leben.«

Tübingen schüttelte den Kopf.

»Ich«, sagte er, »ich bin sechsundsiebzig. In zwanzig, fünfundzwanzig Jahren, wenn alle Ölquellen von Teisk einmal sprudeln, werde ich längst unter der Erde sein. Manchmal denke ich daran ... Auch wenn ich einen Pachtvertrag abschließe auf neunundneunzig Jahre ... Ah, zu der Zeit werden nicht nur ich, sondern auch mein Sohn, meine Enkelkinder und deren Kinder zusammen in Gottes Schoß ruhen. Aber es wird immer einen Tübingen geben. Für ihn arbeite ich.«

»Ich«, sagte Golder, »ich habe niemand. Wozu also?«

»Sie haben Kinder wie ich.«

»Ich habe niemand«, wiederholte Golder mit Nachdruck.

Tübingen schloß die Augen.

»Es bleibt die Sache, die man geschaffen hat.«

Er hob langsam die Lider, schien durch Golder hindurchzusehen.

»Die Sache ...«

Lebhafter werdend, wiederholte er mit der dunklen, tiefen Stimme eines Menschen, der von seiner geheimsten Herzensneigung spricht: »Die aufgebaute, geschaffene, dauerhafte Sache ...«

»Und was bleibt mir? Das Geld? Ach, das ist nicht der Mühe wert! Kann man es denn ins Grab mitnehmen?«

»Der Herr hat es gegeben, der Herr hat es genommen. Der Name des Herrn sei geheiligt«, sagte Tübingen halblaut, in dem ausdruckslosen, schnellen Ton des Puritaners, der von Kindheit auf mit den Texten der Heiligen Schrift genährt worden ist. »Das ist das Gesetz. Dagegen ist nichts zu machen.«

Golder seufzte tief auf.

»Nein. Nichts.«

»Ich bin's«, sagte Joyce.

Sie war so nahe herangetreten, daß sie ihn berühren konnte; er hatte sich nicht geregt.

»Man könnte ja meinen, du kennst mich nicht mehr?«

Auf einmal rief sie wie früher: »Dad!«

Erst da zuckte er zusammen und schloß die Augen, wie von zu starkem Licht geblendet. Er reichte ihr so schlaff die Hand, daß sie kaum die ihre streifte, und ließ sie wortlos wieder sinken.

Sie zog einen Schemel an seinen Sessel heran, setzte sich, nahm ihren Hut ab, schüttelte mit einer Bewegung, die er wiedererkannte, heftig den Kopf und blieb dann reglos sitzen, in sich zusammengekauert und stumm.

»Du bist verändert«, hauchte er gegen seinen Willen.

Sie grinste: »Ja.«

Sie war größer geworden, magerer, etwas Unbestimmbares lag über ihrer Erscheinung, sie wirkte merkwürdig verbraucht, verwirrt, erschöpft.

Sie trug einen prachtvollen Zobelmantel. Mit einer gewaltsamen Geste warf sie ihn zu Boden und enthüllte an ihrem Hals statt des Perlencolliers, das Golder ihr geschenkt hatte, eine Reihe grasgrüner Smaragde, so durchsichtig und riesig, daß Golder sie einen Augenblick lang verdutzt und verständnislos anstarrte, ohne etwas zu sagen. Schließlich lachte er hart auf: »Ach ja, ich sehe ... Auch du hast dich eingerichtet ...

Nur, warum bist du dann gekommen? Ich verstehe nicht . . .«

Sie murmelte monoton: »Das ist ein Geschenk meines Verlobten. Ich werde bald heiraten.«

»Ah!«

Angestrengt setzte er hinzu: »Ich gratuliere dir.«

Sie antwortete nicht.

Er überlegte, fuhr sich mehrere Male mit der Hand über die Stirn, seufzte: »Also, dann wünsche ich dir . . .«

Er unterbrach sich: »Er ist also reich, wie ich sehe? Na, dann wirst du ja glücklich sein . . .«

»Glücklich!«

Sie lachte kurz und verzweifelt auf, drehte ihm das Gesicht zu: »Glücklich? Weißt du, wen ich heirate? Den alten Fischl«, warf sie ihm hin, da er nichts fragte.

»Fischl!«

»Ja, Fischl! Was soll ich denn sonst tun? Ich habe ja kein Geld mehr. Meine Mutter gibt mir nichts, keinen Sou, du kennst sie ja, du weißt, sie würde mich lieber verhungern lassen, als mir einen Sou zu geben. Du kennst sie doch? Also! Was willst du? Es ist noch ein Glück, daß er mich heiraten will . . . Sonst hätte ich einfach nur mit ihm geschlafen, nicht wahr? Vielleicht wäre das ja besser, leichter, eine Nacht von Zeit zu Zeit . . . aber er will nicht, stell dir vor! Er will alles für sein Geld, das alte Schwein!« Ihre Stimme zitterte plötzlich vor Haß. »Ah! Ich würde ihn am liebsten . . .« Sie brach ab, fuhr sich mit der Hand durch das Haar, zerrte wie wahnsinnig mit aller Kraft daran.

»Ich würde ihn am liebsten umbringen«, sagte sie schließlich langsam.

Golder lachte schmerzlich auf.

»Warum? Das ist doch ausgezeichnet, das ist großartig ...! Fischl! Er hat eine Menge Geld, weißt du, wenn er nicht gerade im Gefängnis sitzt, und du wirst ihn mit deinem Jüngelchen da betrügen ... wie heißt er noch ...? Dein kleiner Gigolo ... und du wirst sehr glücklich sein ... Ach! Das paßt zu dir, daß du so endest, du kleines Flittchen, das stand dir auf der Stirn geschrieben ... Früher allerdings, früher hätte ich mir das nicht für dich erträumt, Joyce!«

Er wurde noch bleicher, dachte fieberhaft: »Herrgott, was macht mir das schon aus? Was macht mir das aus? Soll sie doch schlafen, mit wem sie will, soll sie doch gehen, wohin sie will ...«

Doch sein hochmütiges Herz blutete wie früher: »Meine Tochter ... Für alle, trotz allem, Golders Tochter ... und Fischl!«

»Ich bin so unglücklich, wenn du wüßtest ...«

»Du willst zuviel auf einmal, Töchterchen, das Geld, die Liebe, da muß man sich entscheiden ... Aber es ist alles entschieden, was?«

Er verzog mit leidendem Ausdruck das Gesicht: »Kein Mensch zwingt dich, nicht wahr? Also? Warum flennst du jetzt? Du hast es doch gewollt.«

»Ah! Das ist doch alles wegen dir, es ist deine Schuld ...! Das Geld, das Geld, aber ich, ich kann doch anders nicht leben, was willst du? Ich habe es versucht, ich schwöre dir, ich habe es versucht ... Wenn du mich im Winter gesehen hättest ... Weißt du, wie kalt es war? Wie noch nie, nicht wahr? Und ich bin in meinem grauen Herbstmäntelchen herumgelaufen ... das letzte, was ich mir vor deiner Abreise noch hatte machen lassen ... Ah! ich war vielleicht schön ...! Aber ich kann nicht, ich kann nicht, ich bin nicht dafür geschaffen, dafür kann ich nichts ...! Und dann die Schulden, die ganzen Sorgen, all das ... Und am Ende muß ich es ja doch tun, nicht wahr? Der oder ein anderer ... Aber Alec, Alec ...! Du sagst, ich soll Fischl betrügen! Natürlich! Aber wenn du glaubst, daß er mich so ohne weiteres machen läßt, irrst du dich! Ach, du kennst ihn nicht! Wenn er für etwas bezahlt hat, behält er es schön für sich und hütet es! Dieser alte Knakker, dieser schmutzige alte Kerl! Oh, ich würde am liebsten sterben, ich bin unglücklich, ich bin allein, es geht mir schlecht, hilf mir, Dad, ich habe ja nur dich!« Sie ergriff seine Hände, drückte sie fieberhaft. »Antworte mir, sprich zu mir, sag doch etwas! Sonst bringe ich mich um, wenn ich hier rausgehe. Erinnerst du dich noch an Marcus? Es heißt, daß er sich wegen dir umgebracht hat ... Also gut, du wirst auch meinen Tod auf dem Gewissen haben, hörst du?« rief sie plötzlich mit ihrer hellen, tönenden Kinderstimme, die seltsam in den leeren Zimmern widerhallte.

Golder biß die Zähne zusammen.

»Du, du willst mir angst machen, was? Halt mich nicht für einen Schwachkopf! Und zudem habe ich kein Geld mehr. Laß mich in Ruhe. Du bist nichts mehr für mich. Du weißt doch ... Du hast es immer gewußt ... Du bist nicht meine Tochter ... Das weißt du ... Du weißt genau, daß du Hoyos' Tochter bist ... Geh doch zu ihm ...! Mag er dich beschützen, bei sich aufnehmen, für dich arbeiten ... Jetzt ist er dran. Ich, ich habe genug für dich getan, das geht mich nichts mehr an, das macht mir nichts mehr aus, geh, geh weg!«

»Hoyos? Bist du ... bist du sicher ...? O Dad, wenn du wüßtest! Bei ihm treffe ich mich doch mit Alec ... und vor ihm, in seinem Beisein ...« Sie schlug die Hände vors Gesicht. Er sah zwischen ihren zusammengepreßten Fingern die Tränen hervorschießen.

Voller Verzweiflung wiederholte sie: »Dad! Aber ich habe doch nur dich, ich habe sonst niemand auf der Welt! Wenn du wüßtest, wie mir das gleich ist, daß du nicht mein Vater bist ... Ich habe nur dich ...! Hilf mir, ich flehe dich an ... Ich möchte doch so gerne glücklich sein, ich bin jung, ich will leben, ich will, ich will glücklich sein!«

»Da bist du nicht die einzige, du armes Kind ... Laß mich, laß mich!«

Er machte eine unsichere Handbewegung, als wollte er sie zurückstoßen und gleichzeitig an sich ziehen. Plötzlich erschauerte er, ließ seine Finger ihren gebeugten Nacken, das kurze goldene, mit Parfüm besprühte Haar entlanggleiten ... Nur noch einmal dieses fremde Fleisch berühren, unter seiner Hand das leichte, schnelle Zucken des Lebens spüren, wie früher ... und dann ...

Er murmelte schweren Herzens: »Ach, Joyce! Warum bist du nur gekommen, mein Kind? Ich war so ruhig ...«

»Wo sollte ich denn sonst hin, mein Gott?«

Sie rang nervös die Hände.

»Ach wenn du wolltest, wenn du nur wolltest!«

Golder zuckte die Achseln.

»Was? Willst du, daß ich dir deinen Alec schenke, fürs ganze Leben, und mit Geld und Schmuck dazu, wie früher ein Spielzeug ...? Was? Aber das kann ich nicht mehr. Das ist zu teuer. Hat deine Mutter dir gesagt, ich hätte noch Geld?«

»Ja.«

»Sieh doch, wie ich lebe. Es bleibt mir gerade noch genug, um mich bis zum Ende durchzubringen. Aber für dich würde das kaum ein Jahr reichen.«

»Aber warum nur?« flehte sie verzweifelt. »Mach es doch wie vorher, Geschäfte, Geld, das ist doch so leicht!«

»Ach ja? Meinst du?«

Wieder berührte er mit scheuer Zärtlichkeit den schönen goldenen Kopf. »Arme kleine Joyce ...«

»Es ist merkwürdig«, dachte er voll Schmerz, »ich weiß doch genau, wie das enden würde. In zwei Monaten hätte sie mit ihrem Alec . . . oder mit einem anderen . . . geschlafen, und es wäre Schluß . . . Aber Fischl . . .! Ach, wenn es wenigstens ein anderer wäre, gleich wer! Aber Fischl!« dachte er wieder voller Haß. »Und dann wird das Schwein sagen: ›Golders Tochter, die ich ohne einen Heller, bloß mit dem Hemd auf dem Leib, genommen habe!‹«

Jäh beugte er sich hinunter, umschloß mit beiden Händen Joyce' Gesicht, zog es brutal zu sich hinauf. Er drückte seine alten harten Fingernägel in das zarte Fleisch, absichtlich, leidenschaftlich. »Du . . . Du . . . Wenn du mich nicht gebraucht hättest, du hättest mich ganz allein hier krepieren lassen, was? Was?«

Sie murmelte: »Hättest du mich denn gerufen?«

Sie lächelte. Er betrachtete hingerissen diese tränennassen Augen und diese schönen, vollen, roten Lippen, die sich langsam öffneten wie eine Blume.

»Mein kleines Mädchen . . . vielleicht ist sie am Ende ja doch meine Tochter, wer weiß? Und außerdem, was macht das schon, mein Gott, was macht das schon aus?«

»Du hast genau gewußt, wie du ihn nehmen mußt, den Alten, was, Joy?« flüsterte er wie im Fieber. »Tränen . . . und die Vorstellung, daß dieses Schwein etwas kaufen könnte, was mir gehört, was? Was?« wiederholte er wie wahnsinnig, voller Haß und wilder Zärtlichkeit. »Also . . . du willst, daß ich es versuche? Daß ich für dich noch ein wenig Geld mache, bevor ich sterbe ...? Willst du ein Jahr warten? In einem Jahr wirst du reicher sein, als es deine Mutter in ihrem ganzen Leben je gewesen ist.«

Er schob sie von sich, stand auf. In seinem alten, verbrauchten Körper spürte er wieder die Wärme und das Kribbeln des Lebens, die Kraft und das Fieber von einst.

»Schick Fischl zum Teufel«, fuhr er mit plötzlich veränderter, trockener und fester Stimme fort. »Und wenn du nicht eine Vollidiotin wärst, würdest du deinen Alec gleich hinterdrein schikken. Nein? Wenn du zuläßt, daß er dein ganzes Geld verjubelt, was willst du dann machen, wenn ich einmal tot bin? Das ist dir gleich, was? Dann wird immer noch Zeit sein, dich dem alten Fischl an den Hals zu werfen? Ach, ich bin doch ein alter Idiot«, brummte er plötzlich. Er faßte Joyce am Kinn, drückte es so brutal zusammen, daß sie einen Schrei ausstieß. »Du wirst so gut sein, blind den Vertrag zu unterzeichnen, den ich für deine Heirat aufsetzen lasse. Ich habe keine Lust, mich für deinen Gigolo krummzulegen. Ist das klar? Willst du Geld?«

Sie nickte mit dem Kopf, ohne zu antworten. Er ließ sie los, zog eine Schublade auf.

»Hör zu, Joy ... Du gehst morgen in meinem Auftrag zu Seton, meinem Notar. Er wird dir jeden Monat hundertfünfzig Pfund anweisen lassen ...«

Er kritzelte schnell ein paar Zahlen auf den Rand einer Zeitung, die auf dem Tisch lag.

»Das ist ungefähr so viel, wie ich dir früher gegeben habe. Ein bißchen weniger. Aber damit wirst du dich noch einige Zeit begnügen müssen, Töchterchen . . . denn es ist alles, was ich noch habe. Später, wenn ich wiederkomme, heiratest du.«

»Aber wohin gehst du?«

Er zuckte schroff die Achseln.

»Geht dich das etwas an?«

Er legte ihr die Hand auf den Nacken, drückte ihn hinunter.

»Joyce . . . Wenn ich unterwegs sterbe, wird Seton sich darum kümmern, daß alles geregelt wird, damit deine Interessen so gut wie möglich gewahrt bleiben. Du brauchst ihn nur machen zu lassen. Unterschreibe alles, was er dir zur Unterschrift vorlegt. Hast du verstanden?«

Sie neigte den Kopf.

Er holte tief Luft.

»Also . . . das ist alles . . .«

»Daddy darling!«

Sie war auf seinen Schoß geglitten, hatte mit geschlossenen Augen den Kopf auf seine Schulter gelegt.

Er sah sie an, lächelte kaum merklich, es war nur ein sofort wieder unterdrücktes Zucken, das ihm die Mundwinkel hob.

»Wie zärtlich einem doch zumute ist, wenn man kein Geld hat, was? So sehe ich dich zum ersten Mal, mein Töchterchen . . .«

Er dachte: »Und zum letzten Mal!«, aber er sagte nichts. Er begnügte sich damit, ihr mit seinen Fingern über die Lider und den Hals zu streichen, lange und gründlich, als wollte er sich ihre Form einprägen, um sie länger im Gedächtnis zu behalten.

»Die beiden Verhandlungsparteien vereinbaren, das Abkommen in bezug auf die Konzessionen binnen einer Frist von dreißig Tagen von der Ratifizierung des vorliegenden Vertrags an abzuschließen ...«

Die zehn Männer, die um den Tisch herum saßen, blickten Golder an.

»Ja, weiter«, murmelte er.

»Zu folgenden Bedingungen ...«

Golder wedelte nervös mit der Hand vor seinem Gesicht herum, um den dicken Rauch zu vertreiben, der ihm in den Mund drang. Zeitweise konnte er kaum noch das bleiche, knochige Gesicht des ihm gegenüber vorlesenden Mannes erkennen, das schwarze Loch der geöffneten Lippen, alles schien nur noch ein im Rauch schwimmender Farbfleck.

Ein Geruch von starkem russischem Tabak, Leder, menschlichem Schweiß schwängerte die Luft.

Seit dem letzten Abend konnten sich diese zehn Männer nicht auf die endgültige Fassung des Vertrags einigen. Und die Besprechungen davor hatten achtzehn Wochen gedauert.

Er warf einen Blick auf seine Armbanduhr, aber sie war stehengeblieben. Er blickte hinüber zum Fenster. Hinter den schmutzigen Scheiben sah man über Moskau die Sonne aufgehen. Es war ein wunderschöner Augustmorgen, der aber schon die transparente, eisige Reinheit der ersten herbstlichen Sonnenaufgänge hatte.

»Die sowjetische Regierung gewährt der Tübingen Petroleum Co. eine Konzession in Höhe von fünfzig Prozent auf die Ölfelder zwischen der Region von Teisk und der Arundschis-Ebene, wie in dem Memorandum beschrieben, das zum Datum des 2. Dezember 1925 durch den Delegierten der Tübingen Petroleum Co. vorgelegt wurde. Jedes so konzessionierte Ölfeld wird eine rechteckige Fläche haben, deren Ausmaß vierzig Desjatinen nicht übersteigt, und sie werden nicht aneinander angrenzen . . .«

Golder machte eine Handbewegung.

»Wollen Sie mir bitte diesen letzten Artikel noch einmal vorlesen?« bat er mit zusammengekniffenen Lippen.

»Jedes so konzessionierte Ölfeld . . .«

»Also doch«, dachte Golder erbittert, »davon ist vorher nicht die Rede gewesen . . . Sie warten bis zur letzten Minute, um dann noch schnell ihre schmutzigen kleinen zweideutigen Artikel einzuschmuggeln, die keinerlei bestimmte Bedeutung zu haben scheinen . . . Und das alles, um später einen Vorwand zu haben, auszusteigen, wenn das Geld für die ersten Ausgaben bereits vorgestreckt worden ist . . . Das gleiche sollen sie ja mit der Amrum gemacht haben.«

Er erinnerte sich, damals die Kopie des Vertrags mit der Amrum gelesen zu haben, die sich unter

Marcus' Papieren befunden hatte. Die Arbeiten sollten zu einem bestimmten Datum beginnen ... Man hatte dem Vertreter der Amrum offiziell versprochen, daß die Frist verlängert werden könnte, und dann war der Vertrag für ungültig erklärt worden. Das hatte die Amrum mehrere Millionen gekostet. »Dieser Schweinehaufen«, brummte er.

Er schlug plötzlich mit der Faust auf den Tisch.

»Sie werden das unverzüglich streichen!«

»Nein«, rief jemand.

»Ich werde nicht unterschreiben.«

Einer der Männer rief: »Oh! Lieber David Isaakjewitsch ...«

Der schmeichelnde, singende russische Tonfall und die höflich-zärtliche slawische Anredeform standen in bizarrem Kontrast zu seinem gelben, harten Gesicht, in dem schmale, blitzende, grausame Augen funkelten. Der Mann streckte beim Weitersprechen die Arme aus, als wollte er Golder an sein Herz drücken.

»Was sagen Sie da, lieber Freund? Golubtschik ... Sie wissen doch genau, daß dieser Artikel völlig bedeutungslos ist! Er dient nur dazu, die legitimen Bedenken des Proletariats zu zerstreuen, das nicht ohne Mißtrauen zusehen kann, wie ein Teil des sowjetischen Territoriums in die Hände der Kapitalisten übergeht, ohne die Zusicherung, daß ...«

Golder zuckte schroff die Achseln.

»Genug! Und wenn schon! Und die Amrum? Wie war es da? Außerdem bin ich nicht ermächtigt, einen Artikel zu unterzeichnen, der nicht von meiner Gesellschaft gelesen und gebilligt worden ist. Ist das klar, Simon Alexejewitsch?«

Simon Alexejewitsch klappte den Aktendeckel zu und sagte mit veränderter Stimme: »Vollkommen! Wir werden also abwarten, bis sie davon Kenntnis genommen und zugestimmt oder abgelehnt haben wird.«

Golder dachte: »Das ist es also. Sie wollen es noch hinauszögern. Ob wohl die Amrum wieder die Hände im Spiel hat?«

Geräuschvoll stieß er seinen Stuhl zurück, stand auf: »Ich werde gar nichts abwarten, hören Sie? Gar nichts! Der Vertrag wird unverzüglich jetzt unterzeichnet oder nie . . .! Geben Sie acht! Sagen Sie ja oder nein, aber sofort! Denn ich bleibe keine Stunde länger in Moskau, das steht ein für allemal fest . . .! Kommen Sie, Valleys«, wandte er sich an den Sekretär der Tübingen, der seit sechsunddreißig Stunden nicht mehr geschlafen hatte und ihn voller Verzweiflung ansah. Mein Gott, sollte denn jetzt wegen dieser unbedeutenden Frage alles wieder von vorn anfangen? Das Palaver, das Geschrei und dazu der alte Golder mit dieser gequälten, erschreckenden Stimme, die zeitweise nur noch ein unartikuliertes Blubbern war, als stiege ihm Blut in die Kehle!

»Wie kann er nur so schreien?« dachte Valleys mit unwillkürlichem Entsetzen. »und auch die andern . . .?«

Gegenwärtig drängten diese sich alle in einer Ecke des Saals zusammen und stießen wilde Rufe aus, unter denen Valleys nur die Worte »Interessen des Proletariats« und »Tyrannei des ausbeuterischen Kapitals« ausmachen konnte, die sie sich zehnmal in der Sekunde gegenseitig an den Kopf warfen, als prügelten sie sich mit Fäusten.

Golder hämmerte, mit hochrotem, gedunsenem Gesicht, fieberhaft mit der flachen Hand auf den Tisch, daß die Dokumente, mit denen er beladen war, davonflogen. Bei jedem Schrei schien es Valleys, das Herz des Alten müßte gleich zerspringen.

»Valleys! Zum Teufel!«

Er fuhr zusammen und stand hastig auf.

Golder raste wie ein Sturmwind an ihm vorbei, gestikulierende, brüllende Männer im Schlepptau. Valleys verstand kein Wort mehr. Er folgte Golder wie in einem Alptraum. Sie waren schon auf der Treppe, als eines der Mitglieder der Kommission, der einzige Mann, der sich nicht von seinem Platz gerührt hatte, sich erhob und Golder nachkam. Er hatte ein seltsames flaches, viereckiges Gesicht von fast chinesischem Schnitt und dunkelbrauner Farbe wie ausgetrocknete Erde. Er war lange im Zuchthaus gewesen und hatte eine entsetzlich verstümmelte Nase.

Golder schien sich zu beruhigen. Der Mann flüsterte ihm etwas ins Ohr. Sie kehrten zusammen in den Raum zurück, setzten sich wieder.

Simon Alexejewitsch hob von neuem an: »Auf die Jahresproduktion von Erdöl, die auf ungefähr 30000 Tonnen geschätzt werden kann, erhält die sowjetische Regierung einen Anteil von 5 Prozent. Jedesmal, wenn die Produktion um 10000 Tonnen steigt, wird ein Anteil von 0,25 Prozent dazukommen bis zu einem jährlichen Ertrag von 430000 Tonnen, wo der Anteil der sowjetischen Regierung 15 Prozent betragen wird. Die sowjetische Staatskasse erhält zudem eine Vergütung im Wert von 45 Prozent des geförderten Erdöls und einen Anteil von 10 Prozent bis 35 Prozent auf das Gas, je nach dessen Petroläthergehalt ...«

Golder hörte jetzt schweigend zu, die Wange auf die Hand gestützt, die Lider geschlossen. Valleys glaubte, er schliefe: sein Gesicht war bleich und eingesunken, zeigte die tiefen Falten in den Mundwinkeln und die wächsernen Nasenflügel, wie sie die Toten haben.

Valleys taxierte die maschinengeschriebenen Blätter des Vertrags, die Simon Alexejewitsch noch in den Händen hatte. Entmutigt dachte er: »Das wird kein Ende nehmen ...«

Plötzlich beugte sich Golder zu ihm herüber.

»Öffnen Sie das Fenster hinter Ihnen«, flüsterte er, »schnell ... ich ersticke ...«

Valleys machte eine erstaunte Geste.

»Machen Sie auf«, befahl Golder wieder mit zusammengebissenen Zähnen.

Valleys riß hastig den Fensterflügel auf und trat in der Erwartung, ihn jeden Augenblick vom Stuhl fallen zu sehen, zu Golder hin.

Währenddessen las Simon Alexejewitsch immer noch weiter: »Die Tübingen-Petroleum-Gesellschaft kann alle ihre rohen und veredelten Produkte ohne besondere Genehmigung und Ermächtigung ausbeuten. Gleichermaßen kann sie ohne

Abgaben die zu diesem Unternehmen notwendigen Maschinen, Werkzeuge und Rohstoffe einführen wie auch die Lebensmittel für ihre Arbeiter . . .«

Valleys stammelte hastig: »Monsieur Golder, ich werde ihn bitten aufzuhören. Sie sind nicht in der Verfassung . . . Sie sind ja aschfahl . . .«

Golder preßte heftig seine Hand.

»Schweigen Sie . . . Sie hindern mich am Hören . . . Seien Sie doch still, in Dreiteufels Namen!«

»Die Zahlungen für die Konzessionen, die von den Unternehmern an die sowjetische Regierung geleistet werden müssen, werden 5 Prozent bis 15 Prozent des Gesamtertrags der Ölfelder und 40 Prozent des Ertrags der Bohrstellen betragen . . .«

Golder stieß ein unartikuliertes Stöhnen aus und krümmte sich über dem Tisch zusammen. Simon Alexejewitsch unterbrach sich.

»Ich mache Sie darauf aufmerksam, daß hinsichtlich der Bohrstellen die zweite Unterkommission, deren Bericht hier vorliegt, schätzt, daß . . .«

Valleys spürte, wie Golders eiskalte Hand unter dem Tisch die seine ergriff und sie krampfhaft umklammerte. Instinktiv drückte er ihm mit aller Kraft die Finger. Undeutlich erinnerte er sich, so einmal den gebrochenen, blutenden Kiefer eines sterbenden Setters gehalten zu haben. Warum erinnerte ihn dieser alte Jude nur so oft an einen todkranken Hund, der sich noch einmal mit einem Zähneschnappen, einem wilden

Knurren, einem letzten, mächtigen Biß herumwirft?

Golder sagte: »Ihre Fassung von Artikel 27 ... Darüber haben wir drei Tage lang palavert, das wird doch jetzt nicht noch einmal losgehen ...? Weiter ...«

»Die Tübingen-Petroleum-Gesellschaft kann Gebäude, Raffinerien, Pipelines und alles, was zu ihrer Arbeit notwendig ist, errichten. Die Dauer der Konzessionen ist auf eine Zeit von neunundneunzig Jahren vereinbart ...«

Golder hatte seine Hand aus Valleys Griff befreit und riß unter dem Tisch, halb auf dem tintenbefleckten Wachstuch liegend, die Kleider über seiner Brust auf, bearbeitete sie mit den Fingernägeln, als wollte er die Lungen bloßlegen. Er drückte mit wilder Anstrengung die zitternden Hände auf sein Herz, instinktiv, wie ein krankes Tier die schmerzende Stelle seines Körpers an die Erde preßt. Er war totenblaß. Valleys sah den Schweiß in schweren, dichten Tropfen wie Tränen sein Gesicht hinunterströmen.

Doch nun wurde Simon Alexejewitschs Stimme lauter, fast feierlich. Er erhob sich halb von seinem Stuhl, um zu Ende zu lesen: »74. und letzter Artikel. Nach Ablauf der Konzession gehen die oben erwähnten Bauten und die ganze maschinelle Ausstattung der Felder in den unveräußerlichen Besitz der sowjetischen Regierung über.«

»Es ist geschafft«, hauchte Valleys fast bestürzt. Der alte Golder hob langsam wieder den Kopf, winkte, man solle ihm eine Feder reichen. Die

Zeremonie der Unterschriften begann. Die zehn Männer waren blaß, still, erschöpft.

Golder stand auf, ging auf die Tür zu. Die Mitglieder der Kommission grüßten ihn von weitem, voller Zurückhaltung. Nur der Chinese lächelte. Die anderen wirkten matt und zornig. Golder neigte mit einer automatenhaft steifen, abgehackten Bewegung den Kopf. Valleys dachte: »Jetzt wird er gleich zusammenbrechen, das ist sicher. Er ist am Ende.«

Aber er brach nicht zusammen. Er stieg die Treppe hinunter. Erst auf der Straße schien ihn ein Schwindel zu erfassen. Er blieb stehen, lehnte die Stirn an die Hauswand, hielt sich stumm, am ganzen Leib zuckend, auf den Beinen.

Valleys rief einen Wagen, half ihm beim Einsteigen. Bei jedem Stoß wackelte Golders Kopf und fiel kraftlos nach vorn wie bei einem Toten. Nach und nach jedoch belebte ihn die frische Luft wieder. Er holte tief Luft, berührte seine Brieftasche über dem Herzen.

»Endlich geschafft ... Diese Schweine ...«

»Wenn ich daran denke«, sagte Valleys, »daß wir nun seit viereinhalb Monaten hier sind! Wann reisen wir zurück, Monsieur Golder? Das ist ein gräßliches Land!« schloß er mit Nachdruck.

»Ja. Sie reisen morgen ab.«

»Wie, und Sie?«

»Ich, ich fahre nach Teisk.«

»Oh!« rief Valleys verblüfft.

Unsicher fragte er: »Monsieur Golder ... Ist das unbedingt notwendig?«

»Ja. Warum?«

Valleys errötete.

»Könnte ich nicht mit Ihnen kommen? Ich möchte Sie nicht gerne allein wissen, in diesem wilden Land. Es geht Ihnen nicht gut.«

Golder antwortete nicht, hob nur unbestimmt und wie peinlich berührt die Schultern.

»Sie müssen so schnell wie möglich abreisen, Valleys.«

»Aber könnten Sie nicht ... jemand kommen lassen, ja? Es ist nicht ratsam, so allein zu reisen, in Ihrem Zustand ...«

»Das bin ich gewohnt«, brummte Golder lakonisch.

»Zimmer 17, das erste links auf dem Gang«, rief der Bursche von unten herauf. Gleich danach ging das Licht aus. Golder stieg weiter hinauf, stolperte wie in einem Alptraum über die Stufen, die nicht enden wollten.

Sein geschwollener Arm tat ihm weh. Er setzte den Koffer ab, tastete nach dem Treppengeländer, beugte sich hinunter, rief. Aber niemand antwortete. Er fluchte leise, kam außer Atem, stieg noch zwei Stufen hinauf, blieb stehen, lehnte den Rücken an die Wand, warf den Kopf nach hinten.

Dabei war der Koffer nicht schwer; er enthielt nur ein paar Toilettengegenstände, etwas Wäsche zum Wechseln: in diesen sowjetischen Provinzen konnte es ja immer passieren, daß man sein Gepäck selbst schleppen mußte, das hatte er gelernt, seit er aus Moskau abgereist war. Aber auch dieses leichte Gewicht schaffte er mit seinen Kräften kaum. Er war hundemüde.

Am Abend zuvor war er von Teisk abgefahren. Die Reise hatte ihn so mitgenommen, daß er die Fahrt beinahe unterwegs unterbrochen hätte. Zweiundzwanzig Stunden im Auto! ... »Ach, mein altes Gerippe!« brummte er. Aber es war ein halb demolierter Ford, und die Straßen im Gebirge waren fast unbefahrbar. Das Geholper und die Stöße zerschlugen einem die Knochen. Gegen Abend war die Hupe ausgefallen, und der Fahrer hatte in einem Dorf einen Jungen aufgelesen, der auf dem Trittbrett mitfahren mußte. Mit einer Hand am Dach festgeklammert, zwei Finger der anderen in den Mund gesteckt, hatte er ununterbrochen Pfiffe ausgestoßen, von sechs Uhr bis Mitternacht. Selbst jetzt noch meinte er sie zu hören. Er preßte mit schmerzverzogenem Gesicht die Hände an seine Ohren. Und dazu das Klappern des rostigen alten Ford, das Klirren der Fensterscheiben, die in jeder Kurve herauszufallen drohten ... Es war fast ein Uhr, als sie endlich ein paar zitternde Lichter gesehen hatten. Das war der Hafen, wo Golder sich am nächsten Tag nach Europa einschiffen sollte.

Früher war das einer der Hauptumschlagplätze für den Getreidehandel gewesen. Er kannte ihn gut. Er war mit zwanzig Jahren hierhergekommen. Von hier war er zum erstenmal in See gestochen.

Jetzt lagen nur ein paar griechische Dampfer und sowjetische Frachtschiffe im Hafen. Eine Atmosphäre von Vernachlässigung und Armut, daß es einem das Herz abschnürte, lag über der Stadt. Und dieses dunkle, schmutzige Gasthaus, an dessen Wänden noch Einschußlöcher zu sehen waren, wirkte unsäglich trübselig. Golder bereute es, nicht über Moskau zurückgefahren zu sein, wie man ihm in Teisk geraten hatte. Die Schiffe beförderten fast nur »Schurum-Burum« — die levantinischen Händler, die mit ihren Teppichballen und alten Pelzen in die ganze Welt ausschwärmen. Aber eine Nacht vergeht schnell. Übermorgen würde er in Konstantinopel sein.

Er war in seinem Zimmer angekommen. Er stieß einen tiefen Seufzer aus, machte das elektrische Licht an und setzte sich in einer Ecke auf den ersten Stuhl, der in Reichweite war, ein hartes, unbequemes Möbelstück mit steiler Rükkenlehne aus schwarzem Holz.

Er war so erschöpft, daß er, als er die Augen schloß, einen Augenblick lang das Bewußtsein verlor und zu schlafen meinte. Das dauerte kaum eine Minute. Dann machte er die Augen wieder auf und sah sich unwillkürlich in dem Zimmer um. Ein schwacher Strom speiste die kleine Glühbirne, die an der Decke hing, und das Licht flackerte, als wollte es jeden Augenblick erlöschen wie eine Kerze im Wind. Es beleuchtete halbverwischte Wandmalereien, Putten mit einst rosig frischen, karminroten Schenkelchen, die nun von einer dunklen Staubschicht bedeckt waren. Das

Zimmer war riesig und hoch, die Möbel aus schwarzem Holz und rotem Samt; in der Mitte stand ein Tisch mit einer alten Petroleumlampe, deren Glasschirm voller toter Fliegen dick von klebrigem schwarzem Dreck überzogen war.

Natürlich waren Einschußlöcher in den Wänden. Vor allem auf einer Seite waren zahlreiche Kugeln durch die Zwischenwand gedrungen, und der sternförmig gesprungene Verputz bröckelte still vor sich hin, rieselte wie Sand hinunter. Golder steckte gedankenverloren die Faust in ein Loch, rieb sich dann lange die Hände, stand auf. Es war drei Uhr vorbei.

Er machte ein paar Schritte, setzte sich dann wieder, bückte sich vor, um sich die Schuhe auszuziehen, und verharrte mit ausgestrecktem Arm reglos in dieser Stellung. Wozu sollte er sich auskleiden? Er würde sowieso nicht schlafen können. Er drehte an einem Hahn über dem Waschbecken. Es kam kein Wasser. Die Hitze war erstickend. Und kein Lufthauch. Staub und Schweiß klebten ihm die Wäsche an die Haut. Wenn er sich bewegte, spürte er den feuchten Stoff eiskalt an seinen Schultern. Aber das war nur ein kleiner schmerzhafter Schauder, als hätte er Fieber.

»Herrgott«, dachte er, »wann komme ich endlich aus diesem Land heraus?«

Es schien ihm, als würde diese Nacht nie vorübergehen. Es war immer noch drei Uhr. Das Schiff sollte bei Tagesanbruch auslaufen. Aber es würde natürlich Verspätung haben. Einmal auf See, würde es bessergehen. Da würde es wenigstens ein wenig Wind und Luft geben. Und dann Konstantinopel. Das Mittelmeer. Paris. Paris? Er empfand etwas wie Genugtuung, wenn er an alle diese Fressen an der Börse dachte. »Wissen Sie schon, der alte Golder? Na? Wer hätte das gedacht? Es hat doch so ausgesehen, als wäre er gründlich erledigt, der alte Fuchs . . .« Er konnte sie förmlich hören, die Schweine . . . Was wohl die Teisk jetzt wert waren? Er versuchte, es zu berechnen, aber es war schwierig . . . Seit Valleys' Abreise hatte er keine Nachrichten aus Europa mehr gehabt. Später . . . Er atmete schwer. Es war seltsam . . . Es gelang ihm nicht, sich sein Leben nach der Überfahrt vorzustellen. Später . . . Joy . . . Er verzog schmerzlich das Gesicht. Joy . . . Ab und zu, wenn ihr Mann oder sie selbst im Spiel verloren hätten, würde sie sich gewiß daran erinnern, daß der Alte noch existierte, würde kommen, das Geld in Empfang nehmen und wieder auf Monate hinaus verschwinden . . . Ausdrücklich hatte er von Seton festlegen lassen, daß sie ihr Kapital nicht würde angreifen können. »Sonst, vom Tag ihrer Hochzeit bis zu meinem Tod . . .« Er dachte den Satz nicht zu Ende. Er machte sich keine Illusionen. Joy . . . »Ich habe alles getan, was ich konnte«, sagte er traurig ganz laut in die Stille hinein.

Er hatte seine Halbstiefel ausgezogen. Er trat an das Bett, streckte sich darauf aus. Doch seit einiger Zeit konnte er nicht mehr lange liegen bleiben. Er bekam dann keine Luft mehr.

Manchmal schlief er ein, litt aber sofort im Schlaf unter Atemnot und wachte unter klagenden, seltsamen Schreien wieder auf, die er unbestimmt wie in einem Traum hörte und die ihm erschrekkend und unverständlich vorkamen wie eine dunkle Bedrohung. Er wußte nie, daß er selbst es war, der in diesen Nächten so schrie wie ein jammerndes Kind.

Auch dieses Mal bekam er, sobald er lag, keine Luft mehr. Mühsam stand er wieder auf, schleppte einen Sessel zum Fenster, öffnete es. Unten lag der Hafen. Schwarzes Wasser . . . der Tag brach an.

Unversehens schlief er ein.

Um fünf Uhr wurde Golder von den ersten Sirenen im Hafen geweckt.

Er bückte sich unter Schmerzen, nahm seine Schuhe, drehte noch einmal an dem leeren Wasserhahn des Waschbeckens, klingelte, wartete lange vergebens; in der Flasche im Koffer war noch ein wenig Eau de Cologne; er schüttete es sich auf Hände und Gesicht, klaubte seine Sachen zusammen, ging hinunter.

Erst unten gelang es ihm, sich ein Glas Tee bringen zu lassen. Er bezahlte, ging hinaus.

Automatisch sah er sich nach einem Wagen um. Doch die Stadt schien menschenleer zu sein. Eine dicke, vom Seewind aufgewirbelte Sandschicht begrub halb die Wegränder und bedeckte die Straßen, auf denen man beim Gehen tiefe Spuren hinterließ wie in Schnee. Golder winkte einem Gassenjungen, der geräuschlos barfuß, mitten auf der Fahrstraße, vorbeilief.

»Trägst du mir diesen Koffer zum Hafen? Gibt es hier keinen Wagen?«

Das Kind schien ihn nicht zu verstehen. Aber es lud sich den Koffer auf und ging voraus.

Die Häuser waren verrammelt, die Fenster mit Brettern vernagelt. Es gab Banken, öffentliche Gebäude, aber sie waren geschlossen, verlassen. An den Wänden der in den Stein geschnittene kaiserliche Adler, wie eine Narbe ... Unwillkürlich beschleunigte Golder seine Schritte.

Vage erkannte er gewisse dunkle alte Sackgassen, wackelige Holzhäuser wieder. Aber was für eine Stille ... Plötzlich blieb er stehen.

Sie waren nicht weit vom Hafen. Die Luft roch stark nach Salz und Schlick. Eine Schuhmacherwerkstatt, eng und schwarz, mit ihrem Blechstiefel, der quietschend vor dem Fenster hin- und herschaukelte ... An der Straßenecke stand noch das Gasthaus, wo er damals gewohnt hatte, eine Absteige für Matrosen und Dirnen. Der Schuster war ein Vetter seines Vaters, der hierhergezogen war; manchmal war Golder zum Essen zu ihm gegangen. Er erinnerte sich noch gut daran ... Er versuchte, sich die Züge dieses Mannes ins Gedächtnis zu rufen. Aber er fand nur noch den Ton dieser schrillen, jammernden Stimme, zweifellos, weil sie Soifers Stimme so ähnlich war: »Bleib hier, Junge! Glaubst du, dort drüben liest man das Geld auf der Straße auf? Hör mal, das Leben ist überall hart.«

Instinktiv streckte Golder die Hand nach dem Türgriff aus, ließ sie wieder sinken. Es war achtundvierzig Jahre her! Er zuckte die Achseln, ging weiter.

»Und wenn ich geblieben wäre?«

Er mußte fast schmunzeln. Wer weiß? Gloria als Hausfrau, die am Freitagabend die Gänseschmalzküchlein buk ... Er murmelte leise: »Das Leben ...« Aber wie merkwürdig war es doch, daß ihn sein Weg nach so vielen Jahren in diesen verlorenen Erdenwinkel zurückgeführt hatte.

Der Hafen. Er erkannte ihn wieder, als hätte er ihn letzten Abend erst verlassen. Das kleine, halbverfallene Zollhaus. Auf Grund gelaufene, im Sand eingesunkene Kähne, schwarz, plump, voller Kohle und Unrat ... Das grüne, schlammige Wasser, auf dem wie damals Wassermelonenschalen und tote Tiere schwammen. Er ging an Bord. Es war ein kleiner griechischer Dampfer, der vor dem Krieg zwischen Batum und Konstantinopel verkehrt hatte. Er mußte damals Passagiere befördert haben, denn er erweckte immer noch den Eindruck eines gewissen Komforts. Es gab einen Salon, ein Klavier. Doch seit der Revolution diente er nur noch als Frachtschiff und mußte in eigenartige Handelsgeschäfte verwickelt gewesen sein. Er war schmutzig und erbärmlich. Golder dachte: »Zum Glück ist die Überfahrt nicht lang!«

An Deck saßen Männer, »Schurum-burum« mit roten Fezen auf dem Kopf, auf den Planken und spielten Karten. Sie hoben die Stirn, als Golder vorbeiging. Der eine von ihnen schwenkte automatisch eine Halskette aus rosa Glasperlen, die er um den Arm geschlungen hatte, und lächelte: »Kaufen Sie etwas, Barin!« Golder schüttelte den Kopf, schob sie sanft mit seiner Stockspitze zur Seite. Wie oft hatte er während jener ersten Überfahrt, an die er jetzt mit so eigenartiger, hartnäckiger Eindringlichkeit wieder denken mußte, mit Männern wie diesen hier Karten gespielt, die ganze Nacht lang, in einem Winkel des Schiffs ... Es war lange her ... Sie waren beiseite gerückt, um ihn vorbeizulassen. Er stieg in seine Kabine hinunter, blickte seufzend durch das Bullauge auf das Meer. Das Schiff legte ab. Er setzte sich auf das Bett, eine Pritsche mit einer dünnen Matratze, die mit einer Art trockenem, knackendem Stroh gefüllt war. Wenn das Wetter schön blieb, würde er die Nacht an Deck verbringen. Doch es wehte ein starker Wind. Das Schiff wurde hin- und hergerüttelt, es schaukelte. Golder sah haßerfüllt auf das Meer hinaus. Wie war er diese ewig bewegte, ewig um ihn herumsausende Welt müde! Die Erde, die an den Türen der Eisenbahnwagen und Autos vorbeiraste, diese Wellen mit ihrem unruhigen tierischen Geheul, die Rauchfahnen am wildbewegten Herbsthimmel. Wenn er doch einmal bis zu seinem Tod einen unveränderlichen Horizont festhalten könnte! Er murmelte: »Ich bin müde.« Mit der zögernden, unwillkürlichen Gebärde der Herzkranken drückte er beide Hände auf sein Herz. Er schob es sanft in die Höhe, als könnte er, wenn er es etwas hochhob wie ein Kind, wie ein sterbendes Tier, der abgenutzten, eigensinnigen Maschine, die schwach in seinem alten Körper schlug, die Arbeit ein wenig erleichtern.

Plötzlich, bei einem stärkeren Stoß des schlingernden Schiffs, schien es ihm, als würde sie aussetzen und dann ganz schnell laufen, zu schnell ... Im selben Augenblick schoß ihm ein stechender Schmerz in die linke Schulter. Er wurde bleich, verharrte entsetzt mit nach vorn gestrecktem Kopf, wartete lange. Das Geräusch seines Atems erfüllte die ganze Kabine, so kam ihm vor, überdeckte den Lärm des Windes und der See.

Nach und nach wurde es schwächer, klang ab, verschwand ganz. Mit lauter Stimme sagte er, sich zu einem Lächeln zwingend: »Das war nichts. Es ist vorbei.«

Er atmete mühsam, seufzte leiser: »Vorbei ...«

Er stand auf. Er schwankte. Draußen hatten der Himmel und das Meer sich unversehens verdunkelt. Die Kabine war finster wie in tiefer Nacht. Nur durch das Bullauge drang ein seltsamer grüner Schein herein, ein falsches trübes Tageslicht, in dem man nichts erkennen konnte. Golder suchte tastend nach seinem Mantel, zog ihn an, ging hinaus. Er streckte beide Hände vor wie ein Blinder. Bei jedem Wellenstoß erzitterte das ganze Schiff, hob sich und tauchte dann hinunter, als würde es gleich auf Nimmerwiedersehen im Wasser verschwinden. Er stieg mühsam die enge steile Leiter hinauf, die an Deck führte.

»Vorsicht, Kamerad! Dort oben stürmt es«, rief ein Matrose, der eilig hinunterkletterte. Eine starke Schnapsfahne wehte Golder ins Gesicht.

»Das tanzt ganz nett, Kamerad!«

»Ich bin daran gewöhnt«, brummte Golder nur.

Doch er erreichte nur mit Mühe das Deck. Das Meer klatschte gegen das Schiff. In einem Winkel unter einer nassen Plane kauerten die »Schurum-burum« aneinandergedrückt in einem Haufen und zitterten wie dumpfes, geduldiges Vieh. Einer von ihnen hob, als er Golder erblickte, den Kopf und rief mit klagender, schriller Stimme ein paar Worte, die der Wind davontrug. Golder machte ein Zeichen, daß er nichts verstand. Der Mann wiederholte seine Worte lauter und verzog dabei sein aschfahles Gesicht mit den rollenden, blitzenden Augen. Dann wurde ihm übel, und er fiel jählings auf die Planken zurück, wo er unbeweglich auf einem alten Schaffell zwischen den Warenbündeln und den ausgestreckten Männern liegenblieb.

Golder ging an ihnen vorbei.

Bald mußte er haltmachen. Er blieb zur Seite gekrümmt stehen wie ein von der Gewalt des Sturms gebeugter Baum, mit angespannter Miene schmeckte er auf den Lippen den beizenden, bitteren Geschmack von Salz und Meer. Doch es gelang ihm nicht, die Augen zu öffnen; er klammerte sich mit beiden Händen an eine nasse, eiskalte Eisenstange, bis seine Finger erstarrten.

Das Schiff schien bei jedem Stoß unterzugehen und unter dem Gewicht der See auseinanderzubrechen, und aus seinen Seiten stieg ein ohrenzerreißendes dumpfes Knarren, das für Augenblicke das Getöse des Windes und der Wellen übertönte.

»Na, großartig«, dachte Golder, »das hat mir noch gefehlt . . .«

Trotzdem rührte er sich nicht von der Stelle. Mit einer dunklen Lust setzte er seinen alten Leib dem Wüten des Sturms aus. Das mit Regen vermischte Meerwasser näßte ihm die Wangen, die Lippen; seine Wimpern und Haare waren steif vor Salz.

Plötzlich hörte er dicht neben sich eine Stimme rufen, doch der Wind verschluckte die Worte. Er hob einen Spaltbreit die Lider und sah undeutlich einen gebückten Mann, der sich mit beiden Armen an die Eisenstange klammerte.

Eine Welle klatschte bis zu Golders Füßen hoch. Das Wasser spritzte ihm in Augen und Mund. Hastig zog er sich zurück. Der Mann folgte ihm. Sie kämpften sich nach unten, bei jedem Schritt wurden sie an die Wand geworfen. Der Mann murmelte mit erschreckter Stimme auf Russisch: »Was für ein Wetter . . . oh! Was für ein Wetter, mein Gott!«

In der Dunkelheit konnte Golder nur eine Art langen, bis auf den Boden gehenden Überzieher ausmachen, aber er erkannte deutlich den singenden Tonfall, der die Worte wie eine Melodie aneinanderreihte.

»Die erste Überfahrt?« fragte er. »A Jid?«

Der Mann lachte nervös.

»Aber ja«, murmelte er mit freudiger Hast, »Sie auch?«

»Ich auch«, sagte Golder.

Er hatte sich auf das alte, an der Wand festgenagelte Samtsofa gesetzt. Der Mann blieb vor ihm stehen. Mit seinen klammen Händen suchte Golder mühsam in der Jackentasche nach seinem Zigarettenetui und streckte es dann geöffnet vor sich hin.

»Nimm.«

Als er das Streichholz anzündete, hob er es einen Augenblick hoch und sah das geneigte, junge, fast noch knabenhafte Gesicht mit der langen traurigen Nase, die krausen, wolligen, schwarzen Haare, riesige, ängstliche, feuchte, fiebrige Augen.

»Woher?«

»Aus Kremenetz, Herr, in der Ukraine.«

»Kenn' ich«, murmelte Golder.

Das war früher ein erbärmliches Dorf gewesen, wo die schwarzen Schweine bunt durcheinander mit den Judenkindern im Dreck gewühlt hatten. Sicher hatte sich das nicht groß verändert.

»Und du gehst also weg? Für immer?«

»O ja.«

»Warum gehst du jetzt weg? Zu meiner Zeit lebte man dort gut, damals!«

»Ach Herr!« sagte der kleine Jude in seinem komischen und zugleich schmerzlichen Tonfall. »Ändert sich das denn je für uns? Ich, mein

Herr, ich bin ein ehrlicher Junge, und ich bin vorgestern aus dem Gefängnis entlassen worden. Und warum? Ich hatte den Auftrag bekommen, einen Waggon Montpensier, wissen Sie, diese Fruchtbonbons, vom Süden nach Moskau zu befördern. Es war Sommer, die große Hitze kam, und in den Waggons ist die ganze Ware geschmolzen. Als ich in Moskau angekommen bin, waren die Bonbons durch die Kisten getropft. Aber war ich denn schuld daran? Ich habe achtzehn Monate im Gefängnis gesessen. Jetzt bin ich frei. Ich will nach Europa.«

»Wie alt bist du?«

»Achtzehn Jahre, Herr.«

»Ah!« sagte Golder langsam, »fast mein Alter, als ich weg bin.«

»Sind Sie auch aus diesem Land?«

»Ja.«

Der Junge schwieg. Er rauchte gierig. Im Dunkel sah Golder beim Aufglimmen der Zigarette, wie sich seine Hände lebhaft bewegten.

Er hob wieder an: »Die erste Überfahrt ... Und wohin gehst du?«

»Zuerst einmal nach Paris. Ich habe einen Vetter, der in Paris Schneider ist. Er hat sich vor dem Krieg dort niedergelassen. Aber sobald ich ein bißchen Geld habe, gehe ich nach New York! New York!« wiederholte er in leidenschaftlichem Ton. »Nach drüben!«

Doch Golder hörte ihm nicht mehr zu. Er beobachtete nur mit einer Art dumpfem, schmerzlichem Vergnügen die Bewegungen der Hände und Schultern des vor ihm stehenden Jungen. Dieses unaufhörliche Zucken des ganzen Körpers, diese Stimme, die vor lauter Hast die Worte verschluckte, dieses Fieber, diese junge nervöse Kraft ... Auch er hatte einmal diese begierige, überschwengliche Jugend seiner Rasse besessen ... Das alles war so fern ... Schroff sagte er: »Du wirst nichts zu nagen und nichts zu beißen haben, weißt du das?«

»Ach, daran bin ich gewöhnt.«

»Ja, aber dort drüben ist das härter.«

»Was macht das schon? Das geht schnell vorbei ...«

Jäh stieß Golder ein trockenes, scharfes Lachen aus, das wie ein Peitschenhieb die Luft durchschnitt.

»Ach ja? Glaubst du das, du? Idiot! Das dauert Jahre und Jahre ... Und danach ist es im Grunde auch kaum besser.«

Der Junge murmelte leise, leidenschaftlich: »Danach ... wird man reich ...«

»Danach krepiert man«, sagte Golder, »allein wie ein Hund, so wie man gelebt hat ...«

Er brach ab und warf mit einem erstickten Stöhnen den Kopf zurück. Wieder dieser marternde Schmerz in der Achselhöhle und die Beklemmung, so daß es schien, als hörte sein Herz gleich auf zu schlagen ...

Er hörte den Jungen fragen: »Ist Ihnen nicht wohl? Das ist die Seekrankheit.«

»Nein«, sagte Golder mit schwacher, über die Worte stolpernder Stimme, »nein ... ich habe ein schwaches Herz. Die Seekrankheit, weißt du . . .«

Er keuchte gequält. Das Sprechen tat weh, es zerriß ihm die Brust, und außerdem, was kümmerte diesen kleinen Schwachkopf auch die Vergangenheit, seine Vergangenheit? Das Leben war heutzutage anders, leichter. Und was ging ihn dieser kleine Jude überhaupt an, mein Gott . . . Er murmelte schwach: »Die Seekrankheit, weißt du, mein Junge, das ist nichts, wenn du einmal herumgekommen bist wie ich. Also, du willst reich werden?«

Noch leiser sagte er: »Sieh mich gut an. Glaubst du, das ist der Mühe wert?«

Er hatte den Kopf nach vorne auf die Brust fallen lassen. Einen Augenblick lang schien es ihm, als entfernte sich das Getöse des Meers und des Sturms, würde zu einem undeutlichen singenden Klang . . . Plötzlich hörte er die erschrockene Stimme des Jungen, der schrie: »Zu Hilfe!« Er stand auf, schwankte heftig, fuhr mit beiden Händen in die Luft, ins Leere. Dann fiel er zu Boden.

Einige Zeit später tauchte er, wie aus tiefem Wasser, halb aus der Umnachtung auf. Er lag in seiner Kabine, auf dem Rücken ausgestreckt. Jemand hatte einen zusammengerollten Mantel unter seinen Nacken geschoben und ihm das Hemd auf der Brust aufgeknöpft. Erst glaubte er sich allein. Dann, als er fiebrig sein Gesicht herumdrehte, hauchte die Stimme des kleinen Juden hinter ihm: »Herr . . .«

Golder machte eine Bewegung. Der Junge beugte sich über ihn.

»Oh, mein Herr! Geht es Ihnen besser?«

Einen nicht enden wollenden Augenblick lang bewegte Golder die Lippen, als hätte er die Gestalt und den Klang der menschlichen Sprache vergessen. Schließlich murmelte er: »Mach Licht!«

Als das elektrische Licht anging, seufzte er schmerzlich auf, bewegte sich, dann ächzte er, suchte mit einer schwerfälligen, unwillkürlichen Gebärde nach der Stelle, wo das Herz saß, doch seine Hände sanken wieder hinunter. Er äußerte ein paar undeutliche Worte in einer fremden Sprache, dann schien er völlig zu sich zu kommen. Er schlug die Augen auf und sagte mit merkwürdig klarer Stimme: »Hol mir den Kapitän!«

Der Junge ging. Golder blieb allein. Er stöhnte ein wenig, wenn das Schiff durch eine stärkere Woge hin- und hergerüttelt wurde. Doch der Seegang ließ allmählich nach. Im Bullauge erglänzte Tageslicht. Erschöpft schloß Golder die Augen.

Als der Kapitän, ein dicker, betrunkener Mann, eintrat, schien er zu schlafen.

»Was? Ist er tot?« fragte der Grieche mit einem Fluch.

Golder wandte ihm langsam sein ausgehöhltes Gesicht zu, aus dem alle Farbe gewichen war, murmelte mit leichenblassem, verkrampftem Mund: »Halten Sie das Schiff an!«

Als der Kapitän nicht antwortete, wiederholte er lauter: »Halten Sie an! Haben Sie gehört?«

Seine Augen unter den halbgeschlossenen, zitternden Lidern glühten so feurig, daß der Kapitän sich täuschen ließ und achselzuckend wie zu einem Gesunden sagte: »Sie sind verrückt.«

»Ich gebe Ihnen Geld ... Ich gebe Ihnen tausend Pfund.«

Der Grieche grunzte: »Also, der ist ja nicht richtig im Kopf ... So fängt es an. Der Teufel soll mich holen. Warum habe ich auch den da auflesen müssen?«

Golder stammelte: »Land ...«

Dann: »Wollen Sie, daß ich hier krepiere, allein wie ein Tier? Hunde ...«

Und dann Worte, die keiner verstand.

»Ist denn kein Arzt an Bord?« fragte der Junge. Aber der Kapitän war schon gegangen.

Der Kleine trat zu Golder, der jetzt merkwürdig hastig keuchte.

»Gedulden Sie sich ein wenig«, murmelte er sanft, »wir sind ja bald in Konstantinopel. Wir fahren jetzt schnell. Der Sturm hat aufgehört ... Kennen Sie jemand in Konstantinopel? Haben Sie dort Familie? Irgend jemand?«

»Was?« murmelte Golder, »was?«

Schließlich schien er zu verstehen, aber er wiederholte nur: »Was?« und verstummte.

Der Junge flüsterte aufgeregt weiter: »Konstantinopel ... Das ist eine große Stadt, und dort werden Sie gute Pflege bekommen. Sie werden bald wieder gesund werden. Keine Angst.«

Doch in diesem Augenblick begriff er, daß der alte Golder am Verscheiden war. Aus seiner gemarterten Brust stieg zum ersten Mal das dumpfe Todesröcheln.

Das dauerte fast eine Stunde lang. Der Junge zitterte. Doch er ging nicht weg. Er lauschte auf das Gurgeln der Luft in der Kehle des Sterbenden, dieses tiefe, rauhe Knurren hatte eine unbegreifliche Macht, als bewohnte bereits ein fremdes Leben diesen Körper.

Er dachte: »Noch einen Augenblick, noch einen ... Dann wird es aufhören ... Ich verlasse ihn jetzt, denn ich weiß ja nicht einmal seinen Namen, mein Gott.«

Dann betrachtete er die mit englischem Geld prall gefüllte Brieftasche, die auf den Boden gefallen war, als er den Körper hingebettet hatte. Er bückte sich, hob sie auf, öffnete sie halb. Dann seufzte er, hielt den Atem an und legte sie behutsam in die offene Hand, eine riesige, schwere, eiskalte, bereits tote Hand.

»Wer weiß? Wenn ich es so mache ... Vielleicht kommt er ja noch einmal kurz zu Bewußtsein, bevor er stirbt. Er könnte mir dieses Geld hinterlassen wollen ... Wer weiß? Wer kann das wissen? Ich habe ihn schließlich bis hierhergeschleppt. Er ist allein.«

Er verlegte sich wieder aufs Warten. Je näher der Abend rückte, desto ruhiger wurde das Meer. Das Schiff glitt ohne Stöße dahin. Der Wind hatte sich gelegt. »Es wird eine schöne Nacht«, dachte der Junge.

Er streckte die Hand aus, berührte das Handgelenk, das vor seinen Augen herabhing; der Puls schlug so schwach, daß das Ticken der Uhr an dem schwarzen Lederarmband ihn fast übertönte. Aber Golder lebte noch. Der Körper stirbt langsam. Er lebte. Er öffnete die Augen. Er sprach. Währenddessen blubberte die Luft in seiner Brust immer noch mit diesem unheimlichen Geräusch weiter, gleichgültig wie ein reißender Strom. Der Junge beugte sich über ihn und lauschte. Golder sagte ein paar Worte auf Russisch, dann fing er auf einmal an Jiddisch zu reden, die vergessene Sprache seiner Kindheit, die ihm nun unversehens wieder über die Lippen kam.

Er sprach schnell, sich verhaspelnd, mit einer merkwürdigen, von langen, krächzenden Atemstößen unterbrochenen Stimme. Ab und zu hörte er auf, hob langsam die Hände zur Kehle und machte eine Bewegung, als stemmte er ein unsichtbares Gewicht von sich. Eine Hälfte seines Gesichts blieb unbewegt, schon war das eine Auge halb geschlossen, glasig und starr, aber das andere lebte, glühte noch. Ununterbrochen rann ihm der Schweiß die Wangen hinunter. Der Junge wollte ihn abtrocknen. Golder stöhnte: »Laß ... Das ist nicht nötig ... Hör zu. Geh in Paris zu Maître Seton, Rue Aubert 28. Sag ihm: David Golder ist tot. Wiederhole das! Noch einmal! Seton. Maître Seton, Notar. Gib ihm alles, was in meinem Koffer und in meiner Brieftasche ist! Sag ihm, er soll alles aufs beste erledigen . . . für meine Tochter . . . Dann gehst du zu Tübingen . . . Warte!«

Er keuchte. Seine Lippen bewegten sich, doch der Junge verstand nichts mehr. Er beugte sich so tief hinunter, daß er den Fiebergeruch und den Atem des Sterbenden auf seinem Mund fühlte.

»Hotel Continental. Schreib das auf!« murmelte Golder schließlich. »John Tübingen. Hotel Continental.«

Der Junge zog hastig einen alten Brief aus seiner Tasche, riß ein Stück von dem Umschlag ab und schrieb die beiden Adressen auf. Mit ersterbender Stimme befahl Golder: »Sag ihm, daß David Golder tot ist und daß ich ihn bitte, sich um meine Tochter zu kümmern . . . daß ich Vertrauen in ihn habe und . . .«

Er brach ab. Seine Augen brachen, füllten sich mit Dunkelheit.

»Und . . . Nein. Nur das. Das ist alles. So ist es gut.«

Er sah auf den Zettel, den der Junge in der Hand hielt.

»Gib . . . Ich will unterschreiben . . . das ist besser . . .«

»Das schaffen Sie nicht mehr«, sagte der Junge. Trotzdem nahm er Golders Hand, steckte ihm den Bleistift zwischen die schwachen Finger.

»Das schaffen Sie nie«, wiederholte er.

Der Sterbende murmelte verwirrt mit angstvollem Eigensinn: »Golder . . . David Golder . . .« Offenbar klangen der Name, die Silben, aus denen er sich zusammensetzte, in seinen Ohren wie unbekannte Worte einer fremden Sprache. Aber er schaffte es zu unterschreiben.

Er atmete noch.

»Ich gebe dir das ganze Geld, das ich bei mir habe. Aber schwöre, daß du alles genau ausführst, wie ich es dir gesagt habe.«

»Ja, ich schwöre es.«

»Vor Gott, der dich hört«, flüsterte Golder.

»Vor Gott.«

Ein plötzliches Zucken lief über Golders Züge, und aus den Mundwinkeln rann Blut auf seine Hände herab. Das Röcheln hörte auf. Der Junge fragte laut mit unsicherer Stimme: »Hören Sie mich noch, Herr?«

Das Abendlicht schien noch einmal voll auf das Bullauge und fiel auf das nach hinten gesunkene Gesicht. Der Junge erschauderte. Dieses Mal war es das Ende. Die Brieftasche lag immer noch offen auf der ausgestreckten Hand. Er ergriff sie schnell, zählte das Geld, steckte sie ein, dann verstaute er den Umschlag mit den beiden Adressen in seinem Gürtel direkt auf seiner Haut.

»Ist er jetzt endlich tot?« dachte er.

Er streckte die Hand nach dem Hemdausschnitt aus, doch seine Finger zitterten so stark, daß es ihm nicht gelang, den Herzschlag zu fühlen.

Als fürchtete er, ihn aufzuwecken, zog er sich auf Zehenspitzen zur Tür zurück. Dann floh er, ohne sich noch einmal umzudrehen.

Golder blieb allein.

Er hatte das Aussehen und die kalte Reglosigkeit eines Toten. Doch der Tod hatte ihn nicht zur Gänze mit einem Schlag, wie eine Woge, mitgenommen. Golder hatte gespürt, wie er die Stimme, die Körperwärme, das Bewußtsein des Menschen, der er gewesen war, verlor. Aber bis zum Schluß blieb ihm der Blick. Er sah, wie das Licht der untergehenden Sonne auf das Meer fiel, wie das Wasser erglänzte.

Und in seinem Inneren zogen bis zu seinem letzten Seufzer unaufhörlich Bilder vorüber, immer schwächer und blasser, je näher der Tod rückte. Einen Augenblick lang glaubte er, Joyce' Haar und Haut zu berühren. Dann löste sie sich von ihm, und während er tiefer in das Dunkel sank, verließ sie ihn. Ein letztes Mal schien es ihm, er höre ihr Lachen, zart und leicht wie ein fernes Hämmern. Dann vergaß er sie. Er sah Marcus. Gesichter, undeutliche Gestalten, wie in der Dämmerung an die Wasseroberfläche getrieben, drehten sich einen Augenblick um sich selbst, verschwanden. Und am Ende blieb nur noch ein dunkles Stück Straße mit einem erleuchteten kleinen Laden, eine Gasse aus seiner Kindheit, eine Kerze hinter einer eisverkrusteten Glasscheibe, Abend, fallender Schnee und er selbst ... Er fühlte auf seinem Mund die dicken Schneeflocken schmelzen, den Geschmack von Frost und Wasser, wie damals. Er hörte rufen: »David, David ...«, eine durch den Schnee, den tiefhängenden Himmel und die Dunkelheit gedämpfte Stimme, die sich immer mehr verlor und plötzlich, wie durch eine Wegbiegung verschluckt, abbrach. Das war der letzte irdische Laut, der zu ihm drang.

IRÈNE NÉMIROVSKY ist 1903 in Kiew geboren. Sie stammt aus einer jüdischen Bankiersfamilie, die nach der Oktoberrevolution nach Finnland und Schweden floh und sich 1919 in Frankreich niederließ. Irène Némirovsky studierte Literaturwissenschaft an der Sorbonne; 1929 schickte sie das Manuskript ihres ersten Romans, *David Golder*, an Bernard Grasset. Dieses Buch wurde zu einem großen Erfolg, sowohl bei der Kritik als auch beim Publikum; Harry Baur hat es später verfilmt. Bis zum Ausbruch des Zweiten Weltkriegs hat Irène Némirovsky neun weitere Bände mit Romanen und Erzählungen veröffentlicht.

Unter der deutschen Besatzung floh sie mit ihrer Familie aus Paris in das Departement Saône-et-Loire, wo sie ihre literarische Arbeit fortsetzte. 1942 wurde sie verhaftet und nach Auschwitz deportiert. Noch im selben Jahr wurde sie dort, ebenso wie ihr Mann, ermordet.

Abgesehen von *David Golder* und *Der Fall Kurilow* sind von ihr die folgenden Bücher erschienen:

Le bal (1930); *Le malentendu* (1930); *Les mouches d'automne* (1931); *Films parlés* (1934); *Le pion sur l'échiquier* (1934); *Le vin de solitude* (1935); *Jézabel* (1936); *La proie* (1938); *Les chiens et les loups* (1940); *La vie de Tchekhov* (1946); *Les biens de ce monde* (1947); *Les feux de l'automne* (1948).

Irène Némirovskys Romane DER FALL KURILOW und DAVID GOLDER sind im Januar 1995 als einhunderteinundzwanzigster Band der ANDEREN BIBLIOTHEK im Eichborn Verlag, Frankfurt am Main, erschienen.

Die französischen Originalausgaben, *L'affaire Courilof* und *David Golder*, hat Bernard Grasset in den Jahren 1933 und 1929 in Paris verlegt.

Die Übersetzung aus dem Französischen hat Dora Winkler besorgt. Anna Leube hat diesen Band lektoriert.

Dieses Buch wurde in der Buchdruckerei Greno in Nördlingen aus der Cicero Walbaum Monotype gesetzt und auf einer Condor-Schnellpresse gedruckt. Das holz- und säurefreie mattgeglättete 100 g/qm Bücherpapier stammt aus der Papierfabrik Niefern. Den Einband besorgte die Buchbinderei G. Lachenmaier in Reutlingen.

1. bis 7. Tausend, Januar 1995. Einmalige, limitierte Ausgabe im Buchdruck vom Bleisatz.

ISBN 3-8218-4121-4

Von jedem Band der ANDEREN BIBLIOTHEK gibt es eine Vorzugsausgabe mit den Nummern 1–999.